KB103843

옥탑방의 새들

Birds on the rooftop

글을 적는 내내 끊어질 듯한 나의 영감을 이어주고 깨우쳐준 작곡가 엔니오 모리꼬네(Ennio Morricone)와 그의 음악에 깊은 감사를 드립니다.

전 일 지음

옥탑방의 새들

발 행 | 2022년 3월 22일
저 자 | 전 일
펴낸이 | 한건희
펴낸곳 | 주식회사 부크크
출판사등록 | 2014.07.15(제2014-16호)
주 소 | 서울특별시 금천구 가산디지털1로 119 SK트윈타워 A동 305호
전 화 | 1670-8316
이메일 | info@bookk.co.kr

ISBN | 979-11-372-7776-2

〈차례〉

1부-낮 ·· 8

제1장 공간 ·· 9

제2장 자유비행 준비 ·· 17

제3장 새처럼 날자 ··· 27

제4장 정글의 소리 ··· 32

제5장 깨어나다 ·· 44

제6장 나를 부르다 ··· 47

제7장 천국의 문 ·· 51

제8장 영혼의 그림자 ·· 56

제9장 나는 보았어 ··· 61

제10장 슬픔의 강물 ·· 69

제11장 떠나보낸 기억들 ··································· 73

제12장 라이얀의 고백 ······································ 74

제13장 죄의 사악함 ·· 82

제14장 사랑은 길들이지 않은 새 ···················· 85

제15장 여명 ··· 93

제16장 노래하는 천사 ························· 102

제17장 춤추는 마귀의 힘 ····················· 103

제18장 세상과의 이별 ························· 108

제19장 망각의 흔적들 ························· 112

제20장 천사의 유혹 ··························· 116

2부-밤 ······································ 125

제1장 추락하는 천사 ························· 126

제2장 뜻밖의 초대 ··························· 132

제3장 동행 ································· 136

제4장 둥지 ································· 139

제5장 검은 고양이 - Black Cat(BC) ············· 142

제6장 혼령을 부르다 ························· 146

제7장 비상 ································· 148

제8장 나를 봐 ······························ 151

제9장 새 단장 ······························ 153

제10장 깜둥이 ······························ 157

제11장 귀곡 산장 ··························· 162

제12장 구속 ································· 166

제13장 비밀의 방 ···································· 168

제14장 어둠 속의 독백 ·························· 172

제15장 빛과 그림자 ······························ 173

제16장 영혼 소독 ·································· 179

제17장 랑데부 ···································· 182

제18장 망각의 기로 ······························ 186

제19장 어둠 속의 검은 고양이 ················ 189

제20장 떠나가는 늙은이의 고독한 즐거움 ·········· 194

3부-새벽 ·· 201

제1장 피의 눈물 ·································· 202

제2장 죄인들의 축제 ···························· 204

제3장 죄의 굴레 ·································· 216

제4장 원죄의 부름 ································ 222

제5장 킬박, 죄의 고백 ·························· 227

제6장 망각의 순간들 ···························· 234

제7장 연민의 정 ·································· 237

제8장 사라진 무지개다리 ························ 239

제9장 Fuck You ································· 240

제10장 춤추는 무지개 …………………………… 245

제11장 옥탑방으로 …………………………… 247

제12장 전환 …………………………… 250

제13장 천국의 초대 …………………………… 254

제14장 실종 …………………………… 260

제15장 환청 …………………………… 263

제16장 밤의 유혹 …………………………… 264

제17장 늘 그리운 어머니 …………………………… 266

제18장 쥐구멍 속 …………………………… 273

제19장 악의 화신 …………………………… 276

제20장 전쟁 …………………………… 279

제21장 동행 …………………………… 281

제22장 그가 살아있다면 …………………………… 283

제23장 벤틀리와의 여행 …………………………… 285

제24장 탈출 …………………………… 286

4부-아침 …………………………… 288

제1장 달빛 속을 달려가자 …………………………… 289

제2장 하늘을 날다 …………………………… 295

제3장 천국의 언덕 ································· 296

제4장 흔적 ·· 297

제5장 천국으로 가는 영원한 여행 ········· 299

제6장 킬박의 72번째 생일 ····················· 302

제7장 꿈속에서 조이가 ··························· 305

제8장 다시 새들이 날아온다 ·················· 306

등장인물 소개 ··· 308

부록 ·· 309

극락조 또는 천국의 새 ···························· 309

인도네시아령 뉴기니(파푸아), 서파푸아(West Papua) ········ 311

HMV 102 축음기 1931-1960년 영국에서 생산 ················ 316

1부-낮

제1장 공간

'주위가 뿌옇고 흐리게 보인다. 작은 구멍 사이로 산란한 빛이 흐리게 나타났다가 곧 다시 사라진다. 손을 내밀면 만질 수 있을 듯하지만, 그냥 허공만 맴돌 뿐 잡히는 것이 없다. 머리 위로 수많은 단어와 말들이 쏟아지지만, 그냥 소음일 뿐 내 마음에 닿는 어떠한 흔적 없이 공허할 뿐이다. 내가 있는 공간은 어디일까? 왜 이곳에 머물고 있을까? 숨 쉴 가치는 있는 것일까? 모든 것이 영화 속에서 나타나듯, 왁자지껄하고 순간 사라지고, 다시 정적만 있는 나만의 공간에 머문다. 누구도 들어올 수 없고 나갈 수 없는 나만의 공간에 갇혀서 이 세상의 언저리를 헤매고 있다. 고정된 눈의 초점이 흔들리지 않는다. 몸은 움직여도 고정된 틀에서 벗어나지 못하고, 주위는 흐리고 작은 구멍 속으로 더욱 작은 물체만 눈앞을 오간다.'

몸집이 작은 담임교사 강 선생이 길수를 데리고 지하철 안으로 들어간다. 옷소매를 끌다시피 하여 때마침 비어있는 자리에 그를 앉힌다. 팔다리가 가늘고 훤칠한 키에 하얀 얼굴에 윤곽은 뚜렷하다. 말하지 않고 가만히 앉아있으면, 어떤 누가 이보다 잘 생겼을까? 주위 여자들의 시선이 그에게 다가온다.

다음 역의 안내방송이 들리자 갑자기 일어나더니 빠르게 움직이는 창밖의 장면을 멍하니 바라본다. 강 선생이 달래며 그를 자리에 다시 앉히지만, 히죽거리면서 계속 시선을 창밖으로 돌린다. 사람들이 길수의 돌발적인 행동에 놀라, 자리에서 조금씩 물러서고, 그와 같이 있는 강 선생을 물끄러미 바라본다.

유리창에 입김을 불고는 손가락으로 무언의 암호를 적는다. 하지만 입김은 금방 지워질 뿐 그의 흔적은 사라진다. 이제 오른손 검지를 입안에 넣어 볼살이 찢어질 만큼 휘적거린 다음 침 묻은 손가락으로 수수께끼 같은 그만의 문자를 유리창에 남기고는 혼자 크게 웃는다.

이 시간 같은 방향으로 이동하는 단골 승객 대부분은 엉뚱한 행동을 하는 잘생긴 길수를 기억한다. 안내 방송이 들리자 기다렸다는 듯이 자리에 다시 앉는다. 그가 눈웃음으로 미소를 짓자 마주 앉은 여학생의 얼굴이 붉어진다. 하지만 그의 시선과 행동에 정해진 상대가 없다는 것을 아는 순간 어쩔 줄 몰라 한다.

강 선생은 동물원 밖으로 탈출한 큰 곰 한 마리를 힘들게 끌고서 그의 집으로 데려다주는 중이다.

계속해서 길수의 눈을 보며 말한다.

"길수야, 나를 봐. 여기가 어디지? 우리 어디에 내려야 할까? 너, 선생님 말에 집중해서 대답하라고 했었지! 나를 봐! 길수야, 저기 창밖을 보면 너의 집이 가까워진다는 것을 알 수 있지? 그러니 언제 내려야 할지 나에게 알려줘. 알겠지?"

그러자 갑자기 길수가 일어나더니, 뭔가를 깊이 생각하고 계산한 듯, 긴 팔과 다리로 무언의 문자와 암호를 그의 유연한 몸으로 나타낸다. 눈빛은 그의 긴 손끝과 발끝에 고정되어 촘촘히 거리를 계산하고 있다. 음악만 없을 뿐 머릿속에 저장된 무언가를 계산한 뒤 몸으로 표현하고 있다. 순간 그의 행위에 감탄한 승객 몇몇이 박수를 보낸다.

정해지고 계획된 모든 동작이 끝날 무렵 지하철은 다음 역에 도착한다. 문이 열리자 기다렸다는 듯이 작은 강 선생을 급히 끌고는 문밖으로 나간다.

지하철역을 잠시 벗어나자 한쪽에는 술집과 음식점 간판이 즐비하게 열린 환락의 숲속이 보이고, 그 반대편 작은 골목길을 들어서자 때 묻은 시간과 세월의 긴 흐름 속에 오로지 그곳만 멈추어진 낡은 세상이 펼쳐진다.

오토바이 한 대 정도 지나갈 작은 골목길을 한참 걸어서 들어가자 노인들의 소담 소리가 들릴 듯, 지나간 삶을 뒤돌아보며 한숨과 추억을 회상하고 서로의 안식을 위로하던 의자와 평상이 곳곳에 놓여 있다. 오로지 걸어서만 지날 수 있는 길목의 끝에, 세월의 흔적을 고스란히 담은 벗겨진 페인트 자국과 녹슨 창틀, 그것을 부끄러워하는 것처럼 담쟁이가 넓게 덮여있는 낡은 한의원 건물이 보인다.

길수의 아버지가 평생 한자리에서 50년째 운영해 온 한의원이다. 집이 보이자 신이 난 듯, 길수가 강 선생의 등을 밀치며 한의원 안으로 뛰어 들어간다. 문에 달린 작은 벨이 달랑이며 여러 번 소리를 낼 뿐 누가 나와 반기지도 묻지도 않는다.

'아니, 사람이 들어왔는데도 인기척이 없네. 이런 곳에 손님이 오기는 할까?'

"예! 길수야, 아버지는 어디에 계시니? 여기는 간호사나 안내하는 사람은 없는 거야?"

누런 아크릴판에 오래전에 손으로 적어 놓은 듯한 '진료실'이라는 글자가 눈에 들어온다. 페인트가 벗겨지고 몇 곳이 쭈그러져 있는 알루미늄 새시 문을 열자 '꿔~익'하는 소리와 함께 한참을 늘어

붙어 오랫동안 베인 쿰쿰한 담배 냄새와 깨알 같은 한자로 적혀진 상자들 위로 이름 모를 약초가 빼곡히 들어있는 진열장이 보인다. 그리고 언제 잡은 것인지 알 수 없는 박제 거북이, 열대의 먼바다에서 가져온 머리 크기만 한 조개 그리고 알 수 없는 모양의 수석들이 가지런히 놓여있다.

그 앞의 낡은 나무 책상에 머리를 아래로 고꾸라진 채 코를 골고 있는 길수 아버지가 보인다. 강 선생이 조용히 다가가 "길수 아버님, 학교에서 나왔습니다."라고 귓속말을 해도 코 고는 소리만 더 크게 울릴 뿐 아무런 반응이 없다.

"길수야, 아빠가 깊은 잠에 빠지셨는데, 우리가 깨워도 될까?"

그 말이 떨어지기도 전에 길수가 책상 위에 몸을 올리고는 "할아버지, 학교에서 선생님이 왔어요."라고 침을 튀기며 김 노인을 큰 소리로 깨운다.

그러자 김 노인이 일어나며 강 선생에게 묻는다.

"이것 보시오. 새댁, 얼굴 혈색이 좋아 보이는데, 어디가 불편해서 왔소?"

"아닙니다. 어르신, 길수 학교의 담임선생 강정임입니다. 가정방문 겸 아버님과 상담하기 위해 왔습니다. 괜찮으시겠지요?"

"이것 미안합니다. 내일이면 곧 80이라. 눈과 귀가 좀 말썽이지만, 다른 곳은 아직 쓸만합니다. 길수가 학교에서 뭔 일을 저질렀나요? 거기에서도 안 된다면, 이제 더는 다른 학교로 옮길 데도 없소이다. 이 낡은 집에서 내가 죽을 때까지 같이 사는 것이지요. 그러다 내가 죽으면, 뭔 일이 또 생기겠지요. 난 그저 내 목숨이 붙어있을 때까지 저놈을 내 품에 안고 있을 겁니다.

배다른 형과 누나가 있지만, 애 어미가 살았는지 죽었는지도 모르는 놈을 데려가서 누가 돌보겠소? 그것도 다, 나의 한 많은 업보지요. 지금이라도 저 애를 장애인 시설에 넣고, 이 집도 처분한 뒤 애들이랑 손자들 마주 보며 살자고 자식 놈들이 말을 하지만, 어찌 내 몸이 아직 살아있는데 저놈을 홀로 내버려 두고, 어떻게 그리할 수 있겠소? 어린놈을 맡기고 소리 없이 떠난 저 애 어미가 나를 뭐라 하겠소? 내 눈이 감길 때까지는 같이 해야지요.

그 추운 날 어린놈을 이불에 싸서 한의원 앞에 버려놓고 갔을 때는 당장 경찰을 부르고 보육원에라도 보내야 하나 생각했지만, 아기의 몸속에서 발견한 쪽지 한 장을 보고는 내가 무슨 잘못을 어떻게 저질렀는지 금방 알 수 있었소. 어린놈을 내버려 두고 떠나야 했던 그 어미의 심정은 어땠을까요? 난 그 충격에 그 자리에서 한참을 일어나지 못했소.

자식들은 미친 여자가 왜 아기를 거기에 버려두고 갔는지, 나타나지 않으면 빨리 경찰에 연락하라고 했지만, 난 그 애를 보는 순간 얼굴에서 그 애 어미의 모습을 찾을 수 있었지요. 그렇게도 짧았던 우리의 만남에서 저런 애가 태어날 줄은 꿈에도 생각을 못했습니다.

그것도 나이 60에 마누라 세상 떠난 지 얼마 되지 않아, 갑자기 아기가 생길 줄 누가 알았겠소? 하늘에서 내게 벌을 내리신 건지 아니면 축복을 주신 건지 난 지금도 잘 알 수 없습니다.”

“그럼. 그 이후로 길수 어머니 소식은 없었나요?”

“내가 저 애 엄마가 살던 집 주위를 살펴보고 사람을 사서 수소문도 해보았지만, 아무것도 알 수 없었어요. 그러다가 그 여자가 저 애를 내게 맡겨둔 뒤 곧장 인도네시아로 출국했다는 것을 흥신소 사람을 통해 전해 들었습니다. 그 이후로 지금까지 살았는지 죽었는지 알 수가 없소이다. 저놈이 클수록 더 엄마를 닮아가는 것 같아요. 훤칠한 키에 시원한 이목구비와 그리고 긴 팔다리를 보면

영락없는 그 여자의 자식이요."

"혹시 길수 어머니가 다른 남자 사이에서 애를 낳을 수도 있지 않을까요?"

"차라리 나의 잘못을 용서할 수 있도록, 나도 내심 그러기를 바랐어요. 친엄마나 아빠가 찾아올 그때까지만 애를 잘 돌봐주면 되니까, 훨씬 부담이 적어지리라 생각했지요. 그런데 아버지의 모아 놓은 재산에 욕심이 많았던 자식 놈들이 나보다 먼저 그놈의 유전자를 나와 비교검사를 했지 뭡니까. 그리고는 그놈이 나의 씨앗이라는 것이 전부 밝혀졌습니다.

자식들이 찾아와 도대체 이게 무슨 일이라며 나에게 따져 물었지만, 그 애의 생모와 나의 관계를 차마 말할 수 없었어요. 그리고는 친자식들과도 소원해지고, 그들이 평소에 존경했던 아버지의 모습이 하루아침에 방탕하게 몰락한 영감쟁이 신세가 되었습니다. 먼저 세상 떠난 내 아내에게는 더욱 할 말이 없게 되었어요.

실망한 애들이 마누라 제사마저도 가져가 버리고, 난 제사도 지내지 못하는 염병할 늙은이가 되어버렸습니다. 맞아! 저승에 있는 마누라에게 정말 몹쓸 짓을 한 것이지요. 그 짧은 순간의 욕정을 이기지 못하고 그런 짓을 한 나를, 나 스스로 용서할 수 없었습니다.

하지만 어쩌겠나? 멀쩡한 몸뚱어리를 남겨 놓았지만, 저 애의 머릿속에 도대체 무엇이 들어있는지, 무엇을 생각하는지, 도대체 알 수 없는 비밀을 내게 남겨놓고 갔으니, 내가 지은 죄의 업보가 정말 많습니다. '모든 것이 나의 죄 때문이다.' 위로하며 살고 있습니다."

"길수 아버님, 길수의 생각과 행동을 저희가 이해하지 못하고 우리가 그의 행동을 통제할 수 없다는 것 외에는, 남을 해코지하거나, 괴롭히거나, 피해를 주지 않으니, 길수를 볼 때마다 이상하게 슬프거나 우울한 기분보다는 오늘은 무슨 재미있는 모습을 우리에게 보여줄까? 그의 행동이 친구들에게 어떤 즐거움과 웃음을 줄까 하는 희망이 항상 있습니다."

"맞아요! 그 애 엄마도 젊은 나이에 왜 나 같은 사람을 만났는지, 내가 그렇게 가까이하지 말라 거부했지만, 운명처럼 모든 것을 다 주고 바람처럼 사라져버렸어요. 사실 그 젊은 여자를 돌보아주기에는 나의 도덕적 양심이 허락하지를 않았습니다. 나에게는 천사 같은 존재였지만, 그와 함께 있는 나의 모습을 생각할 때마다 천사를 작은 새장에 가두어놓고, 장난질하는 악마의 존재처럼 보였지요. 그가 내게 가까이 다가온다는 것은 말 못 할 환희였지만, 한편으로는 날카로운 칼이 내 옆구리를 찔러, 점점 깊숙이 들어오는 아픔을 느끼기 시작했습니다.

비록 내 마음이 찢어지고 비통해지겠지만, 난 그가 자유롭게 다른 세상으로 떠나기를 정말 바랐어요. 그런 결심 이후로 다가오는 그녀를 강하게 거부하기 시작했고, 어느 날 소리 없이 내가 만든 공간을 벗어나 자유롭게 날아가 버렸지요.

얼마간의 말 못 할 아픔이 잊히고 상처가 아물기 시작할 무렵 길수가 내게로 온 것입니다. 아마도 저 애 어미와의 인연이 그렇게 얇고 가는 것은 아닌 것 같소이다.

저 애를 조금이라도 나아지게 하는 방법이 있다면, 난 모든 것을 다 해보겠소. 내 젊어서 지금까지 알뜰하게 모아둔 돈, 저 불쌍한 길수가 마음에 걸려서 자식 놈들에게는 단 한 푼도 주지 않았어요. 내 살아생전 그 돈을 다 써서라도, 저놈이 나아진다면 뭘 더 바랄 게 있겠소?"

김 노인의 긴 한숨이 한약방을 가득 채운다. 우울한 분위기를 바꿀 의도인지 강 선생이 오늘 찾아온 이유를 밝힌다.

"다름이 아니라, 제가 오늘 여기에 찾아온 이유는, 이번 겨울방학에 길수와 같은 장애인 친구들과 같은 학년의 정상인 학생들을 데리고 해외 극기체험 여행을 떠나려고 합니다. 이번 기회에 매일 보고 즐기는 공간을 잠시 벗어나, 새로운 곳으로 여행을 떠나는 것도 행동 발달에 큰 도움이 될 것이라 여겨지는데, 길수도 같이 떠날 수 있도록 허락해주십시오. 여러 전문가 선생님들과 정상인 친구들도 함께하는 여행이니 안전하게 잘 마치고 올 수 있습니다. 그러니, 큰 걱정은 안 하셔도 됩니다."

"그런 체험을 통해 길수의 행동에 작은 변화와 발전이 있다면, 무슨 수를 써서라도 해야지요. 하지만 저렇게 통제되지 않는 애 때문에 다른 학생들이나 선생님들에게 큰 부담이 되지 않을까 걱정입니다.

남들은 부모들이 손잡고 여행도 가고 가까운 공원 산책이라도 다니겠지만, 우린 단 한 번도 그러지 못했소이. 그냥 이 낡은 한의원에 갇혀 사는 게 우리 세상의 전부였습니다. 나도 이제 기력이 하루하루 다르게 떨어지고 있어서 얼마나 오랫동안 저 애를 내 품에 품고 있을지 모르겠소.

이제 남은 희망은 학교가 나의 전부입니다. 초등학생 정도의 의사소통과 행동 능력만 보여준다면, 나로서는 더 바랄 게 없소이다. 아무쪼록 강 선생님께서 신경을 많이 써주십시오. 필요한 게 있으면 무엇이든 돕겠습니다."

강 선생이 떠나자 김 노인은 배달 업체에서 보내온 차가운 도시락으로 끼니를 때운다. 길수가 생긴 이후로 어디 멋진 곳에서의 외식은 한 번도 해보지를 못했다.

"길수야! 너, 전자레인지로 밥 데우는 것 정도는 할 줄 알아야 할 텐데, 그래야 굶어 죽지라도 않지. 안 그래? 돈이 있으면 뭐 하냐? 은행에 가서 돈을 찾고 상점에 가서 필요한 물건이라도 살 줄 알아야지. 언제 그런 일이 일어나겠니?"

낡은 나무 책상의 서랍을 열자 반쯤 피다 남은 담배꽁초가 한 움큼 나오고 그중 큰놈에 불을 붙인다. 불붙은 담배를 입술에 깨물고는 심호흡하듯이 배에 힘을 주고 두서너 번 들이키며 길게 내뿜는다. 재떨이에 담뱃불을 올려놓은 채 멍하니 민 곳을 바라본다. 담배는 타들어 가고 연기가 가득 찬다. 컵에 물을 따른 뒤 반쯤 마시고 남은 물을 연기 나는 담배에 붓고는 창문 너머 진드기가 붙어 시들고 있는 붉은 장미꽃에 재떨이에 담긴 누런 담뱃물을 쏟아 버린다.

제2장 자유비행 준비

새벽의 날씨가 벌써 영하의 차가움으로 뼛속 깊이 다가온다. 강 선생이 10년째 타고 다니는 작은 차에 짐을 가득 싣고, 가족들과 짧은 인사를 나누고는 곧장 길수의 집으로 간다. 코로나 사태로 몇 년간 외국여행을 못 해본 대부분 사람처럼 통제로부터의 자유를 찾기 위해, 아니 구속의 탈출 같은 느낌으로 벌써 마음이 설렌다. 좁은 골목길 때문에 차는 들어가지 못하고 한의원으로 들어가는 길목의 입구에서 한참을 기다리자 김 노인과 길수가 족히 수십 년 넘은 낡은 천 가방을 끌고 나온다.

"안녕하세요? 강 선생님, 평생 내 품에 있던 놈이 멀리 떠난다고 하는데, 떠날 때까지 공항에 같이 있다가 오려고 합니다. 덕분에 나도 이 썩어빠진 동네를 잠시 벗어나서 신선한 공기도 좀 마시고 길수가 없는 며칠 동안은 그동안 가보지 못한 자식 놈들 집도 다녀올 생각이오. 여행하는 동안 강 선생님이 정말 힘들겠소?"

"그럴 리가요. 저렇게 잘생긴 길수랑 가는데 뭐가 힘들겠습니까? 여학생들은 조용히 앉아있는 길수의 모습을 볼 때면 넋을 잃고 바라봅니다."

"맞아요. 생긴 모습은 어디에 내놓아도 흠잡을 때 없는 놈이지요. 얼굴은 젊을 때 나를 많이 닮았지만, 몸매와 체격은 그 애 엄마를 꼭 빼닮았어요. 멀리 간다고 하니 걱정도 되지만, 한편으로는 무척 홀가분합니다.

저놈이 온 지 얼마 되지 않아 약방에 단골로 오는 점쟁이가 저 애의 모습을 보더니, 초년에 액운이 끼어서 명줄이 위태로울지 모르니, 길게 오래 살라는 뜻의 '길수(吉壽)'라 이름을 지으라고 부탁하더군요. 그래서인지 지금까지 무탈하게 잘살고 있어요. 이 늙은 아비보다는 오래 살아야겠지요."

어느덧 공항 주차장에 도착하고 길수가 아버지 김 노인을 바라보며, "할아버지 다녀올게."라고 말을 한다. 그때 옆에서 지켜보던 강 선생이 "길수야, 아버지를 보고 할아버지라고 말하면 안 돼요. 다시 아버지 다녀오겠습니다. 해봐요."라고 길수에게 말하자 곧장 "아버지 다녀오겠습니다."라며 김 노인의 얼굴에 뺨을 비비고는 포옹한다.

길수의 돌발적인 모습에 놀란 김 노인이 "아니, 이놈이! 다른 사람 있는 곳에서 오랜만에 아버지라고 나를 부르는구나. 집에서 단둘이 있을 때는 아버지라 부르지만, 다른 사람들이 있을 때는 나를 항상 할아버지라고 불러요. 강 선생님, 이놈 여행 물품을 무엇을 준비해야 할지 몰라, 제대로 하지를 못했습니다. 여기에 약간의 돈을 준비했습니다. 필요한 것이 있으면 선생님께서 필요한 만큼 사용하시고, 나머지는 다른 선생님이나 친구들이 필요한 것에 알아서 사용해주십시오. 그리고 저 오래된 가방도 공항에서 새것으로 사서 꼭 바꿔주세요."라고 웃으며 말한다. 그리고는 오만원권이 가득 들어있는 두툼한 봉투를 강 선생에게 쥐여준다.

"아버님, 이렇게 큰 금액은 필요 없습니다. 길수가 뭐 사달라고 떼쓰는 아이도 아닌데, 이렇게 많은 금액을 주십니까?"

"이 늙은 놈이 이곳에서 뭘 할 수 있겠소? 젊은 학부모들이 모여 있는 곳에서 아빠라고 외치며 다닐 수도 없고, 그냥 멀리서 바라보는 게 나의 모든 역할을 다하는 것입니다. 저놈을 행복하게 만들려고 평소 모아둔 돈인데, 그 정도는 당연히 드려야지요.

엄마 없는 길수를 친자식처럼 챙겨주시는 강 선생님에게 이보다 더한 은혜도 갚아야지요. 아무쪼록 여행 중에 길수가 말썽을 부리더라도 너그럽게 용서해주시고, 같이 가는 일행들에게도 오해가 없도록 선생님께서 많이 도와주시고 챙겨주십시오."

공항 대합실 안으로 같이 들어가자는 강 선생의 부탁을 거절하고 김 노인은 공항 밖에서 길수가 들어가는 모습을 묵묵히 바라보며 손을 흔든다.

추운 겨울이지만 공항 대합실 내부는 발 디딜 틈 없이 많은 사람으로 가득 차 있다. 한여름처럼 뜨거운 열기와 웅성대는 인간들의 소음을 뚫고 약속한 집합장소로 이동한다. 코로나 사태가 종료되고 여행이 재개된 지 일 년이나 지났지만, 아직도 떠나지 못한 여행객들로 인해 공항은 북새통을 이루고 있다. 유리창 너머로 줄지어 떠나기를 대기하고 있는 비행기들이 꼬리에 꼬리를 물고 있다. 일행들이 있는 곳으로 다가가자 교장 선생이 먼저 나와 마중을 하고는 같이 갈 일행들을 한 분 한 분 소개한다.

"여기 있는 분은 강정임 선생님으로 우리 학교 학생들을 인솔할 선생님 중 한 분입니다. 그리고 옆에 있는 친구는 조금 전에 말씀드린 김길수 학생으로 자원봉사 여러분이 특별히 신경을 써야 할 학생입니다. 그리고 옆에 계신 분이 이번 봉사단을 이끌고 인솔할, 이번 여행의 총 책임자로 단장이신, 최이명 예술대학교 교수님입니다. 서로 인사들 나누십시오."

자원봉사 학생들이 길수에게 다가가자 그들을 힘껏 밀치고는 유리 창가로 달려간다. 홀로 창밖이 투명하게 보이는 유리에 몸을 기댄 채 말없이 바깥을 바라보다가 입김을 창가에 불어놓고는 손가락으로 뭔가를 열심히 적고 있다.

최 교수가 일행들이 모인 자리에서 인사말과 일정해 관해 설명한다.

"여러분이 지금 보시다시피, 여기 공항도 여행객이 넘쳐나고 있습니다. 현재 동남아 유명 관광지마다 몰려오는 외국 관광객들 때문에 심각한 문제들이 계속 일어나고 있다고 합니다. 가는 곳마다 밀려오는 사람들이 남기고 간 쓰레기로 몸살을 앓고, 거기에 간만에 본전을 뽑으려는 장사꾼들 때문에 바가지요금과 불친절이 더해져 난리라고 합니다.

여러분이 알다시피 저희는 관광을 목적으로 가는 것이 아닙니다. 여기 장애를 가진 학생들이 여행을 무사히 마칠 수 있도록 보조하고 코로나 기간에 생활이 처참하게 무너진 원주민들을 지원하고 그들의 회복에 도움이 되는 일을 하러 가는 것입니다.

만약 현지에 도착했을 때 지금 예상한 문제가 거기에서도 발생한다면, 긴급히 일정을 재조정해야 할지 모르겠습니다. 아무쪼록 무사히 모든 일정을 잘 마치고 다녀올 수 있도록 힘을 모아주십시오. 아 참! 교장 선생님, 장애 학생 중에 특별히 저희가 신경을 써야 할 친구가 있으면 알려주십시오.”

교장과 강 선생이 일제히 손끝으로 길수를 가리키며, “다른 친구들은 장애 때문에 행동이 느리고 동작이 불편해서 봉사자들이 옆에 붙어서 도와주기만 하면 큰 문제는 없겠지만, 저기 있는 길수는 매우 돌발적이고 시시각각 새로운 모습과 행동을 보이기 때문에 간혹 통제가 불가능한 상태가 일어날 수 있습니다. 그러니 저 친구를 집중적으로 관찰하고 관리해 줄 봉사자가 필요합니다.”라고 말을 전하자 최 교수가 손짓으로 두 명의 학생을 지목한다.

“그렇다면, 저희 학생 두 명을 지정하여서 길수를 전담으로 보살필 수 있도록 하겠습니다. 이번에 가는 학생들은 무용학과가 대부분이라 힘쓰는 일은 잘 도와줄 겁니다.”

여전히 길수는 공항 대합실의 큰 유리 창가에 도마뱀처럼 몸을 붙이고, 천장으로 기어오를 듯이 몸을 꼬기 시작한다. 두 명의 대학생이 길수에게 다가간다. 그리고 말을 걸어보지만, 물끄러미 바라만 볼 뿐 아무런 대꾸도 하지 않는다. 이를 지켜본 강 선생이 다가온다.

“길수야, 여기에 있는 형과 누나가 네가 여행을 잘 마칠 수 있도록 도와줄 분들이야. 그러니 이분들 말을 잘 들어야 한다.”

강 선생이 옆에 있는 학생들에게 인사를 하며 말을 건넨다.

“길수 담임 강 선생입니다. 여기는 올해 나이 18살 ‘김길수’입니다. 생김새는 대학생처럼 의젓하게 보이지만, 행동하는 모습은 보시다시피 저렇습니다. 하지만 어디 악의 있는 행동이나 폭력적인 성향은 볼 수 없으니 안심하세요. 단지 처음이라 낯을 가리는 것 같네요. 그러니 계속 말이나 촉감으로 그를 자극해보세요.

저 애는 자기만의 세상, 아니 새장에 갇혀 사는 새와 같습니다. 날아가라고 새장 문을 열어줘도 나가지를 못하고 계속 그 속에서 갇혀 지내기를 원해요. 어쩌면 이번 여행에서 처음으로 새로운 세상을 경험할 것 같습니다. 어쨌든 이번 여행을 무사히 마치는 순간까지 잘 부탁드려요."

"저는 무용학과에 재학 중인 '서애린'입니다. 그리고 여기는 저의 동기 '이충재'입니다. 이번 참가 학생 중에 길수의 인기가 최고일 것 같은데, 길수야, 넌 어떻게 생각해?"

해맑은 미소로 마치 어린 동생을 돌보듯이 애린이 길수에게 바짝 다가간다. 그런 모습에 질투를 느낀 듯, 충재가 웃으며 그들을 바라본다.

애린과 충재의 도움으로 출국 수속을 마치고 면세점 안으로 들어왔다. 강 선생이 길수 아버지가 준 돈으로 애린에게는 립스틱을, 충재에게는 세이버 로션을 구매해 선물로 준다.

"이것은 길수 아빠가 주는 선물이니까 부담 없이 받아요. 그리고 여행 중에 필요한 게 있으면 언제든지 말해줘요. 내 필요한 경비는 다 낼 테니 모든 것을 편한 방향으로 진행합시다. 그리고 길수에 대해 궁금한 것이 있으면 언제든지 물어보세요. 아 참! 길수야, 아빠가 여행용 가방, 새것으로 바꾸라고 했지? 그러니 여기에서 하나 사자."

강 선생이 평소에 사고 싶어 했던 S사의 제품 중에 노란색으로 눈에 잘 띄는 여행용 가방을 골랐다. 길수 아버지가 건넨 봉투에서 5만 원권 지폐 몇 장을 꺼내 현금으로 지급한다.

그리고는 대합실 구석으로 장소를 옮긴 다음 길수의 낡은 천 가방을 열고는 안에 있던 옷가지와 세면도구를 조심스럽게 새 가방에 옮겨 담는다. 마지막 속옷이 담긴 비닐봉지를 옮겨 담으려는 순간,

바닥에 작은 사진액자가 보인다.

"길수야, 이게 무슨 사진이야? 여기에 있는 두 사람이 누구야?"

그때 옆에 있던 충재가 자세히 사진을 보더니, "선생님, 이분은 길수랑 너무 많이 닮았네요. 그런데 옆에 있는 젊은 여자가 이분의 딸같이 보이는데요."라고 말한다.

그때 애린이도 신기한 듯, 길수와 사진 속의 인물을 자세히 보더니, "이 여자도 길수와 너무 많이 닮았네요. 그렇다면 이분이 길수의 엄마고 이 남자는 길수의 할아버지인가?"라고 묻는다.

순간 강 선생의 머릿속에 그 여자가 길수의 어머니이고 옆에 있는 남자가 길수의 아버지, 김 노인이라는 것을 알 수 있었다.

"길수야, 아빠가 이 사진 잘 간직하라고 보낸 것 같네. 이건 옆에 차고 있는 작은 가방에 넣어 두었다가, 엄마 얼굴이 보고 싶으면 꺼내 보도록 해라."

엄마가 나온 사진을 받은 길수가 한참을 뚫어지라 바라본다. 가방 정리를 마친 강 선생이 액자를 길수의 가방에 넣으려는 순간, 길수가 큰소리를 지른다.

"안 돼! 만지지 마!"

길수의 뜻밖의 행동에 놀라서 한동안 멍하니 바라만 본다. 얼마의 시간이 지나자 길수가 옆에 있던 비닐봉지로 액자를 몇 번 감싼 뒤 가방 속에 조심스럽게 집어넣고는 한참 동안 바닥만 보며 자리에 앉아있다.

그러더니 갑자기 누군가 그를 부르는 듯이 자리에서 일어나 통유리로 끝없이 연결된 유리 창가로 뛰어가더니 멈춘다. 바짝 몸을 유리에 붙인 채 무언의 동작을 하며 하늘을 향해 움직이기 시작한다. 옆에서 지켜보던 여행객들이 발걸음을 멈추고 길수의 이상한 몸동작을 지켜보기 시작한다. 이를 보던 최 교수와 무용과 학생들이 한

동안 주의 깊게 그의 몸짓을 관찰한다. 처음엔 신기한 모습으로 지켜보았지만, 시간이 지날수록 그 동작의 뜻과 의미를 분석하는 것처럼 보인다.

강 선생이 참다못해, "아이고! 길수야, 너 또 시작이구나. 오늘은 평소보다 상태가 더 안 좋아 보이네. 내가 가서 말려야지." 하고 나설 무렵, 옆에 있던 최 교수가 강 선생을 붙잡는다.

"선생님, 그냥 자기가 마음대로 표현할 수 있도록 내버려 두세요. 솔직히 저희 학생들 창작공연보다 훨씬 높은 수준의 작품을 보는 것 같습니다. 의사만 쉽게 소통될 수 있다면, 내가 저놈을 데려다가 춤을 가르치고 싶네요."

최 교수가 제자들에게 훈계하듯, 길수를 가리키며 말한다.

"잘 봐라! 저런 것이 예술이다. 알겠냐? 이놈들아!"

혼자서 무슨 소리를 흥얼거리며, 유리 벽 앞에 놓인 작은 벤치를 뛰어 올라갔다가 다시 그 위를 뒹군다. 발을 하늘을 향해 쭉 뻗더니 손으로 물구나무서듯이 일어났다가, 몸을 좌우로 천천히 돌리며 마치 기계체조의 '안마' 동작을 하듯이 벤치 위에서 아슬아슬한 몸짓이 이어진다.

손을 높이 들면서 공중회전을 하고 바닥으로 살며시 내려앉으며 창가에 몸을 붙인다. 좌우로 머리를 돌리더니 왼쪽으로 높이 뛰면서 오른손을 가장 높은 곳의 유리에 손을 얹고, 공중에 떠 있는 동안 손가락으로 그만의 흔적을 유리에 남기고는 내려온다. 이번에는 오른쪽으로 달려오면서 높게 뜀질을 하고는, 왼손으로 그만의 이야기를 표시하고 내려온다.

그의 뛰어오르는 높이는 처음엔 낮게 시작하다가, 악보의 멜로디처럼 높낮이를 다르게, 그가 오를 수 있는 최고의 높이까지 올라갔다가 내려온다. 움직임이 격렬해지고, 그의 흥얼거리는 소리는 더 크게 울려 퍼진다. 그의 동작은 한 치의 오차도 없이 흥얼거리는 목소리에 박자를 맞춘다.

유리창 너머 줄지어 기다리는 비행기들이 그를 바라보는 관객이 되었고 출국장에 앉아있던 사람들은 무대 뒤의 스텝처럼 자연스러운 표정으로 그의 즉흥적인 공연을 지켜본다. 어느덧 길수의 주위로 동그랗게 사람들이 모이고 동작과 표현이 끝날 때마다 박수를 보낸다.

길수의 전담 봉사 학생인 애린이는 길수의 이런 행동을 막지 않고 바닥에 앉아 손뼉을 치면서 그의 동작에 흥을 돋우고 휴대 전화기를 꺼내서 카메라의 앵글을 조작하며 연신 촬영을 한다. 같이 여행 갈 학생들이며 주위에 서성이던 여행객들도 사진으로 그의 모습을 담고 있다.

분위기가 점점 심각하게 진행되는 것을 알아차린 강 선생이 교장에게 말을 건다.

"왜 하필 가방 안에 길수 엄마의 사진을 넣어두었는지 알 수가 없네요. 길수가 사진 속의 엄마 모습을 처음 보고 난 이후로 조금 이상해졌어요."

"그런 일이 있었나요? 길수는 단 한 번도 엄마라는 단어에 반응이 없었는데, 왜 하필 여행을 떠나는 날 그 사진을 넣어두었지요? 우연의 실수인가? 아니면 그분께서 의도하신 뭔가가 있는 것은 아닐까요?"

"맞아요! 길수 엄마가 길수를 맡겨두고는 인도네시아로 여행을 떠난 뒤 영원히 사라졌다고 했어요. 그 사진을 보면서 혹, 나타날지도 모를 엄마를 찾아보라고 한 것은 아닐까요?"

"소설처럼 말은 되지만, 세월이 20년이나 지난 뒤 그것도 이국땅에서 어떻게 엄마를 찾을 수 있다고, 그건 사실상 불가능한 이야기의 추론입니다. 그냥 여행하다가 외로울 때 사진으로나마 잠시의 외로움을 견뎌보라는 뜻으로 보냈겠지요. 아니면 비록 사진이지만, '항상 너의 곁에 아빠와 엄마가 함께하니 두려워하지 마라.'라는 의도가 아닐까요?"

"그럼 다행이지만, 그 사진을 보고 난 뒤로 이전보다 더 통제하기 힘든 이상한 행동을 보입니다. 고함을 지르거나 입으로 흥얼거리는 것은 이전에 없던 행동입니다. 상태가 좋지 않습니다. 혹시 몰라 병원에서 처방해온 약이 있는데, 지금 먹일까요?"

"이번 여행이 극기 체험인데, 우리가 먼저 포기하면 안 되지요. 인내심을 가지고 지켜봅시다. 남에게 해를 끼치는 행동은 안 하고 있지 않습니까? 저기 있는 사람들을 보세요. 모두 그의 춤과 행위에 넋을 잃고 지켜보고 있잖아요?"

길수의 동작이 점점 커지고, 그의 뜀박질 높이도 점점 높아진다. 더 뛸 수 없는 한계에 도달하고, 온몸이 땀에 젖어 힘들어하면서도, 새장에 갇힌 새가 벗어나지 못해 날개를 퍼덕거리며 새장을 부숴버릴 듯, 자해하는 모습으로 보인다. 차마 이를 보지 못한 강 선생이 뛰어나가며 길수를 붙잡는다.

"길수야, 너 여기를 벗어나 저 하늘을 날고 싶은 거지? 걱정하지 마! 조금만 있으면 저 아래에 있는 비행기를 타고, 네가 한 번도 가보지 못한 높은 세상을 날아갈 거야. 그러니 여기에서 잠시 쉬었다가 비행기를 타고 다시 날아보자."

그제야 정신이 돌아온 듯이 주위를 두리번거리더니, 강 선생의 뒤에 몸을 숨기고는 친구들 무리 속으로 들어가려고 하지만 이를 지켜보던 낯선 관객들이 길수의 옷소매를 잡아당기고는 어쩔 수 없이 이 사람 저 사람들과 사진을 찍는다. 강 선생이 모여있던 사람들의 몸을 밀치며 겨우 길수를 데리고 나온다.

여행을 제대로 시작하기도 전에 지쳐온다. 이를 지켜보던 최 교수가 "내일 아침이면 길수가 유튜브의 글로벌 스타가 되어있을지도 모르겠네요."라고 말하며 웃는다.

제3장 새처럼 날자

밀려드는 여행객들로 공항은 북새통을 이루고 있다. 차라리 코로나 위험기간에 이런 여행을 떠났으면, 나름 조용한 낭만을 즐길 수 있었을 것이다. 떠난다는 자유와 속박을 벗어날 수 있는 희망으로 나왔지만, 기절할 것같이 많은 사람 사이를 해치고 나와, 다시 빈자리 하나 없는 항공기의 비좁은 좌석에 앉았다. 추운 날씨지만, 이곳은 한여름 뙤약볕 아래 윗옷을 벗고 서 있는 느낌이다.

기장의 이륙 안내방송이 나온다. 인도네시아 발리까지는 7시간 걸린다고 한다. 얼마 전에 허리 수술을 받은 강 선생은 긴 시간 동안 움직이지 못하고 좁은 좌석에 앉아있을 생각을 하니 벌써 허리에서 통증이 느껴지는 것 같다. 창가에는 강 선생 그리고 안쪽으로 길수 그다음은 애린, 충재의 순으로 앉았고 왼쪽 끝 편 넓은 비상출입구에는 최 교수와 교장 선생이 자리를 잡았다.

사람들의 떠드는 소리에 기장의 안내방송이 제대로 들리지 않는다. 코로나로 많은 사람이 세상을 떠났다고 하지만, 도대체 이 많은 사람은 어디에서 왔는지 모르겠다.

강 선생이 길수를 자리에 앉히고는 안전띠를 채워준다. 길수 옆에 몸을 바짝 붙이고 앉은 애린은 연신 미소를 지으며, 길수의 순간순간 바뀌는 표정을 마냥 신기한 듯이 지켜본다. 마치 길수가 다정한 애인이라도 되는 듯, 그의 팔에 몸을 바짝 붙인 채 즐거워한다. 애린이 옆에 앉은 충재는 벌써 지쳤는지 자리에 앉자마자 눈을 감고 깊은 생각에 잠겼다.

자기 자리를 벗어나 강 선생이 있는 창가로 몸을 돌리고는 창밖에 보이는 비행기들을 손으로 잡으려고 몸을 비틀고 있다. 강 선생은 길수를 진정시키기 위해 "길수야, 우리도 곧 높은 곳으로 날아갈 거야."라며 이륙을 준비하고 있는 항공기들을 손으로 가리킨다.

"날아보자! 날아보자! 새처럼 날아보자!"

길수가 입으로 작은 소리를 내며 팔을 새처럼 퍼덕인다. 순간 비행기는 끝없이 길어 보이는 활주로를 향해 달리고 조금씩 하늘 위로 몸을 들어 올리자 갑자기 길수가 몸을 일으키며 일어나려고 발버둥 친다.

"날아보자. 새처럼 날아보자."라고 괴성을 지르며 팔과 몸을 비비꼬고 격렬하게 움직인다. 강 선생이 길수의 팔을 잡아당기며 자리에 앉히려 하지만, 길수의 힘을 이겨내기에는 턱없이 부족하다. 옆에 있던 애린이도 길수의 팔을 당기며, "길수야! 나를 봐! 진정하라고!"라고 달래보지만, 그들의 목소리는 길수의 귀에 도착하기도 전에 벗어나 허공만 맴돌 뿐이다.

승객들이 놀라 모두 길수 쪽을 바라본다. 잠시 후 비행기가 정지 궤도에 접어들고 안전띠 해제 신호가 울리자 승무원들이 길수 쪽으로 급히 달려온다. 길수는 창밖을 보며 하늘을 높이 올라갈수록 그의 몸부림과 목소리는 점점 더 커지고 거칠어지기 시작한다.

"손님, 혹시 이분께서 왜 이러시는지 설명해 주실 분이 있나요?"

그때 강 선생이 힘든 숨을 참으며 양손으로 길수를 붙들고는 대답한다.

"이 애는 제 학생이고요. 약간의 자폐 증세를 보이지만, 이런 경우는 저희도 처음이라, 뭐라 정확히 설명해 드리기 어렵네요. 일단 최선을 다해 진정시켜 볼 테니 잠시만 기다려 주십시오."

"계속 저러면 다른 승객의 안전을 위해 출발했던 공항으로 돌아가서 저 학생만 내려놓고 난 뒤 다시 이륙하는 수밖에 없습니다. 저러다가 증세가 더 심해지면 어쩌지요? 다른 승객들의 편리도 생각하셔야 합니다."

그때 최 교수가 승무원의 말을 막으며 자리에서 일어선다.

"우리가 돌아가게 되면 내 옆과 앞뒤로 앉은 승객 서른 명, 모두 내려가겠습니다. 그래도 되겠습니까? 저 학생은 비행기가 처음이고 이륙 순간에 놀라 일시적으로 그런 것이니 우리가 진정시켜 보겠습니다."

옆에 있던 교장이 "강 선생님, 이쪽 자리가 거기보다는 훨씬 넓습니다. 그러니 자리를 바꾸어 봅시다."라고 제안한다. 승무원들도 어쩔 줄 몰라 귓속말로 주고받으며, "일단 그렇게라도 해보세요. 조금이라도 진정이 되면 저희가 다니면서 주위 승객들에게 직접 양해를 구해 볼게요."라고 권유를 한다.

강 선생이 길수의 안전띠를 풀자 길수는 둥실둥실 구름 위를 걸어 다니듯, 부드럽게 몸을 숙였다 일어나면서 중얼거리는 그의 입속 리듬에 맞추어서 팔을 구름처럼 부드럽게 새의 날개처럼 길고 넓게 펼쳐 흔들고는 다리는 발이 공중에 떠 있듯이 바꾸어 흔들며 뛰기 시작한다.

안전띠의 속박에서 벗어나자 고래고래 소리를 지르던 괴성이 혼자만의 독백으로 돌아가고 어느덧 주위는 조용해졌다.

강 선생은 급하게 길수를 최 교수가 앉아있던 비상구 창가에 밀어 넣는다. 그러자 기다렸다는 듯이 애린이 일어나면서 "지금부터는 제가 길수 옆에 붙어서 그의 행동을 제어해보겠습니다."라고 말한다.

"그래, 애린 학생이 한번 해봐요. 난 이놈 붙든다고 완전히 지쳤어요. 이제 소리는 안 지르니까 쫓겨나지는 않겠네요."

최 교수가 웃으며 승무원에게 "저 정도면 회항하지 않아도 되겠지요?"라고 묻는다.

애린이 아주 부드럽게 "길수야, 창밖을 봐! 너도 새처럼 하늘을 날고 있잖아? 그렇지? 이제 네가 제일 높은 곳에 있는 거야."라고 진정시킨다.

길수는 창밖에 떠다니는 하얀 구름을 바라보며, 그 작은 비상 출구 공간이 그에게는 하늘을 날 수 있는 작은 우주의 공간이 되었다. 창밖에서 누가 그를 부르는 듯, 그의 몸짓은 계속 이어진다. 하얀 구름 위를 나르더니 갑자기 캄캄한 밤의 적막이 나타난다. 그제야 그의 춤도 멈추고 검게 물든 어둠의 창가를 그의 집게손가락으로 만지며 묵묵히 창밖을 바라본다.

길수가 밤의 하늘을 조용히 날기 시작하자 그를 중심으로 모두 잠들기 시작하고 지친 애린이도 낮은 소리로 코를 골며 길수의 어깨에 기대 잠이 든다.

얼마나 시간이 지났을까? 길수도 지쳤는지 애린에게 몸을 기댄 채 잠이 들었다. 기장의 도착 안내방송 소리가 들리고 주위 사람들이 웅성거리며 움직이기 시작한다.

강 선생이 다가와 길수를 깨운다.

"길수야 조금 있으면 인도네시아 발리 공항에 도착할 거야. 새처럼 하늘을 나는 여행은 잘하였니? 어제 너 때문에 우리 모두 이 비행기에서 쫓겨날 뻔했다. 이제 정신 좀 차리고 도착 준비하자."

승무원들이 얌전하게 앉아있는 길수의 모습을 보더니 웃으면서 다가와, "뭐 마실 것 가져다드릴까요?"라고 묻자 길수도 미안했던지 손으로 머리를 긁적거리며 같이 웃고 있다.

공항에 도착하자마자 38도의 찌는 더위와 높은 습도로 모두 숨을 헉헉거리며 힘들어한다. 하지만 길수는 날씨에 아랑곳하지 않고 그냥 무덤덤하게 뜨거운 태양 빛을 즐기는 듯 보인다.

"길수야, 덥지 않니? 넌 이곳 원주민들처럼 잘 적응하는구나?"

최 교수가 다가와 길수에게 묻는다.

교장이 길수의 의젓한 모습에 어깨를 두드리며 "최 교수님, 길수가 점잖게 있는 것을 보니 정말 놀랍네요."라고 최 교수에게 대답하고는 다시 길수를 보며 "길수야, 네가 우리를 보호하고 안내해야 할 봉사자인 것 같구나."라고 웃으며 말을 건다.

공항 안은 차가운 에어컨 바람에도 불구하고 너무 많은 사람의 온기로 후끈 달아오르고, 공항 밖은 뜨거운 태양의 열기로 아스팔트가 녹아내린다.

최 교수에게 전화가 걸려온다.

"상황이 그렇게 심각합니까? 그럼 우리 단체 말고 또 다른 해외 봉사 단체들이 겹쳐서 들어왔다고요? 이거 큰일이네요. 그렇다면 발리 시내에 있다는 그 봉사 캠프장은 우리가 이동하기 어렵겠네요. 좋습니다. 그럼 발리 외곽에 마련된 임시숙소로 일단 이동하겠습니다."

교장이 다가오자 무슨 일인지 최 교수가 설명한다.

"지금 이곳도 팬데믹이 막 끝나고 난 뒤라 갑자기 밀려드는 해외 봉사단체들 때문에 모든 캠프가 초만원이 되어서 우리를 수용할 여분의 시설이 없다고 하네요. 다들 몇 년간 연기했던 사업이라 한목에 너무 많은 인원이 동시에 들어왔다고 합니다. 일단 자매결연이 된 이곳 초청대학에서 약속하기를, 다른 지역으로 이동해서라도 이번 행사를 진행하겠다고 합니다."

"그렇다면 하루 이틀 자유 시간을 가진 다음 재정비하여 다시 출발하도록 합시다."

제4장 정글의 소리

족히 20~30년은 넘은 듯 낡아빠진 버스를 타고 발리의 시내를 벗어나 숲이 가득한 외곽으로 이동한다.

현지 안내를 맡은 남자분이 나와 인사를 한다.

"안녕하십니까? 저는 이곳에서 올해 12년째 선교 활동을 하는 '배정인'입니다. 이미 전달받으신 대로, 원래의 일정이 원만하게 진행되지 못한 점, 양해 바랍니다. 팬데믹으로 몇 년간 중단된 여행이 자유로워지자 이렇게 예상하지 못한 일들이 곳곳에서 발생하네요.

해외에서 갑자기 너무 많은 봉사 단체가 서로 돕겠다며 이곳을 방문해오니, 발리 시에서 들어오지 말라고 막을 수도 없고, 이로 인한 관광 수입도 무시할 수 없는지라, 여행객들의 호주머니 돈을 뺏기 위한 총성 없는 전쟁이 발리 시내와 관광지에서 매일 벌어지고 있습니다.

현재 시내의 호텔은 과부하가 걸린 상태로 돈을 줘도 방을 구할 수 없는 상황입니다. 아마도 정가보다 최소 2~3배는 지급해야 겨우 구할 수 있습니다. 사전에 인터넷으로 예약한 객실은 모두 취소되었고 현지에서 이처럼 현금으로 바가지 장사를 하고 있습니다.

　그래서 우리는 발리 시와 다소 멀리 떨어져 있는 초청대학교의 농촌 체험현장의 임시거주시설로 이동합니다. 간단한 샤워시설과 화장실은 있지만, 시원한 에어컨 설비가 되어있지 않으니 뜨거운 한여름 밤을 보낼 겁니다. 그러니 마음의 각오를 단단히 하시기 바랍니다.”

　버스가 넓게 펼쳐진 논의 평야를 지나고 비스듬한 산 비탈길을 오르고 있다. 숲의 나무가 버스를 삼킬 듯이 빽빽하게 서 있고 컴컴한 숲속의 터널 안으로 거침없이 들어간다. 가는 길에는 대나무와 풀로 엮어 만든 엉성한 현지인 가옥들이 곳곳에 보인다. 언덕을 지나서 탁 트인 고원의 중심에 이르자 앞으로는 넓은 평야가 펼쳐져 있고 뒤로는 빼곡한 정글의 숲으로 이루어진 작은 마을에 도착했다.

　골조는 콘크리트지만 지붕과 벽은 대나무와 야자 잎으로 촘촘히 엮어 놓은 건물이 보인다. 그 주위로 작은 원주민들의 가옥들이 자리 잡고 있다. 아마도 이곳 대학교의 농장을 관리하는 인부나 농부들의 주택인 것 같다.

　농장의 책임자가 나와 최 교수와 일행들을 따뜻하게 맞이한다.

　“잘 오셨습니다. 이곳은 고산지대의 오지라 방문하는 사람들이 많지는 않습니다. 대학 본부로부터 급히 오신다는 연락을 받았습니다. 머무는 동안 불편함이 없도록 특별히 준비는 하였지만, 도심과 많이 떨어진 곳이기 때문에 평소 여러분이 드시던 음식재료를 구할 수가 없어서 이곳 현지인들의 전통음식으로 식사를 준비하겠습니다.”

　최 교수가 “고산지대인데도 이곳은 날씨가 덥고 습하네요.”라고 묻자 현지인 책임자가 "여긴 높은 지역이라 다소 시원한 편인데 아마도 큰 비가 곧 내릴 듯합니다. 혹 집안으로 물이 들어올 수 있으니 중요한 물품은 저기 있는 플라스틱 통 안에 넣고 나머지는 비닐로 잘 덮어서 보관하십시오. 비가 내리고 나면 시원한 이곳 날씨를 즐길 수 있을 것입니다."라고 답한다.

"말로만 듣던 정글 날씨를 미리 느끼는 것 같네요. 남겨 놓은 인내심을 이곳에 다 펼치고 버려보아야겠습니다."라고 강 선생이 지친 듯, 웃으면서 말을 건넨다.

"강 선생님, 첫날인데 이렇게 지치면 안 되지요. 일단 숙소의 상태를 점검하고 방별로 인원을 배치합시다."

교장이 강 선생의 지친 마음에 용기를 불어넣는다.

"나보다도 애들이 더 힘들어하는 모습을 보이니 걱정입니다. 잘 견뎌주어야 할 텐데 말입니다."

"보통 비가 내리기 전에는 덥고 습하지만, 내리고 나면 이곳 나름의 상쾌함과 생명의 숨소리를 만끽하실 겁니다."

안내를 맡은 배정인 선교사가 답을 하고는 "저기 있는 친구는 얼굴에 짜증 난 기색 없이 현지인처럼 매우 밝은 표정을 짓네요."라며 손으로 길수를 가리킨다.

"그렇네요. 길수가 이곳을 아주 좋아하나 봐요."

최 교수가 다소 놀란 모습으로 길수와 그의 옆을 지키는 애린이와 충재를 살핀다.

배정인 선교사가 서로 역할이 바뀐 모습을 보며 "제가 볼 때는 이곳에서는 길수가 제들을 돌보는 것 같습니다."라며 모두를 웃게 한다.

"배 선생님, 이럴 때일수록 처진 모습으로 가만히 있는 것보다는 뭔가 색다른 프로그램으로 정신을 가다듬고 기운을 북돋는 시간을 가져보는 것은 어떨까요?"

더위에 지쳐있는 팀원들을 바라보던 강 선생이 배 선생에게 의견을 제시한다.

"그것 좋은 생각이네요! 배 선생님, 현지 책임자에게 특별한 프로그램을 해줄 수 있는지 한번 여쭈어봐 주세요. 그럼 우리가 저녁 만드는 것을 도와드린다고 하세요."

교장이 동의한다는 뜻으로 최 교수와 배 선생을 보며 말한다. 그러자 배 선생이 현지인 책임자의 사무실로 찾아가 한참을 협의한 끝에 마을 사람 몇 분과 같이 걸어온다.

"이분들께서 지친 학생들의 마음을 위로하고 이곳 전통을 배우는 목적에 '서파푸아 섬'의 민속놀이 '신 마중'이라는 것을 같이 해보자고 합니다."

"신 마중이라... 아주 독특하고 특별한 체험이 될 것 같네요. 좋습니다. 당장 시작합시다."

최 교수가 즉시 자원봉사 대학생과 중고등부 학생들에게 집합 명령을 내리고는 현지인들의 요청을 전달한다.

"놀이 의식을 위해 저기 넓은 마당 중앙에 큰불을 피워야 합니다. 그러니 이곳 주변에 쓰러져있는 마른 나무를 주워서 저기 중앙에 갖다 놓으세요. 정글 안으로 들어가는 것은 위험하니 여기 가까운 곳의 나무만 모아오세요."

그때 원주민 마을의 촌장으로 보이는 분이 다가온다.

"놀이 의식의 참여와 재미를 더하기 위해 한국에서 온 몇몇 친구들을 파푸아인의 모습으로 분장시켜서 참가하는 게 어떠냐고 묻네요."

"좋네요. 그런데 누구를 시키지요?"

그러자 촌장이 우리말을 알아들었는지 더위에 지쳐 그늘에 조용히 앉아있던 길수와 애린이 그리고 충재를 손으로 가리킨다.

"아하! 저 친구들! 좋아요! 그렇게 해보세요."

최 교수가 충재와 애린이를 큰 소리로 부른다. 동시에 강 선생이 길수를 부르며 오라고 손짓한다.

"길수야 너 심심하지? 너 여기 아저씨들이랑 같이 춤추는 놀이 한 번 해라. 너 춤추는 것 좋아하잖아? 그리고 이분들이 너를 파푸아 사람 모습으로 분장시켜준다니 정말 재미있을 거야. 내 말 알아들었지?"

강 선생의 말이 다 끝나기도 전에 촌장이 길수의 손목을 잡고 큰 야자나무 밑으로 데려간다. 애린이와 충재는 농장 현장책임자와 마을 사람들을 따라 반대편에 있는 원주민 마을로 간다.

"배 선생님, 평소에도 외국인 학생들이 오면 이런 놀이를 자주 하나요?"

"그렇지 않다고 합니다. 보통은 농촌 마을이니 농사를 같이 짓거나, 이곳 어린이들을 돌보는 프로그램을 주로 하는데, 오늘은 이곳 촌장이 갑자기 이 놀이를 하겠다고 제안하였습니다. 매우 특별한 경우입니다."

"그런데 '신 마중'이라는 단어가 약간 무섭기도 하고 신비롭게 들립니다."

강 선생이 길수를 염려하며 말을 꺼낸다.

"이런 놀이는 대부분 관광객을 위한 재미 삼아서 하는 보여주기 체험학습으로 나쁜 일은 거의 없습니다. 놀이 제목만 보면, 우리나라 무당의 내림굿과 비슷한 놀이지만, 난 선교사라 그런 미신이 아닌, 그냥 전통으로 받아들일 뿐, 나머지 주술적인 힘은 믿지 않습니다.

이곳 인도네시아는 마을마다, 지역마다 독특한 그들의 문화와 언어가 있습니다. 이제는 단지 전통적 의미만 남아있지만, 현지 원주민들은 아직도 그들의 주술적인 힘을 믿고 따르고 있지요. 그런 이유 때문에 제가 여기에 와서 하느님의 뜻과 거룩한 영광을 이들에게 전하고자 다니는 것 아닙니까?"

"이런 어쩌나! 배 선생님, 난 절실한 불교 신자라 어쩌지요?"

교장이 웃으며 대꾸하자 배 선생도 같이 웃으며 "그럼, 교장 선생님이 저를 불자로 포교하시는 것은 아닌지요?"

"하하하. 그럴 리가요. 저는 남이 싫어하는 것은 절대 강요하지 않습니다. 신을 선택하거나 신의 선택을 받는 사람은, 타인에 의한 강제성보다는 자신의 의지에 선택받은, 자유로운 영혼에 이끌려 가는 것이 바람직하다고 생각합니다."

주고받는 대화가 열기를 띨 무렵, 학생들이 마당 가운데 작은 돌로 둥글게 크게 원을 만들고 구해온 땔감을 그 안에 차곡차곡 쌓기 시작한다.

"이제 불을 피울 땔감은 다 준비되었습니다. 그런데 길수와 애들은 어떻게 되었지요?"

말이 끝나기가 무섭게 어두운 숲에서 하얀 눈동자만 반짝이며 온통 검은색 구두약으로 발라 놓은 듯, 새까만 칠을 한 두 명의 남자가 걸어 나온다. 가까이 다가오자 한 명은 촌장이고, 한 명은 길수인 것을 알 수 있었다. 길수의 곱슬머리가 그를 원주민의 모습으로 만들어 놓았다.

그리고 반대편 마을에서도 온통 까만색 칠을 한 충재와 애린이 마을 사람들과 손을 잡고 걸어 나온다. 누가 누구인지, 하얀 눈과 흰 이빨만 반짝인다. 그리고는 촌장과 마을 사람들이 다시 하얀색 물감으로 해골 모양의 뼈 골격을 검은 칠을 한 몸 위에 얼굴에는 머리뼈, 가슴과 배 부위에는 갈비와 척추, 골반을 그리고 아래에는 다리뼈를 진한 흰색 물감을 듬뿍 묻힌 손으로 굵게 크게 그려 넣는다. 해골만 남은 귀신들이 다시 살아나 걷고 있는 착각을 일으킬 정도로 섬뜩하고 무서운 모습이다.

"애들을 저렇게 분장 시켜 놓으니 뭔가 이상한 일들이 일어날 것 같은 걱정이 듭니다."

"걱정하지 마십시오. 그냥 놀이 삼아 하는 전통 의식이니 괜한 걱정은 안 하셔도 됩니다."

이를 지켜보던 선교사 배 선생이 다가와 걱정하는 강 선생을 위로한다. 하지만 길수의 분장한 모습에 강 선생은 가만히 있지 못하고 "왜 하필 길수를 택했는지, 저는 마음이 놓이지 않습니다."라며 조급해한다.

촌장이 알아듣지 못하는 현지어로 의식에 관해 설명하고, 배 선생이 모두를 불러놓고 그의 말을 전달한다.

"방금 이곳 원주민 마을 촌장님께서 여러분에게 '신 마중' 놀이 의식에 관해 설명해주셨습니다. 이 의식의 목적은, 저 아래 인간 세상에 살면서 병들고 찌든 죄와 악의 기운을 모두 모아서 저 뒤쪽 깊은 숲속에 있는 정글 숲의 신에게 돌려보냅니다. 그러면 숲의 신이 그들의 죄를 용서하고 깨끗하게 정화한 맑은 정신과 육체를 다시 인간세계로 돌려보내는 놀이 의식입니다.

특별히 이곳 주민 대부분이 참가하는 뜻깊은 시간이 될 것 같습니다. 코로나 때문에 이들도 이 의식을 오랫동안 치르지 못했는데, 여러분의 방문에 힘을 얻고 이 마을에 깨끗한 신의 정령을 받아들이기 위해 멀리 한국에서 온 3명의 학생을 택했다고 합니다.

마지막은 여기에 온 모든 사람이 다 같이 춤추고 노래를 따라 부르며 전체의식을 마친다고 합니다. 대충 이해하셨죠?"

"길수야 너 제대로 알아들었나?"

충재와 애린이도 자기처럼 검은 해골 인형이 되어서 나타나자 길수가 그들을 보며 큰소리로 웃기 시작한다. 하지만 충재와 애린은 도대체 무슨 일을 하려는 건지 아직도 이해하지 못한 채 의식의 제물로 바쳐지는 겁먹은 동물의 모습처럼 잔뜩 긴장해 있다.

마을의 촌장과 현지 책임자가 횃불을 들고 와서 학생들이 주어 온 나뭇더미에 불을 놓기 시작한다. 나무는 화난 악마의 모습처럼 성난 불꽃을 만들며 타기 시작하고 마을 사람들이 불 주위로 둥글게 모여든다. 그들의 손에는 소리를 만들 수 있는 부서진 깡통, 찢어진 북, 갈라진 긴 대나무 통과 이상한 물건들이 손에 쥐어져 있다.

최 교수가 풍물패 단원들에게 "이봐! 너희도 사물놀이 악기를 가져와서 원주민의 리듬에 맞추어 같이 풍악을 울려보는 건 어때?"라고 즉흥적으로 제안한다.

원주민 촌장과 마을 사람 십여 명도 같은 분장을 하고 걸어 나온다. 먼저 옆에 서 있던 원주민들이 낮은음 목소리로, 아주 천천히 그리고 여리게 의식의 시작을 소리로 알린다. 이어 소리 낼 수 있는 모든 타악기를 손으로 두드리며 땅바닥에 내리치고 느리게 시작하여 점점 빠르고 격렬한 리듬을 만들며 회오리바람이 부는 폭풍 속으로 밀어 넣는다.

새의 머리처럼 생긴 큰 가면을 머리에 쓰고, 오색의 새 깃털을 줄로 촘촘히 엮어서 만든 긴 장식을 온몸에 치장하고는 마당의 중앙으로 걸어 나오더니, 몸을 좌우로 흔들고 발로 땅바닥을 두드리면서 어떤 이는 쉬지 않고 아래위로 뛰기 시작한다.

노래는 슬픔을 알리듯이 애절해지고 해는 점점 붉게 달아오른 석양을 뒤로 남기고 서쪽으로 물러나기 시작한다. 어느덧 길수도 촌장과 춤을 추는 이들의 손에 이끌려서 그들의 춤을 따라 하며 추기 시작한다. 그리고 그의 왼손에는 대나무로 길게 만든 화살과 오른손에는 낡은 대나무 통을 쥐고 바닥을 힘차게 두드리며 춤에 흥을 더한다. 원주민들이 다가와 길수의 머리에 새의 긴 깃털을 꽂아 준다.

나무 위로 성난 불이 피어오르고, 점점 빨라지는 노래와 장단이 의식에 참여한 사람들의 영혼을 자극하고 두드리며, 그들의 동작이 빨라진다.

반복되는 리듬과 노랫소리가 처음은 어색했지만, 시간이 지날수록 최면에 빨려 들어가는 듯이 그들의 몸에서 놀라운 힘과 에너지가 솟구치고 정글의 숲을 향해 그 기운을 쏟아내고 있다.

큰 불길이 타오르는 모닥불 주위를 돌며, 육체는 타고 남은 영혼이 우는 듯한 노랫소리에 대나무와 빈 깡통 두드리는 소리를 더해 잠자는 슬픈 영혼을 깨운다.

길수도 살며시 눈을 감고 취한 듯이 그의 몸은 무언가에 이끌려 경기를 하며 떨기 시작하고 갑자기 소리를 지르며 몸이 하늘을 날 듯이 움직인다.

"교장 선생님, 길수가 아무래도 불안해요. 제가 들어가서 저 애를 데려와야겠어요."

걱정과 두려움에 가득 찬 강 선생이 길수를 보며 교장에게 부탁해 본다.

"선생님, 아직은 아무 문제 없이 원주민들과 잘 어울리며 의식을 잘 따르고 있으니 조금 더 지켜보고 결정합시다."

반대편에 있던 애린이가 길수에게 다가오려고 몸부림쳐보지만, 원주민들의 강렬한 춤 동작과 강한 의식의 힘에 빨려 들어가는 길수와의 거리가 점점 멀어진다. 충재는 이런 상황이 잘 정리되지 않는 듯, 정신을 가다듬어 보려 하지만, 뜨거운 의식의 열기와 최면에 이끌려서 자신을 스스로 통제할 수 없는 듯, 몸이 움직이는 대로 그의 영혼을 맡겼다.

해는 넘어가고 짙은 석양도 나머지 꼬리를 어둠에 묻고 사라질 무렵, 길수는 혼을 불사르듯이 불길 위로 달려오며 공중제비를 하고 뛰어넘기 시작한다. 이를 지켜본 원주민들의 춤 동작과 목소리가 더 커지고, 영혼을 울리는 리듬도 빠르게 뜨거워져, 속세에서 때 묻고 더럽혀진 그들의 영혼이 깊은 정글 속으로 흘러 들어가고 있다.

촌장이 숲의 영혼을 부르며 맨발로 불길에 휩싸인 나뭇가지를 걷어차기 시작한다. 불붙은 나무와 재들이 온 사방으로 튀어 나가고, 뜨거운 불길 위를 마구 뛰어다닌다.

이를 계속 지켜보던 최 교수가 풍물패 단원들을 의식에 합류시킨다. 갑자기 북과 꽹과리 소리가 더해지자 어둠의 뒤쪽에 자리 잡고 있던 조용한 숲이 바람의 울음으로 요동치고, 숲으로부터 짙은 안개가 마당 한가운데로 밀려온다.

그때 원주민이 집에서 키우던 돼지 한 마리를 끌고 오더니, 그 자리에서 칼로 돼지의 목을 내리친다. 돼지는 잘린 머리를 매단 채 피를 뿜으며 길수가 있는 쪽으로 달려간다. 순간 길수의 온몸이 돼지의 붉은 피로 적셔지고, 달려오던 돼지가 길수 앞에서 쓰러지며 목숨을 거둔다.

촌장이 돼지의 몸을 칼로 가르며 피를 의식하는 이들의 얼굴과 몸에 바르고는 돼지의 몸통을 몇 등분 자른 뒤 불꽃이 이글거리는 모닥불에 던져 넣는다.

갑자기 어디에서 날아왔는지? 피 냄새를 맡고 날아온 새들이 마당 주위를 맴돌며 자리를 지키고, 돼지의 남아있던 내장을 먹잇감으로 던져준다.

안개는 더 짙게 둘러싸여 한 치 앞도 잘 보이질 않고 간혹 하늘 위로 튕겨서 올라가는 불꽃만 보일 뿐이다.

길수도 촌장과 함께 맨발로 불꽃이 타오르는 나뭇가지를 차며 온 몸을 아래위로 흔들고, 팔을 저어 마치 하늘을 날아갈 듯, 두 팔을 휘젓다가 불길의 중심으로 몸을 던진다.

길수의 돌발적인 행동에 모두 놀라 조용해지자 강 선생과 교장 선생이 기다렸다는 듯이 불길이 있는 곳으로 달려가며 '길수야!'를 외친다. 애린은 눈앞에서 사라져버린 길수의 모습에 놀라, 불길 앞에서 동작을 멈추고는 모닥불 속을 살펴보았지만, 길수의 모습은 보이지 않는다.

모닥불의 이글거리는 불꽃이 한입에 길수를 집어삼키며 입에 넣고는 배고픈 새들의 울음소리에 맞추어 입 밖으로 작은 불티를 만들며 세상 밖으로 그의 영혼을 내뿜는다.

모두의 머릿속에 길수에게 무슨 일이 일어났다는 생각이 들 무렵, 벌겋게 달아오른 숯불 속을 헤치며, 죽은 해골이 하늘로 날아오르듯이 빠른 몸짓으로 뛰쳐나온다.

뜨거운 불길 속에서 살아나온 그의 무사함을 반기듯이 노랫소리는 더 힘차게 울려 퍼지고 춤을 표현하는 손짓과 발의 움직임이 커지면서 격렬해진다.

강 선생과 교장은 불길 앞에서 숨을 멈춘 채 길수의 살아있는 모습을 쳐다보며 넋을 잃고 앉아있다.

배부른 새들이 갑자기 퍼덕거리며 숲으로 날아가기 시작하고, 강한 바람이 숲에서 불어오더니 쌓여있던 안개를 걷어낸다.

붉게 타고 있던 나무의 불길을 마지막 재로 만들 때까지 바람은 세차게 불어온다. 길수는 벌써 여러 번 불길 속을 뛰어 들어가고 나오기를 반복한다.

"난 선교사지만 저런 경우를 어떻게 판단하고 표현해야 할지 잘 정리가 되지 않습니다. 과학이나 특정 종교의 이론으로 정의할 수 없는 일들이 이런 곳에서는 자주 일어납니다."

배 선생이 머리를 가로저으며, 떨리는 그의 손은 어느덧 목에 있는 십자가를 붙잡고, 악령에 사로잡히지 않도록 간절히 기도하고 있다.

바람이 잠시 멈추자 타고 있던 불꽃의 열기가 빛을 잃고 숨을 헐떡일 때 멀리서부터 비가 내리는 소리가 가까이 들리며 다가온다. 내리는 빗속에서 모닥불은 이제 하얀 연기를 뿜으며 마지막 숨을 거두고 불꽃처럼 타올랐던 영혼의 검은 가루가 빗물에 씻겨져 정처 없이 떠돌다가 어디론가 돌아오지 못할 세상으로 사라질 것이다.

의식에 참여한 사람들이 춤을 멈추고 자리를 정리하며 떠나기 시작한다. 몇몇은 긴 쇠꼬챙이로 불길 속에 던져 놓은 돼지 몸통을 뒤지며 찾고 있다. 하지만 길수는 내리는 빗속에서도 그의 춤은 멈추지 않고 강 선생과 애린이가 달려들어서 길수를 붙들고 매달리자 그만의 의식을 마침내 끝낼 수 있었다.

애린이와 충제의 몸에는 여전히 검게 칠한 몸에 해골 모양의 흰색 무늬가 뚜렷이 남아있었지만, 신기하게도 길수의 몸에는 흰색으로 짙게 칠한 해골 모양의 그림만 깨끗이 지워졌고 검은색 칠만 남아있었다.

의식에 지친 모습을 한, 마을의 촌장이 봉사단 대표들이 모여있는 곳으로 다가온다.

"우리는 파푸아에서 추방당해서 이곳에서 몇십 년째 고향 파푸아를 가지 못하고 정착한 이방인들입니다. 오랜 세월 동안 이 의식을 관광객이나 여기 찾아오는 봉사단들을 위해 해오고 있지만, 오늘 같은 일은 처음 본 것 같습니다.

옛날 우리의 선조들이 예언했듯이, 똑같은 일이 오늘 일어났습니다. 특히 저기 있는 저 친구에게 뭔가 큰 변화가 일어날 것 같으니 주의 깊게 그를 지켜보십시오.

정글 숲의 정령이 그의 부름에 응답하였습니다. 그것이 좋은 일이 될지, 나쁜 일이 될지는 우리도 알 수 없습니다만, 분명한 것은 무엇인가, 반드시 저 아이에게 일어난다는 것입니다.

숲에서 새들이 날아온 것과 하얗게 밀려온 안개 그리고 의식의 마지막에 비가 내리고 그의 몸에 흰색 해골 그림이 다 지워졌다는 것은 파푸아 선조들의 예언에 따라 이루어진 것이라 이를 알려드립니다."

제5장 깨어나다

의식이 끝날 무렵부터 내린 비가 아직 그치지 않고 계속 쏟아지고 있다. 타고 남은 불더미 속에서 찾아낸 돼지고기에 소금간만 하고, 약한 불에 다시 살짝 익힌 뒤 마을 사람과 나누어 먹고 있다. 한쪽에서는 늦은 저녁 식사를 준비하기 위해 분주하게 움직이고, 최 교수도 교장 선생님과 같이 한국에서 가지고 온 김치를 꺼내 냄비에 붓고, 햄 통조림의 붉은 고기를 대충 잘라서 넣은 뒤 찌개를 끓이고 있다. 눈앞에 보이는 것만 다를 뿐, 코로 느끼는 향기는 그저 평범한 한국 땅이다.

강 선생은 의식이 끝난 순간부터 지금까지, 저 멀리 불 꺼진 돌무더기 위에 양팔을 턱에 고운 채 쪼그려 앉아있는 길수를 지켜보고 있다. 길수의 아버지에게 안전한 여행을 약속했었는데, 길수에게 무언가 큰일이 생긴다는 촌장의 말이 그녀의 머릿속을 온통 복잡하게 만든다.

길수는 몇 시간째 내리는 빗속에서 꼼짝도 하지 않고, 어둠 속에 가려진 넓은 대지를 바라보며 무슨 생각을 하는지, 머릿속에서 산소 방울 같은 거품이 조금씩 올라온다. 새로운 세상에서 숨을 쉬는 것 같다.

'난 보았어! 한 번도 보지 못한 엄마의 모습과 목소리를 들었어! 나를 오라고 손짓하였지만, 내 몸이 무거워 날지 못했을 뿐이야.'

이글거리는 불꽃 위에 살며시 떠 있던 엄마를 보았다. 아버지가 혼잣말로 중얼거렸던 모습 그대로였다. 사진에 나와 있던 모습보다 훨씬 우아하고 선명하게 그리고 '길수야!' 하고 나를 부르고 있었다. 꼬리에 꼬리를 무는 온갖 생각이 머릿속을 휘저으며, 오랫동안 닫히고 막혀있던 장막을 걷어낸다.

'깨어나라! 깨어나라! 선명하게 밝은 세상의 모습으로 환하게 깨어나라!'

누군가 다가와 그에게 외치고 있다.

샤워를 마치고 젖어있는 긴 머리를 말릴 시간도 없이 길수를 찾고 있는 애린의 모습이 보인다. 해골 그림만 보였던 조금 전의 모습은 완전히 사라지고 하얀 피부에 촉촉한 눈망울을 지닌 그녀 앞에는 오로지 길수의 모습만 보일 뿐이다. 급하게 숙소 안을 뒤지면서 길수의 이름을 부르지만, 그의 인기척은 여기에서도 들리지 않는다. 창밖을 우두커니 바라보고 있는 강 선생에게 다가간다.

"선생님 길수가 보이질 않네요?"

그러자 강 선생이 손끝으로 마당 한가운데를 무심코 가리킨다. 그저 말없이 그를 바라만 볼 뿐, 앞으로 일어날 일들에 대한 두려움으로 일행들로부터 버려진 은둔자가 되었다.

애린이 길수가 있는 곳으로 비를 맞으며 무작정 달려간다. 그리고는 몸짓과 손짓을 동원해 길수와 대화를 시작해보지만, 새까맣게 칠을 한 길수의 몸에서는 그 어떤 정감이나 대답도 느낄 수 없었다. 손으로 밀쳐보기도 하고 당겨보기도 하지만, 제자리에서 꿈쩍도 하지 않고 묵묵히 앉아있다.

애린이 숙소로 달려와 가방을 뒤지더니 큰 물비누 통을 한 손에 들고는 다시 길수가 있는 곳으로 달려간다. 그리고는 힘주어 안에 있는 비누를 길수의 머리와 몸에 마구 뿌리고 손으로 문지르자 하얀 물거품이 구름처럼 생겨난다. 검은 세상으로 그를 묶었던 죄의 족쇄는 사라지고, 하얗게 숨어있던 그의 모습이 어둠을 뚫고 조금씩 나타난다. 세차게 내리는 비는 그를 다시 '새로운 세상'에 나타나게 하고 있었다.

간지러웠던지 길수가 몸을 비비 꼬며 움직이더니, 둘은 물비누 거품을 서로에게 나누고 두 마리의 새가 부리로 상대의 깃털을 조이듯이 문지르면서 거품이 나오지 않을 때까지 빗속을 달리며 춤을 추다가 어둠 속으로 사라진다.

멀리서 그들의 움직임을 지켜보던 강 선생이 새롭게 타오르는 젊은 사랑의 속삭임에 눈을 감아주듯이 일행의 무리 속으로 들어간다.

제6장 나를 부르다

늦은 밤 길수가 숙소로 돌아오는 것을 확인한 강 선생은 마침내 작은 모기장에 몸을 웅크린 채로 깊은 잠자리에 빠진다. 한편 애린은 피곤에 지쳐 눈이 감겨오지만, 길수와 함께 있었던 짧은 시간이 미묘한 감정으로 다가와서 계속 머릿속을 맴돌기에 눈을 감아도 그 모습이 아른거린다. 잠시 잠이 들다 다시 깨고 창문 너머로 새벽의 푸른빛이 조금씩 비추기 시작한다. 애린은 일어나 저 멀리 새벽하늘이 붉은 태양으로 물들기를 기다리는 듯, 밤하늘의 별들을 세어 본다.

새벽의 정적이 어두운 정글의 숲을 억누르고 있다. 밤의 적막을 가르고 그녀의 귓가에도 '깨어나라! 깨어나라!' '기다려요! 기다려요!' '내가 곧 갈게요'라는 소리가 메아리처럼 들리기 시작한다. 애린은 본능적으로 길수가 있는 곳으로 달려간다. 모기장으로 가려진 문을 열자 길수가 손을 하늘로 뻗은 채 온몸을 부르르 떨며 지친 신음으로 누군가를 애타게 찾고 있다.

'기다려요. 엄마! 내가 거기로 갈 테니 떠나지 말고 기다려 줘요. 우리 이제 방금 만났는데 어디를 간다는 거예요? 기다려요. 나를 봐요! 지금 그곳으로 가고 있잖아요?'

경기하듯이 길수가 몸을 떨기 시작하고, 온통 식은땀으로 젖어있는 그의 손을 잡고 속삭인다.

"길수야, 괜찮아! 꿈속에서 엄마를 만났구나? 오랜 잠에서 깨어나 엄마를 보듯이 너의 갇혀있던 세상에서 이제 나오렴."

애린은 그녀의 따뜻한 품으로 길수를 감싸고 어루만져준다. 길수

의 소리에 놀란 강 선생도 달려왔지만, 먼저 와 있던 애린을 보고
는 말없이 돌아간다.

새벽을 알리는 요란한 새소리가 숲으로부터 들려오고 모두가 약
속한 듯이 깨우지 않았는데도 자리에서 일어나 앉아있다.

이곳 현장 책임자가 배 선생을 찾아온다.

"방금 대학 본부로부터 연락을 받았습니다. 지금 '서파푸아 섬'에
서 애타게 봉사단원들을 찾고 있지만, 여기에서 또 5시간 정도 비
행기를 타고 가야 하는 오지라, 그곳으로 갈려는 봉사단체가 현재
는 없다고 합니다. 한국 측에서 왕복 비행기 요금만 낸다면, 그곳
에서의 체류비 전액을 이곳 대학에서 지급하겠다고 하는데, 혹시
가실 수 있겠습니까? 이곳도 인도네시아 학생들의 농촌 봉사활동이
예약되어 있어서 며칠 내로 비워주어야 할 형편입니다."

책임자의 말을 전해 받은 배 선생이 최 교수와 봉사단 책임자들
을 불러놓고 긴급 토의를 한다.

"좋습니다. 이곳도 막 정이 들려고 했지만, 우리의 도움이 정말
필요한 곳이 있다면 그곳으로 가겠습니다. 저희도 이럴 것을 대비
하여 여분의 비상경비를 준비해왔으니 빨리 그곳으로 이동합시다."

"학생 여러분, 긴급히 결정된 상황이라 이를 알려드립니다. 우리
는 곧 '서파푸아 섬'으로 이동합니다. 그러니 한국에서 떠나올 때처
럼 다시 짐을 꾸리고 공항으로 이동할 준비를 합시다."

최 교수가 변경된 내용을 알리자 분주하게 각자의 짐을 정리하기
시작한다. 한쪽 구석에 우두커니 쪼그려 앉아 먼 하늘만 멍하니 바
라보고 있는 길수를 발견한 강 선생이 짐 싸는 것을 도와준다.

"길수야, 우리 또 이동해야 한다. 선생님이 너 짐 싸는 것 도와
줄게. 너, 아직 가방도 열지 않았니? 그런데 이게 뭐야? 목에 메고
있는 그게 뭐지? 그건 아빠가 네 여행용 가방 안에 넣어두었던 엄

마의 사진 아니니? 이걸 왜 목에 걸고 있니?"

액자의 유리를 제거하고 사진을 투명 비닐봉지에 넣고 감싼 뒤 끈을 묶어 목걸이처럼 만들었다.

"여기에서 엄마를 찾을 거예요."

"길수야, 너, 선생님 묻는 말에 그렇게 대답하는 것 보니 여기가 마음에 드는 모양이구나? 그래. 네가 그 사진을 목걸이로 걸고 다니면, 정말이지 네 엄마를 알아보는 사람이 나타날지도 모르겠구나. 하지만 그렇게 해도 엄마를 못 만날 수도 있으니, 너무 실망하지는 마라."

"하늘을 날고 있는 새들 속에서 엄마를 보았어요. 나를 오라 손짓하였지만, 내 몸이 무거워 계속 제자리에만 머물고 엄마가 있는 곳으로 날아가지 못했어요."

"오늘 아침 꿈에 엄마를 만났구나? 분명 엄마가 너에게 뭔가 큰 선물을 해준 것 같네. 네 말과 생각이 이제 바로 돌아온 것 같구나. 길수야, 네가 이제 깨어난 거야."

강 선생이 급히 교장에게 이 사실을 알린다.

"설마! 평생을 자폐아로 살아온 애가 하루아침에 그렇게 바뀔 리가 있습니까? 일시적인 상태를 우리의 지나친 환상과 기대로 잠시 오해하고 있는 것은 아닐까요? 어떻게 그런 일이 가능할까요?"

"어제저녁 촌장이 남긴 말을 잊어버리셨나요? 길수에게 뭔가 큰일이 일어날 것이라고 한 말 기억나세요? 그리고 일정이 갑자기 변경되어 '파푸아 섬'으로 떠나게 되는 것도, 그 촌장의 예언과 관련이 있는 것은 아닐까요?"

"맞아요. 그들도 파푸아 사람들이라고 했잖아요. 우리가 알지 못하는 뭔가가 우리를 '파푸아 섬'으로 이끄는 것 같네요. 마지못해 가는 것이 아니라, 꼭 가야 할 이유와 인연이 정해진 것 같다는 생각이 듭니다. 어쨌든 지금부터 길수의 행동을 더 유심히 살펴보아야 할 것 같습니다."

두 사람은 멀리서 길수의 모습을 지켜본다. 충재와 애린이가 다가가 길수의 짐을 챙기고 들어주려고 하자 길수가 괜찮다며 혼자 가방을 메고 밖으로 나간다. 지난밤에 타다가 남은 하얀 재를 발로 문지르고는 계속 뭔가를 생각하고 있다.

뭔가 풀리지 않는 의문을 가진 것처럼 애린이가 머리를 좌우로 끄덕이며 강 선생에게 다가온다.

"선생님, 어제 이후로 길수가 조금 달라진 것 같아요. 아니 많이 달라진 것 같아요. 우리가 묻는 말에 반응을 바로 보이고 간단하게 대답을 하네요. 처음 만났을 때의 그런 모습이 아니고, 의젓하게 자란 청년을 대하고 있는 것 같습니다."

"그래. 나도 아침에 그 애와 이야기를 나누었는데, 뭔가 이상한 일이 벌어진 것 같더라. 밤새 무슨 일이 그에게 일어났는지 정말 모를 일이구나."

"분명 사라진 엄마와 연관이 있는 것 같은데, 나도 어떻게 그 일을 정리해야 할지 갑자기 진정이 되지를 않습니다."

"매 순간 다른 사람의 도움 없이 아무것도 할 수 없는 꼬맹이가 하루 만에 20살이 된 어른의 모습으로 나타나서, 마치 자기가 우리를 보호하는 것처럼 의젓함과 든든한 믿음을 보여주다니, 그저 신기할 따름이야. 하지만 이러한 상황이 얼마나 오랫동안 지속할지 한편으로는 걱정이야."

"길수가 엄마의 사진을 목걸이처럼 걸고 있는 것을 보셨나요? 분명 사진과 똑같은 엄마를 꿈속에서 만난 것 같아요. 그리고 길수의 아버지가 왜 가방 속에 엄마의 사진을 넣어두었는지 그것도 정말 이상해요. 우연의 일치로 설명되지 않는 많은 일들이 벌어지고 있어요."

"길수가 이곳에서 엄마를 만날 것 같은 확신이 있었던 게 아닐까? 애린 학생! 아직은 저런 모습이... 어떻게 순간적으로 변할지 모르니 계속 옆에서 지켜봐 줘요. 그리고 무슨 일이 생기면 나에게 즉시 알려주세요. 애린 학생이 없었다면, 이런 일들을 나 혼자 어떻게 감당할 수 있었을까 하는 생각을 합니다."

애린이 길수를 옆에서 보살피는 것이 큰 도움이라 생각하지만, 한편으로는 길수를 바라보는 애린의 눈빛에서 뭔가 설명할 수 없는 묘한 감정의 싹이 앞으로 그들에게 일어날 궁금함과 걱정 사이로 피어난다.

지루한 또 하루의 긴 여정이 시작되었다. 모두의 염려와 우려와는 달리 우리의 비행은 조용하고 안전하게 '서파푸아 섬'의 목적지에 도착하고, 문명 세계의 끝인 깊은 정글로 이동하고 있다.

제7장 천국의 문

어둠에 가려진 문명 세계는 어디나 비슷하겠지만, 햇살이 아침을 가르고 나타나는 파푸아의 아침은 정말 색다르다. 보잘것없는 나뭇잎으로, 우리의 인생처럼 휘어지고 거칠게 다듬은 나무 기둥에, 녹이 붉게 슨 양철지붕으로 엮어서 만든 집이 여기저기에 보인다. 이곳은 도심인데도 높은 건물은 보이지 않고 봉사단이 머무는 낡은 4층짜리 호텔이 가장 높은 건물이다.

사람들의 모습은 더없이 밝고 가식 없는 순수함으로 우리를 맞이했다. 코로나 사태로 인해, 본국 인도네시아마저도 구호 활동을 중단했다고 한다. 코로나로 죽은 사람만큼이나 다른 질병과 사고로 죽은 사람이 셀 수 없을 정도로 많다고 한다.

파푸아 원주민들의 독립운동도 이런 틈을 타서 반군들의 무장 활동이 더 치열하게 전개되는 중이라고 하였다. 인도네시아 정부에는 반군으로 불리고, 파푸아 사람에게는 독립군이 되는 것이다. 최근 파푸아 독립군들의 도발 때문에 도심 주변 가까이로만 이동할 수 있도록 허락되었고, 이동할 때마다 인도네시아 정부군의 호위를 받으며 다닐 수 있었다.

보기에는 천국 같아 보이지만, 내면에는 독립전쟁의 비명 아래 수많은 사람이 이슬처럼 사라졌다. 코로나바이러스 대유행 기간, 인도네시아 정부군의 느슨한 식민지 통치를 틈타 독립군은 그 수를 더 늘리고 무장 능력을 키워왔다. 하지만 백신이라는 방패의 도움 없이, 바이러스의 강한 전염력에 독립의 총성을 울리기도 전에, 수많은 전사가 종족의 손에 의해 화장되고 세상을 떠나야만 했다. 독립의 의미와 중요성을 무색하게 만든 치열한 바이러스와의 싸움에서 서로 총이나 칼로 싸우지 않고도 죽을 수 있다는 것을 처음으로 깨닫게 되었다. 몇몇 큰 병원을 제외하고, 작은 의원들은 약품이 부족해 환자들을 제대로 돌볼 기회도 없이 그들을 죽음에 이르게 만들었다.

봉사단은 한국 대사관에서 지원받은 응급 의료품을 전달하고, 영양부족으로 잘 먹지 못하는 현지인들을 위해, 직접 현지에서 식자재를 구입해서 조리한 음식을 전달하는 임무도 맡았다. 길수와 애린, 충재는 찾아가는 봉사단원에서 한국 문화를 알리는 역할을 맡았다.

40도의 불볕더위 속에 현지인 요리사들의 도움을 받으며 음식 재료를 다듬고, 한쪽에서는 지지고 볶고 맛난 냄새가 온 도시의 배고픈 이를 부른다. 배달도 나가기도 전에 임대한 주방 건물 옆으로 한 손에 그릇을 들고 먹을 것을 기다리는 사람들이 줄을 이었다.

봉사단원들은 태극기가 수놓아진 유니폼으로 갈아입고 도움이 절실한 자들을 찾아다니며 봉사활동을 시작했다. 새벽부터 시작한 음식이 오전 10시경에 준비되면, 음식을 큼직한 고무통에 담은 뒤 트럭 위로 옮긴다. 배달 팀이 출발하고 나면, 조리 팀은 힘없이 날갯짓하며 돌아가는 낡은 선풍기 앞에 몸을 맡기고는 시원한 바닥에 큰대자로 나부라지며 잠시 휴식을 취한다.

"교장 선생님, 새벽부터 쉬지 않고 백여 명이 먹을 음식을 매일 준비하신다고 지친 것 같습니다."

"아니요. 이런 곳에서는 쉬는 자가 도리어 부끄럽고 미안할 뿐이지요. 학생들이 배달을 시작하는 순간부터 잠시 쉬면서 체력을 비축했다가, 다시 내일 조리할 음식 재료를 시내에서 매입하고 재료를 깨끗이 다듬는 일을 시작해야지요. 이곳이 천국과 가깝다고 하니, 하늘을 보란 듯이 평소 나의 게으름을 이 순간의 노력으로 조금이나마 알리려는 어설픈 가식에 나 자신이 미안할 뿐입니다."

"강 선생님, 아직 이곳은 파푸아 독립군과 인도네시아 정규군 간의 내전이 수시로 발생하는 곳이니 항상 안전에 조심하셔야 합니다. 그리고 무리를 벗어나서 개인 행동하는 것을 엄격하게 통제해야 합니다. 난 식당에서 땀만 흘리면 되지만, 외곽으로 봉사활동을 떠나는 학생들은 총성 없는 전쟁터에서 언제 날아올지도 모를 총탄의 위협을 무릅쓰고 임무를 수행하여야 하니, 묵묵히 떠나는 그들의 모습을 볼 때마다 내 마음이 무겁습니다."

"코로나 대유행 기간 인도네시아 정부에서조차 이곳을 버려둔 탓에 원주민들의 생활 상황이 예상보다 훨씬 심각합니다. 태풍에 집이 붕괴되고 무너져도 그것을 고칠 재료도 일손도 없는 상태라 뻥 뚫린 하늘을 지붕처럼 덮고 잠자리에 드는 사람들이 많습니다. 그뿐만이 아닙니다. 상처 난 곳을 제때 치료받지 못해 곪고 절단해야 하는 환자도 많다고 전해 들었습니다. 우리 학생들이 동행한 현지 의료인들의 지시에 따라 간호사 역할도 해야 하고, 때로는 집을 고쳐주는 목수 역할도 해야 하는 바쁜 일상입니다."

"강 선생님, 길수는 어떤가요? 무슨 일을 맡았지요?"

"길수는 거동이 불편해서 직접 오지 못하는 사람들을 일일이 찾아다니며 도시락 배달하는 일을 배 선생님과 함께 맡았습니다."

"그것 잘되었네요. 그러던 중에 길수의 엄마를 알아보는 이가 나타날 수도 있겠네요."

"짜증 한 번 내지 않고 수십 킬로 이상 나가는 무거운 음식 통을 짊어지고 열대의 뜨거운 정글을 다니는 길수의 모습을 보면 너무 어른스럽고 장할 따름입니다."

"길수가 참으로 의젓해졌네요. 길수 아버님께서 그런 모습을 보면 얼마나 좋아할까요!"

"며칠 전 봉사 단원들이 우연히 한마을을 들렸는데, 그곳에 머무는 동안 너무나도 처량하고 우울한 슬픔이 마을을 붙잡고 있기에 그 사연을 물었더니, 코로나로 세상을 떠난 사람과 내전으로 희생된 사람이 많기에 그 슬픔에 헤어 나올 수 없다고 하더군요.

사연을 듣고 있던 최 교수님이 말하기를, 한국에서도 코로나로 생을 예고 없이 마감한 사람들이 많아서 이들을 위로하고 추모하기 위하여 '떠난 영혼을 위한 진혼곡과 이를 위한 춤'이라는 공연을 얼마 전까지 국내에서 선보였다면서, 이곳 원주민들에게도 이 공연을 보여주면 크게 위로가 될 것이라며 즉석에서 제자 몇 명과 함께 공연하였는데 그곳 원주민들로부터 대단한 찬사를 받았다고 합니다.

특히 그 공연을 지켜보던 길수가 갑자기 공연 중간에 뛰어 들어가 '떠난 혼을 달래는 춤'을 자기 나름의 해석으로 표현했었는데, 길수가 춤추고 움직일 때마다 마을 사람들의 눈에 죽음으로 떠나보낸 가족의 얼굴이 길수의 모습에 겹쳐서 보였다고 합니다.

공연이 끝나고 난 뒤 마을은 눈물바다가 되었습니다. 하지만 며칠 후 다시 그 마을을 갔을 때는 그렇게 암울했던 마을 사람들이 아픔의 고통을 다 털어내고, 해맑은 미소로 봉사단원을 맞이하였다고 합니다.

마음속에 녹지 않았던 슬픔을 길수의 춤으로 깨끗이 씻어 준 것이지요. 그리고는 그 소문이 옆 마을로 전해져서 다른 마을에서도 같은 공연을 해달라고 요청이 왔습니다."

"그것참 신기하군요! 길수에게 영혼을 치유할 수 있는 초인적인 힘이 있다는 것이 정말 놀랍군요."

"오늘 공연에는 길수와 짝이 되고 싶어 하는 애린이도 같이 춤을 춘다고 합니다."

"그들은 무용을 공부하는 아마추어 학생인데도 불구하고, 한국의 무속신앙이 이곳에서 원주민들의 떠나간 혼령을 부를 수 있다는 것이 믿어지지 않는군요."

"최 교수님의 말에 의하면, 이는 길수의 초인적인 힘에 죽은 영혼이 이끌려와 그들의 눈앞에 비추어진 것이라고 합니다. 이는 단지 무용이라는 동작의 표현만으로 나타낼 수 있는 것이 아니라, 춤추는 자의 깨끗한 영혼이 보는 사람의 간절한 염원을 받아들여서, 그의 몸짓과 동작으로 떠난 영혼에 그 뜻을 전하고, 이를 수락하는 영혼을 다시 초대하여서, 그들의 마지막 모습을 남아있는 가족들에게 보여준 것이라고 하였습니다."

"우리 길수가 참으로 어렵고도 놀라운 일을 하고 있군요. 정말 이곳이 천국과 가까운 곳일까요? 나도 이참에 길수에게 나를 이곳에 머물게 해달라고 부탁해야겠소."

제8장 영혼의 그림자

고기 재료가 뒤늦게 도착해 음식 준비가 평소보다 두어 시간 지연될 모양이다. 최 교수가 길수를 부르더니 오늘 있을 공연에 대한 줄거리를 설명한다. 그리고는 공연 음악이 나오는 작은 헤드폰을 길수의 머리에 씌워준다. 음악 소리가 나오자 길수가 몸을 움직이며 음과 멜로디에 맞는 동작을 찾고 있다. 한두 번만 들으면 될 음악을 벌써 몇 시간째 멜로디를 외우듯이 듣고 있다.

최 교수가 공연단원들을 불러 모은다.

"오늘 공연은 한국에서 녹음해온 음악을 이동식 음향기기에 연결해 틀 것입니다. 풍물단원들은 녹음된 음악을 바탕으로 연주하고, 그것에 다양한 색감을 덧칠한다는 마음으로, 극적인 마지막 포인터에서는 타악기를 좀 더 빠르고 강하게 연주해서, 무용수들이 그 힘에 이끌리고 몰입되어 마지막을 장식할 수 있도록 에너지의 파장을 극대화하세요.

잘 알다시피 이 공연의 주제가 한국적인 토속 신앙에 바탕을 두고 있어서, 처음엔 전체구성을 전통적인 한국무용으로만 표현할까 생각했었지만, 이곳이 외국이라는 점을 특별히 고려하여, 기존의 틀에 좀 변화된 구성을 추가할 생각입니다. 예를 들면, 애린이와 충재는 원래의 공연에서 보여준 전통 춤사위를 구사하고, 나머지 단원들은 기존의 틀을 벗어난, 창작적 개념의 다소 전위적이면서 기하학적으로 변형된 안무를 구성해보세요.

통역을 맡은 배 선생님은 시작 부분에서 우리의 애절한 민요 멜로디가 나올 때를 맞추어, '영혼을 초대하는 글'을 이곳 원주민의 언어로 읽어주시기 바랍니다.

그리고 길수는 내가 붙잡고 있다가, 공연의 중간 부분에서 극적인 부분으로 넘어갈 때 들어갈 수 있도록 유도하겠습니다. 그때는 길수가 자유롭게 춤을 출 수 있도록 여유 공간을 남겨두세요. 나머지 인원은 길수를 중심으로 둥글게 흩어져서 원을 그리며 준비된 창작의 안무를 보여주십시오. 때론 즉흥적인 동작이 더 많은 감동을 줄 수 있다는 것을 참고하십시오."

40도 뙤약볕이 내리쬘 무렵, 트럭이 떠날 채비를 한다. 한 무리는 맛있는 먹을거리가 가득 담긴 트럭에, 한 무리는 벌겋게 녹이 슨 미니버스에 올라타고 인도네시아군 장갑차의 호위를 받으며 절벽 끝에 매달려 있다는 오지마을로 이동한다. 이곳은 높은 산과 연결된 길목이라 파푸아 독립군들이 자주 출몰하는 곳으로, 인도네시아군과 잦은 교전으로 수많은 사람이 피를 흘리며 목숨을 거두었던 격전지이기도 하다. 한 시간 정도 정글의 숲을 달리자 낡은 미니버스에서 타는 냄새가 나고 엔진의 소리가 심상치 않더니 갑자기 멈춘다. 봉사단원의 안전을 위해 호위하던 인도네시아 군인들이 미니버스의 엔진을 점검하고 나름 수리를 해보지만, 여전히 몇 시간째 먹통이다.

최 교수가 배 선생을 부른다.

"이러다가 봉사활동을 마치고 호텔로 돌아갈 시간이 될지 모르겠습니다. 차라리 트럭이 버스를 견인해서 마을로 간 뒤 우리가 봉사활동을 하는 동안 수리를 마칠 수 있다면, 밤늦게라도 돌아가는 것이 좋을 듯한데, 인도네시아 군인들에게 한번 여쭈어주십시오."

"그렇네요. 일단 고장 난 버스를 견인해서 목적지로 이동하는 것을 상의해 보겠습니다."

멈추었던 차들이 낡은 미니버스를 굵은 쇠사슬로 묶고는 천천히 절벽 마을로 이동한다. 높은 산언덕 위에 작은 집들이 모여있는 마을이 보인다. 낡은 버스는 인도네시아 군인들이 수리해보겠다고 한다. 차에서 내린 단원들이 악기와 의료품이 담긴 무거운 상자를 들고 산언덕을 오른다. 일행들이 올라가자 벌써 '코레아! 코레아!'외치는 소리가 여기저기에서 들려온다.

마을 촌장 집에 간이 천막을 치고 먼저 아픈 환자들을 돌보기로 했다. 천국이 가깝다는 곳치고는, 희망 없는 표정에 하루하루를 힘들게 살아가는 데 지쳐버린 사람들, 여기저기 팔다리가 없는 장애인들, 칼에 베인 상처가 선명하게 남아있는 사람들도 보인다.

길수는 준비해온 음식을 작은 간이 도시락에 가득 채운 뒤 다시 키 높이의 큰 배낭에 옮겨 싣고는 집마다 찾아다니며 전달을 한다. 아직도 길수의 행동이 불안한지 애린이와 충재 그리고 배 선생이 그의 뒤를 그림자처럼 따른다.

마을 가까운 곳부터 배달을 마친 길수가 마을 외곽에 혼자 떨어져 산다는 집으로 마지막 음식을 배달하러 간다. 언덕을 오르자 바나나 잎과 여러 겹의 비닐로 지붕을 덮고, 구멍이 난 낡은 판자로 벽을 얼기설기 막아놓은 작은 오두막이 시야에 들어온다.

가까이 다가가자 한쪽 다리에 직접 나무를 깎아서 다듬고 기름을 칠해서인지 윤기가 반질반질한 나무 의족을 착용한 여인이 지팡이를 짚고 이들을 반긴다.

"코레아! 코레아! 나의 친구들이 돌아왔네!"

여인이 일행들을 반기며 신나듯이 소리친다.

"선생님, 저분은 한국을 잘 아는 것 같은데요?"

충재가 배 선생을 보며 신기한 듯이 말을 한다.

준비해온 음식이 예상보다 많아 도시락이 몇 개 남게 되었다. 배 선생이 일행에게 묻는다.

"이 집이 마지막인데, 남은 도시락을 이분에게 다 전달하고 돌아 가자."

도시락을 받자 여인이 바닥에 야자 잎으로 만든 멍석을 깐다. 그리고는 의족을 벗고 맨발로 올라가더니 음식을 멍석 중간에 가지런히 놓고는 일행들의 손을 잡아끌며 자리에 앉는다.

"난 가족이 없어 이곳에 혼자 산답니다. 사는데 아무런 즐거움도 어떤 희망도 없이 불현듯 다가올 그 날만을 기다리고 있지요. 당신들이 전해준 이 음식으로 내 육체는 며칠간의 안락함을 느낄지 모르지만, 그다음은 또다시 다가오는 공허함과 외로움으로 그저 외롭게 지나가는 시간을 기다려야 합니다. 그러니 잠시라도 이곳에 올라와 같이 음식을 나누어 먹으면서 이야기라도 나누고 떠나도록 하세요."

"혼자 사는 분이니 많이 외로운가 봐요. 우리가 잠시 여기에 머물다 가는 것도 나쁘지 않을 것 같지?"

여인의 부탁에 이끌려 모두 멍석에 올라가 앉는다. 그때 여인이 "코레아! 친구!"라며 한국어로 '친구'를 말한다. 길수가 놀랍다는 표정으로 같이 '친구'라고 여인에게 말을 건넨다. 우울한 표정을 지닌 마을 사람들과는 달리 밝게 웃으면서 가져온 도시락을 같이 먹자고 부탁한다.

"저녁 시간이 되어서인지... 배가 고파지기 시작했는데, 그래. 조금만 먹고 내려가자."

음식을 급하게 먹던 여인이 갑자기 오두막 안으로 들어가더니 낡은 사진 한 장을 꺼내와 일행들에게 보여준다. 사진에는 피부색이 밝은 동양인 여자와 곱슬머리에 피부색이 까만 어린애가 나란히 앉아있다. 여자가 손으로 사진에 나와 있는 젊은 여인을 가리키며, "친구! 내 친구! '새'야!"라고 말을 한다.

"아! 그러고 보니 여기 사진에 있는 여자가 이분의 '친구'인가 봐요. 그런데, '친구'라는 한국말을 하는 것 보니, 분명 한국인인 것 같은데, 안 그런가요?"

애린이 이상한 듯 사진을 자세히 보다가 배 선생의 얼굴을 빤히 보며 묻는다.

"그러면 여기 이 꼬마가 이분의 딸인가요?"

여자는 사진에 있는 어린애를 가리키며 한국어로 '딸'이라고 한다. 배 선생이 자세히 사진을 보기 위해 가방에 넣어둔 돋보기안경을 꺼내자 여인이 잽싸게 그것을 낚아채고는 자기 눈에 쓴다. 그런 뒤 길수가 목에 걸고 있던 사진을 자세히 보더니 까무러치듯이 놀라며 "내 친구! '새'야! 내 친구! '새'야"라고 소리친다. 애린과 충재도 놀라 길수가 가지고 있던 엄마 사진과 여인이 가지고 있던 사진을 비교해보니, 표정에 작은 차이가 있을 뿐 길수의 엄마가 분명해 보인다. 길수도 놀란 모습으로 여자가 가지고 있던 낡은 사진을 뚫어지라 살펴본다.

"맞아! 엄마야! 이곳에 우리 엄마가 있었던 거야! 그래서, 나를 이곳으로 불렀어."

길수와 파푸아의 여인이 서로 부둥켜안고는 소리 없이 마냥 흐느끼고 있다.

제9장 나는 보았어

약속한 집합 시간이 다가오자 배 선생이 돌아가야 한다는 신호를 길수에게 보낸다.

"선생님, 아주머니도 데리고 가면 안 될까요?"

"아주머니만 좋다고 하면 모시고 가도 돼요."

배 선생의 말이 끝나기도 전에 길수가 아주머니를 등에 업고 마을로 내려간다. 아주머니가 영어로 길수에게 이름을 묻자 자신을 '길수'라 대답한다. 아주머니도 자신을 '라이얀'이라 일행들에게 소개한다. 길수가 앞장을 서고 모두 길수를 따라 마을로 내려간다. 마을 광장 중앙에 동그랗게 공연할 자리만 남겨두고 빈자리 없이 공연을 보러 온 사람들로 가득 차 있었다.

강 선생이 길수를 보자, "길수야, 왜 이렇게 늦게 온 거야. 이곳은 위험한 곳이라 얼마나 걱정했는지 모른단다. 빨리 공연 준비해야지. 그런데 너의 등에 업혀있는 이분은 누구야?"라며 걱정된 표정으로 묻는다. 그리고는 강 선생이 먼저 "안녕하세요?"라며 옅은 미소로 '라이얀'에게 인사를 한다. 그때 길수가 말을 막으며, "이분은 나의 선생님입니다."라고 강 선생을 '라이얀'에게 소개한 뒤 등에 업혀있는 '라이얀'을 나무 의자에 내려놓으며, "선생님, 이분의 이름은 '라이얀'이고 내 엄마의 친구입니다."라고 소개한다. 길수가 무슨 말을 하는지 잘 이해하지 못한 강 선생이 그녀의 귀를 길수

가까이 갖다 대며 "길수야, 너 지금 무슨 소리 하는 거야?"라고 큰 소리로 따지듯이 묻는다.

"이분이 내 엄마의 친구, '라이얀'이라고요. 아시겠어요?"

길수가 큰 소리로 고함을 지르듯이 소리친다. 그러자 옆에 있던 최 교수와 교장 선생도 놀라, 길수와 라이얀을 번갈아 쳐다본다.

"이 사진을 봐요. 여기 있는 여자가 나의 엄마라고요. 내 엄마! 길수의 엄마라고요. 이제 내 말뜻을 알겠어요?"

"길수야, 그게 무슨 말이야?"

강 선생이 두꺼운 렌즈가 달린 안경을 위로 올리고는 좀 더 가까이에서 그 여자가 지니고 있던 낡은 사진을 자세히 살펴본다. 그리고는 길수를 번갈아 본다.

"길수야, 세상에는 비슷하게 생긴 사람들이 많이 있단다. 어떻게 그런 일이 일어날 수 있겠니? 그것도 수십 년 전에 사라진 네 어머니의 흔적을 어떻게 여기에서 찾을 수 있겠니?"

그러자 길수가 자기 목에 걸고 있던 사진을 강 선생의 눈에 바짝 들이댄다.

"내가 가지고 있는 이 사진을 잘 보세요. 여기 있는 내 엄마와 라이얀의 사진 속에 있는 내 엄마는 같은 사람이라고요!"

그때 라이얀이 "맞아요. 이 여자 '새'는 나의 친구! 길수의 엄마는 나의 오랜 친구입니다."라며 자기의 말을 믿어달라는 눈길을 보낸다.

맞았다! 분명 두 장의 사진 속에는 같은 여자가 있었다. 어떻게 이런 일이 일어날 수 있지? 길수 아버지의 예언처럼 여기에서 엄마의 흔적을 찾았다는 말인가?

바로 그때 마을의 촌장이 찾아와 단장인 최 교수와 봉사단원들과 악수를 하며 인사를 나눈다. 순간 그의 눈이 '라이얀'과 마주치자 갑자기 화난 얼굴로 붉게 변하면서 '라이얀'을 향해 큰소리로 윽박지르고 삿대질을 한다. 모두 놀라 무슨 일인지 배 선생에게 통역을 요청한다.

"아마도 '라이얀'이라는 분이 오래전에 마을 분들과 무슨 문제가 있었던 것 같습니다. 그 때문에 마을에서 벗어난 외딴 지역에 혼자 살고 있었던 것 같네요. 방금, '꼴 보기 싫으니 집으로 돌아가라!' 라고 소리치는 것 같습니다."

"배 선생님, 저분이 무슨 이유로 그러는지 알 수는 없지만, 길수가 없어서 이곳까지 모시고 왔는데 다시 돌려보낼 수는 없어요."

이를 지켜보던 최 교수가 마을 촌장을 부르며 배 선생에게 통역을 요청한다.

"오늘 우리가 보여줄 공연은 특정한 몇몇 사람을 위해 하는 것이 아닙니다. 가족을 먼저 저세상으로 떠나보내고 마음에 병이 들고 외로움에 지친 모든 사람을 위로하기 위해서 저승으로 먼저 떠나버린 그들의 영혼을 이곳으로 불러들여 살아있는 자들의 눈과 귀에 불어넣은 뒤 마음속에 한으로 맺혀있던 이야기를 서로 나누고는 저승에서 편안하게 안식할 수 있도록 위로받은 영혼을 다시 돌려보내는 의식이 포함되어있습니다.

만약 저 여자를 돌려보낸다면, 우리의 신이 노하여서 떠난 이들을 이곳에 불러들이지 않을 수도 있습니다. 그럼 이 의식이 아무런 의미 없이 끝날 수도 있다는 말을 전해주세요."

배 선생이 촌장에게 여러 가지의 상황과 예를 덧붙여 설명하자 묵묵히 자리에서 물러난다. 그때를 기다렸다는 듯이 라이얀이 더 큰 소리로 촌장에게 소리친다.

"이것 봐! 그때 일을 나에게 뒤집어씌우지 마. 너희들도 나 때문에 굶어 죽지 않고 먹고살았던 것을 잊었니? 그게 왜 내 잘못이야?

내가 알면서 그런 짓을 했다면 죽어 마땅하지만, 나도 그 사고로 내 어린 딸을 저세상으로 떠나보내고, 이 순간까지 왜 내가 목숨을 부지하고 살았는지 모른다고."

한바탕 소란이 벌어지고 난 후 조용해지자 사람들이 하나둘씩 자리를 잡고 공연을 기다린다. 시작 시각이 가까이 다가오자 마을 사람들의 표정이 점점 어두워지고 웃는 모습도 사라졌다.

세상을 떠난 가족과 친구를 불러들이는 의식이니 모두의 마음이 무겁다. 과연 저세상으로 떠나보낸 사람들을 다시 볼 수 있을까? 먼 곳에서 온 이방인들이 파푸아 신의 허락 없이 어떻게 할 수 있단 말인가?

학생들이 휴대용 음향 장비에 충전 배터리를 연결하고 어두워질 것을 대비하여 곳곳에 작은 모닥불을 피운다. 모닥불의 옅은 연기가 먼바다에서 불어오는 바람을 타고 숲의 정령이 있는 정글 속으로 들어가고 그렇게 애타게 바라왔듯 그들의 바람이 외로운 숲의 안개를 타고 광장 한가운데로 조금씩 밀려온다.

최 교수와 배 선생이 마을 광장으로 나가 간단히 오늘 공연을 소개하고 내용을 설명한다.

해 저문 노을이 노란색에서 붉게 변할 무렵, 최 교수의 신호에 맞추어 공연이 시작된다.

작은 새들이 지저귀며 바위틈을 타고 물이 흐르는 소리가 배경 음악이 되어서 흘러나온다.

배 선생이 현지어로 '영혼을 초대하는 글'을 힘차게 읽는다. 먼 곳에서 들리는 듯, 작은 오보에 소리와 가야금의 현을 튕기는 소리가 가까이 들려오자 목에 검은색 큰 점이 있는 하얀색 수컷 두루미의 분장을 한 충재가 사뿐히 하늘을 날아오르듯, 주위를 서성거리며 구석에 쪼그려 앉아있던 암컷 두루미 배역을 맡은, 애린에게 다가가서, 수컷의 머리에 달린 긴 머리 장식으로, 땅바닥에 길게 머리를 떨구고 있던 암컷의 머리를 문지르고는 그의 긴 날개로 비비면서 암컷을 일으켜 세운다. 서로의 사랑을 확인하듯이 가벼운 날갯짓과 앞뒤로 발길질하며 광장의 중앙으로 사뿐히 걸어 나온다.

최 교수가 한스러운 한국 민요의 추임새를 음악에 불어넣자 북과 징이 아주 여리게 장단을 만들고 피리와 대금이 휘파람을 불듯이 타오르는 모닥불을 스쳐 지나 정글 속에 깊이 잠들어있던 어둠의 혼령들을 깨우며 흘러나간다.

북과 징의 소리가 잠시 멈추더니, 저 멀리에서부터 현대음악의 운율로 각색한 하모니카 소리가 아주 작고 여리게 들리며 영혼의 중심으로 들어온다.

분홍빛 의상을 입은 남녀 무용수가 작은 새의 날갯짓과 빠른 발걸음으로 충재와 애린이의 주위를 감싸듯이 어울리며 암수의 하얀 학춤을 돋보여준다.

부러질 듯 오래된 나무 의자에 앉아있던 '라이얀'이 갑자기 강 선생이 들고 있던 생수병을 빼앗더니 길수를 부른다. 옆에 피워놓은 모닥불에 물을 붓고, 대충대충 힘을 주어 걸쭉하게 반죽한 다음 길수의 윗옷을 벗기고는 그의 몸 위에 붉은 흙과 타다 남은 검은 재를 손에 묻혀 추상화를 그리듯이 바른다. 그리고는 낡은 외투 주머니에서 아주 오랫동안 간직한 듯한 긴 새털 장식을 끄집어내 길수의 뽀글뽀글한 곱슬머리와 바지의 허리띠 사이에 꽂아서 장식한다. 길수의 하얀 모습은 사라지고, 거칠고 검붉은 파푸아 원주민의 모습으로 다시 태어났다. 옆에서 이를 지켜보던 강 선생과 교장 선생이 엄지를 치켜세우며 멋있게 되었다는 신호를 라이얀에게 보낸다.

하모니카 소리가 사라지고 대금의 한스러운 독주 소리가 여리게 정글의 어둠 속으로 울려 퍼진다. 피워놓은 모닥불의 불꽃이 악마의 유혹에 미쳐서인지 크게 타오르며 심하게 흔들리기 시작할 때 최 교수가 길수의 등을 치며 시작의 신호를 보낸다.

마침내 길수가 몸을 좌우로 가볍게 흔들면서 긴 팔과 다리를 부드럽게 구부렸다 펴고 광장의 이곳저곳을 힘차게 뛰어다니며 휘젓는다. 자신의 영혼을 맑게 하는 깊은 숨소리와 자연스럽게 터져 나오는 몸의 탄식과 끙음에 맞추어, 점점 처절하게 때론 사납게, 그의 머릿속에 그려진 오선지의 멜로디처럼 제자리에서 빙글빙글 돌다가 하늘을 향해 날아갈 듯이 뜀박질하며 뛰어다닌다.

하얀 두 마리의 학과 분홍색 작은 새들이 중앙에서 춤추고 있는 길수에게 그 힘과 기운을 모아주듯이 그들의 모든 동작이 길수를 향한다.

이미 해는 어두워지고, 붉은 석양의 빛이 검은 밤을 더욱더 붉게 데울 무렵, 영혼을 부르는 소리가 엷은 파장의 움직임을 타고 정글의 깊은 숲속으로 울려 퍼진다.

최 교수도 영혼의 속삭임에 취한 듯, 그의 목소리는 여러 가지의 음색으로 다시 쪼개지고 갈라져, 세상의 끝에서 오래 잠들었던, 인간이 형용할 수 없는 괴물의 숨소리처럼, 진공의 빈 공간을 그의 소리로 채워 넣는다.

신이 응답한 것일까? 정글의 숲에서부터 짙은 안개가 광장 한가운데로 밀려 내려오고, 모닥불의 불빛이 안개에 가려져 어두워지기 시작할 무렵, 숲에서부터 시끄러울 정도의 많은 새가 한꺼번에 울기 시작하더니 그들의 머리 위를 날아다니고 저녁 하늘의 달과 별빛을 가린다.

길수의 몸은 이미 세상을 떠난 영혼들이 찾아와 자리를 잡고, 그의 몸을 수십 명의 혼이 나누어서 그를 움직이기 시작한다. 각각의 몸 부위는 전혀 통제되지 않는 움직임과 떨림으로 영혼을 부르고, 그의 몸속으로 점점 많은 영혼이 들어와 머물며 소리내기 시작한다.

징과 북소리가 점점 크고 빠르게 울려 퍼지면서, 피리 소리가 이를 따라잡듯이 아주 빠르게 음의 아래위를 혼란스러울 정도로 어지럽게 움직인다.

주위는 짙은 안개에 덮혀 칠흑같이 어두워졌고, 흔들리는 불길 사이로 단지 길수의 모습만 석양의 노을빛을 받아 연한 실루엣 모양으로 보일 듯 말 듯, 그의 움직이는 춤사위가 안갯속에서 나타났다가 사라지기를 반복한다.

긴 잠에서 꿈을 꾸듯이 먼저 촌장이 소리친다.

"저게 누구야! 죽은 내 아내와 아들이 돌아왔어!"

여기저기에서 떠나보낸 가족의 이름을 부르며 길수가 춤을 추고 있는 곳으로 기어가듯이 다가선다. 주위는 온통 처절한 비명과 원통한 울음으로, 살아있는 자와 죽은 자의 한 맺힌 대화가 시작되고 울부짖는다.

길수의 춤을 뚫어지라 바라보던 '라이얀'이 갑자기 의자에서 쓰러지며 땅에 몸을 바짝 엎드리고는, 까무러치듯이 길수를 부르며 소리친다.

"코레아! 코레아 '새'야! 내 친구가... '새'가 저기에 있어! 길수의 머리 위를 맴돌고 있어. 아니야! 길수를 저곳으로 데려가려고 몸짓을 하네. '새', 안 돼! 저 애는 아직 어리다고! 너 혼자 그곳에서 외롭겠지만, 저 애도 너처럼 이 땅에서 뜨겁게 사랑하고 떠날 수 있도록 최소한의 기회는 줘야지. 지금은 그때가 아니야. 난 내 딸, 노래하는 천사 '카르멘'이 보고 싶다고. 길수는 여기에 두고 외롭고 불쌍한 나를 데리고 가줘. '새'야. 부탁할게."

여기저기에서 먼저 떠난 이들의 이름을 부르며, 마지막으로 하지 못했던 이야기를 꿈을 꾸듯이 나누고 있다. 붉은 하늘이 검게 변할 때까지 소리는 끊이지 않는다.

산 자와 죽은 이들의 고함과 신음이 정글 숲에서 날아온 새의 울음소리를 만나, 매미처럼 윙윙거리며 커지다가 마침내 벼락같은 굉음의 소리를 한순간 내며 사라진다.

길수도 지쳤는지 바닥에 쓰러지고 이를 더 보려는 사람들이 그에게 달려들어 몸을 움직이라 소리치고 만져보지만, 길수의 몸에 남아있던 영혼은 이미 사라지고 뼈와 가죽만 고스란히 남아있다.

안개가 숲으로 서서히 밀려들어 가고, 석양 끝에 남아있던 붉은 노을이 갑자기 검은 구름에 휘말려 가려진다. 저 멀리에서부터 죄의 육신을 사할 만큼의 많은 비가 내리기 시작한다. 모두 그 빗속에서 그동안 마음속에 응어리져있던 뼈아픈 슬픔을 씻어내고, 웃고 소리 지르며 노래 부르고, 하늘을 힘차게 뛰어오르며 땅을 굴리고, 파푸아의 춤을 춘다.

애린이 '학'의 의상을 급히 벗어 던지고는 쏟아지는 빗속을 헤치며 쓰러진 길수에게 달려가 그를 일으켜 세우고는, 땅에 닿는 빗소리를 음악으로, 둘은 손과 발을 흔들며 다시 춤을 춘다. 추다가 쓰러지면 다시 일어나 춤을 추고 마음속에 잠겨있던 오랜 고통과 외로움을 파푸아의 저녁 하늘에 모두 날려 보낸다. 새로운 삶을 위한 환희의 순간을 맞이하고 살아남은 이들의 축복을 염원한다.

제10장 슬픔의 강물

의식은 무사히 마쳤지만 내리는 비가 그칠 줄을 모른다. 봉사단의 안전을 위해 호위하던 인도네시아 군대의 책임자가 최 교수에게 긴급히 상황을 설명한다.

"교수님, 원래의 일정은 여기 봉사활동을 마치면 곧장 베이스캠프로 돌아가기로 되어있습니다만, 차 한 대는 현재 수리 중이고 나머지 차들은 움직일 수는 있지만, 계속 내리는 비 때문에 도로가 물에 잠겨서 이동이 어려울 것 같습니다. 비가 그치고 물이 어느 정도 빠질 때 이동하겠습니다."

"상황이 그렇다면 일단 단원들의 쉴 곳을 준비해야겠네요. 이곳 마을 촌장과 상의해 빨리 장소를 정해야겠습니다."

"인원이 생각보다 많아 우리를 수용할 만한 곳이 있을까요?"

의식은 이미 끝났지만, 내리는 빗속에도 마을 사람들은 흩어지지 않고 길수 곁에 머물며 감사의 뜻을 표시한다. 짧은 순간이나마 먼저 떠나간 영혼들과 만났던 이야기로 소란스럽다. 어떤 이는 길수의 손을 잡고 어떤 이는 한참을 부둥켜안고 있다. 길수의 춤으로 오랫동안 한 맺힌 마을 사람들의 슬픔과 눈물이 강물처럼 흘러 바다로 보내고, 멀리 떠나보낸 영혼을 다시 그리워한다.

촌장이 '라이얀'에게 다가온다.

"이봐! '니케', 나를 또 괴롭힐 생각인가? 자넨 내가 아무리 진실을 말해도, 자네의 막혀있는 귓구멍이 나의 말을 전혀 받아들이지 않으니, 내가 무슨 말을 더 할 수 있겠나? 이전의 우리는 그런 사이가 아니었는데, 이런 우리의 관계가 아쉬울 따름이야!"

"나의 오랜 친구, 라이얀."

"자네가 방금 나를 오랜 친구라 불렀나? 나에게 또 무슨 음모를 뒤집어씌우려고 이러는 건가? 난 자네의 그러한 말투와 행동이 무섭다네."

붉게 충혈된 눈을 비비며 촌장, '니케'가 갑자기 라이얀을 손을 잡는다.

"내가 자네를 너무 오랜 세월 동안 오해하고 원망하였네. 나를 용서해주게나."

"니케, 갑자기 그게 웬 말인가? 자네는 조금 전까지도 나를 원수 보듯이 잡아먹으려고 하지 않았나?"

"그래. 그건 사실이야. 하지만 조금 전 저 남자애가 춤추고 있을 때 저승으로 먼저 보낸 아내와 아이가 내 눈앞에 나타났었네. 난 아내를 보자마자 자네를 죽일 만큼 원망하였네. 하지만 그들이 그날 무슨 일이 벌어졌는지 나에게 진실을 알려주었어. 난 지금껏, 반군한다고 떠난 자네 남편, 사피엥 루피아와 라이얀, 자네들이 서로 작당해서 우리 마을 사람을 죽음의 구렁텅이로 집어넣었다고 생각했었지만, 그건 나의 오해였네. 그들이 자네가 결백하다는 것을 영화를 보듯이 내게 보여주었어."

"니케, 죽은 자네 가족이 돌아와 자네에게 말을 해야만 사실을 믿겠나? 자네도 알다시피, 그 일이 있기 훨씬 전에 반군한다고 정글의 깊은 산으로 떠난 내 남편은 죽었는지, 살았는지 지금까지 연락이 없다네. 나도 그에게 연락만 닿을 수 있다면, 그날 반군이 쳐들어와 우리 딸을 납치해갔으니 딸 좀 찾아달라고 애원해 보겠네. 그 미친놈이 내 몸에 씨만 남겨놓고는 딸이 있는지, 없는지 딸의 얼굴도 보지 못하고 떠난 놈과 무슨 내통을 할 수 있겠나? 제발 지금이라도 그 인간과 연락할 방법이 있으면 알려주게.

이것 보게나. 니케, 한때 자네는 나의 둘도 없는 친구이자 동업자였지 않나? 나의 잃어버린 다리를 보게. 이게 그들이 나에게 남긴 증거일세. 내가 밀고를 했다면 왜 저 외딴 숲속에서 세상을 등지고, 이 썩은 나무 의족에 몸을 지탱한 채 평생 외롭게 살아가겠는가? 혹시나 살아서 돌아올지 모를 내 딸 '카르멘'을 기다리면서, 절망이라는 밑구멍에 깊이 빠져있던 희망이라는 단어를 집어 올리기 위해 지금껏 죽지 않고 사는 것이네.

오해라는 착각에 우린 지금까지 원수처럼 살아오지 않았나? 이건 자네와 내가 만든 둘만의 비극이야. 조용했던 마을에 외국인들을 데려와 마을 사람들에게 냄새나는 달러의 돈맛을 보여 준 게 나의 큰 실수였어. 그 돈 냄새가 너무 강해 반군들이 쳐들어온 것이라 나는 생각하네. 우리의 지나친 욕심이 악마들을 불러들인 것이지. 그 누구의 잘못도 아니라네. 그건 우리가 깊게 땅을 파고 굵은 돌로 담을 빼곡히 쌓아 올려서 만든 우물 속에 우리 스스로가 빠진 것이야.

내 품에 있던 딸을 그들에게 빼앗기고, 그들이 쏜 총탄에 내 다리뼈는 으스러지고, 자네는 내가 밀고했다는 오해만으로, 나를 병원에도 데려가지 않고 죽도록 내버려 두었지 않은가? 난 덜렁거리는 내 다리를 덩굴로 엮어 지혈하고는, 내 손으로 내 몸에서 떨어져 나간 신체 일부를 칼로 잘라내었다네. 내가 죽어서 저세상으로 떠나기를 바랐던 자네의 소원과는 달리, 난 몇 날 며칠 계속되는 죽음의 길목에서 헤매다가 '천국의 새'소리를 듣고 살아났었네.

니케, 기억나는가? 도시로 나가려는 나를 막고는, 저 외딴 숲에서 외롭고 쓸쓸하게 인생을 마감하게끔, 악의로 가득 찬 자네의 선처를 내가 왜 모르겠나? 그러나 지금껏 난 살아있다네. 다리를 절룩거리며 쓰러진 나무를 도끼로 잘라내고 작은 칼로 다듬어 만든 의족을 이렇게 신고 있다네.

니케, 이제 자네가 나를 용서했다고 하니 이 썩은 놈은 불살라버리고 강한 비바람에도 절대 쓰러지지 않는 튼튼한 의족을 만들어 주게. 자네가 도와줄 수 있겠나? 모든 것은 과거의 시간 속에 묻혀 정글의 숲으로 돌아가 버렸네. 나도 과거의 자네를 더 이상 원망하지 않을 테니, 자네도 나를 원망하지 말게나."

니케가 라이얀의 잃어버린 다리가 된 듯, 두 사람의 한 맺힌 이야기의 실타래는 빗속을 거닐며 조금씩 풀려나가기 시작한다.

빗속을 거닐던 촌장과 라이얀이 봉사단원들에게 다가온다.

"교수님, 이 작은 마을에 많은 사람이 한꺼번에 머물 공간은 없습니다."

"니케, 우리가 미래의 꿈을 실현하기 위해 만들어 놓았던 오두막으로 데리고 가는 것은 어떤가? 세월이 흘렀지만 사용한 사람이 없었으니, 잠시만 치우고 손을 보면 그곳에서 지낼 수 있을 것이라 여겨지네. 자네 생각은 어떤가?"

"그래. 맞아! 그 오두막이면 모두 들어갈 수는 있을 것 같네. 하지만 그날 이후로 나도 그곳을 다녀가 본 적이 없어서 상태가 어떤지를 모르겠네."

"걱정하지 말게. 내가 혹시나 일어날지 모를 그 날을 위해 항상 정리해 두었다네. 그러니 모두 그곳으로 갑시다."

촌장이 최 교수에게 오두막으로 이동할 것을 제안한다.

"우리 인원이 많은데 다 들어갈 수 있을까요?"

"그곳은 아주 오래전에 외국인 단체 여행객의 휴식을 위해 마을 사람들이 힘을 합쳐서 만든 간이 휴게시설입니다. 하지만 오랫동안 사용하지 않아서 어떨지 모르겠네요."

"비가 언제 그칠지 모르니 일단 그곳으로 이동합시다."

제11장 떠나보낸 기억들

무장한 인도네시아 군인들이 앞뒤로 호위하고, 횃불을 든 촌장이 라이얀을 부축한다. 나지막한 언덕을 두 개 정도 오르자 나무로 지어놓은 넓은 오두막이 나타난다. 지붕은 양철로, 바닥과 기둥은 굵은 나무와 판자로, 벽체는 대나무와 야자 잎을 엮어서 나름 비는 피할 수 있게 만들어져있었다.

"라이얀, 긴 세월이 흘렀는데도 이곳이 이전처럼 멀쩡하게 보존되었다니 믿을 수 없네. 자네가 여기를 보수하고 관리한 흔적이 곳곳에 보이는구먼."

"내가 이 정글 속에서 뭘 할 수 있었겠나? 언젠가 이곳이 그 피비린내 나는 참사 이전으로 돌아갈 수 있을까 하는 기대로? 아니 그냥 지나가는 시간이 안타까워서 썩은 놈은 잘라내고 새로운 놈으로 끼워서 넣는 재미로 나의 무료함을 달래어왔었네."

일행들이 넓은 오두막에 짐을 풀고 비가 그치기를 기대하며 저녁 늦게 잠자리에 든다. 하지만 강 선생과 몇몇은 밤을 새우기로 한다. 강 선생이 라이얀의 손을 잡고는 "라이얀, 과거에 무슨 일이 여기에서 벌어진 것입니까? 피비린내 나는 과거가 무엇인지 우리에게 알려 줄 수 있나요?"라고 묻는다.

"난 망각이 최고의 행복이라 생각하며 지금까지 살아왔었는데, 당신들이 나의 행복을 무너트리는군요."

"아닙니다. 우리는 당신의 행복을 조금이라도 무너트리거나 해칠 생각은 없습니다."

"이미 나의 망각은 오늘을 기점으로, 저 너머 정글의 깊은 숲으로 사라졌습니다. 이제 모든 것을 다 털고 그저 새처럼 다시 하늘을 날고 싶네요."

라이얀이 깊은 한숨을 내쉬며, 오랫동안 마음속에 묻어두었던 사연을 비 내리는 밤의 공기 속으로 날려 보내고, 흐르는 빗물이 그의 가슴속까지 씻어주기를 기도한다.

제12장 라이얀의 고백

"벌써 긴 세월이 흘렀네요. 가난에서 일찍 벗어나고자 어린 나이에 이곳을 떠나 자카르타의 작은 음식점에서 청소와 설거지하는 일을 하였습니다. 그곳은 유럽 관광객들이 많이 찾아왔고 저희 사장은 오는 분들에게 아주 친절하게 인도네시아 여행의 볼거리를 안내해 주었습니다. 그리고 자연스럽게 그곳에서 일하는 동안 짧은 영어도 배웠습니다.

하루는 큰 카메라를 목에 걸고 사진작가처럼 보이는 독일 남자분이 새들의 사진이 가득 담긴 책 한 권을 보여주면서 어디에서 이새들을 볼 수 있는지 사장에게 여쭈어보았습니다. 그때 사장이 답하기를 '이곳에서는 이런 새들을 보기 힘들 것입니다. 아마도 더깊은 정글 속으로 들어가면 볼 수 있을지 모르겠네요. 저기 까만얼굴에 곱슬머리를 한 여자에게 한번 물어보세요. 저 친구의 고향이 파푸아 섬이니 혹시 거기에서 본 적이 있었는지 모르겠네요.'라며 나를 소개했다.

그 서양 남자가 그릇을 씻고 있는 나에게 다가오더니 사진이 담긴 책을 보여주며, '혹시 이런 새들을 본 적 있나요?'라고 묻더군요. 그래서 자세히 사진들을 보며, '전부는 아니지만, 몇몇 새는 내 고향 집에서 바라보이는 작은 언덕에 매일 나타나는 새들입니다. 여기 가슴에 노란 무늬를 가진 새와 여기에 검고 붉은 머리에 흰 꼬리를 가진 새는 매일 보고 자랐지요. 그런데 무슨 일로 그러세요?'라고 물었다.

그러자 '난 독일의 대학에서 조류를 연구하는 학자입니다. 천국의 새, 극락조에 대한 자료를 수집해서 책을 내고 싶은데 도와줄 수 있겠소? 만약 이 일을 도와준다면 후하게 그 대가를 지불하겠소. 도와주시오.'라고 말했습니다. 그리고는 곧장 사장에게 가서는 '저 친구의 석 달 치 보수를 당신에게 지급할 테니, 두서너 달만 당신 직원을 좀 데리고 씁시다.'라고 사장에게 제안했었지요. 사장은 조금의 망설임도 없이 '좋소이다.'라며 흔쾌히 그의 제안을 받아들였고, 나에게 '이 일이 끝나고 돌아오면 다시 이곳에 일할 수 있다.'라며 약속하였습니다.

우린 다음 날 바로 파푸아로 가는 교통편을 예약하고 항공기와 배를 번갈아 타며 고향에 오게 되었지요. 집 앞의 마당에 작은 위장 천막을 쳐놓고, 내가 길게 새소리를 내며 옛 친구들을 찾듯이 그들을 불렀습니다.

고향에 돌아온 나를 반기듯이 다른 곳에서는 전혀 볼 수 없었던 형형색색의 무늬와 모습을 가진 아름다운 새들이 항상 그들이 머물던 절벽의 왼편에 있는 작은 언덕으로 날아왔습니다. 작은 숨소리마저 죽인 채 독일 학자의 카메라는 쉴 새 없이 셔터를 눌렀고, 며칠 지나지 않아 가져온 필름이 바닥나고 말았습니다. 사진 작업을 마친 우리는 새들과 관련된 사연과 전설을 찾기 위해 사람들을 찾아다니며 정보를 수집하고 그는 다시 그것을 정리하였습니다.

6개월 치 급여를 선불로 받았지만, 한 달이 되지 않아 모든 일을 마치게 되었습니다. 난 아픈 어머니에게 가져온 돈을 모두 남겨놓고, 다시 자카르타로 돌아와 그 음식점에서 일했고, 내 생에 처음 행운이 뭔지, 돈이 뭔지 알 수 있게 해주는 한해였습니다.

그 이후로 부족한 정보는 파푸아에서 자료를 수집해서 다시 독일 학자에게 보내주었습니다. 그리고 얼마 지나지 않아 마침내 책이 완성되었다는 연락을 받았고, 완성된 책을 자카르타의 음식점으로 보내어왔었습니다. 음식점 사장은 신이 난 듯 오는 손님마다 파푸아 섬에 사는 '천국의 새' 사진이 담긴 책을 여행객에게 보여주며 나도 같이 소개해주었습니다.

얼마 지나지 않아 신비의 새들을 보기 위해 그곳을 가보고 싶어하는 사람들이 생겨났고, 마침내 십여 명의 유럽 여행객을 이끌고 고향 집을 다녀올 수 있었습니다. 그들이 한 번 다녀갈 때마다 내 수입은 자카르타에서 1년 치 버는 만큼 큰돈을 벌었습니다.

나는 고향에 돌아오자 파푸아의 독립을 외치며, 온 마을을 용감하게 소리치고 다녔던, 촌장, 니케의 단짝 친구이자 어린 시절 동갑내기 남자인 '사피엥 루피아'와 사랑에 빠졌습니다. 파푸아의 독립을 외치며 다니던 그자는 떠난다는 말 한마디 없이 깊은 산으로 숨어들었고, 경찰과 인도네시아 군인들이 매일 같이 그를 잡기 위해 온 마을을 찾아다녔지요. 그러던 중 딸 '카르멘'을 아빠 없는 사생아로 출산하였습니다. 촌장은 우리의 사연을 알고 있었지만, 나와 남아있는 딸의 안전을 위해 어떤 누구에게도 그 사실을 말하지 않고 우리의 우정을 지켜왔었지요.

본격적인 여행업을 위해 고향마을에 팩스와 컴퓨터를 갖춘 여행사 사무실도 내고 미니버스와 운전할 기사도 고용했었습니다. 자카르타 음식점 사장님은 부업으로 여행객을 모집해 이곳으로 보내주었고 난 그들을 안내하는 일을 맡았습니다.

관광객이 다녀가기 시작하자 외지에서 장사꾼들이 몰려들었고 마을 입구에는 중국에서 만든 싸구려 기념품이 파푸아 민속품처럼 만들어져 팔려나가기 시작했습니다. 마을 사람들은 작은 음식점을 열거나 나무로 만든 작은 집을 지어 여행객에게 잠자리를 제공하는 일을 하면서 처음으로 돈맛을 알게 되었지요.

마을에 미국 달러가 들어오면서 순수했던 원주민의 인심은 사라지고 점차 마을이 변하기 시작했어요. 한 번에 큰돈을 벌어서 안락한 도시에서 살기를 바랐지요. 자식들은 인도네시아 본토에 나가서 공부하기 시작했고 조용한 정글의 숲에는 밤을 환하게 밝히는 발전기가 들어오고 휘발유 타는 냄새가 여기저기에서 풍겨왔습니다.

난 그들에게 '이전처럼 자연 그대로 우리 조상이 물려 준 정글 숲을 유지해야 만 천국의 새들이 이곳을 떠나지 않고 머물 수 있다. 만약 그렇게 만들지 못한다면, 그들은 영원히 이곳을 떠나 사라질 것이다.'라고 수도 없이 경고했지만, 나의 열정적인 말은 그들의 귀에서 사라지고 돈이 지배하는 세상이 나타난 것이지요.

여기 너머로는 사람들이 들어갈 수 없도록 막아두었고, 관광객이 이곳에 머물며 망원경으로 '천국의 새'를 지켜볼 수 있도록 지금 당신들이 묵고 있는 이 오두막을 만들었지요.

수천 년을 변함없이 찾아오는 이 땅에, 마지막 남은 '천국의 새'를 지키기 위해 우리는 숲을 지켜야만 했습니다. 그러나 우리의 노력에도 불구하고, 다녀간 관광객들의 입소문과 그들이 인터넷에 올린 영상을 보고 찾아오는 수많은 관광객과 사진작가 그리고 방송국 기자들... 수용할 수 없을 만큼의 많은 사람이 지상에 마지막 남은

'천국의 세계'를 찾기 위해 이곳으로 밀려왔습니다. 마을은 외지인들의 발길이 잦아지고 외국인 관광객들을 쉽게 만날 수 있었지요. 그러던 중에 여기에 있는 길수의 엄마 '새'도 만나게 되었습니다.

아마도 길수 엄마가 사라진 후 1년 정도 지나서 돈 냄새를 맡은 중국인 사업가들이 마을 사람들을 부추겨서 마을에 객실 50개 정도의 호텔을 짓자고 제안하였고, 나와 촌장은 이곳을 이전처럼 보전하기 위해 강하게 반대하였습니다만, 마을 투표에서 결국 이 사업은 통과되었고 공사는 시작되었지요.

공사용 차가 들어오는 길목에 나무를 쓰러트려 길을 막기도 하고, 매일 같이 공사 현장에서 반대 시위를 하며 오만별 짓을 다 하였지만, 호텔 공사는 요란한 소음을 내며 조금씩 완성되어가고 있었습니다. 이 때문에 경찰에 붙잡혀 여러 차례 조사도 받았습니다.

중국인 호텔 건설업자의 고발로 촌장이 경찰에 체포되어 며칠째 구금되어있던 어느 날, 오늘처럼 비가 억수 같이 내리는 날씨에 작은 버스를 여러 대를 타고 일본에서 온 방송국 기자와 촬영 스텝 수십 명이 이곳에 도착했습니다. 그들은 짐을 풀자마자 일본 깃발을 이곳에 세우고는 '마지막 남은 천국의 문'이라는 글씨가 적힌 큰 현수막을 나무에 걸어놓고, 위성방송을 위한 촬영 세트장을 준비하고 있었습니다.

막 해가 질 무렵, 숲에서부터 요란한 총소리와 고함이 들려오더니, 일본인 방송국 기자들이 타고 온 차량에 괴한들의 총격이 가해지고 그 자리에서 버스 기사와 인도네시아 현지 안내인이 총에 맞아 즉사했었지요. 그리고 그 자리에 있던 일본인 전부를 쇠사슬로 연결한 쇠고랑을 채워서 정글로 끌고 가고 괴한 중 일부는 마을로 내려와, 집마다 들어가서 닥치는 대로 '귀중품과 달러를 내놓아라.' 소리 지르고 이에 응하지 않으면 그 자리에서 총질을 하였습니다.

보여주기라도 하듯이 말을 듣지 않는 사람들을 한쪽으로 몰아넣고 먼저 총으로 처형시키고 더욱 반항하는 자는 칼로 무참히 난도질했습니다.

그다음 맨 먼저 촌장을 잡아 와라 소리치자 마을 사람들이 그의 가족을 손으로 가리켰고 다시 촌장이 어디 있느냐고 묻자 그의 아내는 '지금 그는 경찰서에 붙잡혀있다.'라고 대답했는데, '거짓말하지 마라.'하면서 그 자리에서 니케의 아내와 아들에게 총을 쏘아 죽였습니다. 그리고는 그들이 누구인지 정체를 밝히면서, '우리는 파푸아의 독립군이다. 너희들은 인도네시아 군대의 첩자들로 파푸아의 완전한 독립을 방해하는 쓰레기들이다.'라고 소리치며 집마다 불을 지르고는 중국인들이 짓고 있던 호텔에 건축업자와 인부들을 가두고는 폭탄을 안쪽에 터트려 몰살시켰습니다.

겁에 질린 마을 사람들에게 다시 인도네시아의 기생충 같은 '라이얀'을 잡아 와라 하였습니다. 총소리에 놀라 마을로 내려오던 나는 반란군의 명령을 받은 마을 사람들에게 곧장 붙잡혀서 우두머리에게 끌려갔고 그는 미리 알고 있었는지, 곧장 나에게 '내년이 이곳을 이렇게 만들어 놓았다고? 너 같은 년 때문에 이 파푸아의 땅이 저항 한 번 제대로 하지 못하고 인도네시아 놈들에게 다 넘어가고 말았다. 거기에 기생충처럼 빌붙어서 돈만 벌어들이다니, 너 같은 년은 이 자리에서 죽여 버리겠다. 우리가 저 깊은 산속에서 조국의 독립을 위해 굶주린 배를 움켜쥐고 몸부림칠 때 너희는 냄새나는 달러와 기름기 흐르는 고기를 식탁에 얹혀두고 인도네시아 놈들과 배부른 노름을 하고 있었겠지? 너희들이 누구인지, 파푸아 조상의 영혼을 잊어버린 것인지 알고 있느냐? 라이얀, 너는 그중에서도 가장 악질 배신자다.'라며 나와 마을 사람들 앞에서 소리쳤지요.

하지만 난 어떤 부끄러움과 두려움 없이 머리를 꼿꼿이 세우고는, '그래, 내가 굶주리고 버려진 자들에게 일거리를 주고 먹을 것을 준 것이 무슨 큰 잘못이냐? 너희가 저 숲속에 숨어 사는 동안, 우리가 어떻게 살고 있는지 생각해보았니? 우리에게 무엇을 해주었느냐? 독립을 위해 기다리는 동안, 우린 이 땅에서 굶어 죽고 사라지고 말 것이다.'라고 그들에게 따지듯이 더 큰소리로 외쳤어요.

그때 반란군 우두머리가 내 눈에 총구를 들이대며, '역시 듣던 대로 용감한 년이로구나. 여기로 오기 전에 네년이 무슨 일을 하며 살아왔는지를 다 알고 왔다. 더 이상의 변명은 하지 마라. 무릎을 꿇고 우리의 심판을 조용히 받아들여라.'라고 말하며 나의 죄를 사람들에게 하나하나 열거하였습니다.

'그래, 죽여라. 내 남편, 이 애의 아버지인 '사피엥 루피아'도 당신들처럼 독립을 위해 싸우는 전사가 되겠다며, 그 망할 놈의 산으로 들어간 뒤로 소식이 없다. 너희가 이제 이 땅에 마지막 남은 '천국의 문'을 파푸아인 너희들 스스로 파괴해버리다니, 너희는 죽어서도 네 조상의 영혼이 머무는 정글 숲으로 돌아가지 못하고 지옥 같은 세상을 평생 떠돌 것이다. 나는 오늘 죽더라도, 아직 열려 있는 '천국의 문'을 통해 저 숲속으로 돌아갈 것이다.'

그때 갑자기 반군들이 귓속말로 수군대기 시작하더니, '우리는 오늘 네년 덕택에 값진 일본인 인질을 잡았다. 촌장이 없는 이곳에 네가 가장 용감한 지도자 같으니, 특별히 네 목숨만은 살려주겠다. 그러나 네 딸을 포함해 여기에 있는 어린애들은 우리가 정글로 데려가서 독립을 위한 미래의 전사로 키울 것이다.'

반군들이 내 품에 있던 딸 '카르멘'을 떼어내려고 하였고, 난 반군의 팔목을 붙들고 카르멘을 놓지 않으려고 몸부림을 쳤었지요. 내 힘으로 도저히 그들을 이길 수 없다는 것을 아는 순간, 성난 원숭이처럼 이빨로 그들의 손을 물고 흔들었습니다. 순간 '악'하는 소리와 함께 총소리가 나고 나의 다리에서 피가 흐르기 시작했습니다. 다시 그놈이 총구를 내 머리에 갖다 대자 반군의 우두머리가 소리를 질렀어요.

'저년은 죽이지 마라. 우리 독립군의 피가 흐르고 있다. 살려두어라.'

총에 맞아 다리뼈는 부러지고 피 흘리는 다리를 잡아끌며 '내 딸 카르멘을 돌려 달라.' 애원하였지만, 카르멘은 그들의 품에 안겨 조금씩 나의 시야를 벗어났습니다. 반항하는 마을 사람들은 무참히 그들의 칼에 맞아 쓰러지고, 도망가는 자들은 어김없이 사살되었습니다.

반군의 출몰 소식에 뒤늦게 인도네시아 군대와 함께 도착한 촌장은 그의 가족이 무참히 살해되었다는 사실을 알게 되었습니다. 살아남은 마을 사람들에게 달려가 그 이유가 무엇인지 물었더니, '저년, 라이얀이 호텔 건축을 처음부터 반대하더니, 결국 우리 모두를 반군에게 팔아넘겼어. 저 악녀 같은 여자가 반군에 있는 남편에게 우리를 밀고하고는 분명히 합의를 본 것이야. 어찌 죽일듯하다가 살려준 이유가 무엇인가? 이제 우리는 가족을 잃고 평생 저 여자만 원망하며 살 게 되었다네.'라며 사람들이 한결같이 나를 밀고자이자 원수로 지목하며 말했었지요.

촌장은 나를 믿고 싶었지만, 마을 사람 모두가 나를 악마의 영혼을 가진 여자라며 가까이하지도 않았고 촌장도 그들의 말을 믿기 시작했습니다.

촌장이 죽어가는 나를 찾아와, '라이얀, 자네가 어찌 내 가족을 죽음에 빠트릴 수 있단 말인가? 산으로 떠난 네 남편과 내통하여 정말 그런 짓을 정말 하였단 말인가? 난 지금껏 정글 숲으로 떠난

카르멘의 아버지, 사피엥 루피아와 자네와의 관계를 평생 비밀로 지켜왔었는데, 자네는 그런 나의 우정을 비극의 눈물로 만들어서 나를 미치게 했네. 지금 죽어가는 자네의 모습을 보고 이 자리에서 바로 죽일 수도 있지만, 난 자네의 가증스러운 탐욕과 거짓말이 어떤 결과를 가져오는지, 그냥 죽도록 내버려 두고 마을로 내려가겠네. 이제 죽고 사는 것은 자네의 운명에 달렸네. 죽음이라는 맛을 천천히 느끼면서 자네도 내 가족을 따라 조용히 저승으로 떠나게.'

난 사실이 아니라고 큰 소리로 말하고 싶었지만, 나의 눈과 입은 조금씩 닫혔고 더는 어떠한 표현과 말도 할 수 없었습니다.

촌장은 죽어가는 나를 버려둔 채 곧장 마을로 내려갔었지요."

제13장 죄의 사악함

어제부터 내린 비가 죄의 사악함을 이 땅에서 씻기 위함인지, 아니면 슬픈 자의 눈물을 받아 원 없이 뿌리는 건지, 거침없이 내리고 있다. 낯선 곳에서의 잠자리에 잠을 못 이루고는, 새벽하늘이 밝아오자 내리는 빗속에 몸을 담근 채, 밝아오는 다른 세상을 애타게 그리듯이 조금씩 밝아오는 여명의 눈동자를 향해, 말없는 침묵으로 바라보고 있다.

강 선생은 혼자 생각한다. 왜? 길수의 아버지가 어머니의 사진을 여행 가방에 넣어두었는지, 풀리지 않았던 의문의 실타래가 흐르는 물길에 녹아 자연스럽게 풀리기 시작한다. 정해진 운명의 틀 속에 그들을 불러들이고는 원하든 원치 않던 각자의 배역에 맞게 움직이는 세상 속으로 빨려 들어온 것 같아 머리가 복잡하다.

오두막 구석에 한잠도 자지 않고 쪼그려 앉아있는 길수의 모습이 측은하게 보이지만, 그는 지금 정해진 운명의 틀 속에서 어디로 가야 할지, 스스로 묻고 결정해야 하는 갈림길에 선 것이다. 이를 조금이나마 위로하듯이 애린은 길수의 가슴에 얼굴을 묻고는, 그의 움직이는 심장 소리를 위안으로 삼으며, 길수의 숨결을 꿈결 속에서 느끼고 있다.

늦은 잠자리에서 일어난 라이얀이 오두막의 비좁은 틈을 해치며 길수 곁으로 다가온다. 그리고는 길수와 애린을 오두막 앞에 넓게 펼쳐진 마당의 끝에 데려왔다. 잠시 비구름이 그치고 밝은 햇살이 절벽의 언덕을 눈부시게 비춘다. 아래로 넓게 펼쳐진 초록의 파푸아 숲과 그 너머로 푸른 바다를 볼 수 있었다.

"길수, 저기를 봐. 저 끝에 머무는 푸른 바다가 보이지? 그리고 왼쪽, 이 절벽의 끝자리, 지금 햇빛이 비치고 있는 작은 언덕을 볼 수 있니? 저기 바위 옆에 깨끗하게 키 작은 풀로만 덮여있는 언덕 말이야. 네 엄마 '새'가 머물다 사라진 곳이야. 그리고 저 밑으로 가파른 절벽의 낭떠러지가 보이지?"

두 사람은 라이얀의 손끝이 가리키는 곳을 향해 눈동자를 움직인다.

"저기 보여요. 누군가가 매일 와서 풀을 깎고 나무를 다듬은 것처럼 아주 반듯하게 만든 작은 정원이 보이네요."

"그래. 그곳이야. 단지 이곳에서만 저곳을 볼 수 있다고. 바로 '천국의 새, 극락조'들이 이렇게 비가 그친 아침에 찾아와 노래하고 춤추던 유일한 곳이야! 사람들은 말했었지. '천국의 새'를 한 번이라도 본다면 천국을 갈 기회를 얻을 수 있다고 말이야. 난 어릴 때부터 그들을 보아왔지만, 왜? 천국은커녕 지옥에도 갈 수 없는, 버림받은 신세가 된 것인지 모르겠다.

길수, 네 엄마는 분명 저곳에서 '천국의 새'를 타고 하늘로 간 것이야. 저곳에서 춤을 추다가 사라진 뒤로 일주일 동안 군인들과 마을 사람들이 절벽 위와 아래를 샅샅이 찾아다녔지만, 신체의 한 조각, 아니 그 어떤 일부도 찾지를 못했다네. 춤을 추다가 절벽 아래로 떨어졌다면, 육체의 어떤 부분이라도 남아있어야 하지만, 단지 저곳에 평소 입고 있던 낡은 옷가지와 신고 있던 신발만 가지런히 남겨두고는 사라졌지. 아무도 없는 저세상 끝, '천국의 하늘'로 말이야! '천국의 새들'이 네 엄마, '새'의 영혼을 업고 저 높은 하늘로 떠났다고 사람들이 말했었지. 그리고는 지금까지 단 한 번도 내 눈앞에 나타난 적이 없었네.

그런데, 어제 길수, 자네가 춤을 추고 있을 때 머리 위를 맴돌며 자네를 데리고 갈려던 네 엄마 '새'를 보았네. 내가 크게 소리쳤지. 지금은 그때가 아니라고. 길수, 자네에게도 뜨겁게 이 땅에서 사랑하고 떠날 기회를 가질 수 있도록 말이야. 그리고 난 울면서 소리쳤지. 차라리 나를 그곳에 데려가라고. 그리고 죽었는지, 살았는지 알 수 없는 내 딸 '카르멘' 곁으로 보내어달라 소리쳤지만, '카르멘'은 나타나지를 않았어. 어쩌면 그 애가 살아있을지 모르겠네."

애린이 '카르멘'이라는 이름을 되풀이하며, "'카르멘'이라면 '오페라'에 나오는 '집시 여인, 카르멘'을 말 하나요?"

"맞아요. 내가 이런 곳에 살면서 어떻게 오페라를 본 적 있겠어요? 하지만 카르멘의 아름다운 노래는 매일 들을 수 있었지. 내 딸 '카르멘'이 반군들에게 붙잡혀 가는 날까지도 난 그 애의 노래를 들을 수 있었어요."

"어떻게 그 노래를? 길수 엄마가 불러주었나요?"

"'새'는 '카르멘'이 붙잡혀 가는 사건이 있기 1년 전에 실종되었어요."

"그럼 어떻게? 그때는 전기도 없었을 텐데."

애린이 라이얀과 길수의 얼굴을 번갈아 보며, "아니, 그러지 말고 어떻게 길수 엄마를 만나게 되었는지를 알려주시면 안 될까요?" 라고 라이얀에게 묻는다.

"맞아요. 길수가 여기에 왔을 때는, 그가 알고 싶어 하는 뭔가를 찾으러 왔고, 나는 그 뜻을 전해야 한다는 신의 계시라고 생각했어요."

이야기의 끝을 맺지 못한 채 라이얀은 말없이 '천국의 새들'이 머물렀던 작은 언덕을 바라본다.

제14장 사랑은 길들이지 않은 새

우리의 이야기는 20년을 거슬러 올라간 그 어느 시점에서부터 시작됩니다.

난 작은 규모의 외국인 여행객들에게 '천국의 새'를 볼 수 있도록 도와주는 여행 안내업을 하고 있었어요. 그러던 어느 날 중국인 여행객들 속에 작은 비디오카메라를 들고 있던 '새'를 우연히 만나게 되었습니다.

대부분 여행객은 이곳에서 '천국의 새'를 보면 환호를 지르거나,

아니면 천국으로 갈 수 있도록 기도하거나, 저 언덕을 배경으로 몇 장의 인증사진을 찍고는 마을을 떠나 다른 곳으로 급하게 이동합니다만, 내 친구 '새'는 도착하자마자 비디오에 영상을 담고 배낭에서 작은 망원경을 꺼내서 새들을 관찰하기 시작했어요. 같이 온 일행들이 다음 여행지로 이동할 무렵, 그녀는 세상의 끝에서 더 움직일 수 없는 자리에 온 것 같이 절벽의 끝에 걸터앉고는 온종일 그곳만 바라보고 있었어요. 관찰한 내용을 큰 메모장에 기록하고 또 관찰하였어요.

내가 물었지요.

"이것 봐요! 같이 온 일행들은 모두 떠난다고 하는데, 지금 떠나야 하지 않나요?"

"난 혼자 이곳에 여행을 왔어요. 저 새들을 보면 정말 천국에 갈 수 있는 겁니까?"

"하하하. 그걸 정말 알고 싶소? 그러면 여기에 있는 나를 봐요. 난 비 오는 날을 제외하고 매일 같이 그들을 보며 살아왔는데, 천국은커녕 아직 지옥도 가지 못하고 이곳에 머물러 있지 않소. 저 새들이 서양인들에게 알려지면서, 지구상에 저렇게 예쁜 새는 오직 이곳밖에 없다며, 그들 스스로 만들어낸 천국의 이야기이자 전설일 뿐이요. 그렇다고 내가 천국이 없다고 한들 있다고 한들, 당신이 진정 내 말을 믿기나 하겠소?"

"하지만 당신들은 저 새를 대할 때마다 신을 숭배하듯이 거룩한 신비로움을 지니고 대하는 것 같았는데, 아무런 근거 없이 그러지는 않을 것 아니요?"

"내 말은 내가 살면서 아직 저 새들을 따라 천국에 갔다는 사람을 내 눈으로 본 적 없다는 뜻이지요. 우리 조상의 입과 눈을 통해 내려오는 전설을 무시하는 것은 아니요.

잘 알다시피 이곳은 얼마 전까지만 해도 미개척의 정글이자 문명을 등진 원시 야만인만 사는 곳이라 알려졌지요. '천국의 새들'이 지구를 떠돌다가 인간의 사악한 손길이 닿지 않는 마지막 땅에 도착한 것입니다.

어른들이 말했어요. '천국의 새'를 눈으로 보는 것은, 당신이 죽어서 천국으로 갈 수는 있지만, 그 새를 잡거나 새의 깃털을 만진다면, 얼마 되지 않아 새들이 그들을 데리고 천국으로 간다고 말했어요. 그래서인지 우린 아주 멀리에서만 그들을 바라만 볼 뿐이지, 그들이 사는 곳으로는 들어가 그들을 바라보지는 않습니다."

"아! 그러니 저렇게 평화롭게 새들이 머물며 춤추고 있는 것이군요."

"당신은 저 새들을 따라 마치 지금이라도 천국에 가고 싶어 하는 것 같네요?"

"그렇게 될 수만 있다면 지금 당장이라도 하겠지만, 내가 저곳에 들어가 그들을 내 손으로 붙잡는다면, 나는 천국에 갈 수 있을지라도, 나 때문에 두 번 다시 저곳에 새들이 날아오지 않을 것이고 정말 천국으로 가야 할 사람들이 가지 못하는 것 아니겠소? 나는 그렇게까지 하면서 그곳으로 가야 할 가치와 영혼이 없는 사람입니다."

"'노래하는 영혼을 가진 천사'와 '춤을 추는 영혼을 가진 천사'가 만나면 둘은 노래하며 춤추다가 '천국의 새들'의 영혼에 이끌려 함께 천국으로 간다고 어른들이 저 새들을 바라보며 늘 노래했어요."

"정말 아름다운 전설이네요. 그런 일이 실제 일어날 수 있을까요?"

라이얀이 망원경으로 계속 언덕을 바라보고 있는 여자의 모습을 아래위로 살펴보며 다시 묻는다.

"실례지만 직업이 무엇입니까? 새들을 계속 관찰하고 기록하는 것을 보니 조류학자가 분명하군요? 아니면 사진작가인가요?"

여자가 웃으며, "아니요. 둘 다 틀렸어요. 내가 며칠간 머물 수 있는 잠자리를 당신이 제공한다면 그때 알려드리지요."라고 대답했다.

"아니, 그럼 오랫동안 이곳에 머물 생각인가요?"

"네. 아마도 최소 몇 달은 이곳에 있고 싶어요. 하지만 가지고 온 여행경비가 많지 않아서 호텔에 머물기는 부담스럽고 어디 마땅한 장소가 있을까요?"

여자가 일어나더니 라이얀이 살고 있는 오두막 안을 살펴본다.

"여기가 재미있네요. 그리고 새들을 관찰하기에 이곳만큼 좋은 곳도 없어요. 내가 방값은 낼 테니 나를 친구로 받아주고 여기에 잠자리를 제공해 줄 수 없을까요? 당신이 여행객을 안내하는 동안, 당신의 어린 딸을 내가 돌봐 줄 수도 있는데, 어때요?"

"여긴 시원한 바람이 나오는 에어컨도 샤워할 따뜻한 물도 나오지 않는 이런 집에서 정말 머물 수 있겠어요?"

"괜찮아요. 여행객이 들어올 때마다 도시에 나가 그들을 마중하고 배웅도 하니, 그럴 때마다 같이 나가서 세상 구경도 하고 재미있을 것 같은데요."

라이얀이 다시 여자의 모습을 한참 살펴보더니, "좋아요! 저 애를 임신시켜 놓고 떠난 남편은 자기의 피가 흐르는 자식이 있는지도 없는지도 모른 채 산으로 떠났고 혼자 외롭게 이곳에 사는 것도 지쳤는데, 친구가 생긴다면 나도 좋을 것 같습니다."라고 말하며 둘은 짧은 포옹을 하며 계약이 성사되었다는 의미의 악수를 교환한다.

며칠 후 라이얀은 자카르타에서 출발한 프랑스 여행객을 마중하기 위해 급하게 도시로 떠날 채비를 한다.

　"이것 봐요! 조류학자님, 오늘 저녁에 프랑스에서 여행객이 도착한다고 해서 지금 공항으로 가야 해요. 같이 나가지 않을래요? 당신은 짐도 없이 몸만 왔으니, 도시에서 필요한 게 있을 것 같은데요?"

　"대부분은 여기에 다 있는데, 몇 가지를 여기에서 구할 수 없어 안타깝네요."

　"밤을 환하게 밝혀줄 전기가 필요한가요? 그건 불가능해요. 저기 작은 등잔에서 빛나는 불꽃이 이곳에서는 최고의 사치입니다. 아 참! 당신 이름을 뭐라고 부르지요? 당신 나라말로 만든 이름은 너무 어려워서 따라 부르지 못하겠어요. 당신은 여기 온 뒤로 계속 '새'라고 외쳤는데, 도대체 '새'가 무슨 말인가요?"

　"아하! '새'는 영어로 'bird'이고 한국어로 '새'라고 부릅니다."

　"그럼 당신을 '새'라고 부를게요. 괜찮나요?"

　"'새.... bird....' 그것 나쁘지 않네요. 나를 '새'라고 부르세요. 당신이 나를 '새'라고 부를 때마다 내 몸이 '천국의 새들'과 춤추며 저곳으로 날아가는군요."

　둘은 공항 근처에 있는 도시에 잠시 머물다가 저녁에 공항으로 가기로 했다. 도시라기보다는 합판으로 엮고 녹슨 지붕을 올려놓아 힘들게 서 있는 낮은 집들로 서로가 벽에 의지하듯이 빼곡히 둘러싸여서 고물상들이 함께 모여있는 도시의 어느 구석진 마을처럼 보인다. 길가에는 뭔가를 팔고 살려는 사람들이 모여서 흥정하는 소리가 들리고 지나칠 정도의 시끄러운 소리와 매캐한 냄새를 풍기며 지나가는 오토바이와 차들로 소란스럽기는 어느 큰 도시와 비슷하다.

라이얀은 봉지에 아무런 글자도 없는 하얀 가루 치약과 칫솔, 그리고 정글에서는 구하기 힘든 굵은 소금도 샀다. '새'는 도시를 떠난 지 얼마나 되었다고, 직접 커피 열매를 재배하고 수확한 푸른빛이 도는 커피콩을 직접 굽고 갈아서 파는 '에스프레소 카페'에 라이얀을 데리고 들어간다.

"이봐요! '새', 이곳의 에스프레소 한 잔 값이면 우리 집의 일주일 치 방값과 같아요. 정말 이렇게 비싼 커피를 마셔도 될까요?"

"괜찮아요. 언젠가 열 배의 돈을 주고도 마실 수 없는 그런 날이 올 수도 있어요. 한국에 살 때는 하루에도 몇 번씩 이곳저곳의 색다른 카페를 찾아다니며 독특한 맛과 멋에 취해서 시간 가는 줄도 몰랐지만, 이제부터 오랫동안 당신의 정글 숲에서 머물 테니, 이 커피의 진한 향기를 오래전 사랑이 머물다 떠나버린 메마른 가슴에 듬뿍 담아 떠나겠습니다."

"왜 사랑이 떠난 메마른 가슴이죠? 그렇게 말을 한다면 나의 남자 '사피엥 루피아'가 나를 임신시켜 놓고는 어느 날 파푸아의 독립을 위한다며 말 한마디 없이 산으로 떠난 후 그의 딸이 태어났는지도 모르고 지금까지 나타나지 않는 무심한 나의 남자 이야기처럼 들리네요. 나도 당신처럼 이 커피 한잔을 마시며, 그의 젖어있는 영혼을 나의 메마른 가슴에 듬뿍 담아 눈물이 흘러나오도록 내버려 두겠소."

둘은 아주 천천히 살며시 눈을 감고는 잊혀질 듯한 망각의 기억을 되새기면서 작은 에스프레소 잔에 혀끝으로 가볍게 맛만 보고 한참을 멈춘 채 피어오르는 향기를 가슴에 묻는다.

진한 향기가 그들의 가슴에 머물 무렵, 어디선가 들려오는 '볼레로'의 음악이 점점 가깝게 다가온다. '새'가 한참 전에 칠이 벗겨진 낡은 나무 탁자에 커피잔을 내려놓고는, 손가락을 리듬에 맞추어 여리게 움직이더니, 다시 팔을 아래위로 저으며 일어난다. 음악이 흘러나오는 곳으로 숨을 죽인 채 아주 여린 발동작으로 다가간다. 라이얀은 '새'의 몸동작에 순간 홀린 듯, 그녀의 몸이 움직이는 곳을 따라 멍하니 지켜본다. 갑자기 '새'가 몸을 움직이다가 멈춘다. 그리고는 라이얀에게 소리친다.

"라이얀, 여기에 와 봐요. 정말 재미있는 물건이 있어요. 내가 정말 가지고 싶어 했던 물건을 여기에서 찾다니!"

'새'는 동작을 멈추고 자신의 춤을 지켜보던 서양인 노부부와 눈을 마주한다.

"볼레로의 음악에 맞추어 그렇게 아름다운 춤을 추는 사람을 본 적 없습니다. 원한다면 이 물건을 싸게 드릴 테니 가지고 가세요. 우린 며칠 내로 이곳을 떠나서 고향 뉴욕으로 돌아가야 합니다.

나의 아내와 정글에서 만나서 살아온 지 벌써 수십 년이 흘렀소. 뉴욕의 오색 등불과 화려한 극장의 공간들, 온갖 맛으로 어우러진 레스토랑을 뒤로하고 여기에 머물면서 그곳의 향수를 달래어주던 우리의 유일한 보물이 이 축음기입니다.

1940년대에 영국에서 만든 HMV 102 모델입니다. 작동법도 아주 쉬워요. 여기에 있는 손잡이를 빡빡할 때까지 돌리고는 턴테이블에 78 회전용 비닐 레코드판을 올려놓고 등이 굽은 사운드박스에 원하는 소리에 맞는 두께의 바늘을 장착하세요. 그리고는 판 위에 올려놓은 뒤 턴테이블의 회전 버튼을 누르면 판이 돌아가면서 이 둥근 뭉치의 사운드박스에서 소리를 증폭한 뒤 안쪽에 숨어있는 나팔을 통해 소리가 밖으로 나옵니다.

이곳처럼 전기가 들어오지 않는 곳에서 음악을 듣기에는 이보다 더 좋은 게 없어요. 어때요? 원한다면 여기에 있는 78회전 비닐 레코드판도 다 드릴게요. 이제 뉴욕으로 돌아가면 그곳에서 축음기를 다시 들을 기회나 이유도 없어지겠지요? 적도의 붉은 노을 같은 우리의 추억을 여기 '파푸아 섬'에 남기고 떠나고 싶어요. 아주 오래된 기계지만 잘 관리했기에 음질도 아주 깨끗하고 선명하게 잘 나옵니다."

'새'가 한참을 망설이다가 가지고 있던 비상금을 탈탈 틀어서 서양인 노부부에게 지급하고 축음기를 구입한다.

"이 금액으로는 비닐 레코드판 구매도 할 수 없는 가격이요. 아마도 정글에서 음악을 즐기는 유일한 사람이 바로 당신일 겁니다."

"이봐요! '새', 그렇게 큰돈을 주고 그 물건을 사다니 난 이해가 잘되지 않습니다. 그나저나 짧은 순간이었지만, 당신의 춤은 정말 환상적이었소."

"두고 봐요. '천국의 새들'도 저 소리가 좋아 매일 찾아올 것입니다."

덜컹거리는 정글의 어두운 밤길 속을 달리며, 혹 부서질까 두려워서 오는 내내 축음기를 품에 안고 왔다. 무거운 레코드판은 같이 온 여행객이 들어주었다.

한 사람이 판을 꺼내보더니 "여기에 '오페라 카르멘' '비제'의 '하바네라'에 나오는 '사랑은 길들이지 않는 새'라는 노래가 있네요. 이 노랫말이 정말 재미있어요. 혹 불어 읽을 줄 아세요? 원한다면 내가 그 가사를 적어 드릴게요. 파리에 살 때, 이 노래 가사를 외워서 남편에게 불러주었던 기억이 있어요. 그 노래에 반해 그가 청혼하였지만, 얼마 전 젊은 여자에게 반해서 나를 이렇게 홀로 남겨두고 떠났어요."

"하지만 그 노래의 멜로디는 모든 이의 마음을 녹일 만큼 정말 감미롭지요."

가사를 다 적은 젊은 할머니 같은 여자가 비록 맑은 꾀꼬리 소리는 아니지만, 영혼을 불사르듯, 그녀의 노래가 차 안에 울려 퍼진다.

제15장 여명

새벽의 여명이 천국의 입구에서부터 밝아온다. 같이 온 프랑스 관광객들은 덜컹거리는 차 속에서 뜬 눈으로 보낸 피로감도 잊은 채 어둠이 걷히고 아침이 밝아오기를 기도하듯이 기다린다.

"사실 여기에 오는 동안 설마 이곳에서 '천국의 새'를 볼 수 있을까? 우리가 만든 우리만의 환상인 것을 알면서도, 만약 본다고 해도, 정말 천국에 갈 수 있을까 하는 생각으로 망설여지고, 만약 본다면, 뭐라고 그들을 보며 기도해야 할까? 그냥 나를 빨리 그곳으로 데려다 달라고 할까? 아니면, 이 땅에서 지은 나의 잘못을 모두 용서하고 두 번 다시 죄를 짓지 않도록 도와달라고 할까?

갑자기 그 시점이 내 눈앞에 현실로 다가오니, 마치 나의 살아있는 시간이 조금씩 사라지고, 죽음이 가까워지는 것 같은 두려움이 밀려옵니다. 긴 한숨을 내쉬며 모든 것을 다 내려놓은 채로 하늘의 심판을 받아서 새로운 여행을 시작하는 것 같습니다."

'천국의 새'를 보기도 전에 천국이라는 환상의 세계가 정말 나타날지에 대한 두려움과 놀라움을 가벼운 수다를 떨면서 위로하고 있다.

"이것 봐. 친구들, 난 이곳에 오면 마음이 하늘을 날 것같이 가볍고 행복에 젖어 눈물이 날 줄 알았는데, 막상 이곳에서 그 만남의 순간을 기다리니, 난 아직 그것을 볼 마음의 준비가 되어 있지 않다는 것을 깨달았어. 만약 정말 그럴 수 있다면, 최소한 지금... 이 순간까지 우리가 저질렀던 모든 잘못을 이 어둠 속에서 회개하고 당당히 마지막 순간을 맞이해야 하지 않을까?"

"그렇게 두려워? 맞아. 죄의 심판대에 무릎을 꿇고 있는 우리를 향해, '넌 천국, 넌 지옥!'이라 그들이 소리칠 것이 두렵네. 짧은 순간이겠지만, 지금껏 이렇게 불안한 적은 없었어. 나의 죄를 뉘우치고 나에게 잘 못 한 이까지 모두 용서할 수 있을까? 이 짧은 찰나에 정말 우리를 받아들여 줄까?"

깎아지는 절벽의 난간에 발을 아래로 내린 채 걸터앉고는 푸른 새벽의 어둠을 뚫고 수평선 너머 노랗게 물든 아침 햇살과 함께 그들이 나타나기를 기다린다.

그러나 기대했던 햇살은 짙은 안개 속으로 몸을 숨기고, 하늘 위 구름 속에 갇혀있는 것처럼 한 치 앞도 보이지 않는다. 라이얀은 몇 시간째 꼼짝하지도 않고 제자리에 앉아서 '천국의 새'를 기다리고 있는 노년의 프랑스 여행객의 손을 잡아서 일으키며, "아무래도 오늘은 짙은 안개 때문에 '천국의 새'를 보기 힘들 것 같습니다. 여러분의 간절한 바람같이 세상이 돌아가지 않는 것 같습니다."라고 위로하듯이 말을 건넨다.

"그런 것 같습니다. 당신 말처럼 그렇게 쉽게 우리를 반길 리가 없지요. 아직 그곳으로 떠날 만큼, 우리의 자격이 부족하다는 뜻으로 받아들여야지요. 이 땅에서 아직도 뉘우치지 못한 우리의 죄가 무거워서 우리의 바람이 하늘을 날고 있는 그들에게 닿지 못한 것 같습니다."

이때 '새'가 그들에게 다가가며 "천국의 문은 항상 열려 있습니다. 하지만 우리 스스로가 그 문을 닫은 채 열지 못하고 있는지 모릅니다. 왜냐면 한 번도 그곳으로 갈 것이라고 믿으며 열어 본 적이 없기 때문입니다."라고 말한다.

"자! 내일이라는 희망이 있으니 아쉽지만, 오늘은 신께서 우리의 만남을 허락하지 않네요."

"아침 식사도 못 하셨는데, 여기에 있는 빵 몇 조각과 말린 소시지로 가볍게 배고픔을 달래고 내일 다시 그들을 만날 수 있도록 기도합시다."

"이럴 줄 알고 포도주와 코냑을 가져왔어요."

몇 잔의 술에 취기가 달아오르자 조금 전까지 기도하고 맹세했던 신과의 약속은 잊어버린 채 다시 과거로 돌아간다.

"이것 봐요! 한국에서 오신 분, 당신이 가져온 축음기 소리 한번 들어봅시다. 이런 정글에서 비닐 레코드판을 긁어서 나오는 소리를 듣는 것은, 정말 사치의 극을 달리는 것이요. 배부른 양식, 마음을 위로해줄 한 잔의 술과 감정을 흔들어줄 음악이 있다면, 천국 다음으로 이보다 더 좋은 장소는 세상 어디에도 없을 것이요."

"여기에 어제 잠시 들었던 볼레로의 음악이 있네요."

'새'가 나무 상자에서 색 바랜 종이로 둘러싸인 레코드판 한 장을 꺼낸다.

"축음기의 음질은 잡음도 많고 거친데, 과연 우리의 메마른 감정의 오색선이 움직일까요?"

"그건 언제, 어디에서 듣는가가 중요하겠지요. 실제 그 음질은 중요하지 않습니다. 정말 이런 낡은 기계와 레코드판에서 나오는 소리가 우리의 감정을 움직이게 하는지 한번 실험해 봅시다."

"그럼 복잡한 감정을 모두 비우고 음악의 작은 숨결도 받아들일 수 있는 마음의 준비를 합시다."

'새'가 미국인 노부부에게 배운 대로 옆에 있는 손잡이를 돌리고 볼레로의 음악이 담긴 레코드판을 올리고는 조심스럽게 동그란 사운드박스를 시작 부분에 올려놓는다. 회전 버튼을 누르자 빠르게 78회전의 속도로 돌아가면서 소리는 아주 작고 여리게 잡음을 일으킨다. 아주 멀리서 들리는 듯한 작은 북소리가 점차 크고 강하게 들려오고, 듣는 이의 맥박 소리가 빨라진다.

눈은 가볍게 감긴 채 한 손에 술잔을 들고 어떤 이는 포도주를 어떤 이는 향이 강한 코냑을 입술에 갖다 대며 그들이 살아왔던 냄새 나는 세상으로 다시 돌아간다. 잊혔던 과거를 불러내고 잠시 사라져간 욕망의 수레에 몸을 실은 채 허공을 향해 '다시 한번 그리워했던 그 시절로 돌아가게 해주세요.'라고 소리친다.

시궁창같이 냄새나고 썩어가는 어둠의 구석에서 태양의 붉은빛을 갈망하며, 빨갛게 달아오를 것 같은 장미처럼 과거의 망상에 사로잡혀, 그들이 천국의 문 앞에 있다는 것을 잊어버렸다.

'새'의 몸은 깃털처럼 가벼워져서 발이 땅을 디뎌도 흙 자국이 남지 않고, 손을 흔드니 작은 바람이 가지의 마른 잎을 힘없이 부러트리고는 바닥에 내려놓는다.

볼레로의 작은 북소리에 손가락 마디마디와 관절에 힘이 들어가고 발끝을 세워 부리로 상대의 깃털을 쪼이듯이 머리를 아래위로 부드럽게 흔들면서 팔을 아래위로 휘젓자 작은 바람을 일으킨다. 살며시 불어오는 바람을 맞으며 앞으로 달려가자 마치 천국의 하늘을 날아올라 세상의 아래를 바라보는 듯, 가벼운 새털처럼 공중을 맴돌아서 세상 높은 곳으로 솟구친다.

볼레로의 음악이 낡은 축음기를 통해 안개가 자욱한 정글의 깊은 숲속으로 울려 퍼지자 어느 순간 아주 먼 곳에서 시작한 밝은 빛이 가까이 다가오더니 짙은 안개를 모두 증발시키고는 주위를 환하고 밝게 만들었다.

짙은 안개에 가려져 구름 속을 날고 있던 '새'는 마침내 티 없이 맑게 갠 파푸아의 푸른 하늘과 절벽 아래 넓게 펼쳐진 초원을 바라보며, 절벽을 뛰어넘어 저 먼 수평선 너머로 날아갈 듯이 휘감는 몸동작은 이미 그녀의 것이 아니었다. 저 먼 곳으로 날아올라 다른 세상으로 가고 싶은 자신의 욕망을 볼레로 리듬에 맞추어 온몸을 움직여본다.

라이얀은 '새'가 이곳저곳을 나르듯이 춤을 추다가 절벽으로 떨어지지 않을까 하는 염려에 긴 대나무 막대기를 손에 쥔 채로 '새'를 절벽 안으로 밀어 넣고 눈을 크게 뜬 프랑스 여행객들은 '새'의 격렬한 몸짓을 통해서 찰나의 순간이라도 천국의 모습을 보고자 그들의 영혼은 이미 춤추는 '새'의 것이 되었다.

마당에서 절벽 너머로 길게 걸쳐있던 대나무 위에 '새'가 사뿐히 올라간다. 순간 절벽 아래를 뛰어내릴 듯이 무거운 인간의 몸무게가 대나무 끝으로 미끄러지면서 디디고 있던 대나무 끝이 휘어져 수십 미터의 절벽 아래로 떨어질 듯하다가, 기름 위를 미끄러지듯이 마당 안으로 들어온다. 알에서 갓 부화한 아기 새가 첫 비행을 위한 날갯짓을 연습한다.

그때 라이얀이 소리친다.

"'새', 거기는 너무 위험해! 잘못하다가 절벽 아래로 추락한다고! 빨리 안으로 들어가요!"라고 소리치지만, 말은 허공에 맴돌 뿐 '새'는 자신이 통제할 수 있는 선을 넘어 이미 '천국의 문' 앞에 머물고 있었다.

하늘에서 쇠구슬 굴러가는 소리가 들리더니, 아침마다 절벽 위의 작은 언덕에서 춤추고 그들의 사랑을 불태웠던 '천국의 새'가 춤을 추는 '새'의 머리 위로 화려한 깃털을 뽐내며 날아오른다. '새'를 유혹하듯이 온갖 화사한 날갯짓을 뽐내며 맴돌더니, 절벽 난간에 길게 걸쳐있던 대나무 끝에 앉아서 가까이 다가오라 날갯짓한다.

라이얀이 손에 쥐고 있던 긴 대나무를 바닥에 두드리며, "'새', 환상에서 깨어나요! 천국의 환상에서 깨어나세요! 그들의 유혹에 넘어가면, 곧장 저 절벽 아래로 추락해서 그들과 함께 하늘로 가게 된다고. 내 말이 들리지 않나요? 그들의 환상에 속지 말아야 해. 지금 이곳을 떠나기엔 당신의 젊음이 아깝지 않나요?"라고 크게 소리친다. 하지만 '새'는 그 어떤 소리도 들리지 않는지 이미 '천국의 새들'과 가까이 춤을 추며 앞으로 다가올 세상의 끝을 향해 날고 있었다.

갑자기 고막을 찢을 듯이 아주 가늘고도 날카로운 울음소리가 들리더니, 몸통은 밤의 적막 같은 검은 깃털로, 머리에는 눈이 부시게 빛나는 하얀 은빛 깃털로 장식한, 깊이를 알 수 없는 푸른 눈빛을 가진 새가 날아오더니, 주위에 앉아있던 새들을 모두 쫓아버리고는 춤추는 '새'의 머리 위를 홀로 날면서 그의 긴 발톱으로 곧장 낚아 채워서 높은 하늘 위로 날아갈 듯이 둘만의 춤이 이어진다.

하늘을 날던 은빛 새의 푸른 눈빛에 보는 이의 몸은 고정되고 맥박이 멈춘 채로 뇌의 움직임은 상상의 공간을 넘어서 거침없이 뛰고 있다. 숨을 쉬고 싶지만, 심장이 뛰지 않는다. 그렇다고 죽을 듯이 몸이 날뛰지도 않는다.

볼레로 음악이 마지막 끝부분에 다가오자 죽어가던 맥박이 다시 살아 돌아오고, 음악 없는 레코드판에 잡음만 반복된다. 얼마나 시간이 지났을까? 이를 지켜보던 이들의 심장에 다시 피가 돌고 호흡이 돌아온다.

먼발치 앞에는 춤을 추다 온몸이 피투성이가 된 모습으로 혼절한

'새'가 쓰러져 있다. '천국의 문'을 비록 넘지 못했지만, 인간이 죽어서 하늘로 가는 순간을 미리 체험했다. 몸속에 있던 모든 것이 밖으로 나와 공중에 던져지고 하늘을 맴돌다 다시 몸속으로 돌아온 것이다.

라이얀이 소리친다.

"'새', 은색의 빛나는 머리를 가진 전설 속의 '천국의 새'를 너를 통해 볼 수 있었어. 우리는 모두 천국에 갈 수 있을 거야! 너를 통해 천국으로 갈 수 있도록 우리가 모두 초대를 받은 거야.

색깔이 화려한 이곳의 새들을 다들 '천국의 새'라 부르지만, 사실 그것은 유럽인들이 만든 환상이야. 하지만 조금 전... 우리 조상이 이야기한 모습 그대로, 네 머리 위를 맴돌던 은색 빛의 머리를 가진 새는, 나도 처음 너를 통해 볼 수 있었어.

그 새의 깃털을 만지는 순간 우리가 원한만큼 이 땅에 살 시간을 주지 않고 그들이 원할 때 우리를 천국으로 데려간다고 들었어. 그 새의 은색 깃털이 네 손끝을 잠시라도 스쳤다면, 원래 정해진 운명과는 다르게, 일곱 빛깔의 무지개다리를 건너 천국으로 가는 거야.

태양처럼 밝은 은색 깃털이 땅에 떨어지는 순간, 그 색이 점점 숯처럼 검게 변하다가 불어오는 작은 바람에 먼지처럼 부서져 다시 하늘로 올라간다고 했었지. 만약에라도 그 깃털을 다시 본다면 절대 손으로 만지지 말고 땅속에 묻어 두어야만 죽지 않고 우리의 정해진 운명에 따라 살 수 있다고.

'새', 너의 아름다운 춤이 '전설의 새'를 불러온 것이야. 조금만 더 춤을 추었다면, 너는 분명 '천국의 새'와 함께 '천국의 하늘'로 날아갔을 것이야. 다행히 조금도 스치지를 않았으니, 천만다행이야!"

"저기를 봐요! 절벽 아래에서 저 먼 하늘 끝으로 긴 무지개다리가 만들어졌네요."

"그럼 저 다리를 건너가면 천국으로 갈 수 있다는 건가요? 하지만 난 이곳이 좋아서 아직은... 저곳으로 떠날 준비가 되어있지 않습니다."

"우리가 그렇게 원했던 '천국의 길'이 저기에 놓여있는데, 왜 다들 망설이는 거야?"

"아니, 나의 헤어진 남편에게 마지막 욕설이라도 하고 떠나야 하는데, 이렇게 한마디 인사도 없이 내가 떠난다면, 천국에서도 너무 서운한 그리움에 사무쳐 다시 이곳으로 돌아오고 싶을 거야. 나는 아직 저 다리를 건널 준비가 되어있지 않다고."

"어쩌면, 우리 눈에 보이는 저 다리는 허상일 뿐이야! 한 발자국 내딛는 순간, 까마득한 절벽 아래로 떨어져서 굶주린 동물들의 먹잇감이 되고 말 거야!"

"천국을 가고 싶어 하는 욕심 많은 인간에게 천국의 허상을 보여주고는, 그들을 지옥으로 보내는 것이지. 절대 저렇게 쉽게 천국의 문이 우리에게 열릴 일이 없지. 안 그런가? 저것은 신이 우리의 사악함과 나약함을 시험하고자 하는 것이야."

그 말이 끝나기가 무섭게, 저 먼 곳에서부터 다시 짙은 안개에 무지개다리가 가려지고 희미하게 사라진다.

"천국으로 갈 마지막 희망이 이제 저 안개와 함께 사라졌어."

"언제 또 이런 기회를 얻을 수 있을까?"

"하지만 난 깨달았어. 천국이 아무리 좋은 곳이라고 해도, 이 냄새나는 속세의 땅에 더 머물고 싶다는 나의 속마음을 알았어. 신이 정해 놓은 운명의 그 순간까지 인간의 짙은 체취를 마시며, 마지막 떠날 순간까지 충실히 우리의 인생을 즐겨야 한다는 것이야. 비록 오늘 천국으로 가지는 못했지만, 은색 머리의 '전설 속의 천국의 새'를 보았으니 우린 죽어서 분명히 천국에 갈 수 있을 거야."

"저기 쓰러져있는 한국 여자 '새'가 없었다면, 아니 그녀의 환상적인 춤이 없었다면, 우린 결코 천국으로 초대받지 못했을 거야."

라이얀과 프랑스 여행객들이 '새'를 부축해 그늘진 나무 탁자에 눕힌다. 입에 차가운 물을 적시고 온몸을 주무르며 정신이 돌아오기를 기다린다. 찢어진 옷 사이로 붉은 피가 흘러내리지만, 고통을 전혀 느끼지 못하는 '새'는 깊은 잠에 빠져있다.

얼마의 시간이 지나자 '새'가 깊은 잠에서 깨어나고 춤을 추었던 기억을 되새겨본다.

"볼레로의 음악에 맞추어 손을 흔들었던 것은 기억하는데, 그 뒤에 무슨 일이 있었는지 전혀 생각나지 않아요. 라이얀, 도대체 무슨 일이 일어난 거야? 내 몸에 난 상처는 어떻게 된 것이지?"

"'새', 넌... 천국을 다녀온 사람이 되었어. 저기 절벽 끝에 길게 걸쳐진 대나무가 보이지? 그 위에서 '전설 속의 은빛 머리 천국의 새'와 함께 춤을 추었다고, 하마터면 너를 저 깊은 절벽 아래로, 아니 영원히 볼 수 없는 천국으로 보낼 뻔했다고. 하지만 다시 돌아온 거야.

여기에서 아직 끝내지 못한 무언가가 있겠지. 하지만 분명 너를 그냥 내버려 두지 않을 텐데, 걱정이야! '천국의 하늘'에서 너를 점찍어 둔 거야! 이제 이곳에서는 어떤 일이 있어도 춤을 추지 말아주게! 그것이 자네 목숨을 살리는 길이야! '새', 만난 지도 얼마 되지 않아 너를 천국으로 보낼 수 없다고. 내 말 알겠어?"

"그럼 내가 '천국의 새'와 같이 춤을 추었다는 것이야? 난 꿈을 꾸듯이 하늘을 날고 있었던 것 같았는데, 그게 그런 일 때문이었구나."

일어나지 말아야 할 일이 일어난 놀라움과 천국을 가지 못하고 다시 이 땅에서 살아가야 할 이유를 축복하는 의미로, 남아있던 마지막 한 방울의 코냑까지 다 마시고 프랑스 여행객들은 돌아갔다.

오늘 그들이 본 일은 입에서 입으로 환상의 허구와 함께 세상을 떠돌 것이다.

제16장 노래하는 천사

차가운 밤의 어둠이 내려오자 마당에 작은 모닥불을 피우고 그 열기 속에 축음기 음악이 들려온다. 잠결에서 막 일어난 라이얀의 두 살배기 딸이 오페라 '카르멘'의 '하바네라'를 중얼거리며 따라 부른다.

"이것 봐요. 라이얀, 당신 딸이 '카르멘'의 오페라를 따라 부르고 있어요. 발음이 조금 이상하지만, 박자와 멜로디를 정확히 따라 부르네요. 정말이지 몇 번만 더 들으면, 이 곡을 완전히 외워서 원곡같이 따라 부를 것 같습니다."

"그럼 '천국의 새'가 '노래하는 천사'의 영혼을 내 딸에게 주신 건가? 파푸아의 전설에, '노래하는 천사'가 '춤추는 천사'를 만나면, 둘은 순간 사랑에 빠지고 영원히 살 수 있는 '천국의 하늘'로 날아간다는 이야기가 있어요."

"그래요. 당신 딸은 분명 '노래하는 천사'의 영혼을 받은 것 같습니다. 이 애의 이름을 이 노래 주인공의 이름인 '카르멘'으로 지으면 어떨까요?"

"카르멘, 카르멘. 정말 아름다운 이름이다. 넌 이제부터 '노래하는 천사'인 '카르멘'이 네 이름이다."

"그래. '노래하는 천사, 카르멘'! 언젠가 네 영혼을 사로잡을 '춤추는 천사'를 만나기 바란다."

'카르멘'의 '하바네라' 음악이 밤새 쉬지 않고 흐르고 어린 딸 '카르멘'이 축음기의 음악에 맞추어 노래를 부른다. 앵무새 같은 작은 소리가 어두운 밤의 적막을 깨고 정글 속으로 더욱 깊이 울려 퍼진다.

제17장 춤추는 마귀의 힘

"'새', 난 내 부모님과 선조들이 저 새들을 보면서 했던 말을 분명히 기억하고 있기 때문에 내 말을 농담으로 듣지 말게. 이 파푸아 섬에서 벗어나 무사히 한국으로 가고 싶다면, 두 번 다시 이곳에서 춤을 추지 말아주게. 그들이 자네를 영원히 데려갈 수 있다고. 알겠나? 천국이 아무리 좋다고 하지만, 직접 다녀왔다는 사람을 내 눈으로 보지 못했네. 난 이곳을 떠나 죽고 싶다는 생각을 자주 해왔지만, 목숨이 붙어 있는 한, 심장의 박동이 멈출 때까지는 이곳에서 살고 싶네."

라이얀이 어린 카르멘을 '새'에게 맡겨놓고 집을 나갈 때마다 귀가 따가울 만큼 말을 했지만, 그 모든 것이 허사라는 것을 뒤늦게 알게 되었다. 그녀가 집을 비우고 도시로 나갈 때마다 '새'는 축음기 음악을 틀어놓고 '카르멘'은 그 소리에 맞추어 아주 큰 소리로 노래를 따라 부른다. 그들의 음악 소리에 맞추어 '새'가 마당을 이리저리로 움직이며, '천국의 새'처럼 춤을 추었다고 마을 사람들이 전해주었다. '춤추는 천사'와 '노래하는 천사'가 만난 것이다. '새'는 그 순간부터 미래의 운명을 자기 스스로 만들고 있었다.

그리고 얼마 되지 않아, '새'가 '천국의 새'를 모두 데리고 이곳을 떠날 것이라는 이상한 소문이 마을에 돌기 시작했다. '새'가 춤을 출 때마다 그녀의 주위로 아름다운 새들이 날아들었고, 관광객이 보러올 때보다 더 많은 수의 '천국의 새들'이 '새'의 춤을 보려고 라이얀의 집 앞마당을 가득 채웠기 때문이다.

마을 사람들은 '새'가 두려워지기 시작했다. 어쩌면 이곳에 날아오는 모든 새를 데리고 소리 없이 사라질지 모른다고 아니 이미 천국의 소리를 듣고 있기에 자칫 그녀에게 조금이라도 잘못하거나 이상하게 보인다면, 바로 그들을 잡아 하늘로 보낼 수 있다고 믿었기 때문이다. '새'가 마을로 내려가면 사람들이 숨기 시작했고 집의 문을 잠가 버렸다. 언젠가부터 '천국의 새'를 유혹할 만큼 강한 마귀의 힘을 지닌 여자가 되었다. 마을 사람들도 외면한 그녀의 유일한 친구는 라이얀과 라이얀의 어린 딸, 카르멘 그리고 '새'의 춤을 매일 같이 보러오는 '천국의 새들'이 전부였다. 그러던 어느 날 '새'가 갑자기 춤을 추지 않고 계속 축음기의 음악만 틀어놓고 앉아있기에 라이얀이 물었다.

"이것 봐, '새', 요즘 기분이 안 좋아 보이네. 혹 무슨 걱정이나 몸이 아픈 것은 아닌가?"

"아니야. 괜찮아! 그냥 내 몸이 자꾸 무거워져, 잘 움직일 수 없다네."

"왜 갑자기 몸이 무거워졌나? 난 알고 있다고, 내가 잠시 없는 동안에 우리 집 앞마당에서 자네가 가벼운 새털이 되어서 저 하늘 높이 날아갈 듯이 춤춘다는 사실을 말이야."

"라이얀, 당분간은 그런 춤을 추지 못할 것 같아. 나를 기다리는 저 새들을 위해서 대신 카르멘이 노래를 불러주는 것이 어떨까? 저렇게 오랫동안 자네 집 지붕에 앉아서 기다리고 있는 게, 안타깝지 않나?"

"하지만 저 새들은 자네의 춤을 보기 위해서 기다리는 것이 아닌가?"

"그래. 맞아! 난 이곳에 앉아서 매일같이 저 언덕에서 춤추는 새들의 모습을 이 머릿속에 기억해두었네. 그리고 나의 보잘것없는 육체로, 그저 그들의 생각과 의도를 인간의 몸으로 해석해서 표현한 것인데, 그것이 그들에게 새롭게 비추어진 것이겠지. 안 그런가?"

"카르멘, 축음기 음악에 맞추어 '하바네라'를 그들에게 불러주고, 오늘부터 내가 몸이 아파서 춤을 출 수 없다고 알려주어라."

'하바네라'의 음악이 흐르자 '카르멘'이 마당 한가운데로 나가 몸짓으로 '새'를 가리키며 배가 이렇게 불러 춤을 출 수 없다고 표현하고는 '하바네라'를 힘차게 부른다. 그때 갑자기 이상한 생각이 든 라이얀이 '새'의 윗옷을 억지로 걷어 올리고는 너무 놀라 소리친다.

"'새', 이게 어떻게 된 건가? 자네 임신한 몸으로 이곳으로 온 거야? 왜 이 사실을 나에게 숨긴 거야? 이 험악한 곳에서 어떻게 아기를 낳겠다고 하는 것인가? 이곳에는 응급상황을 대비할 의료시설이 전혀 없다고. 그러니 내일 당장 자카르타 가는 비행기를 타고 그곳 병원에서 아기를 받도록 하게. 이렇게 무심코 있는 것은 자살행위나 똑같다고. 내 말뜻을 알겠나?"

싱그레 미소를 머금고 '새'가 라이얀의 손을 잡고 말한다.

"자네도 이곳에서 '카르멘'을 낳지 않았는가? 내 옆에 자네가 있어 준다면 괜찮을 거야. 그리고 '천국의 새들'이 나의 춤을 다시 보고 싶어 한다면, 나를 죽음의 낭떠러지로 절대 밀어뜨리지 않을 것이야. 그러니 걱정하지 말게. 내 운명은 이미 정해졌어."

하지만 라이얀은 '새'의 손을 뿌리치고 급하게 마을로 내려갈 준비를 하면서 소리친다.

"내 지금 당장 마을에 내려가서 자카르타행 비행기 좌석과 병원을 예약해두겠네."

"자네가 무슨 돈이 있다고?"

"돌아가는 비행기 푯값은 내가 낼 것이고 자카르타의 병원비는 내가 저 축음기를 팔아서라고 여기에서 마련해 보겠네."

라이얀이 마을로 내려가 집으로 돌아올 무렵 먼발치에서부터 '새'가 고통을 참지 못해 소리 지르는 것을 들을 수 있었다.

"라이얀, 라이얀, 어디에 있는 거야? 어쩌면 이곳에서 지금 죽을 수도 있다고. 여기에서 내 고통을 쏟아내고 죽을 수 있다고."

라이얀이 달려가 '새'의 손을 붙잡고는 그녀가 무사하게 아기를 낳도록 기도하였지만, 고통은 점점 더 심해지고 처절한 신음이 정글 안으로 울려 퍼졌다.

라이얀은 더는 '새'의 고통을 가만히 지켜볼 수 없기에 어두운 마당 한가운데 나가 절벽을 향해 그리고 정글의 숲을 향해서 소리쳤다.

"이것 봐. 천국의 새들아! 너희가 '새'를 저렇게 만들었다는 사실을 알고 있니? 저렇게 죽어가는 '새'의 모습이 안타깝지 않니? 그냥 저렇게 죽게 내버려 둘 거야? 너희가 '새'의 영혼을 거두지 않았다면, 아마도 한국의 최신식 병원에서 아무런 고통도 느끼지 않은 채, 아주 푹신한 침대에 누워서 새로운 생명이 태어나기를 기다리고 있겠지만, 이게 뭐야! 너희가 고향으로 가지 못하도록 '새'의 몸과 영혼을 이 좁은 파푸아 섬의 작은 언덕에 가두어놓은 거야! 은빛 머리를 가진 '전설의 새'는 어디에 있는 거야? 제발 이럴 때 나타나서 '새'가 더는 고통을 받지 않도록 제발 도와주게. 만약 '새'에게 무슨 일이 생긴다면, 두 번 다시 아름다운 인간의 춤을 볼 수 없을 거야."

갑자기 '새'의 고통 소리와 숨소리가 점점 더 거칠어지고 멈출 것 같은 호흡이 가빠질 때 '악'하고 짧게 소리를 지르면서 몸을 강하게 비틀더니, 마침내 새 생명이 그녀의 몸 밖으로 나왔다. 엄마의 모습을 닮은 하얀 피부와 긴 팔다리를 가진 사내아이가 마치 아기 새가 두꺼운 알의 껍데기를 깨고 나오듯이 태어났다.

어두운 밤하늘 위로 새들의 울음소리가 가득하고, 마침내 '천국의 새들'이 '새'의 고통을 멈추게 하고 그녀에게 새 생명을 이 땅에 내려주었다. 그리고 몇 달이 지난 어느 날, '새'가 라이얀에게 말한다.

"라이얀, 저 애를 이곳에서 키우고 돌볼 자신이 없어졌네. 저 애를 아빠의 품속에서 자라게 할 거야."

"자네가 아기를 데리고 한국으로 돌아간다면, 나의 노래하는 어린 천사, 카르멘이 그를 정말 그리워할 텐데."

그리고 며칠 후 '새'는 아기를 데리고 말없이 사라졌다. 이 험한 산속에서 사는 고통을 안다면 절대 돌아오지 않을 것이라 라이얀은 생각했었다.

'새'가 없는 동안에는 노래하는 천사 '카르멘'이 밤마다 어디에 머무는지도 모를 '천국의 새들'을 위해 아름다운 노래로 그들을 위로해 주었다.

제18장 세상과의 이별

'‘새’가 한국으로 떠난 지 몇 달이 지났지만 아무런 연락이 없다. 여기에서 머물렀던 기억은 그녀의 추억에 머물 뿐, 이제 우리는 머릿속에서 사라지고 도시의 찬란한 불빛을 받으며 가끔 우리를 생각하는 여유를 부리고 있겠지.'

라이얀은 무심하게 떠난 ‘새’를 아쉬워하면서도, 그녀의 새로운 인생을 위해, 두 번 다시 이곳으로 돌아오지 않기를 기도한다.

카르멘을 데리고 이웃 마을에 사는 애 아빠 친구들을 찾아다니며 혹 무슨 소식이라도 알 수 있을까 하여 묻고 다녔지만, 아무런 소식하나 건진 것 없이 빈손으로 돌아왔다. 인도네시아 경찰이 두려워서인지, 모두 무겁게 입을 닫고는 무서울 정도로 차갑게 대했다.

마을에 도착하자 사람들이 웅성거린다. 마을 광장 한가운데에 돼지고기 굽는 냄새가 가득하다.

“이것 보시오! 누구네 집에 잔치라도 있는 것이요? 오랜만에 고기 냄새를 맡으니 뱃속에서 요란한 소리가 나네요.”

“이것 보게. 라이얀, 저네의 춤추는 천사, ‘새’가 돌아왔다네. 이 고기들을 봐. 마을 사람 모두를 배부르게 먹이려고 도시에서 아주 큰 돼지 한 마리를 사 와서 저렇게 굽고 있다네. 빨리 집으로 가보게. ‘새’가 자네를 기다리고 있을 거야.”

'이게 무슨 일인가? 영원히 이곳으로 돌아오지 않기를 얼마나 많이 기도했었는데 다시 돌아오다니, 정말이지 이를 어떻게 표현해야 할까? 기뻐해야 할까? 아니면 이제 영원히 돌아갈 수 없는 마지막 세상의 끝으로 온 것을 환영해야 할까? 마지막 순간을 함께하는, 거룩한 마음으로 그를 받아들여야 할까? 부질없는 생각이 머릿속을 떠나지 않는다.'

집 가까이 도착하자 어디선가 기타 소리가 들려온다.

"'새', 이 정신 나간 여자야. 내가 이곳에 다시 오지 말라고 그렇게 부탁했건만, 돌아오다니, 우리의 인연이 참으로 질기기도 하네."

"라이얀, 난 한순간도 이곳을 잊을 수 없었네. 눈만 감으면 이곳의 붉은 노을이 나타나고 그 위를 '천국의 새들'이 날아다니며 나와 함께 춤을 추었다네. 난 이곳에서 나의 마지막을 정리하고 싶을 뿐이야."

'새'는 카르멘에게는 통기타를, 라이얀에게는 함께 찍은 사진을 인화해 선물로 주었다. 그리고 큼직한 미국 달러 뭉치도 함께 전해 준다.

"이 돈은 뭐야? 웬 돈을 이렇게 많이 주는 거야?"

"라이얀, 난 이제 그런 돈이 필요 없어. 내가 가지고 있던 돈을 다 자네에게 줄 테니, 자네가 원하는 음식이며, 갖고 싶었던 물건을 그것으로 사고 인생을 재미있게 즐기게나."

한국을 떠나기 전보다 더 야윈 모습으로 돌아온 '새'를 바라보며 '어디 아프기라도 한 것인지, 아니면 죽을병이라도 걸린 것이지?' 온갖 걱정이 라이얀의 마음속을 떠나지 않는다.

며칠 지난 아침에 '새'가 보이지 않는다. 갑자기 어디로 간 것인가? 마을의 숲길을 뒤지고 마을로 내려가 물어보았지만, '새'를 본 사람이 없다. 허탈한 마음으로 라이얀이 집에 도착하자 절벽의 끝, '천국의 새들'이 춤을 추는 자리에서 분홍색 옷을 아래위로 입은

'새'가 그들과 함께 춤을 추고 있었다. 어떠한 음악도 없이 단지 새들의 울음소리에 맞추어 새처럼 훨훨 세상을 날며 춤을 추고 있었다.

'아니, 저곳으로는 가는 길이 없는데, 어떻게?'

라이얀이 가까이 다가가서 소리친다.

"'새', 가는 길이 막혀있는데, 그곳으로 어떻게 간 거야?"

"여기에 있는 새들이 나를 이곳으로 오도록 길을 안내해 주었어. 자네도 이곳으로 와서 나랑 같이 춤을 추자."

"난 그곳에 들어가서 춤을 출 용기가 없다고. 만약 무슨 일이 잘 못된다면, 아버지도 없고 엄마도 없는 카르멘을 누가 돌보겠나?"

"라이얀, 난 그곳으로 돌아간다 해도 이제 나를 기다려줄 누군가도 남아있지 않다네."

'새'는 '천국의 새들'과 아침 햇살을 받으며 춤을 추고 있다. 라이얀은 춤추는 '새'를 멀리서 지켜보며, '이제 그녀를 자유롭게 놓아주어야 한다. 그토록 가고 싶어 했던 천국의 땅에서 영원히 춤추며 살 수 있도록 내버려 두어야 한다. 하지만 어린 아들을 두고 떠나는 엄마의 마음은 어떨까?'라고 생각하며 앞으로 그녀에게 일어날 일들을 미리 그려본다.

한참 시간이 흐른 뒤 작은 나뭇가지들을 헤치고 절벽의 비탈길을 '새'가 걸어서 나온다.

'이게 어떻게 된 일인가? 그녀의 온몸에 은색으로 하얗게 빛나는 깃털이 옷과 머릿속에 꽂혀있다. 마침내 '천국의 새'가 그녀를 데리고 가기 위해서 마지막 시간을 준 것이다.

"라이얀, 내 몸을 보라고. 은빛 깃털이 온몸에 붙었어. 자네 말대로라면, 난 이제 곧 이 세상을 떠나야 할지 모르겠네."

"'새', 그건 단지 전설일 뿐이지. 그 말을 다 믿을 건 없어. 그러니 이곳에 머물며 우리만의 영원한 세상에서 함께 살자고. 그럼 되지 않겠나?"

"라이얀, 난 혼자 가야겠네. 자네와 카르멘은 여기에 남아서 내 아들이 돌아오기를 기도해주게."

'새'는 몸에 붙어있는 은색 깃털을 그녀의 여린 손으로 조심스럽게 모은 다음 땅 위에 살며시 올려놓자 은색 빛이 점점 사라지고 불에 탄 숯처럼 변하고 있었다.

"라이얀, 자네 말처럼 깃털이 숯가루처럼 변해버렸어. 나에게 남아있는 시간이 얼마 없다는 뜻이겠지?"

집으로 돌아온 '새'의 표정은 지금껏 볼 수 없었던, 모든 욕심과 삶의 희망을 내려놓은 듯, 평화로운 모습 그대로였다. 아무 일 없듯이 며칠의 시간이 흘러갔다. 어쩌면 우리의 예언이 한 낮 장난에 불과할 수도 있을 것이다.

새벽하늘이 밝아오기도 전에 숲이 시끄러워졌다. 옆에 누워있던 '새'가 사라졌다. 절벽 끝, '천국의 새들'이 춤을 추던 곳에서 새들의 울음소리가 고막을 찢을 만큼 격렬하게 들려오고 여명이 밝아온다.

눈 부신 햇살을 받은 새들의 깃털이 절벽 아래로 바람과 함께 휘날리고 서서히 바닥으로 추락하고 있었다. 그 순간부터, 길수 엄마, '새'의 모습은 우리의 눈과 마음속에서 영원히 사라졌다.

해가 뜨자 라이얀은 이 사실을 자카르타의 한국 대사관에 알렸고 현지 경찰과 인도네시아 군인들이 절벽 아래를 며칠간 수색하였지만, 아무런 흔적이나 단서도 발견하지 못하고 실종 처리되었다. 하지만 사람들은 알고 있다. '천국의 새들'이 '새'를 데리고 갔다는 사실을... .

길수 엄마 '새'와 만나게 된 긴 이야기를 라이얀을 통해 들을 수 있었다. 정말 길고 긴 인연의 실타래를 조금씩 풀리고 있다.

제19장 망각의 흔적들

길수가 여행을 떠나고 자유로움을 느끼기도 전에 허전함과 공허함이 김 노인의 빈자리를 파고든다. 한의원을 찾아오는 환자도 이전처럼 많지 않다. 냄새나는 노인을 의사로 받아줄 사람들이 얼마나 있을까? 고작 한동네에서 수십 년 얼굴을 맞대고 살아온 노인들이 친구이자 환자들이다. 약값을 주면 받고 모자라면 다음에 달라고 할 뿐, 더 독촉하거나 요구하지도 않는다. 요구한들 가진 것 없는 노인들이 무슨 수를 써서 모자라는 약값을 마련할 수 있겠는가? 떨리는 손과 남아있는 감각으로 환자를 진맥할 뿐, 약전을 뒤지며 병명을 찾던 과거의 이야기는 오래전 망각의 그늘 속에 묻혔다.

출입문에 '외출 중'이라는 나무패를 달아놓고 무작정 운동 삼아 산책길을 나섰다. 얼마나 걸었을까? 어느덧 길수 엄마의 옛집이 있던 곳까지 왔다. 이야기로만 듣던 곳을 이제야 찾아오게 되었다. 빠른 걸음으로 10분이면 올 수 있는 길을 수십 년이 지난 오늘에 오게 되었다.

삶에 지치고 찌들어버린 낡고 좁아진 골목길과 세월을 먹이로 곰팡이가 잔뜩 갉아먹은 듯이 페인트가 곳곳에 벗겨진 건물들이 이전과 변함없이 서 있다. 곳곳에 재개발 현수막이 붙어있는 것으로 볼 때 조금만 늦게 왔다면 이곳도 찾을 수 없을 뻔했다. 작은 골목 안으로 들어가자 뼈대만 간신히 보인 채 온통 담쟁이와 덩굴나무로 둘러싸인 산언덕 같은 집이 보인다.

'아니, 저 집이 어떻게 된 건가? 건물은 어디로 숨은 거지? 저런! 덩굴과 담쟁이 잎이 완전히 집어삼켜 버렸네. 아무리 세월이 흘렀지만, 이렇게 폐허로 변해버리다니... .'

대문도 덩굴줄기로 덮여서인지 조금도 움직이지 않는다.

'잠깐이라도 안을 볼 수 있으면 좋겠지만, 이렇게 막혀 있는 걸 보니 오랫동안 이 집을 관리하지 않고 내버려 둔 것 같네.'

먼발치에서 푸른 잎으로 빼곡히 둘러싸인 채 오랜 세월 닫혀있던 폐가를 뒤로하고 골목길을 벗어나 몇 발짝 걸어가자 작은 술집과 음식점들 사이로 두 평 남짓 작은 부동산 중개소가 보인다. 혹시나 하는 마음으로 김 노인이 문을 열고 들어간다.

"이곳에 계신 선생님도 저처럼 연세가 지긋한 것으로 보아서 아주 오랫동안 부동산 일을 해 오신 것 같네요."

"맞습니다. 이 자리에서만 30년째 중개소를 해오고 있습니다. 찾으시는 물건이 있으신지요? 주위는 다 상가라 어르신께서 찾으시는 적당한 물건이 있을지 모르겠습니다. 저렴하게 나온 상가건물을 찾으시나요? 코로나 이후로 다들 힘들어 저렴하게 나온 건물이 많습니다. 돈이 있으면 싸게 사서 세를 놓으면 노후에 살아갈 생활비 정도는 거뜬히 나오지요. 알다시피 이제 앞으로는 계속 경기가 나아질 것이라고 하지 않습니까?"

"내가 돈이 좀 있게 보입니까? 사실은 이 안쪽 골목에 담쟁이로 온통 덮여있는 그 집이 궁금해서 왔습니다."

"이전에는 그 집이 이 동네에서 제일 예쁜 집이라고 소문이 났었지만, 가세가 기울고 돌볼 사람이 없어지자 저렇게 마귀할멈처럼 온통 덩굴이 건물을 둘러싸서 숨도 쉴 수 없을 정도로 목을 조인 채 지금까지 버텨오고 있습니다. 간혹 사람들이 헐값에라도 매입할까 하여 찾아오지만, 대문부터 열리지 않으니 거래가 성사되겠습니까? 사람들은 귀신이 터를 잡고 집어삼킨 건물이라며, '혹, 잘못 건드려서 애꿏은 불행을 맞이할까?' 하는 두려움에 가까이서 바라보지도 않습니다.

원래 1층은 앞마당에 작은 정원이 있고 고급 한정식 집으로 세를 주었습니다. 2.3층은 주택이고 4층에는 옥탑방이 있어서 건물주 가족이 살았었지요. 하지만 대학에서 무용을 가르치던 외동딸이 외국 여행을 갔다가 실종된 뒤로 가세가 급격히 기울기 시작하더니, 비행사로 은퇴했던 아버지도 경비행기를 타다가 실종되고 사고로 남편과 딸을 잃은 어머니는 극심한 우울증에 시달리다가 자택에서 숨을 거두었습니다. 그리고 십여 년간 아무도 돌보지 않고 저렇게 내버려 두었지요.

그러다가 몇 년 전에 미국에 사는 조카라는 사람이 그 건물을 상속받았다며 찾아와서는 헐값이라도 좋으니 팔아달라고 부탁했지만, 보러오는 사람마다 소름 끼치는 싸늘함을 느꼈는지 지금까지 거래가 성사되지 않고 저렇게 있습니다."

"집 밖에 있는 등나무 줄기와 담쟁이라도 제거하면 훨씬 깨끗해 보일 텐데, 안 그렇소?"

"맞습니다. 그렇지 않아도 그 조카분이 장비와 인부를 동원해 등나무 줄기를 베고 담쟁이 잎에 제초제를 뿌리고 할 수 있는 모든 작업을 다 하였지만, 비가 한번 내리고 나면, 어디에서 다시 싹이 돋고 자라는지 그 이전보다 더 무성해졌습니다. 남은 것은 완전히 건물을 허물고 새로 짓는 게 좋은데, 누가 저런 흉가 터에 새로 집을 짓겠습니까? 저 집이 너무 오랫동안 폐가로 있었기에, 이 동네에서는 모르는 사람이 없지요. 새집이라 할지라도 저렇게 기운이 안 좋은 자리에 누가 세를 들어오겠습니까? 돈을 준다고 해도 난 그 집에 못 살 것 같습니다. 매일 밤 귀신들의 악몽에 가위눌려서 하룻밤도 버티기 힘들 겁니다.”

“사연을 들어보니 참 안타깝네요. 난 무용하던 그 집 외동딸과 잘 아는 사이였는데, 괜히 내가 한번 저 집을 사서 고쳐 볼까 하는데, 괜찮겠소? 늙은 놈이 죽을 때도 다 되어 가는데, 이래가나 저래가나 매 마찬가지 아니겠습니까?”

김 노인의 답변에 놀란 부동산 중개소 소장이, “저 집 대지가 80평에 건물이 대략 한 50평에 4층으로 지어 놓았으니 그 당시에는 아주 큰 건물이었습니다. 건물도 건축디자인 대상을 여러 차례 수상하신 분이 설계하고, 평생 살만큼 튼튼하게 지었다고 들었습니다. 건축 잡지에도 몇 번 나온 적이 있을 정도로 멋진 집이었지만, 이렇게 세월이 흐르고 방치하다 보니 쓸모없는 폐가에 나쁜 기운까지 합쳐져 흉가가 되었습니다.

그 여자분의 어머니가 돌아가시기 얼마 전에 죽음을 미리 알았는지 등나무와 담쟁이를 직접 구입해 손수 심었다고 들었습니다. 자기가 죽고 난 후 실종된 딸이 돌아올 때까지 아무도 못 들어오게 외부를 막아버린 것이지요. 어르신께서 만약 고칠 수만 있다면 투자한 몇 배의 이익은 충분히 뽑을 수 있을 겁니다.”라고 말을 이어 간다.

‘그 무지막지한 덩굴과 잎들을 제거할 수 있으면 좋을 텐데, 돌아가신 길수의 외할아버지와 할머니께서 우리에게 그 기회를 줄까? 맞아. 살아 있는 손주가 살 집인데, 그냥 내버려 두지는 않을 것이야. 이봐요! 길수 엄마, 당신 아들이 살 집인데, 거미줄같이 엉켜있는 줄기와 잎들을 쉽게 제거할 수 있도록 도와주세요.’

김 노인은 스스로 자신을 확신하며 길수가 돌아와 여기에 머물 생각으로 오랜만에 마음이 복잡해진다.

"그럼 제가 미국에 있는 조카분과 다리를 한번 놓아드릴까요?"

"그렇게 해주시오. 거래만 성사되면 복비는 배로 쳐서 드리겠습니다."

"그 딸이 살아있었다면, 저렇게 내버려 두지는 않았을 텐데 말입니다."

제20장 천사의 유혹

새벽 햇살이 라이얀의 집 앞마당을 환하게 밝힌다. 매일 같이 찾아와서 울었던 '천국의 새'는 흔적 없이 사라지고 뒷마당에서 키우던 닭들과 돼지 울음소리에 하루가 새로 시작되었음을 알린다.

강 선생이 서둘러 같이 온 인도네시아 군인에게 묻는다.

"우리 언제 본부로 돌아갈 수 있겠소?"

"고장 난 자동차는 어제 수리를 마쳤습니다만, 아직도 길이 미끄럽고 질퍽거려서, 하루 정도 더 머물다 떠나는 게 안전할 것 같습니다. 가다가 차가 빠지면 더 곤란해질 수 있습니다."

급할 게 전혀 없어 보이는 인도네시아 장교는 외국인과 같이 있다는 것이 마냥 즐거워 보인다.

봉사단장인 최 교수도 이곳을 떠나기가 아쉬운 듯, "그럼 학생들에게 하루 더 머문다는 사실을 알리고 마을 사람들을 위한 봉사 프로그램도 새롭게 만들어 주어야겠습니다."라고 강 선생에게 말을 건넨다.

"무슨 프로그램이 좋을까요?"

"이것 봐! 충재 학생, 우리 휴대용 사진 인화기 가져왔지?"

"그렇다면 교수님, 원주민들이 가지고 있는 전화기나 카메라에 담긴 중요한 사진들을 인화해주거나 가족사진을 찍어 주는 것은 어떨까요?"

"그것 좋아요. 그리고 나머지 인원들은 쓰러져가는 원주민들의 집을 보수 해 주도록 하세요. 오늘까지 마지막 일정을 모두 마치고 내일 아침 일찍 본부로 떠나는 것으로 합시다."

"길수와 애린, 그리고 우리 선생님들은 다시 이곳에 마을 사람들이 머물 수 있도록 임시 휴게시설의 부서진 벽과 지붕을 고치도록 합시다."

봉사단원들은 정해진 임무에 따라 일부는 마을로 내려가고 마당 한가운데에는 길수만 우두커니 남겨져 홀로 먼 하늘을 바라보고 있다.

라이얀이 강 선생을 데리고 길수 곁으로 다가간다.

"반군들이 마을에 들어와서 총질을 하고 난 뒤로 이곳은 버려진 땅이 되어버렸어요. 이제 아무도 찾아오지 않고, '천국의 새들'도 영원히 사라졌습니다. 길수, 이 자리에서 자네 엄마가 춤을 추면 '천국의 새들'이 기다렸다는 듯이 날아와 거칠게 날개를 퍼덕이며 같이 춤을 추었고 때론 머리 위를 나르다가 절벽을 뛰어내려서 그들과 함께 날아갈 듯이 보였지."

"라이얀, 이제 이곳에 '천국의 새들'이 다시 날아오지는 않겠지요?"

강 선생이 라이얀에게 묻는다.

"그래요! 마구 총질하며 사람 죽이는 인간의 모습을 보고는 더 깊은 숲속으로 떠나버렸지요. 코로나바이러스로도 많은 사람이 이 마을에서도 죽었습니다. 저기 뒤쪽 공터에서 화장한 뒤 유족이 원하면, 내가 직접 유해를 가슴에 안고 저기 뒤쪽에 있는 길을 따라 '천국의 새들'이 항상 모여있던 절벽 끝의 작은 마당으로 가서 이 숲의 정령이 살아있을지도 모를 곳을 향해 부는 바람에 자유롭게 세상을 날도록 그들의 뼛가루를 뿌려주었습니다. 혹시, 먼 곳에서 지켜보고 있을 '천국의 새들'이 정처 없이 버려진 영혼들을 거두어 천국으로 데려가 주기를 간절히 기도했습니다."

"새의 깃털처럼 훨훨 날아서 '천국의 하늘'로 날아갔겠군요."

"맞아요. 어쩌면 '새'가 그들을 데리고 천국으로 갔을지도 모르겠네요. 길수가 여기 왔으니 분명 자네 엄마 '새'가 여기 어딘가에서 자네의 모습을 지켜보고 있을 거야. 내일이면 이곳을 떠나야 하니 정말 아쉽구나!"

라이얀이 길수의 손을 잡으며, "자네 보다 두 살 많은 나의 딸, '카르멘'을 찾을 수 있다면 얼마나 좋겠나? 그 애도 나처럼 눈 밑에 물고기 모양의 푸른색 문신이 있다네."라며 마치 길수가 자신의 잃어버린 딸, 카르멘인 듯, 그리움을 전한다.

마지막 일정도 미련 없이 시간이 빠르게 흘러가고 내일 아침에 떠날 장비를 정리하고 있다. 통역을 맡은 배 선생이 봉사 단원들에게 알린다.

"자! 단원 여러분, 마지막 이곳에서의 일정은 마을 분들이 마련한 저녁을 먹고 내일 아침 일찍 떠나도록 합시다."

라이얀도 마을 잔치에 쓸 닭을 잡아서 손질하고, 애린과 충재는 저녁 식사 때 마을 사람들에게 전달할 가족사진을 인쇄하느라 바쁘다.

시간이 흘러 한낮의 따사로웠던 태양이 서쪽을 향해 기울고 있었다.

"충재, 길수는 어디 있지? 마을에 벌써 내려갔나?"

"조금 전부터 보이지 않네요."충재가 라이얀에게 대답한다.

"글쎄요. 조금 전까지 저기 마당에서 헤드폰으로 음악을 들으며 혼자 춤추고 있었는데, 도대체 어디로 사라진 거야?"

"조금만 기다려봐. 곧 나타날 거야. 엄마가 마지막 머물렀던 이곳을 떠난다는 게, 얼마나 아쉬울까? 어쩌면 이곳에 계속 머물며 떠나고 싶지 않을 거야. 오랫동안 느껴보지 못한 엄마의 따뜻한 온기와 흔적을 찾아서 느낄 수 있을까?"

라이얀이 길수의 현재 심정을 이해한다는 뜻으로 말을 덧붙인다.

"라이얀, 길수는 엄마의 살아있는 모습을 보고 싶어 하겠지만 그럴 수 없으니, 바라보는 우리가 더 안타깝네요. 길수 엄마 '새'는 정말 '천국의 새들'과 같이 춤을 추며 저 아래 무지개다리를 건너서 천국으로 갔을까요?"

"애린, 그건 오로지 이곳에서만 가능한 일이겠지. 너희가 사는 세상에 돌아가 이런 이야기를 하면 모두 미쳤다고 할 거야."

내일이면 모두가 이곳을 떠날 것이다. 길수와 헤어질 생각을 하니 말 못 할 아쉬움에 목이 멘다.

그때 강 선생이 땀을 비 오듯이 흘리며 언덕을 올라온다.

"애린 학생, 길수는 어디에 있나? 한참 동안 안 보이기에 걱정이 되어서, 하던 것 다 내버려 두고 이렇게 와 보았네."

"마을에서 보지를 못했나요? 우린 마을에 혼자 내려갔었나 생각했었는데."

"그럼 내가 이 주변을 찾아볼 테니 하던 일 마저 하도록 해요."

느낌이 이상한 듯, 강 선생이 계속 뭐라 혼자 중얼거리면서 라이얀에게 다가간다.

"라이얀! 맛있는 닭 요리를 장만하시느라 바쁘네요."

"내일 모두 떠나는데, 이 닭들을 남겨두면 뭐 하겠소? 오늘 배부르게 먹고 내일 일어날 일들은 그만 잊어버리고 살겠습니다."

"그것 좋은 생각이군요. 굳이 미리 생각하지 않아도 될 일을 걱정하는 우리 인간의 어리석음이지요."

"길수는 어디에 있나요? 엄마가 해준다 생각하고 배부르게 먹어야 할 텐데... ."

"라이얀도 길수 못 보았나요? 마을에도 없고 여기에도 길수가 보이지 않네요."

"너무 걱정하지 마세요. 어디 가까운 곳에 있을 겁니다."

강 선생이 다시 주위를 두리번거리며 길수를 찾아 나서고 그의 이름을 큰 소리로 불러보지만, 대답이 없다.

어느덧 강 선생 주위로 애린과 충재, 최 교수, 배 선생... 그리고 학생들이 모여 길수의 이름을 부르며 찾아 나선다. 인도네시아 군인들까지 마을과 라이얀의 집이 연결된 길 주위를 샅샅이 뒤지고 있다. 얼마나 시간이 흘렀을까? 주위가 조금씩 어두워지기 시작할 무렵, 무슨 일이 일어났는지도 모른 채 음식 장만에만 빠져있던 라이얀이 갑자기 사람들이 모여있는 마당 한가운데로 달려 나온다.

"당신들 그 소리를 들었소?"

"무슨 소리 말입니까?"

"저곳에서 쇠구슬이 굴러가는 듯, 아이 울음소리를 내는 새소리를 못 들었소? 이곳에 다시 '천국의 새'가 나타난 것이요. 분명 '천국의 새'가 이곳에 있습니다. 그런데 이곳에 왜 다들 모여있는 것이요? 무슨 일이라도 있는 것이요?"

애린이 라이얀의 팔을 붙잡고는, "길수가 사라졌습니다. 라이얀, 길수를 찾아주세요."라며 매달린다. 그녀의 눈에는 벌써 눈물이 가득 고여 누가 건들기만 해도 마구 쏟아질 것 같다.

"길수가 사라졌다고? 그리고 '천국의 새'가 돌아왔다고? 이게 도 대체 무슨 일이야!"

라이얀이 잠시 멍하니 뭔가를 생각하더니 "이것 보시오. 벌써 어 두워지고 있으니 저기에 있는 천과 기름으로 횃불을 만들어 길수를 찾아 나섭시다."라고 말을 한다.

그때 갑자기 애린이가 소리친다.

"저 끝을 보세요. 세상에! 저렇게도 아름다운 새들이 저 절벽 끝 에 있는 작은 언덕에 모이고 있어요."

"아니, 저 새들은? 이곳에서 영원히 사라졌다는 '천국의 새들'이 다시 찾아왔다는 것인가? 저 새들과 길수와 무슨 연관이 있는 것은 아니겠지?"

강 선생이 라이얀과 애린에게 묻는다.

"분명, 길수 엄마, '새'가 아들을 데려가기 위해서 이곳으로 온 거야. 그건 절대 안 될 일이지. 그는 아직 그곳으로 떠날 마음의 준비가 안 되어 있다고. 그가 지금 떠난다면, 너무 슬퍼서 금방 죽 을 것 같은 사람도 있단 말이야. 그냥 잠시만 만나고 그를 제발 내 버려 두게나."

라이얀이 혼잣말로 중얼거리며 절벽 끝으로 가는 작은 언덕길을 횃불로 밝히며 앞서나가고 일행들이 줄을 지어서 따른다.

멀리서부터 라이얀이 크게 소리친다.

"다시 너희들이 있던 곳으로 돌아가라! 이 땅은 영원히 버림받아 도 좋으니, 그를 내버려 두어라. 당장 돌아가라! 길수를 내버려 두 어라!"

가까이 다가가자 사람이 우는 듯한 새 울음소리는 점점 커지고 무지개색의 현란한 빛이 어두운 숲의 한가운데에서 나타났다가 사라지고 다시 나타났다가 사라진다. 길수의 얼굴이 잠시 보이자 모두 소리친다.

"저기 있다. 길수가 저기 있다."

그의 얼굴은 칠흑같이 어두운 하늘을 멍하니 올려보며, 빙글빙글 몸을 빠르게 돌리고 있었다. 먼 세상을 날아갈 듯이, 아니 손으로 뭔가를 붙잡으려는 듯이 하늘을 향해 몸부림치고 그 위로 오색의 화려한 불빛이 새들의 깃털 사이로 뿜어 나오며 길수의 머리 위를 맴돈다.

라이얀이 큰소리를 지르고 횃불을 마구 흔들며 위협을 하자 밤하늘에 빛나던 화려한 불빛도 사람이 슬퍼서 우는 듯한 새의 울음소리도 희미하게 사라진다.

애린이가 길수에게 다가가려고 하자 라이얀이 애린의 팔을 붙잡으며 강하게 막아선다.

"애린, 기다려. 저기에 있는 나뭇가지를 꺾어서 나에게 전해줘요." 애린이가 건네준 긴 나뭇가지를 라이얀이 부러트려 젓가락처럼 만들고는 "애린, 여기에 땅을 파서 구덩이를 만드세요. 지금은 묻지 말고 내가 시키는 대로만 하세요."라고 말한다.

길수가 있는 곳으로 횃불과 휴대용 전등을 비추자 하얀 은빛으로 빛나는 새의 깃털이 그의 머리카락 사이로 그리고 옷에 붙어있다. 길수는 정지해 있는 모습으로 미소를 가득 머금고 계속 하늘을 바라보며 저 먼 곳에 있을 누군가를 그리워하고 있다.

라이얀이 긴 나무젓가락으로 그의 옷에 붙어있는 새의 깃털을 하나하나 떼어내어 흙구덩이 속에 던져 넣자 은색으로 빛나던 광채는 사라지고 불에 탄 숯의 모습으로 까맣게 변하고 있었다. 그의 몸 주위를 천천히 돌며 마지막 남은 깃털까지 모두 땅속에 묻고는 흙으로 단단히 덮었다. 그리고는 애린이에게 다가가도 좋다는 허락을 한다.

"저 새를 보면 천국에 갈 것이고 살아있는 저 새의 깃털을 만진다면, 곧 이 세상에서 사라지고 말 것이요. 자 이제 모든 것이 끝났으니 돌아가도록 합시다."

강 선생이 라이얀의 손목을 잡아당기면 묻는다.

"그렇다면 길수는 어떻게 되는 거요? 길수의 온몸에 은색으로 빛나는 새의 깃털이 붙어있었는데, 무슨 일이 생기는 것은 아니겠지요?"

"이제 남은 것은 그냥 하늘의 뜻을 기다리며 세상을 바라보는 것입니다. 빨리 이곳을 벗어나서 한국으로 돌아가는 것이 가장 좋은 방법입니다. 이곳에서는 길수 엄마, '새'의 혼령이 너무 강하기 때문에 무슨 일이 또 일어날지 모릅니다."

"그러면 안 됩니다. 길수에게는 엄마도 중요하지만, 한국에서 그가 무사히 돌아오기를 기다리는 아버지도 있다는 것을, 길수 엄마, '새'에게 꼭 알려주십시오. 그리고 그를 사랑해 미쳐버릴 것 같은 애린이도 보지를 않았소?"

"다들 마을로 내려가십시오. 나 혼자 이곳에 머물며 하늘에 기도를 올려보리라. 내 기도가 전해질지 어떨지 모르지만, 그냥 가만히 바라만 보며 그를 저세상으로 보내지는 않을 것입니다."

정신이 한쪽으로 다 빨려 나간 듯한 길수는 한참 동안 의식이 멈추어있는 사람처럼 보였다. 그리고 얼마 지나지 않아 그가 말문을 열었다.

"그 많은 새의 무리 속에 엄마가 나를 보며 손짓하는 것을 보았어. 나와 함께 가자고 손짓하였지만, 집에 홀로 남겨두고 온 아버지를 생각하며, 조금만 기다려 달라고 부탁했었어."

"그럼 나는? 너, 내가 너를 얼마나 좋아하는지 잊으면 절대 안

돼. 네가 간다면 꼭 나를 데리고 같이 가줘! 난 너 없이 단 하루도 혼자 이곳에 머물 수 없다고. 길수! 내 말을 잊어버리지 말아줘! 알겠지?

천국의 세상으로 가는 길목에서 마지막 밤을 보내고 있다.

2부-밤

제1장 추락하는 천사

　길수의 몸을 껴안고 뒤로는 침낭에 몸을 기댄 채 애린은 깊은 잠에 빠져있다. 등이 붉고 머리에 파란 깃털이 달린 벌처럼 생긴 작은 새가 날아와 길수의 귀에 속삭인다.

　"길수야, 일어나! 너 춤추고 싶지 않니? 우리가 모두 네가 춤추는 것을 보려고 어젯밤부터 여기에서 기다리고 있었단다. 해가 뜨면 인간들 때문에 우리가 나타날 수 없으니, 저 하늘 끝에서 푸른 빛이 나오기 시작할 때 너의 아름다운 춤을 우리에게 보여 줘. 길수, 어서 일어나서 나와 함께 가자."

　깊은 잠에 빠진 길수에게 이게 무슨 소리인지, 꿈을 꾸는 것인지, 아니면 누가 나를 부르는 것인지, 눈을 뜨고 싶지만, 눈은 뜨이지 않고 작은 소리만 그의 귓가에 들려온다.

　"안돼! 네가 누군지 모르지만, 난 지금 춤을 출 수 없다고. 내 몸에 감겨있는 팔을 봐! 애린이가 나를 강하게 붙들고 있어서 난 지금 움직일 수 없다고. 그리고 난 천국으로 갈 수 없어. 집에 홀로 있는 아빠에게 돌아가야 해. 그리고 여기 있는 애린이도 보살펴 줘야 한다고. 그러니 너희들끼리 재미있게 춤추고 놀아라."

　"네가 없으면 우리 모두 천국으로 갈 수 없단다. 길수, 너와 함께 춤을 춰야만 우리 같이 천국의 하늘로 날아갈 수 있어. 그러니 제발 옆에 있는 애는 내버려 두고 같이 가자."

감싸고 있는 애린이의 팔을 다른 곳으로 옮겨 보거나 빠져나오려고 해보지만, 그럴수록 더 강하게 길수의 허리를 붙든다.

"이것 봐. 작은 벌새야, 애린이가 이렇게 잡아당기는데 도저히 벗어날 수가 없다고. 알겠니?"

작은 벌새가 하늘을 날더니 다시 다가와 그의 부리를 길수의 이마에 '톡톡' 두드리고, 다시 길수의 품에 안겨 잠이든 애린이의 이마에 다가가 부리로 살며시 '톡톡' 두드린다.

"길수! 애린! 자 일어나서 나를 따라와. 우리 모두 너희의 춤을 보기 위해서 아주 먼 곳에서 쉬지 않고 날아왔다고. 그러니 이제 나를 따라서 같이 가자."

둘은 작은 벌새가 이끄는 길을 따라 눈이 감긴 채 어두운 산길을 걷고 마침내 라이얀의 집 앞마당에 도착했다. 라이얀은 큰 바위가 가슴을 누르는 듯, 깊은 잠에 빠져 헤어 나오지를 못한다.

노래하는 새들이 내려와 입으로 노래를 부르기 시작하고 부리로 작은 리듬을 만든다. 길수와 애린은 눈을 감은 채 오색 빛깔이 반짝이는 둘만의 작은 무대에 올라와, 손을 잡고 춤을 추기 시작한다. 얼마나 그리워했던 길수와의 춤인가?

둘은 손을 잡고 주위를 돌다가, 길수가 애린을 머리 위로 힘차게 들어 올리고는 땅에 살뿐이 내려놓는다. 길수가 손을 놓고 벗어나려는 순간, 애린이 다가와 다시 길수의 손을 붙잡고 그의 가슴에 안긴다. 하지만 어느덧 길수의 영혼과 몸짓은 머리 위를 날고 있는 '천국의 새들'에 의해 움직이고 그들의 노랫소리에 맞추어 춤추고 있었다. 빛의 속도로 새들이 원을 돌며 날개를 움직이자 길수의 몸도 들썩이며 하늘로 날아오를 듯이 빠르게 돌기 시작한다. 춤을 출수록 길수의 몸에서 강한 바람이 나오기 시작하고 애린은 있는 힘을 다해 바람을 헤치고 들어가 길수를 붙들려고 한다.

둘은 잠시 떨어져 있다가 다시 애린이가 멀어져가는 길수를 붙들고, 서로의 얼굴을 마주 보며 사랑을 확인한다. 새들의 소용돌이에 이끌리듯이 길수의 몸이 원을 그리며 빠르게 돌기 시작하자 살며시 팔다리를 휘저으면서 새처럼 날아본다. 발아래에서 자신을 쳐다보는 애린을 보자 움직임을 멈추고 살며시 아래로 내려온다.

끊어질 수 없는 둘의 사랑으로 가까이 다가가자 이를 질투하는 새들의 울음소리는 더 커지고 그들의 머리 위를 빠르게 돌면서 길수의 몸을 집어삼킬 듯, 길수 곁으로 가까이 다가와 날갯짓한다.

눈이 감긴 채 뭔가에 이끌려 춤을 추던 애린도 자신이 안고 있는 길수가 어디론가 사라질지 모른다는 생각에 가슴 속에 숨어있던 마지막 남은 힘을 다하여 잠자고 있는 애린을 깨워달라며 자기 자신을 향해 소리친다. 얼마나 소리를 질렀을까? 순간 라이얀의 마당 끝, 절벽의 언저리에서 길수의 손끝에 간신히 붙들린 채로, 스스로 제어할 수 없는 상태에서, 자신의 팔과 다리가 새들의 소리에 이끌려 움직인다는 것을 알았다. 길수의 손가락 몇 마디가 간신히 애린이와의 마지막 남은 인연을 힘들게 붙들고 있었지만, 이미 그의 영혼과 육체는 머리 위를 쏜살같이 돌고 있는 '천국의 새'와 함께하고 있었다.

절벽 끝으로 푸른 새벽의 빛이 노랗게 변할 무렵, 일곱 빛깔의 무지개가 절벽의 끝에서 시작해 저 먼 하늘 끝까지 천국으로 가는 긴 다리를 만들어 놓았다.

길수는 안간힘을 다해 애린의 손을 붙잡으려 하지만, 그의 몸은 이미 새들의 노랫소리와 날갯짓에 이끌려 깃털처럼 흩날리며 조금씩 하늘 위를 떠 있다가 내려온다. 애린이 새들의 유혹을 물리치고 마침내 눈을 뜨고 앞을 바라보는 순간, 길수는 이미 애린이의 손을 뿌리치고 절벽에 걸쳐있는 무지개다리로 몸을 날리고 있었다. 한

치의 두려움과 망설임 없이 애린도 절벽으로 몸을 날려 떨어지는 길수의 허리를 붙잡는다.

땅으로 추락할 줄 알았던 애린이의 몸이 무지개다리에서 가만히 떠 있는 상태로 둘은 새의 가벼운 깃털처럼 날고 있었다. 길수가 더 높은 하늘 위로 날지 못하자 새들의 격한 울음소리가 날카롭게 울려 퍼지고, 하늘은 온통 천국으로 떠나기를 기다리는 새 떼로 까맣게 덮였다. 마침내 두 사람의 몸이 하늘로 날아갈 듯, 잠시 공중을 맴돌다가 한없이 깊은 절벽 아래로 추락한다. '앗'하는 짧은 비명을 지르고 둘은 절벽의 어둠 속으로 사라진다.

강 선생이 눈을 뜨고 길수를 찾는다. 라이얀도 숨이 막힐 듯한 큰 바위를 밀어내고 악몽 같은 잠에서 깨어나 길수가 있던 캠프로 달려간다.

"라이얀, 길수는? 길수를 보았소? 무슨 일이 있는 것은 아닌가요? 꿈이 하도 이상하여 이렇게 눈을 떠보니 길수도 애린이도 보이질 않습니다."

"그럼 그 둘이 같이 사라졌다는 말입니까?"

"애린이가 그의 곁에 있다면, 라이얀이 생각하고 있는 그런 일은 절대 일어나지 않을 겁니다."

둘은 마을의 캠프와 라이얀의 집 마당 그리고 '천국의 새들'이 머물렀던 절벽 위의 작은 언덕을 샅샅이 둘러보았지만, 아무런 흔적이나 단서도 나오지 않았다.

날이 완전히 밝아오자 본부로 돌아가려는 일정을 취소하고 봉사단원들과 인도네시아 군인들 그리고 마을 사람들이 모여서 둘의 행방을 찾기 시작한다.

해가 정오의 뜨거운 햇볕을 비출 때까지 어떠한 단서나 흔적도 나오지를 않았다.

혹, 반군에게 납치된 것이 아닌가 하여 군인들이 급하게 인근 경찰서와 군부대에 비상 경계령을 내리고 추가로 무장 병력을 요청한다.

"추가 병력이 도착하는 대로 산 위를 수색해보겠습니다. 만약 납치되었다면, 인근에 무장한 반군 세력이 있다는 것이니 개인행동을 자제해 주십시오. 지금부터 모든 이동을 즉시 중단하고 저희 교전 수칙에 준한 행동만 인정될 수 있음을 밝힙니다."

"어젯밤에, 아니 새벽에 내 두 눈으로 확인했습니다. 그 둘은 저기 큰 캠프장의 중앙에 침낭을 베개 삼아 누워있었고 주위는 온통 저희 봉사단원들이 잠들어있었는데, 반군이 어떻게 저 가운데를 비집고 들어가서 그 둘만 납치를 할 수 있겠소? 무슨 사고가 난 게 분명합니다."

"강 선생, 내가 잠에서 막 깨어날 때 '악'하는 비명을 들었던 것 같은데, 당신은 무슨 소리를 듣지 못했소?"

"맞아요! 나도 웬 여자애가 '악'하고 소리치는 것을 듣고는 잠에서 깨어난 것 같습니다. 그러고 보니 그 여자의 목소리가 애린이 같기도 합니다."

라이얀이 뭔가를 직감한 듯 인도네시아 군인들을 급하게 부르더니 절벽 아래 수색을 부탁한다.

강 선생이 라이얀을 붙잡고 묻는다.

"이것 보시오! 라이얀, 뭔 일이 있는 것이지요? 나에게 말을 좀 해주세요."

"혹시나 해서 절벽 아래를 수색하라고 부탁했습니다."

"그럼 그 애들이 당신 집 마당 아래에 있는 그 깊은 절벽 밑으로 추락했다는 말인가요? 왜요? 한국으로 돌아가기 싫어, 여기에서 동반 자살을 시도했다는 말인가요?"

"아니요. 단순한 가정일 뿐이요. 사실은 내가 아주 가까이서 애린이의 비명을 들었기 때문이요. 하지만 내가 절벽 아래를 살펴보았을 때는 아무런 사고 흔적도 찾을 수 없었어요."

"그럼 둘이 같이 죽었다는 것 아니요. 아니, 길수 아버지에게 뭐라고 말을 해야 하나? 내가 그토록 안전하다고 다짐하고 약속했는데, 이 일을 어떡하면 좋단 말인가?"

강 선생이 소리를 내지르고는 그 자리에 풀썩 주저앉는다. 옆에 있던 최 교수가 강 선생을 부축해 일으키며, "선생님, 아직 아무런 단서나 사고 흔적도 나오지 않았습니다. 잠시 진정하시고 이럴 때일수록 냉철하게 대처하도록 합시다."라고 진정시킨다.

강 선생은 한국에서 길수가 돌아오기를 기다리는 김 노인을 생각하며, 이 사실을 어떻게 알려야 할지 생각하니 말문이 막힌다. 삼십 분 정도 시간이 흘렀다. 갑자기 인도네시아 군인들의 무전기에서 다급한 소리가 들리기 시작한다.

"무슨 일이요? 배 선생님, 저게 무슨 소리요?"라고 최 교수가 통역하는 배 선생에게 묻는다.

"지금 듣기로는 이상한 물체, 아니 두 사람을 발견했다는 것 같은데요. 아직 상태를 확인 못 하고 있다고 합니다."

"그 장소가 어디입니까?"라고 최 교수가 인도네시아 군인에게 직접 묻는다.

"저 절벽 아래에서 두 사람을 발견했다고 합니다. 하지만 그곳으로 들어가는 곳에 덩굴과 나뭇가지들이 막고 있어서 지금 제거작업을 하고 있습니다. 조금만 있으면 두 사람의 상태를 정확히 알 수 있을 겁니다. 그러니 잠시만 기다려주십시오."

군인들이 급하게 움직이고 추가로 몇몇 군인들이 차량에서 장비를 챙기고는 정글 속으로 들어간다.

다시 무전이 들어온다.

"두 사람의 맥박은 살아있고 심장 박동 소리도 정상이지만, 의식
이 전혀 없습니다. 그리고 이상하게도 외관상 어떠한 상처나 출혈
도 없습니다."

제2장 뜻밖의 초대

얼마나 시간이 흘렀을까? 파푸아의 뜨거운 태양을 저 먼 곳의
추억에 묻어두고 이곳은 아직도 차가운 서리가 창밖 유리에 하얗게
맺혀있다.

파푸아 섬의 절벽에서 구조되자 인도네시아 군인들이 긴급으로
항공 구조요청을 하였고, 자카르타 한국대사관의 도움으로 자카르
타 군인병원으로 즉시 후송되었다.

수십 미터의 높은 절벽에서 떨어졌지만, 신기하리만큼 두 사람
몸에 모두 어떠한 외상도 발견되지 않았다. 발견 당시 길수의 몸을
애린이 감싸고 있었다고 한다. 하지만 추락 때 받은 충격으로 인해
둘의 의식은 전혀 없었다. 자카르타 군인병원에 후송된 지 이틀 만
에 길수가 깨어났고 그의 몸은 다시 정상으로 돌아왔다. 그리고 그
로부터 3일 후 애린의 의식이 돌아왔지만, 원인 모를 하반신 마비
증세가 나타나면서 몸을 스스로 일으키거나 걸을 수 없게 되었다.
그리고 한국으로 온 지 두 달이 지났다.

휠체어에 몸을 의지한 채 병원 창밖을 온종일 내다본다. 혹 찾아

올지 모를 길수를 기다리며 양팔에 온 힘을 주고 엿가락처럼 처져 있는 허리와 다리를 들어 올려본다.

소리 없이 누군가 들어와 애린이의 눈을 감싼다.

"누구야? 자주 오지 말라고 했는데, 왜 온 거야?"

"길수가 온 걸 어떻게 알았니?"

"나를 찾아올 사람이 어디 있겠니?"

"학교 친구들도 있잖아? 충재 형도 있고 아니면 최 교수님이 오실 수도 있지?"

"길수야, 내가 이렇게 휠체어에 기댄 채 평생 살아야 한다는 것을 알고 난 뒤로 그들은 오지 않을 거야. 난 이제 더는 허리에 힘을 주고 발끝을 세워서 몸을 움직이는 것은 할 수 없어. 무용을 위해서 모든 것을 바쳤던 나의 몸이, 이제 막 도살장에서 도축되어서 푸줏간에 축 널어진 채 걸려있는 고깃덩어리처럼 되었다고. 알겠니?"

"아니야. 파푸아 섬의 절벽에서 우리 같이 춤을 추면서 하늘을 날았던 것, 기억 안 나니? 아마도 춤을 추면서 함께 하늘을 날아본 사람은, 이 세상에서 우리 둘뿐일 거야."

"내가 왜 너를 놓아주지 못하고 붙들었는지 모르겠다. 내가 너를 붙들지만 않았다면, 넌 지금 즈음 '천국의 새들'과 함께 저 높은 하늘에서 나를 바라보고 있겠지?"

"난 그 작은 벌새의 최면에 이끌려 춤을 추었지만, 너를 내버려두고 혼자 천국에 가서 살 생각은 전혀 없었다고. 그래서 그 강한 바람 속에서도 끝까지 네 손을 놓지 않고 잡아당겼던 거야. 앞으로 어떤 어려움과 고통이 와도 우리를 절대 갈라놓을 수 없을 거야."

"땅바닥에 엎드려 기어 다닐 수도 없고, 살아있지만 죽어있는 시체와 같다고. 이제 나는 한 발짝도 걸을 수 없는 앉은뱅이가 되었어. 길수, 난 너를 나의 것으로 만들거나 소유하지는 않을 거야. 다시 파푸아의 새처럼 훨훨 하늘을 날아다닐 수 있도록 너를 자유롭게 놓아줄 거야."

"난 지금도 자유롭게 있잖아? 하지만 그날 이후로 난 춤추고 싶지 않아. 내 몸의 태엽이 그날 이후로 멈추어 버린 거야. 아마도 너와 다시 춤을 춘다면, 나의 멈춘 시계가 다시 작동할까? 난 네가 그냥 이렇게 앉아 내 곁에 있어만 준다면, 천국의 하늘을 날아다니는 것보다 지금이 더 좋아.

깊은 잠에서 꿈을 꾸던 멍청이 같은 나를, 너와 춤을 추면서 세상에 깨어나게 만들었고 이렇게 살아서 움직이잖아. 어쩌면 내가 너의 기운을 모두 받아서 난 이렇게 멀쩡하게 있고, 넌 불행하게 그렇게 앉아서 나를 바라보는 신세가 된 것인 줄 모르겠다."

"길수, 다시 '천국의 새들'이 너를 부른다면 천국으로 날아갈 거야? 그땐 꼭 나를 데리고 떠나줘! 땅바닥에 엎드린 채 이렇게 휠체어에 등을 기대고 평생 살아가느니, 차라리 죽을지도 모르는 너를 따라 갈 거야?"

"내가 정말 그곳으로 다시 갈 것으로 믿니?"

"라이얀 아주머니의 말을 난 기억해. 넌 은빛 깃털을 온몸에 붙이고 있었어. 그런 사람은 반드시 '천국의 새'를 따라 하늘로 간다고 들었어. 지난번에는 내가 너를 붙잡는 바람에, 넌 날아가지 못하고 추락하는 천사가 되었지만, 이제 다시 그 기회가 너에게 온다면, 꼭 나를 데리고 가줘. 아니면 네가 하늘로 간 뒤 나에게도 그 기회를 만들어줘! 절벽에서 우리가 마지막으로 춤을 추었듯이, 죽기 전에 단 한 번만이라도, 나에게 그 기회를 만들어 줘. 듣고 있지? 길수."

"넌 그 새의 깃털에 대한 라이얀의 전설을 정말 믿는 거니? 내가 정말 그곳으로 간다고? 지금 이렇게 너와 함께 있잖아? 천국이 어떤 곳인지 모르지만, 난 너와 함께 있는 이곳이 천국이야."

"넌 곧 그곳으로 떠날 거야. 그런 나를 보고 미쳤다고 하겠지만, 너와 함께 춤을 추면서 조금씩 하늘을 날고 있었다는 것을, 난 정확히 기억해. 아니면 우리가 수십 미터의 절벽 아래로 떨어졌는데, 어떻게 살아 있을까? 길수, 넌 몸에 상처 하나 없잖아? 내가 너를 품에 안고 매달리니까 그들이 차마 너를 데려갈 수 없었던 거야. 그때 내가 잘못 생각했었어. 그런 너를 그냥 내버려 두었다면, 넌 저 푸른 하늘을 자유롭게 날아다니며 나를 바라보고 있을 텐데, 나의 욕심이 모든 것을 망쳐놓았어. 길수, 미안해."

"아니야. 네가 나를 감싸지 않았다면 난 크게 다쳤을지 몰라. 나 대신 네가 다친 것을 왜 모르겠니. 내가 이미 말했잖아. 난 그곳이 정말 어떤지 모르지만, 너와 함께 있는 이곳이 나에게는 살아있는 천국이야!"

애린이 휠체어를 밀며 창가로 간다.

"이제 이곳에 자주 오지 마. 난 다시 움직일 수도, 너와 같이 춤을 출 수도 없다고. 평생을 이렇게 땅바닥을 기어가며, 아니 휠체어에서 살다가 죽겠지. 난 그저... 바라는 게 있다면, 천국이라는 곳에서 다시 너를 붙잡고 새처럼 훨훨 하늘을 날면서 춤추고 싶을 뿐이야."

"정말 가고 싶은 거야?"

길수가 외투 안주머니를 뒤지더니 손에 뭔가를 잡은 뒤 살며시 애린의 손바닥에 올려놓는다. 순간 애린이 놀라 숨을 멈춘 채 길수의 얼굴을 보며, "아니, 이게 어떻게? 아직 이렇게 빛이 나고 있잖아! 분명히 라이얀이 네 몸에 붙어 있는 깃털을 나무젓가락으로 일일이 집어내서 다 제거하고 땅속에 묻었는데, 이것을 네가 가지고 있다니 믿을 수 없어. 그리고 아직도 은색의 밝은 빛을 내고 있다니!"라며 말을 끝맺지 못한다.

"라이얀 아주머니가 다 제거한다고 했지만, 내 옷 안쪽에 숨어 있던 것은 발견하지 못했어. 내가 빛이 새어 나오지 않게 손수건으로 말아서 지금까지 가지고 있었지. 이제 이 깃털이 네 손위에 있으니, 너도 나와 함께 천국으로 갈 수 있을 거야. 이젠 이걸 네가 간직해."

은빛으로 하얗게 빛나는 깃털을 손에 쥔 애린이 절벽에서 길수와 같이 뛰어내리던 그때처럼 길수의 허리를 감싼다.

제3장 동행

파푸아의 습하고 더운 날씨를 벗어나 상쾌하고 시원한 한국으로 온 것 자체가 천국이었는데, 이곳도 점점 아열대 날씨처럼 더워지기 시작한다. 좁고 낡은 집들이 있는 골목길을 지나 강 선생이 길수 아버지가 운영하는 한의원에 찾아왔다.

"길수 아버님 건강하시지요? 길수 학교 담임 강 선생입니다. 지난번 길수가 귀국할 때 뵙고는 처음이네요. 그때 걱정을 끼쳐 드려서 정말 죄송했었습니다."

"아닙니다. 그곳에서 무슨 일이 있었는지 잘 모르겠지만, 그곳을 다녀온 뒤로 길수가 완전히 달라지고 정상으로 대화할 수 있는 온전한 인간이 되었습니다. 내가 머리를 땅에 엎드려 고맙다고 절을 해야지요."

김 노인이 앉아있던 의자에서 몸을 일으켜 마치 땅바닥에 엎드려 절을 할 것처럼 하자 강 선생이 억지로 이를 막아선다.

"아버님, 이러시면 안 됩니다. 저도 정확히 무슨 이유로 길수가 그렇게... 갑자기 변하게 되었는지는 알 수 없습니다. 우리가 여행을 간 파푸아 섬의 영험한 기운이 그를 치유하게 만든 것이라 해야겠네요. 하마터면 절벽에서 떨어질 때 길수가 목숨을 잃어버릴 수도 있었는데, 애린이라는 여학생이 몸을 날려 길수를 보호했기에 지금 살아있는 것입니다. 아무나 할 수 있는 일이 아니기에, 우리 모두 그 학생에게 감사해야 합니다."

"그래. 나도 전해 들어서 알고는 있습니다만, 그 여학생은 어찌 되었습니까?"

"추락할 때 받은 충격 때문인지 하반신 마비가 와서 종일 침대에 누워있거나 휠체어에서 생활하고 있습니다. 병원에서 나름으로 열심히 치료하고 있습니다만, 정상으로 나아질 기미가 보이지 않는다고 합니다. 정말 안타까운 일입니다."

"길수가 살아있어 좋기는 하지만, 그 젊은 여자아이가 그렇게 되었다고 하니 마음이 편치 않네요. 내가 가진 재산이 많지 않지만, 그 애의 병원비와 치료비는 내가 내겠소."

"다행히도 대학에서 여행자 보험을 사전에 들었고 모자라는 병원비는 대학에서 지급하기로 합의가 잘 되었습니다."

"정말 다행이네요. 하지만 그 애의 부모는 얼마나 마음의 고통이 크겠소. 멀쩡했던 딸이 여행을 다녀온 후 평생 장애인이 되었으니 말이요."

"그 여자아이는 가족이 없다고 하였습니다. 부모님은 어릴 때 교통사고로 세상을 떠나셨고 남동생과 단둘이 살고 있었는데 동생도 지난해 코로나에 걸려서 마지막도 보지 못하고 화장해 봉안당에 안치했다고 합니다."

"이런! 참으로 불행한 일이 겹겹이 일어났군요. 그래. 그 애 이름이 무엇이오? 직접 병원에 가보아야겠소. 내 침이라도 놓아 조금이라도 움직일 수 있게 만들면 좋을 텐데, 요즘 손이 너무 떨려 제대로 할 수 있을지 모르겠소."

"그 여학생 이름은 애린이, 서애린입니다. 길수 아버님께서 그렇게 해주시면 큰 도움이 될 겁니다."

"오늘은 무슨 일이 있어 찾아오셨습니까?"

"길수가 대학에서 무용할 수 있도록 최 교수님이 직접 지도를 한 지가 꽤 오래되었지만, 파푸아에서 사고가 난 시점 이후로 전혀 춤을 배우려거나 추려고도 하지 않는다고 합니다. 그전에는 작은 소리만 들려도 몸을 마구 움직였는데, 이젠 어떤 음악을 틀어도 전혀 춤을 추지 않는다고 합니다. 아무래도 사고가 난 뒤로 무슨 일이 있었던 건지, 아니면 정신적 충격으로 잠시 감각을 잃어버렸는지, 혹, 집에서 무슨 일이 있어서 그런지 몰라 이렇게 찾아왔습니다."

"그 참 이상하군요! 그렇게 몸을 비비 꼬고 춤을 추던 놈이 집에 오면 그냥 멍하니 한 곳을 바라보며 조용히 앉아만 있습니다. 나는 조용하고 혼잡스럽지 않아 좋지만, 한편으로는 제 엄마를 닮아 춤추는 무용수가 되기를 바라고 있었는데... 아쉽네요. 하나를 주면 하나를 가져가는 게 신의 섭리인 것 같습니다. 내가 자세히 그놈을 관찰하고 선생님에게 다시 연락을 드리지요."

강 선생이 떠나고 난 뒤 김 노인은 오랫동안 길수를 위해서 준비해 놓았던 일을 빨리 서둘러야겠다고 마음먹으며 지난번 다녀온 부동산중개소에 전화를 건다.

제4장 둥지

'천국이란 어떤 곳일까? 나와 같이 버림받고 사랑에 목말라하는 사람들만 가는 곳일까? 아니면 세상의 밑바닥을 기면서 고개조차 자신의 힘으로 들 수 없는 나약한 이들을 위한 곳인가? 나처럼 허리를 세우지도 걷지도 못하는 이들이 천국에서 둥실둥실 춤을 추고 떠다니며 팔만 움직이면 이곳저곳 날아다니고 더는 아픈 마음으로 나의 사랑하는 이를 떠나보내지도 않는 곳, 먼저 떠나보낸 보고 싶은 이들을 그곳에서는 다 만날 수 있겠지? 하지만 이곳에서의 내 생명은 연기처럼 사라지겠지? 죽음의 문턱이 두려워 그렇게들 괴로워하고 가기 싫어서 고통의 몸부림 속에 헤매다 끝내 사라지는데, 난 죽음이 빨리 다가와서 이곳에서 사라지기를 바란다.'

애린은 죽음을 그리워하며 아무런 흔적도 없이 사라지기를 기도한다. 겹겹으로 싸놓은 손수건을 풀고는 손위에 하얗게 빛나는 은빛 새의 깃털을 올려놓고 본다. 깃털이 빛을 내며 춤을 추듯이 작은 나의 입김에도 흔들린다.

"이것 보십시오! 지난번 그 덩굴로 덮인 집 때문에 들렸던 김 노인입니다. 미국에 있다던 집주인과 연락은 해 보았소?"

"물론입니다. 그분도 그 집에 관심을 가진 사람이 있다고 매우 기뻐했습니다. 하지만 매번 집을 보러 온 사람들이 집 앞을 막고 있는 덩굴을 보고는 구매를 포기해버리니, 이번에도 그렇게 되지 않을까 하는 염려를 하고 있습니다."

"그건 걱정하지 마세요. 내 꼭 그 집을 사서 깨끗하게 만들어 보겠소. 혹 문제가 없다면 내가 그분과 직접 통화를 할 수 없겠소? 중개 수수료는 서운하지 않게 챙겨 드리겠소."

"수십 년째 팔리지도 않는 집을 어르신이 구입하신다니 저야 좋습니다. 깨끗하게 그 집의 외관만 잘 정리해주시기만 해도, 이 주위 부동산 값이 들썩거릴 겁니다. 지금 제가 그분에게 전화를 걸어 드릴 테니 직접 통화를 해보십시오."

낡은 수첩을 한참 뒤지더니 전화기에 달린 버튼으로 번호를 천천히 눌린다. 스피커를 통해 잡음 섞인 소리가 들려온다.

"여보세요. 박 사장님, 선생님이 소유하고 계신 집을 구매하고자 하는 노인분께서 직접 통화하고 싶어 하기에 이렇게 연락드렸습니다."

"아! 그러세요. 벌써 몇 년째입니까? 나도 어쩌다 상속받았지만, 지금까지 세금만 줄곧 내고 돈 냄새 한번 맡지를 못했습니다. 한마디로 그 집 손대고 줄 곳 적자입니다. 여기 미국에서 하는 사업도 그 집 상속받은 후부터 계속 내리막입니다. 싸게 팔더라도 빨리 그 집에서 벗어나고 싶은 게 저의 솔직한 심정입니다. 그 집이 내 발에 족쇄를 채우는 것 같습니다. 내 말뜻을 이해하시겠지요?"

옆에서 가만히 듣고 있던 길수 아버지, 김 노인이 끼어든다.

"초면입니다. 지금 미국에 사신다고 전해 들었습니다. 이전에 그 집에 살면서 대학에서 무용을 가르치던 정 교수와 인척간이라고요?"

"정 교수 누님을 아시나요? 맞습니다. 저는 그분의 외사촌입니다. 그 누님이 외국 여행 중에 실종되고 난 뒤로 집안에 후손이 없어서 몇 년을 주인 없이 떠돌다가 미국에 있는 저에게 그 집이 상속되었습니다. 사실 저는 그 누님을 직접 뵌 적은 없고 어른들로부터 어떤 분이라 하는 이야기만 전해 들었습니다."

"그렇군요. 사실 정 교수가 실종되기 얼마 전에 아들을 낳았어요. 그리고 내가 그놈을 지금껏 키워오고 있습니다. 만약 정 교수의 가족이 살아있다면, 유전자 검사라도 해서 그것을 밝힐 수 있겠지만, 지금 그럴 수도 없고 저 또한 그걸 원치는 않습니다.

이제 나이가 많아 이 늙은 몸뚱이도 제대로 돌볼 수 없고 그놈과 언제까지 살 수 있을지? 얼마 남지 않은 날이 지나가는데, 내가 그놈의 어미가 살던 집을 사서 그에게 주고 마지막으로 이 세상을 떠나고 싶은 심정으로 여기를 왔습니다. 가격은 서운치 않게 쳐줄 테니 그 집을 나에게 파는 게 어떻겠소?"

"누님의 핏줄이 살아있다면 당연히 그 집을 물려받아야지요? 하지만 저도 그 집을 어떻게 해보려고 한국에 왔다 갔다 지출했던 경비며, 그놈의 악령이 잠들어있는 덩굴나무와 담쟁이를 제거하려고 여러 군데의 업체를 불러 제거하면 또 자라나고, 어떤 업체는 굴착기로 나무의 뿌리를 파내어야 할 것 같다고 하는데, 뿌리가 너무 깊고 넓게 퍼져있어서, 잘못하다가 건물의 기초에까지 문제가 생길 수 있다고 하기에 사실 포기한 상태입니다. 저가 날린 돈도 돈이지만, 어르신께서 그 집을 인수해서 똑같은 문제가 발생할 경우, 제가 전혀 책임질 수 없다는 것을 알고 계셔야 합니다."

"그건 걱정하지 마시오. 손주이자 정 교수의 자식 놈이 살러 온다는데, 아마도 그 사악한 나무들이 기다렸다는 듯이 다 사라질 거라 저는 믿습니다. 여기 계신 중개사와 상의해서 친척분에게도 서운하지 않도록 금액을 제시할 테니 꼭 계약이 성사될 수 있도록 부탁합니다."

마지막 매물로 내놓은 금액에 조금 더 얹어서 계약이 꼭 성사될 수 있도록 부탁하고 길을 나선다.

끝이 안 보이게 길게 이어놓은 반짝이는 술집 간판들 아래로 호객행위를 하는 젊은 남자애들과 비키니 차림의 하얗고 노랗고 까만 피부색을 가진 여자들이 느리게 흘러나오는 음악에 맞추어 몸을 흔들고 낯선 남자의 팔짱을 끼고 그들의 둥지로 들어간다.

이를 지켜보고 지나가는 김 노인에게는 그 흔한 호객꾼의 소리나 젊은 여자의 짧은 눈길마저 다가오지 않는다.

제5장 검은 고양이 - Black Cat(BC)

가슴을 두드리는 드럼 소리와 애처로운 기타의 선율 사이로 깊고 가늘면서 느린 듯한 리듬에 빠르게 입술을 떨며, 짙은 초콜릿 같은 검은 피부에 하얗게 반짝이는 눈동자와 이빨을 드러내고 조명의 뜨거운 열기에 달아올라 몸은 녹아내리고, 스피커를 찢어 놓을 듯한 소리가 피부를 뚫고 점점 가깝게 잠자는 영혼 안으로 파고든다.

술에 취한 취객들이 야유와 욕설을 한껏 뱉어낸다. 절도의 품위와 낭만은 없다. 그저 눈에 보이고 최대한 느낄 수 있을 만큼의 욕정을 채운다. 구석진 자리에서는 변기통에서 나올만한 이상한 냄새가 코를 자극하고, 이성을 상실한 채 순간을 위해서 사는 인간들로만 가득하다.

'제기랄! 노래를 부르게 할 테면, 끝까지 한 곡이라도 다 마치게 해줘야지. 부르고 있는 중간에 손님 테이블에 가라는 건 뭐야. 무대에서 노래할 때만큼은 내 마음대로 할 수 있는 자유를 누리고 싶었는데, 저 썩을 놈의 빅초이 자식 때문에 이곳에서는 내 영혼이 어디에 머무는지도 모르겠다.'

입에 담배 한 개비를 물고 전자 라이터로 불을 붙인다. 깊게 두어 번 빨아 당기고는 한참을 더 태울 수 있는 멀쩡한 놈을 누른 물이 담긴 커피잔에 던져넣는다.

"이것 봐요. 빅초이, 이것 너무 하지 않나? 난 이곳에 노래하러 왔지, 손님 테이블에 술 시중하러 온 게 아니잖아요?"

"깜둥이 BC, 야! 너한테 들어간 선불이 무려 사만 불이야. 원래 그 돈이면 4인조 밴드 한 팀을 불러올 수 있는 계약금인데, 그 중간에 소개한 필리핀 딴따라 자식이 삼만 불을 가로채고는 딸랑 너 하나를 이곳에 보냈다고. 내가 얼마나 손해를 본 줄 아니? 내 그 자식을 다시 보면 만 불을 더 내서라도 총으로 쏘아죽이라고 사람을 보낼 거야. 아니면 내 손으로 직접 가서 죽여버릴 거야. 그런 내 말뜻을 알겠어?

너 혼자 일해서 너한테 들어간 사만 불을 모두 갚으라고. 원 참! 너같이 새까만 년이 뭐가 좋은지, 불러달라고 예약한 손님들이 이 클럽에 줄을 잇고 있잖아. 저기 보이는 늙은 영감부터 저기 고등학생같이 보이는... 머리에 빨간 물을 들인 놈까지, 넌 이곳에서는 요정이야. 너 같은 깜둥이를 왜 좋아하는지? 무슨 특별한 매력이 있는지? 도대체 알 수 없는 족속들이 정말 많다니까."

"이것 봐. 빅초이, 난 아프리카 깜둥이가 아니야. 피부색과 이 곱슬머리만 빼면 내 얼굴과 몸매는 한국 여자와 다를 게 없다고. 어쩌면 내가 더 매력적일 수 있지. 안 그래?"

"그래. 맞다. 정말 매력적이다. 그러니 몸이 부서진다 생각하고 손님 테이블 찾아다니면서 매상 좀 올려줘라. 네가 준 만큼 내가 다 보상할 테니, 입에서 나오는 더러운 욕은 그만하고 프로답게 돈 좀 벌자.

사람들이 네 몸 좀 만진다고, 어디 부서지니? 상처가 나니? 몸이 어디 닳아서 없어지기라도 하니? 그냥 남자의 욕망을 좀 시원하게 정리해주면, 매일매일 손님들이 들끓을 것이고. 일 년만 이렇게 잘 하면 네 빚도 갚고 자유롭게 만들어 줄 수 있어."

"난 이곳에 이 짓 하려고 온 게 아니야. 필리핀에서는 이곳보다 훨씬 좋은 곳에서 일했다고. 분위기도 있고 내 음악을 이해해 주는 그런 곳에서 말이야. 그런데 여기는 온통 썩은 냄새가 나는 무식한 한국 놈들만 바글바글한 시궁창 같은 곳이야. 텔레비전으로 보던 그런 곳은 어디에 있는 거야? 난 그런 곳에서 나만의 천사를 만나야 한다고... ."

"지랄 놀고 자빠졌네. 야! 텔레비전에서 보여주는 한국과 이곳은 완전히 다른 곳이야. 제발 정신 좀 차려라. 넌 이곳에서 나를 위해 일하러 온 거야. 네 꿈과 야망을 위해서 내가 존재하는 것이 아니잖아? 정신 차려라! BC."

"빅초이, 빨리 이곳을 떠날 수 있도록 도와줘! 만약 그렇게 해준다면, 나의 노래를 좋아하는 이들 앞에서 목이 터져라, 피를 토할 때까지 노래할 거라고."

"빨리 이곳에서 벗어나게 해 줄 테니, 제발 손님 테이블에 갈 때마다 얌전히 좀 있어라. 지난번처럼 술병 집어던지고, 손님이 뺨 때린다고 술병으로 머리를 때리면, 어떡하자는 거야? 그땐 너도 죽고 나도 죽고 우리 모두 같이 죽는 거라고, 알겠니? 이 깜둥아, 또 한 번 그런 일이 일어나면 너를 산송장처럼 만들어줄 거야. 이해하겠니?"

BC는 무대 옆에 놓인 위스키를 맥주잔에 가득 붓고 단숨에 들이

킨다.

"헤이. BC, 너 뭐 하는 거야?"

"이것 봐! 제정신에 저런 냄새 나는 인간들 속에 내 몸을 맡길 수 없다고. 차라리 네 말대로 빨리 송장이 되어 하늘로 가는 게 낫지 않을까?"

BC는 술에 취한 듯, 약에 취한 듯, 무선 마이크를 들고 예약된 손님의 자리로 춤을 추듯이 비틀거리며 들어간다. 그러면서 소리 지른다.

"이것 봐! DJ. 이곳 분위기 안 맞게 프랑스 샹송 '에디트 피아프'의 '라비앙 로즈'를 틀어 주세요. 내 이 노래로 이 인간들의 가슴과 뇌를 깨끗이 세척 할 거야."

DJ가 웃으며 음악을 튼다. 조명은 장미꽃같이 옅은 붉은색으로 BC를 물들이고 테이블 가까이에서부터 인간의 체취를 가득 담은 목소리로 노래를 시작한다.

"깜둥아, 칙칙하게 이게 뭐야? 섹시하게 엉덩이를 흔들면서 신이 나는 댄스음악에 노래를 불러보라고."

취객들의 야유와 조롱하는 소리가 여기저기에서 들린다. 하지만 노래를 시작한 지 몇 초도 지나지 않아서 붉은 장미 꽃잎이 힘없이 술잔에 떨어져 마지막 붉은 피를 토하듯이 소파의 등받이에 넋없이 머리를 기대고는 지나간 추억을 그리워하면서 남아있는 마지막 정열을 술잔에 담아 단 한 번에 들이킨다. 잔이 차기도 전에 또 비우고 웨이터의 발걸음이 바빠진다.

최 사장이 기도를 보고 있는 덩치 큰 지배인의 어깨를 두드리며 "그래. 매상 올리는 데는 빠른 댄스음악보다 저렇게 멜랑꼴리한 무드음악이 최고지."라고 말하고는 대기실 옆에 있는 작은 문을 통해 사무실로 들어간다. 지배인이 웨이터를 향해 "야! 저 가씨나 또 사고 안 치는가 단디 바래이!"라고 크게 소리친다.

제6장 혼령을 부르다

지난번 김 노인이 부동산 중개 사무실에서 미국에 있는 집주인과 전화를 한 뒤, 20일 만에 계약이 성립되었다. 이제 며칠 후 잔금을 치르면 아들 길수의 명의로 그 집이 평생 남게 될 것이다.

김 노인이 길수가 집에서 입었던 옷가지를 종이 가방에 넣고 길을 나선다. 아직은 날이 훤한 대낮이라 새로운 집으로 가는 길목은 지난 저녁보다 훨씬 조용하고 잘 정리된 모습이다. 하지만 들어가는 길목에는 오래되고 찌든 오줌 냄새에 누군가 한숨 쉬며 피웠을 담배꽁초와 음료수를 마시고 버린 플라스틱 컵이 김 노인의 무릎 높이만큼 쌓여있었다.

이틀 후에 청소대행업체와 조경회사에서 건물을 휘감고 있는 등나무와 덩굴줄기, 창문이 어디에 있는지도 모를 만큼 빼곡히 덮여 있는 잎들을 깨끗이 제거할 것이다. 하지만 김 노인은 그들이 오기 전에 '길수가 이 집에 살게 될 것이라는 사실'을 집에 머무는 혼령들에게 알리고 그들의 허락을 받을 것이다.

대문을 꽁꽁 묶고 있던 덩굴과 잎들을 톱으로 간신히 잘라내고 마당으로 발을 디뎌놓는 데만 꼬박 30분 이상 걸렸다.

'세상에나! 도둑놈이 들어오고 싶어도, 대문을 열지 못해 포기해야겠네. 이제 이 집에 새로운 주인이 들어오니 잘 좀 부탁합니다.'

김 노인이 외투 속에 넣어둔 향을 꺼내 불을 붙이고는 나무 밑동의 작은 돌 틈 사이에 끼워놓고, 다시 반대쪽 주머니를 뒤지더니 하얀 막걸리병을 끄집어낸다. 덩굴로 막혀있어 마당 안으로 더 들어갈 수는 없지만, 술병을 든 팔을 최대한 뻗어서 술을 마당 안과 집 안쪽으로 힘껏 뿌린다. 정말 이 집에 혼령이 남아있다면 그의 말을 들을 것이다. 집에서 가져온 종이가방을 열고 길수의 낡은 옷가지를 꺼내 여기저기 나뭇가지에 걸거나 묶어둔다.

'길수 엄마, 이제 나도 이 세상에 머물 날이 얼마 남지 않았소. 내가 떠나기 전에, 이 집에 당신 아들, 길수가 살 수 있게 해주고 갈 것이요. 부디 당신이 그놈을 잘 보호하고 도와주시오. 아직 정신이 혼미하고 판단력이 부족한 놈이니, 그런 점을 고려하려 이렇게 길수를 외가에 두고자 합니다. 외부만 깨끗하게 정리하고 내부는 청소만 하고 원래 그대로 둘 것이니, 너무 큰 염려는 안 하셔도 됩니다. 길수 할아버지! 할머니! 외 손주가 이 집에서 잘 지낼 수 있도록 문을 열어서 그를 받아주세요.'

마저 남아있던 술을 다 뿌리고 호주머니 안에 남겨두었던 담배한 개비를 꺼내 피우며, '아니, 이놈의 등나무 때문에 하늘도 안 보이는구나!'라고 등나무가 들으라고 말을 한다. 어찌 나무가 사람 말을 알아듣겠는가? 그렇게 많은 업체에서 이 나무들을 제거하려고 했지만, 모두 실패하였다고 하니, 혹하는 마음에 먼저 이를 알리러 왔다.

김 노인이 문을 닫고 나가려는 순간 갑자기 새소리가 여기저기에서 들려온다.

'이런 곳에 저렇게 아름다운 새소리가 들리다니, 내 이 나무들을 다 제거하고 난 뒤 이 집 곳곳에 예쁜 새집을 만들어 놓으리라.'라고 말하자 새들이 알아듣기라도 한 듯 소리가 점점 더 크게 들려온다.

제7장 비상

　길수가 강 선생에게 붙들려 최 교수의 무용과 연습실로 들어온다. 음악이 흐르고 최 교수의 목소리에 맞추어 학생들이 절제되고 통제된 동작으로 일제히 움직인다.

　"얘들이 북한군인 것처럼 보이지 않니? 춤을 추는 건지, 매스게임하는 건지 동작에 좀 더 깊은 느낌과 의미가 필요한데, 전혀 감정을 실어서 표현하려 하지 않고 뭔가를 따라 하기만 하는 로봇같이 똑같은 음으로 합창하는 것 같네. 난 저 허수아비들을 향해서 들리지도 않는 외래어로 목이 쉬도록 내뱉는 것 같아."

　길수는 멍하니 그들을 바라만 보고 이전처럼 음악이 나오면 움직임을 참지 못해 발악하는 모습은 사라졌다.

　"길수야, 너 저기 있는 형이나 누나들처럼 춤추고 싶지 않니? 이전에는 이렇게 음악이 나오면 너 혼자 뭔가를 표현하고 네 몸으로 누군가에게 편지를 쓰듯이 움직였잖아? 이제 그러고 싶지 않니? 너, 애린이가 없어서 그래? 아니면 왜 갑자기 춤을 추지 않고 멍하니 바라만 보는 거야? 저기 가서 같이 춤춰 봐."

　강 선생이 연습실의 한가운데로 길수를 끌다시피 데리고 간다. 하지만 그냥 멍하니 서 있다.

　이때 최 교수가 길수의 어깨를 두드리며 "길수야, 원하지 않으면 억지로 할 필요 없어. 괜찮아. 네가 하고 싶을 때 하면 된단다. 그냥 여기에서 하는 것을 지켜봐. 그리고 뭔가를 느껴봐. 네 마음속 깊은 곳에 잠든 영혼을 다시 깨우는 거야. 내 말 알겠지?"라고 말한다.

무대를 바라보는 관객처럼 길수는 가만히 서서 그들을 바라만 본다. 최 교수는 넓은 초원에서 양 떼를 몰이하듯이 큰 소리로 울부짖고 때로는 성난 사자처럼 달려가서 듣는 사람의 귀가 찢어지라 고함친다.

길수의 긴 팔과 다리가 조금씩 멜로디와 리듬에 맞추어 움직임을 보이다가 멈추고, 다시 조금 큰 동작으로 움직일 듯하다가 또 멈춘다. 몸은 움직이고 싶지만, 마음의 문이 닫혀있어 쉽게 내면의 영혼이 밖으로 나오지 못한다.

"길수야, 눈을 감고, 네 마음 깊은 곳에 숨어있는 또 다른 눈과 귀로 밖을 바라보고 들어 봐! 그리고 그 소리를 다시 마음속에 넣어서 느껴 봐. 조금씩 심장의 소리가 빨라지지 않니? 피가 점점 빠르게 돌고 너의 근육을 강하게 만드는 것 같지 않니? 파푸아에서처럼 모든 것을 받아들이고 느껴 봐."

음악의 리듬이 점점 빨라지고 음의 움직임이 가파른 언덕길을 힘들게 올라갔다 뛰어 내려오듯이 날뛴다. 길수가 다시 날아 움직인다. 새의 날개가 빠르게 스쳐 가는 리듬과 박자에 진동하듯이 떨면서 하늘을 날듯이 허공에 몸을 날리고는 두 발을 저어서 하늘 끝까지 날아오를 듯이 몸을 튕긴다.

얼마나 오랜 시간 침묵으로 참아 왔던가! 1분 남짓 짧은 시간이었지만, 사고가 난 이후로 길수의 몸이 처음 움직였다. 다시 이전의 영혼을 찾을 수 있을까?

"그래. 맞아! 그렇게 마음의 문을 열고 소리를 받아들이면 네 몸이 원하듯이 표현이 되는 거야. 이제 다시 춤추도록 하늘이 너에게 기회를 준 거야. 알겠니? 길수야"

"강 선생님, 보셨지요? 길수가 닫혀있던 문을 조금씩 여는 것 같습니다. 비록 짧은 시간이었지만, 아무나 쉽게 표현할 수 있는 동작과 느낌은 아니었습니다. 인간의 힘으로 도달할 수 없는 경지라고 해야 할까요? 저렇게 정말 잘해 버리면, 우리 학생들도 길수의 동작에 토를 달지 않습니다. 그들이 볼 때도 거의 완벽에 가까운 춤사위라, 그냥 눈을 부릅뜨고 다시 보기를 기대할 뿐이지요. 이제 조금씩 느끼고 춤추는 것을 시도하다 보면, 이전처럼 다시 춤을 출 수 있을 겁니다."

"맞습니다. 최 교수님, 제 개인적으로는 파푸아 절벽에서 추락사고로 몸을 다쳤다기보다는, 자기의 생명을 구하고 움직이지 못한 채 휠체어에 앉아있는 애린이 때문에 마음의 문을 닫아버린 게 아닐까요?"

"당연히 그럴 수 있습니다. 다음에는 길수와 애린이를 저희 수업에 초대해 볼 생각입니다. 어쩌면 나보다 애린이가 타이르고 설득한다면 훨씬 더 효과적일 겁니다."

"참! 아름다운 커플이 될 수 있었는데, 어쩌다 그런 일이 일어났는지... 왜 하필 그런 일이 그들에게 생겼는지, 산다는 것 자체가 신비로움과 허구투성입니다. 정말 축복이 가야 할 곳에는 가지 않고, 정말 불행이 오지 말아야 할 곳에만 다가오다니, 자기표현도 제대로 할 수 없는 장애아를 신의 축복으로 살려내고, 긴 세월 시련과 불행으로만 살아온 순수한 애린... 평생 축복만 내려도 모자랄 그녀에게 또다시 더 큰 불행의 늪으로 빠지게 하는 신의 장난을 어떻게 설명해야 할까요?"

젊은 애린이의 처절한 모습을 생각할 때마다 강 선생의 마음이 아파진다. 차라리 라이얀이 빛나는 '천국의 새' 깃털을 애린이에게 주었다면, 둘은 벌써 길수 엄마 '새'를 따라 '천국의 하늘'을 날고 있을 텐데, 인간 세상에서 머물러야 할 기회와 시간을, 왜? 다시 그들에게 만들어 주었는지 모르겠다. 얼마나 오랫동안 길수가 인간의 세상에 머물지 라이얀의 말이 틀리기를 간절히 바랄 뿐이다.

제8장 나를 봐

몇 달 전 길수가 외로운 애린이를 위해 금붕어 한 마리가 살고 있는 작은 어항을 병원 창가에 두고 갔다. 금붕어를 보는 것이 조금도 움직일 수 없이 병실에만 갇혀있는 자기 모습을 바라보는 것 같다.

말 없는 대화를 물고기와 나누어 본다.

물병 안에 갇힌 나

발버둥을 쳐본다.
물이 목구멍으로 들어온다.
손으로 저어본다.
물이 목구멍으로 들어온다.
발을 저어본다.

그래도 물이 목구멍으로 들어온다.

발끝을 바닥에 대고
손을 하늘로 벌려
빛을 받는다.

내 몸이 물병 안에서
잠들지 않고
가만히 앉아있다.

다시 발을 차고
힘차게 올라가 보지만

내 몸이 주둥이보다 커서
나갈 수 없다.

다시 가만히 앉았다.
이제 세상이 내 안에 있다.

'금붕어는 어떻게 저 작은 공간에서 홀로 살 수 있을까? 천국이
라는 곳도, 물병 밖의 새로운 세상을 알고 싶어 할까? 저 좁은 병
안에서도 사랑하고 위로해줄 또 다른 친구가 필요할까?'
　애린은 혹 길수가 올까 봐 창밖을 종일 내다본다.

제9장 새 단장

아침 6시! 김 노인이 작은 비닐봉지에 뭔가를 가득 넣고는 길수의 집 앞에서 첫날 작업할 인부들을 기다리고 있다.

"어르신, 이렇게 일찍 나오셨나요? 예보에도 없는 날씨에 갑자기 바람이 불고 비가 어떻게나 많이 오던지... 어쩔 수 없이 공사를 3일간 연기했습니다. 돈도 중요하지만, 인부들의 안전도 중요해서 그렇게 결정했으니 이해하여 주십시오."

"괜찮습니다. 수십 년을 기다렸는데 그 며칠을 못 기다리겠습니까?"

"잘 아시다시피 이 집의 나무와 덩굴을 제거하려고 벌써 여러 업체에서 작업을 시도했지만, 하고 난 뒤 며칠만 지나면 다시 땅속에서 이전보다 더 굵은 줄기가 올라오고 싹이 무섭게 자라는지라, 사실 모두 포기하였습니다. 저희도 그 소문을 듣고 과연 할 수 있을지 확신이 서지 않습니다만, 어르신께서 이번에는 반드시 된다고 하시니 일단 시작은 해보겠습니다."

"이런 작업을 이전에 해본 적이 있소?"

"아이고! 저희 업계에서는 이런 집은 처음입니다. 한마디로 마귀가 사는 집이라, 작업하다가 작은 문제라도 생기면 바로 저희는 철수할 겁니다."

"걱정하지 마세요. 이번에는 그런 일 없이 잘 진행될 거요."

인부들이 녹슨 철문의 자물쇠를 열고 안으로 들어간다. 이전에는 촘촘한 나무줄기와 빼곡하게 자란 잎에 가려서 햇빛이 전혀 들어오지 않았는데, 이상하게 마당이 환하게 보인다.

체인톱을 어깨에 멘 소장이 김 노인을 보며 "어르신, 지난번 현장 조사 때는 이곳이 컴컴해 도대체 어디가 어딘지 알 수가 없었던 것 같은데, 지난 사흘 동안의 돌풍과 비바람에 잎들이 바닥에 다 떨어지고 줄기만 남았네요."라며 신기한 듯이 말을 건넨다.

"그러게, 말이오. 이번에는 일이 수월하게 끝날 수 있다고 내가 말했지 않소."

지난번 가지에 걸어놓았던 길수의 옷가지를 챙겨 가방에 넣고는 가지고 온 술과 음식을 대충 마당에 올려놓고 큰절을 올린다. 그러고는 술을 제일 큰 등나무에 한가득 부어준다.

마당 한가운데에 선 현장소장이 건물의 벽체를 손끝으로 가리키며, "여기에서 보니 건물의 윤곽이 보이고 창문이 어디에 있고 출입문이 어디에 있는지 알 수 있을 것 같습니다. 바깥 작업을 마치면, 건물 안에도 철거 작업을 하실 건가요?"

"건물 안은 페인트칠이나 도배만 새롭게 하고 대부분 그대로 둘 겁니다. 아직은 건물 안에 신경 쓸 여유가 없는 것 같습니다."

"맞습니다. 이 몹쓸 놈의 암적인 존재들부터 빨리 처리해야겠습니다. 비록 날씨 때문에 3일 늦게 시작했지만, 이상한 날씨 덕분에 일주일 정도의 작업 단축과 공사 일정을 조금 빨리 끝낼 수도 있을 것 같습니다."

작업소장과 현장 인부들이 주위를 둘러본다.

"김 반장, 중간에 있는 저 큰 등나무는 체인톱으로 가지를 위에서부터 쳐내고 밑으로 내려가세요. 땅을 좀 파내더라도 다시 살아나지 못하게 최대한 뿌리 가까이에서 몸통을 잘라내도록 하세요."

소장의 지시에 맞추어 인부들이 긴 사다리를 걸쳐놓고 체인톱으로 집채만 한 등나무 가지를 자르기 시작한다.

높은 곳에 있던 인부가 소리친다.

"가지가 말라서인지 쉽게 절단됩니다."

"그렇다면 다른 가지들은 어떻소?"

"저희도 마찬가지인데요. 가지의 안쪽에는 물기 없이 완전히 말라있네요."

동시에 여러 인부가 대답한다.

"그렇다면 가지가 말라 죽었다는 말인가요?"

김 노인이 다시 묻는다.

소장이 이상한 듯, "지난번에 내가 들어와서 만졌을 때는 아주 단단하고 잎이 무성했는데, 며칠 사이에 이 나무가 병이 들었나? 그렇게 빨리 가지가 고사할 턱이 없을 텐데, 참 이상하군요. 아랫 부분은 아직 살아 있을 테니, 높은 곳부터 작업을 먼저하고 아랫부분도 살펴보겠습니다."라며 김 노인의 물음에 대답한다.

한 놈의 큰 등나무가 크면서 작은 줄기가 옆으로 뻗어 나와서 마당 전체를 완전히 덮어버렸다. 작은 가지들 때문에 인부들이 몸을 움직이기 힘들 정도다. 그러나 이전과는 달리 쉽게 부러진다. 새벽부터 시작한 작업이 정오가 되어가자 벌써 윗부분의 가지는 대부분 제거되고 잘린 가지들은 골목 밖에서 기다리고 있던 트럭에 실려 버려진다.

"어르신, 윗부분 나뭇가지는 대부분 제거하였습니다. 이제 문제의 아랫부분만 제거하면 이번 작업의 힘든 부분은 거의 마무리가 됩니다."

"예상보다 빨리 진행이 되는군요."

"마치 이놈들이 이 집을 지키던 경비병처럼 주인이 나타나니 모두 물러나는 것 같습니다."

"이 집의 주인은 내가 아니라, 내 아들놈이 이곳에 살 겁니다. 그가 이 집의 주인이지요."

갑자기 소장이 작업 중단을 지시하더니, 벽에 세워 놓은 도끼를 손에 쥐고는 "내가 직접 나무 안을 한번 보아야겠습니다."라고 말하고는 도끼로 나무의 밑둥치를 힘껏 내리꽂는다. 도끼로 내려칠 때마다 쉽게 나무 조각들이 튕겨 나간다. 얼마나 내려쳤을까? 소장이 급하게 김 노인을 부른다.

"어르신, 나무 안을 보십시오. 마치 벌레들이 갉아 먹은 것처럼 구멍이 나 있고 속이 새까맣게 변해있는 게 보입니까? 이런 경우는 아주 독한 바이러스나 병충해를 만났을 때만 간혹 볼 수 있는데, 며칠 사이에 이렇게 빨리... 아니 이렇게 심하게 나무가 죽을 수는 없는데, 제 판단으로는 이미 나무가 죽은 듯합니다."

"체인톱으로 쉽게 잘릴 테니, 들고 나가기 좋게 절단해서 작업해 보세요."

마른 나무라서 그런지 쉽게 큰 몸통이 잘려 나간다. 소장의 말처럼 몸통 안은 새까맣게 그을린 듯, 속이 텅 비어있다. 어느새 나무의 몸통이 다 잘려 나가고 땅속에 박혀있던 긴 뿌리들은 삼각 크레인을 설치하여 손으로 잡아당기니 쉽게 딸려서 나온다. 해가 빌딩 숲으로 사라질 무렵, 그토록 끈질기게 버텨온 등나무는 완전히 사라지고 노란 작업등의 불빛 아래 넓은 마당이 환하게 보인다.

"이것 보시오. 저기 끝에 있는 감나무는 잘라내지 마시오. 등나무 때문에 죽지도 못하고 겨우 버텨온 놈인데, 저놈은 이 땅에 살도록 내버려둡시다."

"네. 그렇게 하겠습니다. 내일은 벽에 붙어있는 담쟁이덩굴을 완전히 제거하고 고압 스프레이를 이용해 벽 전체를 깨끗이 세척할 겁니다. 그 작업이 끝나면 이 집의 모양이 완전히 달라질 겁니다."

제10장 깜둥이

잔잔하게 깔리는 음악 사이로 가늘면서 쇠처럼 날카롭게 단단한 목소리로 클럽의 저 먼 곳까지 소리를 지르면서 아래위로 몸을 흔드는 BC의 모습이 보인다. 율동이 없는 듯 서 있지만, 감정이 격할 때는 발로 바닥을 두드리고 가슴이 터질 듯, 손으로 가슴을 치면서 사자와 같이 울부짖다가, 머리와 손을 주체할 수 없을 정도로 흔들어댄다. 어느 지점에 약속이라도 한 듯이 지르던 소리를 멈추고는 무대 아래를 천천히 주시한다.

슬픔에 젖은 처절한 여인의 모습으로, 부질없이 지나간 날의 향수를 술병에 가득 담아서 목구멍을 넘어가는 독한 술 한 잔에 불을 붙이고 향기에 취한 목소리가 음률의 작은 울타리를 타고 생각의 깊은 바닷속으로 들어온다.

"야! 저 애를 봐라. 저기 노래하는 애 말이야. 내, 세상 온천지를 다 돌아다녀 보았지만, 이렇게 내 가슴 속에 파고들어 와, 확 감기는 노래는 처음 들어본다. 젊은 시절에 저 애를 보았다면, 가진 돈 다 부어서 '팍' 내 것으로 만들어 볼 건데, 이 늙은 놈이 몸은 안 따라주면서 아직 마음만은 뜨겁게 살아있다는 뜻 아니겠나? 저 친구 노래를 듣고 있으면 기운이 없다가도, 어디서 힘이 솟아나는지, 없던 힘도 생긴다니까."

"형님, 제가 불러서 섭외 한 번 해 볼까요?"

"아니야. 그냥 조용히 앉아있다가 가야지. 시켜놓은 술은 자네들이 다 마시게."

목까지 올라오는 문신에 뺨을 가로지른 상처도 BC의 노래가 나올 때는 마치 그를 어린아이처럼 작고 귀엽게 만든다. 짙은 회색의 중절모를 벗자 남은 몇 가닥의 머리카락도 이미 하얗게 변해서 바람이 불면 그마저 다 날아 가버리고 대머리가 될지 모르겠다.

"박 회장님, 이런 삼류 술집에서 회장님의 마음을 후려잡는 사람이 나타났네요. 우린 저런 외국 노래 들으면 뭐가 뭔지도 모르는데. 우리 박 회장님은 사업도 잘하시고 예술적 식견도 높으시니, 우리 같은 저질 사업가들과는 질적으로 색깔이 다릅니다."

"어쩌지요? 저런 애를 보면 몸이 근질근질할 건데, 어떻습니까? 동생들 있을 때 이놈들 덕 좀 보십시오."

"회장님, 저희가 힘 한번 써볼까요? 말씀만 하이소. 껍데기 딱까서 바로 드실 수 있도록 준비하겠습니다. 여기 이 집 사장도 우리 돈 빌려 쓰는 놈이라. 우리가 몇 마디 하면 거절하기 힘들 겁니다."

"아니야. 괜찮다! 옆에서 자꾸 떠들어서인지 노래가 집중이 안 된다."

"그런데, 저 가씨나! 어디에서 왔는지는 몰라도 성깔 있게 안 생겼습니까? 잘 못 하다가 회장님 옥체에 무리가 갈지 모르겠습니다."

"박 회장님, 갓 잡은 독사 몇백 마리를 한목에 푹 고아서 아는 사람한테만 은밀하게 거래하는 탕제원이 지리산에 있습니다. 내일 당장 연락해서 준비토록 하겠습니다."

"그래. 그런 것 먹어서라도 힘이 나온다면 얼마나 좋겠냐? 그런데 이제는 그런 것 먹어도 힘도 안 나고 즐거운 마음이 안 생기는 나이가 되었다."

"그 많은 돈 악착같이 벌어서 은행에 재어놓고 썩도록 놔두면 뭐

할 겁니까? 이럴 때 아끼지 말고 팍팍 좀 쓰이소. 그 덕에 우리도 재미 좀 봅시다."

　빅초이가 지배인을 부른다. 그리고는 귓속말로 속삭인다. 지배인이 다시 무대에 있는 BC에게 뭐라 속삭이자 BC가 사장 빅초이의 얼굴을 째려보고는 마이크를 들고 무대 아래로 내려온다. 걸어가는 동안에도 노래는 계속 흘러나온다.

　웅성거리는 테이블 사이를 비집고 들어가자 추운 겨울에도 몸에 쫙 들러붙는 반소매 티셔츠를 입고 팔에는 BC의 피부색처럼 검게 문신으로 물들인 남자들이 BC를 환호하며 부른다. BC가 그들의 테이블로 들어가자 노래는 끝이 나고 기다렸다는 듯이 거친 남자의 손이 BC의 몸속으로 들어온다. BC는 이런 상황을 진정시키기라도 하듯, 양주를 맥주 컵에 가득 따르고는 단숨에 들이킨다.

　"오우! 검은 고양이! 제법인데. 우리 중에 마음에 드는 놈이 있으면 골라봐. 오늘 크게 한번 쏘아 줄 테니 말이야."

　"그래. 이래 봬도 금발의 쭉쭉 빠진 미인들도 다 재미 본 우린데, 너처럼 새까만 검은 고양이는 처음이다. 널 보니, 아프리카의 초원에서 사냥감의 숨통을 물어서 죽인 뒤 이제 막 고기 한 점을 먹고 붉게 피로 물든 혀와 날카로운 이빨로 남아있는 뼛속의 살점을 발라먹고 있는 검은 재규어 같네. 느낌이 완전히 색달라."

　남자 중 한 명이 지배인을 부르며, "오늘 저 깜둥이랑 지내게 힘 좀 써 봐요. 특별히 많이 넣었어. 그러니 어떻게 일 좀되게 만들어 봐."라며 오만원권 현금 뭉치를 지배인의 양복 주머니 속으로 집어넣는다. 못 이긴 척 지배인이 미소를 지으며 주머니에 손을 넣어서 만져보니 족히 백만 원은 될듯하다.

　"아니, 이렇게 많이 주십니까?"

"오늘 우리 친구가 귀빠진 날이야. 특별히 저 깜둥이를 좋아하기에 잘 포장해서 선물로 주려고 말이야."

"사장님께서 잘 아시는 분이라, 합석은 시켜 드렸지만, 저 친구는 업소에서 노래만 하는 친구라 2차가 될지 모르겠네요."

"돈이 적으면 말을 하세요. 돈에 안 넘어가는 사람 있습니까? 그 정도면 자기 나라에서 한 달은 벌어야 하는 금액인데, 거절은 안 할 겁니다. 안 그래요?"

지배인이 무전기로 사장에게 연락한다.

"여 있는 분들이 BC랑 2차를 원하는데 우짜면 되겠습니꺼?"

"2차는 우리가 이야기한다고 전해 줘. 그리고 노래는 다른 애로 교체시키고 BC에게는 같이 술 한잔하라고 해."

작은 양주잔이 오가는데 유달리 BC만 맥주잔에 양주를 가득 붓고는 원샷으로 단숨에 들이킨다. 웨이터가 바쁘게 새로운 양주병을 테이블로 옮긴다.

"이것 봐. 얘, 술 너무 잘 마시는 것 아니야? 그냥 막 부어서 마시네."

"저러다가 우리보다 먼저 필름 끊어지는 것 아닌가?"

"술 먹고 주정은 혼자 다 부리고 있네."

취기가 한참 오른 BC의 입에서 짧은 한국어 몇 마디와 욕설이 담긴 영어가 튀어나온다. 때를 놓칠까 봐 남자들의 스킨쉽이 점점 더 심해진다. 참다못한 BC가 소리친다.

"이것 봐. 오빠들, 난 여기에서 노래하는 가수지, 몸 파는 창녀가 아니거든. 인제 그만 좀 만져라. 이 더러운 새끼들아."

BC의 서툰 한국어와 영어를 알아들은 남자들이, "이것 봐, 얘가 지금 우리한테 욕하는 것 아니야?"

"그러네. 자기는 가수지 창녀가 아니라는 말 아닌가?"

"저년이 정신 나갔나? 자기 혼자 마신 양주가 몇 병인데, 그리고 2차 간다고 받은 돈이 얼마인데, 저거 완전히 또라이 아니야."

생일을 맞은 남자가 다시 강하게 BC의 몸속으로 손을 넣자 BC가 남자의 뺨을 때린다.

"야! 이 자식아! 나는 몸 파는 창녀가 아니라고. 내 말 못 알아들었어?"

그러자 뺨을 맞은 남자가 일어나더니, "뭐! 이런 게 다 있어!"라며 가차 없이 BC를 향해 주먹이 날아가고 옆에서 이를 지켜보던 남자들도 같이 주먹질과 발길질을 가한다.

멀리서 이를 지켜본 지배인과 사장이 즉시 달려왔지만, 바닥에 쓰러진 BC는 이미 처참하게 두들겨 맞아 얼굴이 피투성이가 되어 있었다. 지배인이 선불로 받았던 돈을 돌려주고 타협을 보려는 순간, 바닥에 쓰러진 BC가 가까스로 일어나더니, 옆 테이블에 놓여 있던 맥주병을 양손에 쥐고는, 자신을 때렸던 남자들의 머리를 무자비하게 내리친다. 순간 '악'하는 소리와 함께 머리에서 피가 흘러내리며 남자들이 바닥에 뒹굴고 웨이터들이 온몸으로 BC를 막아선다. 주위는 온통 그들이 흘린 피로 벌겋게 물들고 잠시 후 경찰차의 요란한 사이렌 소리가 들려온다.

이를 지켜보던 박 회장이 자리를 피하면서 동생뻘 구 회장에게 "저 애, 합의 잘 보게 돈 좀 넣어주라고 해라."라고 짧게 말을 남기고는 사라진다.

제11장 귀곡 산장

마른 혈관처럼 벽에 들러붙어서 영혼의 피를 빨아먹던 담쟁이와 덩굴을 완전히 벗겨 내고, 고압 세척기로 눌어붙은 지 오래된 이물질들을 모두 제거했다. 등나무가 제거된 곳에는 큰 과일나무와 조경수를 심고 칠 없이 오랫동안 벗겨진 벽 위에는 두껍게 흰색 페인트를 칠했다. 마당 안을 빼곡히 덮고 있던 등나무 가지와 줄기를 없애자 훤하게 넓어진 마당 안으로 햇빛이 들어오고 반사된 빛이 현관에 넓게 펼쳐진 통유리 창을 통해 어둠에 오랫동안 가려지고 벗겨진 원목 마룻바닥 안으로 온기를 밀어 넣는다.

실내는 세월의 흔적과 향기를 머금고 단지 색깔만 조금 연하게 변했을 뿐, 어디 한군데 부서지거나 장소에 어울리지 않는 것은 없었다.

처음 문을 열고 들어갔을 때 바닥에 놓인 가구들은 흰 천에 덮인 채 세월의 오랜 먼지 속에 소리 없는 숨을 쉬고 있었다. 지나간 시간의 흔적마저 마치 오랫동안 그 누군가를 위해 기다려온 것 같은 먼 그리움을 불러온다.

4층의 작은 철문을 열자 맞은편에 별도의 출입구가 있는 작은 옥탑방이 나왔다. 이전부터 창고로 사용한 것인지 내부는 플라스틱함과 종이상자로 가득 채워져 있다. 그리고 다시 옆에 있는 문을 열자 하늘을 향해 펼쳐진 탁 트인 옥상의 넓은 마당이 눈앞에 들어온다. 그리고 왼편에는 작은 창문만 달랑 있는 이웃집 5층 건물이 연인처럼 바짝 붙어있다.

낮에는 지나다니는 사람들이 없어서인지 조용한 주택가처럼 보이지만, 해가 질 무렵이 되자 어디에서 숨어있다가 나오는지, 좁은 골목길은 화려한 등불을 밝히고 바쁘게 붐비는 사람들 사이를 비집고 지나가는 오토바이들이 요란한 경적을 울리며 달린다.

세상사의 마지막 같은 곳, 하룻밤의 욕망을 채우고 혼돈의 밤을 즐기는 이방인들에게는 전혀 어울리지 않는 그곳에, 작은 숲을 이룬 정적의 둥지가 생겨나고 다시 새들이 날아든다.

"불야성을 이루는 유흥가의 중심에 새들이 날아들다니, 참! 이상도 합니다. 이 주위로는 작은 숲이나 키 큰 나무들도 없는데, 정말 신기하지 않습니까?"

마지막 남은 일을 정리하고 집으로 돌아가는 인부들이 이상하다는 듯이 김 노인에게 말을 건다.

"그래. 맞아요. 여기 집으로 들어오는 골목만 벗어나면 술에 취해 벽을 붙잡고 서 있는 술꾼들과 이들을 어디론가 데려가려는 젊은 여자들의 달콤하면서 은밀한 협상이 있는 곳이지요. 그런데 그게 잘되지 않으면, 고래고래 고함을 지르고 행패를 부리는 동네인데, 이곳만은 이 세상을 등지고 홀로서기를 하는 것 같군요."

김 노인이 인부들에게 웃으면 대답한다.

"어르신, 처음엔 귀곡산장같이 무시무시하고 음산했던 건물이 이렇게 때를 빼고 광을 내고 나니 고급호텔의 별채 한정식집같이 보입니다."

"사람들이 식사가 되냐고 찾아오면 어떡하지요?"

"그러게 말이에요. 내가 요리를 배워서 작은 한정식집이라도 열어야겠네요. 어쨌든 해가 진 저녁까지 고생하셔서 정말 고맙습니다. 댁들 도움으로 이 집이 나날이 새롭게 인물을 내고 꽃단장을 하는군요. 고생했습니다. 이제 문단속하고 집으로 갑시다."

작은 골목길을 나와 유흥가가 늘어선 길을 걸어가며, '길수가 심심하지는 않겠네. 세상의 모든 일이 이곳에 다 있는 듯하네.'라며 아들 길수가 이 길을 걸을 때 모습을 상상해 본다.

"어르신 저기를 보십시오. 사고가 났는지 사람들이 여럿 모여있고 경찰차가 보이네요."

그때 같이 가던 인부들이 소리친다.

"그러게나, 뭔가 큰 사고가 일어 난 것 같네."

"저기 지하에 있는 술집에서 뭔가 큰일이 난 것 같습니다."

"손님들끼리 큰 싸움이 난 것 같네요."

남자 셋이 머리와 얼굴에서 흘러내리는 피를 큰 수건으로 감싸고는 웨이터들의 부축을 받으며 경찰차가 있는 곳으로 걸어온다. 그리고 뒤따라오던 덩치 큰 남자가 경찰에게 애걸하듯이 매달린다.

몇 분 후 피부색이 까만 여자가, 얼굴을 알아볼 수 없을 정도로 얻어맞은 채로 피를 흘리며, 덩치 큰 남자들의 손에 끌려서 나온 다음 같은 건물의 작은 철문으로 들어간다.

"저길 보시오. 저 여자는 외국인 같습니다. 너무 많이 맞았는지 전혀 의식이 없는 사람처럼 끌려 나오는 데, 병원에는 가지를 않고 어디로 데려가는 거야?"

"어르신, 저 여자는 이 동네에서 일하는 외국인 접대부 같습니다. 병원에 가게 되면 상해에 보험처리가 안 되겠지요. 그리고 경찰에 가면 바로 추방될 수도 있으니, 저렇게 다쳐도 병원에 가보지 못하고 작은 골방에서 소염진통제나 먹으며 당분간 갇혀 지내겠네요."

"그래도 그렇지, 너무 불쌍하지 않나?"

덩치 큰 빅초이가 골목을 벗어나는 경찰차를 향해 90도로 머리를 숙여 큰절을 한다. 그러고는 뒤따라 나온 지배인에게 발길질하며 온갖 욕설을 퍼붓는다.

"야! 이 자식아. 저년이 제들의 머리통을 맥주병으로 날렸으니 병원비며 합의금을 얼마나 갖다 바쳐야 하겠니? 내가 저년 때문에 돌아버리겠어. 만약 제들이 불만을 품고 똘마니들을 데려와 여기를 치기라도 하면 우리 장사는 끝나는 거야. 알겠어? 이 멍청한 새끼야."

이때 뒤에서 조용히 상황을 지켜보던 노신사가 다가온다.

"이봐. 빅초이, 너 나 알지?"

"아! 회장님, 조금 전 업소에서 일어난 일을 다 보셨군요?"

"그래. 그 호박 깨진 놈들, 영등포의 김팔성이 밑에 있는 애들 맞나?"

"회장님, 그 애들을 아십니까? 오늘 우리 집에 VIP 손님으로 모셨는데... 이런 일을 만들어서 죄송합니다."

"난 괜찮아. 내가 김팔성 회장에게 연락해 놓을 테니, 뒤끝이나 보복은 없을 거야."

"회장님, 정말 감사합니다. 이 은혜를 어떻게 갚아야 할지 모르겠습니다."

"나와 같이 온 일행 중에 이 지역에서 아주 힘 있는 어르신이 함께 오셨는데 말이야. 나를 보고 두들겨 맞은 놈들 병원비며 합의금을 대신 지불하라고 부탁하였네. 그러니 자네가 직접 연락해보게."

"아니, 어떤 분이기에... ."

"돈이라면 이 바닥에서 견줄 사람이 없는 분이야. 그리고 그분께서 노래 부르는 깜둥이 여자애 있잖아. 그 애를 그냥 도와주고 싶다고 하네."

"그 미친년 BC를요?"

"그래. 그 애 이름이 BC인가? 내 지인 중에 외과 의사가 있으니 조금 있다가 차를 가지고 이곳으로 올 거야. 그러니 응급처치라도 시키게. 알겠나?"

"그렇게 하겠습니다. 사실은 오늘 그년을 반쯤 죽여놓을 생각이었는데, 회장님께서 그렇게 부탁하시니 그러지 못하겠네요."

이때 이를 지켜보던 김 노인이 끼어든다.

"난 이 옆 건물에 사는 사람입니다. 먼 타국 땅에 돈 벌러 온 여자애 같은데, 너무 매몰차게 그러지 마세요. 다 같은 사람인데 몸 색깔이 뭐가 그렇게 중요합니까? 그렇게 내버려 둬서는 안 됩니다. 꼭 치료받도록 하십시오."

그때 노신사가 김 노인을 보며, "어르신, 걱정하지 마십시오. 조금 있다가 의사가 직접 여기로 와서 살펴볼 겁니다."라고 말한다.

"그럼. 정말 다행이네요."

김 노인이 노신사에게 인사를 하고는 세상의 끝, 인간말종들이 사는 골목길을 천천히 벗어난다.

제12장 구속

머리끝에서 발끝까지 어디 한구석 아프지 않은 곳이 없다. 얼마나 두들겨 맞았는지, 내가 도대체 무슨 일을 저질렀는지, 내 옷은 온통 피로 물들고 코와 입에서 흐르는 피가 아직도 멈추지 않은 채 흘러나온다.

인간미라고 전혀 없는 빅초이가 이렇게 망가진 나를 병원에 데려가서 치료도 해주고 약을 지어주다니 전에 없던 일이다. 그가 변하고 있나? 아니면 빨리 회복시킨 뒤 다시 내 몸을 팔아서 그의 지

갑에 배를 불리기 위함인가? 저렇게 냄새나고 더러운 자식들에게 내 몸을 파는 것보다, 차라리 이 더러운 세상에서 빨리 사라지기를 바라고 있는지 모르겠다. 살고 싶다는 생각보다 죽고 싶다는 생각으로 이 지옥을 벗어나, 나의 숨통을 스스로 닫고 싶다. 무거운 자물쇠로 잠겨진 작은 공간에서 아무리 소리치고 발버둥을 쳐도 돌아오는 것은 대답 없는 차가운 공허함 뿐이다.

사라질 듯한 기억의 저편에서 나를 다시 오라는 손짓이 희미하게 보인다. 하지만 내 눈앞에 펼쳐진 현실은 불빛 하나 없는 작은 골방에서 신음과 고통에 휩싸인 채 목이 터지라 애원하고 소리쳐 불러도 아무도 다가오지 않는다.

어쩌면 이것이 나의 마지막 자유인지, 아니면 점점 더 깊은 고통을 즐기고 그 속에서 쾌락을 느끼는 나의 미친 모습을 찾고 있는지 모르겠다.

하나의 음에 나의 영혼을 넣어서 밖으로 뿜어낼 때 난 가슴의 한구석이 뻥 뚫리며 그 사이로 차가운 바람이 불어와 나의 외로움과 처절한 고통의 순간이 얼어붙은 채 멈추곤 했다.

누구를 위한 노래인지 알 수 없는 노래를 불러야 한다. 하지만 입술은 찢어져 더 벌릴 수도 없고, 숨을 쉴 수 없을 만큼의 고통이 배 아래에서 시작해 목으로 넘어온다. 얼마나 지나면 다시 힘을 주어 소리를 지를 수 있을까? 정글 숲의 향기가 나는 아주 옛날의 그곳으로 가고 싶다.

제13장 비밀의 방

김노인이 주섬주섬 몇 가지의 물건을 두서없이 여행 가방에 담아 넣는다.

"길수야, 여기에 있는 것은 다 내버려 두고 그냥 몇 가지 입을 옷만 챙기거라."

"아빠, 여기가 내가 살던 곳인데, 지금 어디로 간다고 했죠?"

"네가 항상 그리워했던 엄마가 살던 곳으로 가자. 이 아비가 너를 위해서 그 집을 마련했다. 비록 네 엄마는 그곳에 없지만, 엄마의 남아있는 향기와 영혼이 머물렀던 집이야. 어쩌면 너를 위해 다시 돌아와 머물 수도 있겠구나."

"그럼, 엄마 집으로 가는 건가? 엄마는 이미 하늘로 갔는데, 그곳에 가본들 누구를 만난다는 거지?"

"너를 기다리는 작은 둥지라 생각해라. 여기에 있는 낡은 한의원은 언제가 네 형과 누나가 가져갈 것이다. 넌 언젠가 길에 홀로 내버려져서 이길 저 길을 방황하며, 사라지고 없는 나를 찾겠지. 그런 너의 안쓰러움을 막고자, 네 형과 누나 몰래 너를 위해 그 집을 장만했다. 이제 넌 그곳에서 살아야 해. 그리고 네가 좋아하는 춤도 추고 병원에 누워있는 애린이도 데려와 같이 있도록 해라. 더 많은 것을 남겨주고 떠나고 싶지만, 정해진 시간이 많지 않다."

길수가 아버지의 뒤를 따라 새로운 삶의 둥지로 길을 나선다. 대문을 열고 마당 안으로 길수를 데리고 들어간다.

"길수야 어떠냐? 이곳이 얼마나 좋은지, 동네에 있는 온갖 떠돌이 새들이 다 모여 지져대기 시작하는구나. 여기가 이제 내 집이다. 김길수의 집이야. 내 훗날을 위해 네 후견인으로 강 선생님을 지정했고 나의 유언을 다 남겨놓았다."

하루라도 빨리 익숙해지라고, 길수만 홀로 남겨놓고 김 노인은 한의원이 있는 집으로 돌아갔다. 집안의 모습이 처음이지만 낯설지 않다. 언제인지 모르지만, 아주 오래전에 이곳에 살았었는지, 때 묻은 자국이며 눅눅한 향기가 익숙하다.

각층의 구조와 방의 내부를 살펴보기로 했다. 집이 너무 커서 어디에서 잠을 자고 어디에서 머물지를 모르겠다. 새집처럼 먼지 하나 없이 깨끗하게 정리 정돈이 되어 있었다. 일단 가지고 온 가방을 1층 응접실에 넓게 펼쳐두었다. 거실문을 열고 마당으로 나가니 키가 높게 자란 늙은 감나무와 낮은 키의 나무들이 조화롭게 심어져 있고 도심의 낡은 건물들 사이로 푸른 하늘이 보인다.

길수가 마당으로 나가자 어디에서 왔는지, 갑자기 새들이 날아와 지저귀기 시작한다. 시끄러운 새들이 입을 맞추어 노래하고 움직이는 멜로디와 박자를 만들어 길수를 반긴다.

다시 집 안으로 들어와 조금씩 높은 곳으로 무엇이 어디에 있는지, 왜 이곳에 있는지를 익히며 천천히 이동한다. 2층은 방이 여러 개 있고 3층은 단출하게 아주 넓은 크기의 공간에 나무 마루가 길게 이어져 있으며 한쪽 벽은 온통 거울로 둘려싸여 있었다. 마치 낡은 극장의 연습실을 보는 것 같다. 그리고 한쪽 벽에는, 무용 연습복을 입고 춤추고 있는 여자, 엄마의 사진이 걸려있다. 다시 한 층을 더 올라가자 4층 옥상으로 나가는 철문이 있고 옆으로 작은 문이 나 있다. 그 문을 열고 들어가자 방이 비좁을 정도로 많은 짐이 종이상자와 플라스틱 함에 정돈되어있다.

'와! 이곳이 정말 재미있는 곳이야! 과거를 알 수 있는 모든 자료가 여기에 다 모여있네.'

길수는 입구에서부터 상자 하나하나를 열어서 살펴본다. 알 수 없는 종이 서류와 사진들이 나온다.

'이 사람들은 누구지? 혹 엄마의 어릴 때 모습과 할아버지, 할머니 사진인가?'

살펴본 상자는 2층의 작은 방 하나에 차곡히 쌓아둔다. 알 수 없는 비디오테이프와 음악을 녹음한 테이프가 나오고 큰 플라스틱 함을 열자 색깔이 울긋불긋한 이상한 옷들이 계속 나온다.

'이건 뭐지? 이런 옷을 누가 입고 다녔지? 색깔이 '파푸아 섬'에 사는 '천국의 새들'처럼 정말 화려하다. 저걸 내가 입고 춤추면 파푸아의 하늘을 날고 있는 새처럼 보이겠네. 나의 이런 모습을 사진으로 찍어서 라이얀 아주머니에게 보내줘야겠다.'

큰 거울 앞에서 이 옷, 저 옷을 걸쳐보면서 온갖 표정과 동작을 취해본다. 우스꽝스러운 자기 모습을 보면서 웃고 있다. 얼마나 시간이 흘렀을까? 이제 남아있는 상자가 얼마 남지 않았다.

또 상자를 열자 낡은 레코드판이 빼곡히 담겨있고 또 다른 상자를 열자 엄마의 젊은 시절 사진 앨범이 나왔다. 지난번 인도네시아를 떠나기 전에 아빠가 여행 가방에 넣어주었던 사진이 그가 가지고 있던 유일한 엄마의 사진이었지만, 이 사진 앨범에는 엄마의 어릴 적 모습부터 성인이 된 후의 모습들이 시간대별로 잘 정리되어 있었다.

벽 귀퉁이에 두꺼운 종이로 겹겹이 싸여있던 봉투를 풀자 '파푸아 섬'에서 살던 시절의 모습과 라이얀의 어린 딸 '카르멘'을 안고 있는 사진들 그리고 숫자만 적힌 알 수 없는 비디오테이프가 가득 담겨있다.

한쪽 벽면에는 낡은 브라운관 텔레비전과 연결된 비디오 재생기가 장식장에 놓여있고 벽 구석에는 레코드판을 올려서 틀 수 있는 작은 전축이 있다. 텔레비전에 전기를 꽂자 화면에서 뭔가 나올 듯이 찌그러진 그림이 움직이고 잡음이 들려온다. 그리고 옆에 있는 비디오 재생기에 전원을 넣고 낡은 테이프를 그 속에 집어넣고 play(재생) 버튼을 눌렀다.

'어떻게 하는 거지? 왜 화면이 안 나오는 거야?'

텔레비전 옆에 달린 버튼을 하나씩 눌리자 갑자기 화면이 나오고 소리가 들려온다. 화면에는 엄마가 적어놓은 메모를 보며 짧은 춤 동작을 취하고 다시 음악에 맞추어 전체적인 움직임을 이어 나가는 영상이 나온다.

'그래. 맞아. 이것이 엄마가 나에게 남겨놓은 유일한 선물이야. 이제 매일 이것을 보면서 그 동작을 익혀보아야겠다.'

빼곡히 놓인 상자를 치우고 먼지도 틀어내고 바닥을 물걸레로 닦아내었다. 작은 공간이지만, 이곳 옥탑방이 이집에서 가장 아늑한 공간인 것 같다.

바닥에 큰대자로 누워 두리번거리자 다시 외부로 나가는 작은 문을 발견한다. 문을 열고 밖으로 나가자 탁 트인 하늘 아래 넓은 옥상이 펼쳐져 있다. 김 노인이 아들 길수가 이곳에서 춤 연습을 할 수 있도록 옥상의 낡은 시멘트 바닥 위에 방수를 하고 공연장의 무대처럼 그 위에 원목 마루 데크를 설치해두었다.

나머지 자리에는 인조 잔디를 깔았고 가장자리에는 높은 기둥을 설치해 놓았다. 밤에도 환하게 밝혀줄 오색전구를 옥탑방 지붕과 기둥을 연결해 촘촘히 달아두었다. 정면에는 막힘이 없는 넓은 도심의 하늘이 보이고, 데크가 설치된 무대의 뒤쪽에는 작은 창문이 있는 이웃집 5층 건물이 연인처럼 붙어있다.

'그럼, 저곳이 무대의 뒷벽이 되는가? 정면과 왼쪽, 오른쪽은 하늘로 연결되어 있으니 '천국의 언덕'이 있는 라이얀의 집 앞마당같이 보이네.'

길수가 방 안에 있던 낡은 전축을 옥탑방 지붕이 길게 내려온

처마 밑에 설치했다. 낡은 레코드판이 담긴 종이상자에서 오페라 '카르멘'의 곡이 담긴 레코드판을 찾을 수 있었다. 엄마가 파푸아에서 들었다는 축음기와는 소리가 다르겠지만, 먼지가 쌓인 전축의 플라스틱 커브를 열고는 레코드판을 살며시 올려놓는다. 그리고 바늘을 살며시 들어 검은 바닥의 무대에 올려놓고는 전원을 넣자 사람의 손길이 반가워서인지, 아니면 기뻐서인지 우는 듯한 소리를 내며 바늘이 춤을 추듯이 미끄러지고 '카르멘'의 '하바네라'가 들려온다.

'맞아! 이 음악이 엄마가 좋아했다던 카르멘의 노래네.'

길수는 소리를 좀 더 키우고 흘러나오는 음악에 맞추어 천천히 무대가 있는 데크로 걸어가면서 몸을 부드럽게 움직여본다.

제14장 어둠 속의 독백

작은 창문 틈새로 들어오는 빛도 싫어서 두꺼운 커튼으로 막아버렸다. 며칠 시간이 지나니 밤인지, 낮인지 구분할 수가 없다. 바닥의 온기라고는 전혀 느낄 수 없는 곳에 나를 가두어놓았다. 그저 피부를 통해 느끼는 공기의 따스함으로 낮과 밤을 구별할 수 있다. 지배인이 하루에 한 번 날라다 주는 햄버거가 나의 식사 전부다. 먹은 것도 없는데 화장실에 앉아있는 시간이 마냥 자유롭다. 몸속에 쌓여있는 죄를 화장실에서 볼일을 보듯이 없앨 수 있을까? 낮과 밤이 없는 방에서 마음속으로 노래를 불러보자.

커튼을 열자 햇살이 방 안 가득 들어온다. 창가에 몸을 기대고 손가락으로 유리를 가볍게 두드리며 노래를 불러볼까? 창가를 두드리는 소리가 귀에 전해지고 입 밖으로 소리를 내보려고 하지만, 닫혀있던 입술이 떨리지도 힘을 줄 수도 없다.

'어쩌면 이대로 나의 목소리가 사라지는 것이 아닐까? 마지막 같은 햇살이 내 몸에 남아있는 더러운 영혼을 태워버렸으면 좋겠다.'

제15장 빛과 그림자

어두운 방의 작은 창문을 통해 아주 가는 빛이 들어온다. 조금 전까지만 해도 두들겨 맞았던 몸에서 겨우 신음만 낼 수 있었는데, 나도 몰래 입술이 떨리고 알지 못하는 소리로 노래를 만든다. 벽에 반쯤 기댄 채 몸을 일으켜본다. 얻어맞은 곳의 고통을 느낄 수 없었다.

'이게 어떻게 된 거야? 내가 왜 입술을 떨면서 노래를 부르는 걸까?'

사랑은 길들지 않은 새
누구도 길들일 수 없어
누군들 불러도 소용없어
한 번 싫다면 그만이야!
겁줘도 달래도 소용없어

한쪽이 입 열면 다른 쪽은 입을 닫네
그리고 그 다른 쪽이 나는 좋아
말은 없지만 좋아져
[오페라 카르멘 중 '하바네라'의 가사 인용]

'누가 나를 부르는 걸까? 어디 저 먼 곳에서 음악 소리가 들리는데. 아니야. 너무 많이 맞아서 내 머리가 이상해졌어. 내가 노래를 부르는 것처럼 착각할 뿐이지. 난 더는 소리를 지를 수 없다고. 내가 만든 나만의 환상이야.'

거의 누워있다시피 한 BC가 몸을 일으키며 점점 더 큰 소리로 '카르멘'의 '하바네라'를 부른다.

춤을 추던 길수가 동작을 멈추고는 구석에 공사하다 남은 긴 플라스틱 원통 파이프를 귀에 대고 주변을 돌아다니며 소리를 탐지하기 시작한다. 지나다니는 차 소리와 경적이 크고 요란하게 들려온다. 테크 뒤를 가로막고 있는 이웃집 건물로 파이프를 옮기자 그 소리가 크게 들린다. 다시 이리저리로 옮기자 벽 위에 난 작은 창문에서 소리가 흘러나온다.

'이런 이상한데. 누군가 나의 레코드판과 똑같은 음악을 틀었나? 아니 그렇다고 해도, 어떻게 내가 틀어 놓은 음악과 박자 하나 틀리지 않고 맞을 수 있단 말인가? 아니면 저 창문 너머로 누군가 이 음악에 맞추어 노래를 따라 부르고 있는 것은 아닐까?'

길수가 파이프를 길게 빼고는 작은 창문에 대고 소리친다.

"거기에 누가 있나요?"

소리가 안 들렸는지 인기척이 없다. 다시 파이프를 창문에 대고 창틀을 두드리기 시작한다. 창문 밑에서 노래를 부르고 있던 BC가 이상한 듯, 잠시 소리를 멈추자 누군가 부르는 소리가 들리고 다시 창문을 두드린다.

'거기에 누가 있나? 어디에서 나는 소리야? 저 창문을 열어보아야겠다.'

반대쪽에 놓인 철제의자를 창문 밑에 놓고 문을 열어보려고 하지만, 나사로 고정되었는지 열리지 않는다. 바깥으로부터 사람의 목소리가 계속 들리고, 창문 너머로 음악 소리가 더 크게 들려온다. 있는 힘을 다해 배에 힘을 주고 소리를 지르자 창문을 잡고 있던 손이 미끄러지면서 닫혀있던 창문이 '덜커덩' 소리를 내며 열린다.

아래에서 위를 올려다보던 남자와 작은 창문으로 아래를 내려 보던 여자가 눈이 마주쳤다.

"이봐요! 그곳에 사람이 사는 줄 몰랐습니다. 제가 틀어놓은 음악 소리에 많이 놀라셨죠?"

BC도 너무 놀라 길수를 멍하니 바라만 본다.

"죄송합니다만 저는 한국말을 못 해요."

"아! 그리고 보니 피부색이 아주 깜네요. 외국 사람인가요? 어느 나라에서 왔어요? 아 참! 이렇게 한국어로 하면 못 알아듣겠지. 영어는 할 줄 아세요? 저는 잘하지는 못하지만, 천천히 조금은 합니다."

여자가 천진난만한 길수를 보며 빙그레 웃고는 고개를 끄덕인다.

"내 이름은 김길수, 아니 길수라고 불러줘요. 당신 이름은?"

"내 이름은 BC. 사람들이 나를 까맣게 생기고 요물처럼 생겼다고 '검은 고양이, 블랙 켓'을 줄여서 'BC'라고 불러요. 그런데 지금 거기에서 무엇을 하고 있었어요?"

"난 '춤추는 천사'라. 엄마가 남겨놓은 아주 오래된 레코드판에 있는 '카르멘'의 '하바네라'를 저기에 있는 낡은 전축으로 들으며 춤을 추려고 하던 중에 당신 목소리를 들었어요."

"난 '노래하는 천사', BC! 그런데 방금 '카르멘'이라고 했나요? 어디에서 많이 들어본 말인데. 아니야. 왜 갑자기 기억 저 너머에 잊어버렸던 숨어있는 뭔가가 움직이는 것 같지?"

"이것 봐요. 이건 단순하게, 아니 쉽게 노래를 따라 부를 수 있는 그런 음악이 아니라, 클래식 음악을 오랫동안 공부한 사람만 부를 수 있는 오페라 아리아입니다. 당신 혹시 성악가인가요?"

"아니요. 난 음악 공부라고는 한 번도 해본 적이 없어요. 그리고 난 그 노래를 공부하거나 들어본 적이 없었는데, 내가 왜 그 노래를 불렀는지 나도 이해가 가지 않네요. 그냥 무언가에 이끌려 내 입술이 나도 모르게 움직였어요."

"그러고 보니 당신은 분명히 '노래하는 천사'가 맞네요. 알지도 못하는 곡을 이렇게 완벽하게 부르다니, 사실 이 음반에 수록된 가수의 목소리보다 당신, BC의 노랫소리가 더 좋았어요."

"난 소리 나는 모든 것을 따라 할 수 있어요. 그리고 소리 나는 모든 악기도 한두 번 만지면 다 연주할 수 있어요."

"BC, 파푸아에 사는 나의 아주머니 라이얀이 말했어요. '춤추는 천사'와 '노래하는 천사'가 만나면 둘은 '천국'으로 가게 된다고. 하하하. 우리가 그 천사가 맞는다면, 우린 운명적으로 만난 것이고 같이 천국으로 갈 수 있겠네요.

그런데 그곳에서 살고 있나요? 아니면 어쩌다 거기에 있게 되었나요? 그리고 당신 얼굴에 난 상처며 입과 눈은 퉁퉁 부어있고, 어쩌다... 그렇게 되었습니까?

문을 열 때는 아주 슬픈 천사의 모습으로 보였는데, 이 철부지 길수를 보더니 갑자기 우울한 모습은 사라지고 환하게 웃는 모습으로 변했네요."

"난, 이 건물 지하에 있는 클럽에서 노래도 부르고 오가는 미친

놈들 술 시중도 들고 그러다가 마음에 안 들면 손에 잡히는 물건으로 그놈들을 두들겨 패주기도 하는데, 이번에는 운이 나빠서인지, 도리어 죽도록 두들겨 맞았어요. 그랬더니 업소 사장이 바깥에서 자물쇠를 잠겨놓고 나를 아무도 없는 이 작은 방에 이틀째 가두어놓았어요. 더러운 돼지 같은 '빅초이' 자식."

"그럼, 당신은 노래하는 가수군요. 우리 그럼 서로 인사하고 친구로 지내는 게 어때?"

"좋아. 길수! 난 이곳에 갇혀서 적어도 몇 주는 있어야 나갈 수 있는데, 그동안 친구가 생겨서 좋네. 네가 정말 '춤을 추는 천사'인지 보고 싶다."

"그럼, 너도 정말 '노래하는 천사'인지 그 창문을 활짝 열고 네 노래를 듣고 싶다."

빌딩의 창가로 나오는 불빛이 밤이 다가오는 것을 알린다. 길수가 벽에 있던 스위치 몇 개를 건드리자 옥탑방의 마당을 환하게 밝히는 오색전구에 불이 들어온다. 그러고는 엄마가 입었던 요란한 색깔의 의상을 몸에 걸친다.

"이것 봐. 길수, 여기 분위기가 내가 일하는 클럽보다 훨씬 로맨틱하고 아름다워! 저기 하늘을 봐. 우리가 같이 노래하고 춤을 추면 일곱 빛깔의 무지개가 펼쳐질 것 같지 않니?"

"너, 마치 파푸아 섬의 라이얀 아주머니처럼 말하는구나?"

"그럼. 그 노래를 다시 한번 틀어봐. 이제 내가 그 노래를 정말 부를 수 있는지, 다시 나를 지켜봐. 그리고 내가 정말 부른다면 내가 알지 못하는 그 이유가 무엇인지 나에게 알려줘."

길수는 낡은 레코드판을 조심스럽게 들어 올린 뒤 입고 있던 속옷으로 깨끗이 닦아내고는 전원을 다시 넣는다. 그리고 전축 바늘을 조심스럽게 올리자 잠시 잡음 섞인 소리가 도심의 소음을 타고 흐른다. 길수는 몸에 잔뜩 바람이 들어간 듯, 구름 위를 걷듯이 천천히 손과 발이 움직이며 옥탑방을 무대 삼아 움직이기 시작한다.

전축 바늘이 기름에 미끄러지듯이 검은 레코드판 위를 달린다. 춤추는 길수의 모습을 보던 BC의 눈이 더 크게 떠지고, 어디에서 시작할지 모르는 순서를 기다리며 숨을 들이켜는데, 갑자기 입술이 떨리면서 본능적으로 소리가 나오기 시작한다.

클럽에서 노래를 부를 때는 음을 증폭시켜주는 앰프와 음향 시스템에 작은 목소리로 색깔만 살짝 입혀주면 힘주어 먼 곳을 향해 크게 소리칠 필요 없이 소리가 잘 전달되었지만, 이곳은 온통 사방이 하늘로 열려있어서, 나의 목소리가 길수가 있는 곳까지 갈 수 있을까? 죽도록 얻어맞은 몸으로 카르멘의 오페라를 정말 부를 수 있을까?

시작은 누군가 뒤에서 몸을 밀듯이 시작했고 온몸으로 가는 힘이 배에 모여진 뒤 그 소리를 머리에 모아 다시 내 뿜었다. 여리고 가늘게 시작한 BC의 목소리가 점점 굵어지면서 천둥소리처럼 강한 울림으로 전해지다가, 때론 번개의 불꽃으로 쇠를 녹여 만든 칼로 오랫동안 닫혀있던 마음의 문을 단번에 쪼개어 소리를 만든다. 그러다 다시 과거로부터 다가오는 안개의 여운이 몸을 감싸고 지금껏 어둠 속에 감추어왔던 슬픔의 기억들이 검은 피부 위에 눈물이 되어 흘러내린다.

파푸아를 다녀온 뒤로 길수는 춤을 포기하다시피 하였지만, 그의 몸에 다시 '천국의 새들'이 유혹할 때처럼, 자신이 알지 못하는 기운이 솟고 금방이라도 옥상의 건물 난간을 뛰어내려 저 먼 빌딩 숲으로 날아가고 싶은 힘이 생겨난다. 바닥에 잠시 닿았다가 공중에 떠 있듯이 몸이 가벼워지고, 꿈속에서 헤매듯이 하늘에 떠 있는 동안 그의 손짓과 발짓은 밤의 공기를 뜨겁게 데울 만큼 붉게 달아올라, 창문에서 지켜보던 BC를 유혹의 늪으로 빠지게 만들고 공간의 개념을 뛰어넘어서 날아 움직인다.

갑자기 저 먼 곳에서부터 새들이 날아온다. 어느덧 옥탑방의 지붕 위에 알 수 없는 새들이 날아와 그들의 작은 공연을 지켜보고 있다.

제16장 영혼 소독

길수의 집으로부터 수 킬로미터 떨어진 서울의 빌딩 숲 한가운데에 우뚝 솟아있는 50층 건물 꼭대기의 펜트하우스에 흰머리도 몇 가닥 남지 않은 노인이 야외 거품 욕조에 몸을 담그고는 쿠바산 시가를 듬뿍 빨아서 붉어가는 노을을 향해 내뿜는다.

살아온 것이 한스러운 듯, 혼자 머무는 시간에는 세상에서 가장 나약하고 죄스러운 인간의 모습이 되었다. 이 공간을 벗어나 옷을 갈아입으면 바늘로 찔러도 피 한 방울 나지 않는 냉혈 인간으로 보이지만, 뜨거운 거품 탕에 몸을 담그고는 끝없는 하늘을 바라보고 있는 그의 모습은 공원 벤치에 어깨를 축 처진 채 오지도 않을 누군가를 기다리고 있는 쓸쓸한 늙은이와 차이가 없다.

얼마나 오래 있었을까? 검은 정장의 중년 여자가 다가와 귓속말을 남긴다. 그러자 시계를 보며 알았다는 손짓을 하고는 발가벗은 채 물 밖으로 나온다. 전설에서 나올듯한 코브라 문신을 목 위에까지 그려놓았고 알 수 없는 기하학적인 수와 도형으로 암호를 만들어놓았다. 하지만 그림이 이어지다가 몇 군데는 칼로 벤 듯, 총에 맞은 듯한 상처로 끊어져 있다.

흰색 목욕 가운을 걸치고는 테라스의 문을 열고 실내로 들어온다. 차가운 바깥 온도 때문인지 몸에서 김이 올라온다.

"회장님, 저녁 약속한 시각이 다가오기에 혼자만의 사우나 시간을 방해했습니다."

"괜찮아. 하지만 오늘 그 약속 못 간다고 취소 좀 해주겠나? 오늘따라 내 몸의 상태가 좋지 않은 것 같아서... 이렇게 부탁 좀 하세. 그리고 이 비서도 일찍 퇴근해서 가족들이랑 좋은 곳에서 외식이나 하세요."

박 회장이 창밖을 보며, "어디를 간들 나를 기다리는 가족도 없는데, 난 집으로 가지 않고 여기에서 자겠네. 이제 외로움에 익숙한 연습을 스스로 해야 하지 않겠나?"라고 여자 비서에게 말을 남긴다.

'혼자만의 외로움과 고독을 참는 연습을 해야 한다. 비굴하게 눈물 흘리며 외롭다고 도와달라는 짓은 안 해야지. 화려했을 것 같은 과거의 뒷모습에 숨어서 목숨과 돈을 지키기 위해 싸워 온 나의 처절한 몸부림을 누가 알겠나? 나와 겨루었던 인간들은 이제 다 이 세상을 떠났다. 나의 존재 이유는 나를 대항하는 어떤 이도 용서치 않는 것이었다. 잔인하기로 악명이 난 나를 마지막에 내버려 두고 그들이 먼저 떠났다.

신이 존재하지 않은 까닭인가? 왜 나 같은 쓰레기를 먼저 처단하지 않고 지금껏 살려두었단 말인가? 내가 쌓아온 부의 바벨탑을 지키기 위해 얼마나 많은 이들의 피와 땀을 훔쳐왔는가? 때론 개처럼 주인이 시키는 대로 따라 하다가, 때론 맹수의 본능을 따라 주인의 목을 물어서 흔들며 바닥으로 내팽개치고 그들이 흘린 피만큼 나의 바벨탑은 높이 솟아올랐다.

진정 사랑할 것 같았던 여자를 배신하였고 사랑이란 이름으로 단 한 번도 나의 진실한 모습을 보여준 적이 없다. 진정한 사랑을 알지 못하고 백발의 노인이 되어버린 자신의 모습이 영원히 사라져 깊은 어둠의 세상으로 떨어지는 저 붉은 노을과 같다.'

소파에 등을 기댄 채 두 발을 탁자 위에 올리고는 쿠바산 시가에 불을 붙이고 뿜어나오는 연기 속에 그의 모습을 감춘다.

'이럴 때 BC의 노래라도 들을 수 있다면, 오늘 하루도 시간의 허무한 공간을 벗어나, 금방 지나갈 수 있을 텐데. 지금 즈음 두들겨 맞은 모습으로 차가운 방에 혼자 있겠지. 이상하다. 그녀의 노래를 들을 때마다 한 번도 뉘우친 적 없는 나의 잘못이 용서와 복수의 저울 위에 조금씩 올려지고는 칼로 내 살점을 도려내듯이 심판한다. 그녀의 노래를 들으면 들을수록 숨어있던 나의 나약함이 검은 커튼을 걷고 세상 밖으로 걸어서 나온다.

그녀가 노래의 무기로 나의 죄를 사함이로다. 때론 온몸이 떨리며 신체가 잘려나간 듯이 아파져 오더니, 숨을 쉴 수 없을 만큼의 검은 공기가 밀려와 폐를 막았다가 푸른 초원의 벌판을 달리듯이 나를 다시 걷게 만들고 이제는 나의 병든 영혼을 소독하고 마지막 죄의 용서로 나를 구해줄 것이다.'

저녁노을이 가득한 창에 먼 가로등 불빛이 흔들리며 내 눈가에 다가오듯이 저 멀리에서 BC의 목소리가 들려온다.

젊은 시절 한 여인의 사랑을 훔치기 위해 그가 불렀던 '하바네라'가 길고도 먼 세상을 돌아서 다시 그에게 다가온다. 그의 노래로 순수한 열정인 것처럼 사랑을 훔쳤지만, 다시 그 사랑을 팔아서 냄새나고 더러운 배신의 굴욕을 안겨주었던 그 여인의 마지막 미소가 떠오른다.

'왜 이 노래가 들려오지? 분명 BC는 좁은 골방에 갇혀 몸부림치면서 자유를 갈망하고 있을 텐데. 이 노래가 어떻게 내게 들려오지? 오늘도 변함없이 내가 참으로 뉘우치지 못한 과거의 순간을 그녀의 노래로 일깨워 주는구나? 용서를 받아야 할 죄가 너무 크고 무겁다. 신께 나의 뉘우침으로 용서를 구하고, 이것이 이루어지도록 나의 목숨을 살려 둔 것인가?'

제17장 랑데부

작은 창문을 통해서 보이는 길수의 신들린 듯한 춤 동작에 넋을 잃은 BC가 신장을 애일 듯한 슬프고도 우스꽝스러운 노래를 부른다. 길수는 BC의 소리에 그의 몸이 어떻게 움직이는지도 모르고 모든 것을 맡겼다. BC의 영혼이 움직이는 대로 그 길을 따라갈 것이다.

처음 만난 짧은 순간이었지만, 농담으로만 들렸던 둘의 진실이 어느 지점에서 만나 그들의 몸에 흐르고 둘은 하나가 된다. 그리고 그 힘이 어떻게 폭발하는지 알 수 있었다. '춤추는 천사'와 '노래하는 천사'가 이 세상에서 처음으로 만난 것이다.

얼마나 지쳤던지 허리를 반쯤 구부린 길수가 위에서 내려다보는 BC를 향해 소리친다.

"아! 정말 이렇게, 힘을 다 쏟아서 춤춘 적이 없었는데, 내 몸이 정말 하늘을 날아갈 것 같았다고."

"길수, 난 네가 농담으로 '춤추는 천사'라고 하는 줄 알았어. 하지만 정말이지, 네가 날 수 있다면, 나도 같이 날며 노래를 부를 수 있을 것 같았어. 조금 전까지 아픈 몸으로 소리 한 번 지를 수 없었는데, 내가 어떻게 그 노래를 다 불렀는지 알 수가 없네."

"BC, 그 좁은 창문에서 바라만 보지 말고 여기로 내려오도록 내가 도와줄게. 기다려봐."

길수가 옥상의 구석에 접혀있던 긴 사다리를 가져다가 BC가 있는 작은 창문 벽에 설치한다.

"BC, 내가 올라갈 테니, 내 몸에 매달려."

길수가 흔들거리는 사다리를 타고 위로 올라간다.

'이 창문이 다 열리지 않는데, 어떻게 하지?'

마침내 길수의 얼굴이 작은 창문에 나타났다.

"가까이에서 보니 정말 하얗게 잘 생겼네. 그런데 검은 솜사탕 같은 네 머리 모양은 꼭 적도의 원주민같이 생겼다. 정말이지 나랑 닮았어."

길수가 남아있던 반쪽의 창문을 힘으로 당기자 녹슨 나사들이 부러졌는지 쉽게 열 수 있었다. 마침내 BC가 길수의 손을 잡고 사다리를 내려온다. 내려오는 동안 무서워할 줄 알았는데, 원숭이가 덩굴을 잡고 내려오듯이 아주 쉽게 내려온다.

"길수, 여기가 네 집이니? 그런데 여기는 넓은 마당만 있고 잠자는 곳은 보이지 않는구나."

"아니야. 이곳은 4층이고 1, 2, 3층 나 혼자 사용하고 있어. 사실은 나도 오늘 아침에 이곳으로 이사를 와서 어디에 뭐가 있는지 지금 확인하는 중이야."

"저기 작은 방은 뭐야?"

BC가 작은 옥탑방을 손으로 가리킨다.

"저긴 내 어머니의 유품을 보관했던 방이야."

BC가 맨발로 방으로 들어가더니 여기저기 놓인 물건들을 살핀다.

"눅눅한 냄새가 나는 걸 보니 전부 오래된 물건이구나. 저기에 기타도 걸려있네."

"BC, 너 기타 칠 줄 알아?"

"내가 말했잖아. 소리 나는 모든 것은 내가 다 만질 수 있어."

BC가 하얗게 쌓인 먼지를 틀어내고 기타 줄을 조율한다.

"아직 기타 줄이 멀쩡하네. 어떤 노래 듣고 싶어? 내게 말하면 내가 전부 다 불러줄게."

"글쎄, 무슨 노래를 시키지?"

"길수, 넌 춤만 잘 추지 노래는 잘 모르는구나. 일하던 곳에서 불렀던 음악을 들려줄까?"

옥탑방 벽에 몸을 기대고는 술 취한 손님들을 위해서 불렀던 곡을 길수를 위해 부른다. 길수는 BC의 기타 멜로디와 노래에 맞추어 몸을 이리저리로 움직이며 춤을 추기 시작한다. 어디에서 날아왔는지 이름도 모르는 새들이 마당에 오색전구가 달린 긴 줄 위에 그리고 바닥에 앉아 둘의 모습을 지켜본다.

BC가 손으로 가리키며, "길수, 새들이 날아왔어! 어디에서 이렇게 많은 새가 날아온 거야?"라고 말하자 길수가 한국어로 "새야! 새야! 여기 내려와서 구경하고 가렴. 너희를 위해 특별 공연을 준비했단다. 새들아! 여기 앉아서 구경하고 가렴."이라고 새들에게 가까이 다가가 속삭인다.

"새, '새'라고 말했어? 어디서 많이 들어본 소리인데."

"파푸아 섬에서는 우리 엄마를 '새'라고 사람들이 불렀었지. 엄마가 좋아했던 음악 한번 들어볼래?"

길수가 레코드판이 가득 담겨있는 상자를 뒤지더니 그중에 한 장을 턴테이블에 올리고는, "우리 엄마, '새'가 파푸아에 살 때는 그곳에 전기가 없어서 손으로 돌리는 축음기에 올려놓고 이 음악을 들었다고 라이얀 아주머니가 알려주셨어. BC, 그리고 보니 너의 모습이 그곳에 있는 사람들과 아주 비슷해. 특히 검은 피부에 하얀 눈동자 그리고 곱슬머리, 나도 머리 모양은 너랑 비슷하지? 하지만 네 얼굴 모습은 우리랑 너무 비슷해. 여름의 뜨거운 태양에 피부만 검게 태운 예쁜 한국 여자의 모습이야."라며 가까이에 있는 BC의 모습을 꼼꼼히 살피며 손으로 만져본다.

'정말 내가 한국 사람처럼 생겼다고? 그래서 클럽에서 손님들이 나를 많이 찾는 거야?'

BC가 혼자 생각하며 웃는다.

"그 음악이 뭔지 알려주겠니?"

"이건 노래가 담기지 않은 '볼레로'라는 연주 음악이야. 한번 들어볼래?"

레코드판 위에 살며시 바늘을 올리자 음악이 기다렸다는 듯이 고요함 속에 아주 여리게 시작한다. 갑자기 BC의 모습이 심각해지면서 우울해졌는지 눈시울이 붉어졌다.

"이것 봐. BC, 괜찮은 거야? 갑자기 왜 그래?"

"글쎄, 나도 모르게 이 음악을 듣는데 눈물이 마구 흘러내리는 그 이유를 모르겠어."

"그럼 내 손을 잡고 일어나서 저기 앉아있는 새들을 위해 같이 춤을 추자."

길수가 BC의 손을 잡고 옥탑방 마당에서 춤을 추자 BC가 쑥스러운 듯, 부끄러워하며 길수의 모습만 빤히 바라본다. 그의 모습은 오후의 봄 햇살이 살며시 내려와 꽃길을 걷듯이 부드럽고 우아하게 시작하다가 악마의 불꽃이 이글거리는 숲에서 정처 없는 영혼을 살려달라 애원하는 성난 표정으로, 때론 영영 이별을 아쉬워하는 슬픈 표정으로, 때론 그들의 처절함에 등을 돌리는 냉정한 모습으로 인간의 내면에 쌓여있는 악마의 기운을 떨쳐낸다. 처음 세상이 창조될 때처럼 순간을 날려 버릴 듯한 강한 기운으로 그의 몸짓 하나하나에 볼레로 음악의 여운을 담아서 어두운 밤하늘을 정처 없이 떠도는 별에게 천사의 몸짓과 소리를 올려보낸다. BC도 볼레로의 음악에 맞추어 기타를 치면서 아주 멀리 보이지 않는 숲의 정령을 소리로 불러낸다. 밤은 더욱더 짙은 어둠의 세계로 들어가지만, 옥탑방에서 춤추며 노래하는 둘의 영혼이 만나서 빛을 만들고 주위를 환하게 밝힌다. 첫날밤의 만남은 영원할 듯이 여명의 순간까지 이어진다.

제18장 망각의 기로

눈을 감을수록 선명하게 들려오는 노랫소리 때문에 뜬눈으로 밤을 새웠다. 분명 BC의 목소리인데, 도대체 왜? 그 친구의 목소리가 귓가에 머무는지 알 수가 없다. 당장에라도 클럽으로 달려가 그녀의 노래를 듣고 싶지만, 그렇게 죽도록 두들겨 맞은 BC가 나올리가 없다. 혹, 그녀에게 무슨 문제라도 생겼나? 빌딩의 숲으로 가득 채워진 빈 공간의 작은 틈 사이로 BC가 있을 듯한 먼 곳을 향해 우두커니 지켜본다.

"여보세요? 전화 받는 분이 최 사장 맞나요?"

"실례지만 누구신지요?"

"아하! 우리 초면이지요. 일전에 당신 업소에서 일하던 그 BC라는 친구가 사고 쳤을 때 구 회장을 시켜서 잘 마무리하라고 부탁했던 박 회장이요."

"아! 네... 구 회장님은 제가 잘 알고 있습니다. 안 그래도, 특별히 BC를 부탁하는 분이 계신다는 말씀은 전해 들었습니다."

"그래. 지금 그 애는 어떻게 지내고 있소?"

"구 회장님이 소개한 병원에서 치료는 받았지만, 그날 얼마나 많이 두들겨 맞았던지... 이전 모습을 알아볼 수 없을 정도로... 엉망이 된 지라, 일주일 정도 더 쉬라고 했습니다."

"그랬었나? 나도 늙었는지 어제부터 자꾸 그 애 목소리가 맴돌기에 혹, 다시 노래를 부르기 시작했나 궁금해서 말이지."

"노래하게 되면 그 즉시 박 회장님에게 연락을 드리겠습니다."

"그날 BC에게 맥주병으로 맞은 영등포의 김팔성이 식구들은 조용하지? 내 안 그래도 김팔성이에게 전화해 두었네. 그러니 뒤탈은 없을 거야."

"회장님이 도와주신 덕분에 합의도 잘 이루어졌습니다. 아니면 김 팔성이 식구들한테 먼저 맞아 죽었을 겁니다. 거기에 BC도 필리핀으로 추방되고, 저도 이제 막 돈맛 좀 보려는 찬스에 업소 문 닫고 거지꼴 될 뻔했습니다. 하지만 회장님이 도와주신 덕분에 마무리가 잘되었습니다."

"잘 알겠네. 조만간 BC가 다시 나오면 내 거기로 가겠네. 그리고 그 친구의 안전도 잘 책임져주게나."

"그렇게 하겠습니다. 하지만 그년 성깔이 너무 더러워서 언제 또 사고를 칠지 몰라 늘 불안합니다. 그리고 회장님이 오시면 BC를 직접 소개해 올리겠습니다."

"고맙네. 그럼, 그때 보도록 하세."

통화를 끝낸 빅초이는, '이상한 사람이네! 그 깜둥이 년이 뭐가 그리 좋다고 감싸는지 정말 알 수가 없네. 하기야! 그년이 온 뒤로 손님이 배로 늘고 매출이 흑자로 돌아섰지. 이렇게 일 년만 잘 돌아가면 밀린 사채 다 갚고 이 동네에서 의젓한 사장 소리 들으며 어깨에 힘줄 날이 있을 텐데. 그년이 언제까지 조용히 있을지?'라며 혼잣말로 중얼거린다.

BC의 노래를 들을수록 과거의 그늘 속에 묻혀버렸던 망각의 세계로 조금씩 빨려 들어간다. 누구를 만날 때마다 '난 과거를 두려워하지 않는다. 왜냐면 과거를 생각할 필요가 없으니까 말이야.'라고 항상 소리치고 다녔지만, 요즘 와서 젊은 시절 '킬박'의 모습이 자꾸 떠오른다. 조금도 뉘우칠 줄 모르고 소리치고 다녔던 과거의 부끄러운 영광이다.

하지만 그때를 생각할 때마다, 어느 순간 고개를 들 수 없을 정도로 나 자신이 부끄럽고 다가올 두려움에 몸을 뜬다. 저승으로 먼저 떠났던 그들이 나를 기다리고 있는 모습과 그들과 만나야 할 시간이 점점 가까워진다는 두려움에 스스로 목이 조여온다.

오후 3시 지배인이 올 시간이 되었다.

'오늘도 생수 한 병에 햄버거 세트를 사 들고 오겠지?'

길수와의 첫 만남 이후로 BC의 머리가 복잡해진다. '카르멘', '새' 그리고 '볼레로'의 음악... 산다는 것에 깊은 의미를 두지 않는데, 자꾸 뭔가에 휘감기듯이 내 몸을 잡아당긴다.

꿈을 꾸었다. 먼 바다에 떠있는 작은 보트에 빈자리 없이 많은 사람이 타고 있다. 덩치 큰 한 남자가 왼손으로 나를 잡아 올리더

니 그의 날카로운 마체테 칼로 가슴에 X자 모양의 상처를 남기고
는 파도치는 물속으로 던져넣는다. 미안했는지 생수가 조금 남겨진
물통을 내게 던지며 안녕의 키스를 보낸다. 생수통에 매달려 발버
둥을 치는 어린 꼬마의 모습이 깨끗한 거울 속을 들여다보듯이 선
명하게 보인다.

주위는 곧 피로 붉게 물들고 피 냄새를 맡은 상어 떼들이 모여
들면서 나의 작은 몸은 갈기갈기 찢겨서 사라질 것이다. 나의 의식
도 멀어져가는 작은 보트와 함께 사라질 듯이 숨이 막히다가 겨우
눈을 떴다.

필리핀의 양아버지는 바다에서 낚시를 하다가 의식을 잃고 물에
떠 있던 나를 발견했다고 했다. 잃어버렸던 기억의 퍼즐이 조금씩
맞추어져 가고 있다. 혹, 길수가 잃어버린 나의 과거를 알고 있는
게 아닐까? 그를 만난 순간부터 망각의 유혹에 이끌려 어디론가 가
고 있다.

제19장 어둠 속의 검은 고양이

소파에서 잠을 청한 김 노인이 해가 정오를 넘어갈 때까지도 일
어나지 못하고 누워있다. 자신의 맥을 짚어보니 기력이 예전 같지
않다.

'길수는 잘 있겠지?'

며칠간 연락이 없어 걱정되지만, 일어나 그곳으로 갈 힘도 않기

도 힘들다. 길수 담임, 강 선생에게 전화를 건다.

"길수 아버지입니다. 잘 계셨지요?"

"아버님도 별일 없으시지요?"

"별일이 없지는 않습니다. 길수가 새집으로 이사했습니다."

"그럼, 길수와 따로 있나요?"

"그렇습니다. 그곳에 잘 있는지 가보고 싶지만, 몸에 기력이 하도 없어서 가지 못하고 온종일 누워만 있습니다."

"제가 모셔다드릴까요?"

"그래 주면 정말 고맙겠소."

얼마 후 강 선생이 학교에서 사용하던 휠체어를 가져와 김 노인을 태우고는 길수가 있는 곳으로 간다. 휠체어에 앉은 김 노인의 모습이 예전 같지 않다. 차를 타고 가는 중에 몇 번이나 머리를 떨구곤 했다.

휠체어가 막 BC가 일하던 클럽을 지날 무렵 백발의 박 회장이 여비서와 함께 클럽 주위를 둘러보고 있다.

"회장님, 이곳은 무슨 일로? 저녁에 자주 들리신다는 클럽이 이곳인가요?"

박 회장이 여비서를 보며 "맞아. 하지만 오늘은 가지 않을 거야. 내가 좋아하는 아가씨가 오늘은 근무를 안 합니다."라고 하며 웃는다.

이때 크레인이 장착된 큰 트럭이 들어온다. 인부들이 기존에 달려있던 간판을 사정없이 뜯어내고 그 옆에 서 있던 최 사장이 소리를 지르며 작업지시를 내리고 있다. 그러자 박 회장이 다소 놀란 모습으로 최 사장에게 다가간다.

"이것 보게. 자네가 최 사장이지? 어제 통화했던 박 회장이야."

"아! 회장님 처음 뵙겠습니다."

최 사장이 다소 놀란 듯, 예의 바르게 90도 인사를 하며 박 회장을 맞이한다. 정장으로 몸을 가렸지만, 목 위로 올라온 코브라 문신이 악명으로 이름난 전설의 '킬박'이라는 것을 첫눈에 알 수 있었다.

"지나가는 길에 뭔가 큰일이 있나 싶어서 잠시 구경하던 참이었네. 그런데 뭔 일이라도 있나? 왜 멀쩡한 간판을 부수고 있는가? 가게를 팔기라도 하였나?"

"아닙니다. 회장님께서 그렇게 도와주셨는데 그럴 리가 있습니까?"

"아니면, 도대체 무슨 일인가?"

"어제 회장님과 전화 통화를 끝내고 난 뒤 결심했습니다. 이번 참에 제대로 업소를 운영하기 위해서 기존의 오래된 간판을 철거하고 BC의 이름을 딴, 영어로 'Black Cat', 한글로 '검은 고양이'로 상호를 바꾸기로 했습니다. 그리고 건물 위로 길게 BC의 노래하는 모습을 인쇄한 대형 사진을 설치할 겁니다. 이제 이 동네에서 BC를 모르면 간첩이 될 정도로 유명한 사람으로 만들겠습니다."

"그 애가 정말 이곳에 스타가 될 모양이야!"

크레인이 트럭에 올려진 기다란 간판을 들어 올린다.

"회장님, 저기를 보십시오. BC의 노래하는 모습이 멋있지 않습니까?"

"그래. 이 한국 땅에 전속 가수의 사진을 걸어놓고 영업하는 곳을 보지 못했네. 이곳이 아마도 유일할 거야."

이를 지켜보던 이 비서가 "회장님, 저분은 외국인 같은데, 같은 여자가 보아도 정말 매력적이네요. 뭔가 말하지 못한, 아니 말할 수 없는 많은 사연을 가슴에 묻고 있는 듯 보입니다."라며 박 회장에게 말을 건넨다.

"역시 자넨 나의 비서가 맞네! 하지만 난 저 친구의 외모를 보기 위해 이곳에 자주 들리는 것은 아니야. 이 썩은 바닥에서 '킬박'이라고 하면, 건달들 세계에서조차도, 인정머리라고는 단 한 톨도 없는 냉혈 인간으로, 돈이 되면 뭐든지 다 하는 사람으로 알려지지 않았는가? 처음엔 그 친구의 노래에 이끌려 왔었지만, 지금은 그 친구 만나는 게 사실 두려워. 왜냐면 점점 나 자신이 다른 사람으로 변하고 있기 때문이야."

이 비서의 말을 들은 박 회장이 처음엔 빙그레 웃는듯하다가 무거운 마음으로 그의 진심을 밝힌다.

옆에서 두 사람의 대화를 지켜보던 최 사장이 이야기 중간에 끼어든다.

"저도 그 애를 섭외할 때 같이 일하던 필리핀 애들한테 들은 이야기입니다. 가끔 노래하다가 혼자 중얼거리면, 중얼거렸던 일이 모두 이루어졌다고 합니다. 악하게 마음먹고 누군가를 위해 노래하면, 그 사람이 중한 병에 걸리거나, 심한 고통에 휩싸인다고 했습니다. 그래서 친구들이 이름을 어둠 속에 숨어있는 '검은 고양이, 블랙켓' 'BC'라고 지었다고 했습니다. 한마디로 요물 같다고 할까요? 아니면 신들린 여자? 노래할 때 보면 마치 신들인 사람처럼 행동하지 않습니까? 어쩌면 그 덕에 손님들이 계속 이어지는지도 모르겠습니다."

"그래. 자네 말도 맞는 것 같네. 그 애의 노래가 점점 나를 길들이고 있는 것 같아. 하기야! 내가 죄는 정말 많이 지은 놈이지. 죽어서도 다 갚지를 못할 거야."

이 비서가 박 회장의 팔을 잡으며, "과거 이야기라고는 전혀 안 하셨는데, 요즘 와서 자꾸 과거를 회상하시는 것 보니까 많이 달라지신 건 사실입니다."라고 답하며 고개를 갸우뚱거린다.

"과거에 뭐 잘한 일이 있다고 그 모든 이야기를 떠벌리고 다니겠나? 내 하나 입 닫고 떠나면 흔적도 남기지 않고 세상에서 사라질 일들인데, 그러나 세상살이가 그렇게 되지를 않는 것 같네. 죽기 전에 내 죄를 모두 고하고 용서를 받아야, 내가 편히 떠날 수 있을 것 같네."

"누구에게 용서를 구하시겠다는 겁니까? 회장님은 지금껏 교회도, 절에도 안 가시는 분인데... ."

"그래. 내겐 믿고자 하는 신도 없었지. 모두 신처럼 나를 받들기를 바랐었지. 내가 가진 돈이 나를 신처럼 이 바닥에 만들어 놓았네. 돈이면 안 되는 일이 있던가? 교회에 가고 절을 가보게. 누가 살려달라 말하면서 머리를 땅바닥에 엎드리고 발등에 키스하는 사람이 있던가? 하지만 난 그렇게 부탁하고 요구하지 않아도, 그들 스스로 내게 찾아와 그 짓을 하고 간다네.

그들에겐 수치심도 없지. 어떤 놈은 나를 만날 때마다 그렇게 하는 놈도 있어. 한마디로 돈의 맛을 아는 인간이 된 것이지. 그들은 돈의 노예고 난 그 돈을 지배하는 왕이 된 거야. 그렇게 쌓아 올린 바벨탑의 마지막은 어디인가? 고작 50층 건물의 꼭대기에서 아래에 펼쳐진 난잡한 인간 세상을 내려다보는 고통만 가졌지 않나?

순수한 마음으로 나를 왕으로 받들어 모시는 자가 어디에 있단 말인가? 아무도 없네. 돌아서면 뒤에서 나를 욕하고 빈틈이 보이면 그 즉시 내 등에 비수를 꽂기를 기다리면서, 하루빨리 내가 죽기를 바라는 인간들로만 가득 차 있는 곳에 나의 탑을 쌓아 올렸네.

내 탑이 조금이라도 흔들린다면, 밑에서 망치로 두들겨 탑 위에서 떨어지는 나의 돈을 서로 가져가기 위해 피 터지는 싸움을 할 것이야. 탑이 무너지면 나만 죽는 것이 아니라, 밑에서 위를 쳐다보던 놈들도 같이 묻혀서 바람 속으로 사라지는 흙이 될 것이야.

BC, 그 애만이 냄새나고 썩은 나의 영혼을 치료하고 죽음의 문턱에 나를 데려다가 돌아오지 못할 먼 여행을 떠날 수 있도록 도와줄 것이야."

가까이 있는 것만으로도 위험한 '킬박'이 이상한 소리를 하자 듣고 있던 최 사장이 박 회장을 위로하는 듯하다가 마음속으로 '돈이 너무 많으니 소화가 되지 않나?'라고 그에게 묻고 싶다.

제20장 떠나가는 늙은이의 고독한 즐거움

강 선생이 길수 아버지를 새집으로 모시고 왔다. 고독한 늙은이의 마지막 여정을 도와주는 자신의 마음이 편하지 않지만, 앞으로 길수의 미래를 책임질 후견인으로서 당연히 해야 할 일이다.

늙은 아버지의 마지막 남은 시간을 길수를 위해 마련한 집에서 아들과 함께해야 한다. 혹, 길수 엄마의 영혼이 그곳에 머문다면 그를 고통 없이 높은 곳으로 데리고 갈 것이다.

아직도 작은 희망이 그의 거친 숨소리에 남아있다. 사랑이 피기도 전에 젊은 여인의 인생을 망쳐버린 미안함을 직접 만나 말할 시간이 가까이 다가온다.

김 노인이 길수에게 부탁한다.

"길수야, 아빠의 기력이 예전 같지 않구나. 네가 좋아하는 애린이도 여기로 데려오렴. 너희가 다정하게 지내는 모습을 보고 떠나고 싶구나."

길수는 그 즉시 병원에서 애린이를 데리고 집으로 온다. 김 노인은 휠체어에서 몸을 가누지도 못하는 애린이에게 처음이자 마지막 같은 말을 남긴다.

"나의 우둔한 고집으로 길수 엄마를 저 먼 타국 땅에서 죽게 만들었지만, 자네 둘은 어떤 고통과 고난이 와도 참고 그 사랑으로 이겨내야 한다. 진정으로 사랑하는 너희의 모습을 내 눈으로 직접 보고 영원히 돌아오지 못할 곳으로 가야하는 나의 마음이 떠나야 하는 아쉬움과 슬픔보다 마냥 기쁘기만 하다."

"아빠, 조금 뒤 해가 어두워지면 옆집에 사는 친구를 불러와서 아빠를 위한 작은 콘서트를 열어줄게요."

"이웃집에 누가 온다고?"

"얼굴이 까만 외국인 친구야. '노래하는 천사' BC라고 그 애가 노래를 부르면 내가 춤을 추지. 오늘 아빠와 애린이를 위해 특별히 그 친구에게 부탁해볼게요."

길수가 BC가 갇혀있는 창틀에 사다리를 놓고 올라가서 창문을 두드린다. 그러고는 입을 대고는 살며시 소리친다.

"이것 봐. BC, 내가 특별한 손님을 모시고 왔는데, 우리 같이 작은 콘서트를 열자."

우울증에 빠진 듯, 사라졌던 기억을 찾아 자신의 깨진 조각들을 맞추고 있었다.

"길수, 뭐? 손님이 있다고?"

"그래. 내 손을 잡고 내려가자."

BC가 길수의 손을 잡고 옥탑방으로 내려와 일 층 거실에 있는 아빠 김 노인과 애린이를 만난다.

"이... 아가씨는 며칠 전 피투성이가 되어... 실신한 채 남자들에게 붙들려가던 그 사람 같은데, 어쩌다 너랑 이웃이 되었니?"

"맞아요. 그런 나를 보셨나요? 미친놈들 혼내주려다가 오히려 죽도록 두들겨 맞았습니다. 아마도 기절한 채로 끌려와 옆 건물의 작은 옥탑방에 갇혔던 것 같아요."

애린이가 BC를 보더니, "이름이 BC라고 했나요? 당신 눈 밑에 있는 물고기 문신이 무슨 의미인지 알고 있나요?"라고 묻는다.

"글쎄요. 기억할 수는 없지만 아주 어린 시절부터 있었어요."

"길수, 너 생각나? 라이얀 아주머니의 눈 밑에도 BC와 같은 문신이 있었다는 것을?"

"그러고 보니, 라이얀 아주머니 눈 밑에도 BC, 너랑 같은 문신이 있었어. 어쩌면 아주머니가 잃어버렸다는 그 딸 '카르멘'이 아닐까?"

"'카르멘', 누가 나를 부르는 것 같아. 아주 멀리서 다가오듯이 그 소리가 자꾸 내 귓가에 맴돌고 사라지지를 않아."

"BC, 그럼. 네가 그 '카르멘'이니? 라이얀이 말한 그 '노래하는 천사'가 바로 너였구나? 그래서 '카르멘'의 노래를 다 부를 수 있었던 거야."

"길수, '춤추는 천사'와 '노래하는 천사'가 만나 '천국으로 간다.'는 그 이야기가 사실인가? 정말 그 말처럼 우리의 인연이 이어지는 걸까?"

길수가 아빠 김 노인과 애린이를 차례로 등에 업고 옥탑방이 있는 곳으로 올라간다. 옥탑방의 닫혀있던 문을 활짝 열고 오색 등불을 켜자 넓은 옥탑방의 마당이 작은 공연장이 되어서 그들 앞에 펼쳐진다.

"길수야, 네 엄마가 '카르멘'을 좋아한다고 해서 내가 레코드판을 선물한 기억이 나는구나. 그러고는 그 음악에 맞추어 나를 웃게 만들겠다고 춤을 추었었지. 그게 벌써 어제 같은 날이었는데, 네 엄마는 죽어서 하늘로 가고 난 이 못난 몸뚱이를 끌고 지금껏 살아왔구나. 하지만 네 옆에는 언제나 애린이가 있으니 슬퍼하거나 외로워하지 마라.

이제 나도 네 곁에 가만히 누워서 저 먼 하늘을 가볍게 떠다니고 싶구나. 벌써 가야 할 길을 너를 핑계로 지금껏 미루어왔었다. 이제 너도 정상 생활을 할 정도로 맑은 정신을 가졌으니, 애린이와 함께 네 남은 삶을 즐기도록 해라.

애린이는 너를 구하기 위해 자기의 몸을 불구로 만들었다. 그런 친구를 더 슬프게 만들지 마라. 이제 나를 위해 해 줄 수 있는 것은, 네가 춤을 추는 모습을 보면서 새털이 바람에 휘날려 먼 곳으로 떠돌듯이 편하게 이 세상을 떠나는 것이다."

김 노인의 마지막 부탁을 어떻게 들어주어야 할까? 말 없는 눈빛으로 지켜만 본다. 이때 그들의 대화를 알아들었는지 갑자기 BC가 끼어든다.

"그렇다면 길수, 내가 직접 기타를 치면서 그 노래를 불러 볼게요."

BC가 낡은 기타를 들고 마당으로 나온다. 애린은 휠체어에 앉은 채로 길수와 춤을 추고 싶었다. 잠시라도 발끝에 힘이 들어가고 길수의 손을 당당하게 붙잡으면서 다시 한번 두 발을 높이 들고 힘껏 뛰듯이 춤추고 싶다.

BC가 기타 줄을 몇 번 튕기며 조율하는 동안, 애린은 무대의 중앙에서 길수의 손을 잡고 BC의 노래가 나오기를 기다린다. 시작의 언질도 없이 카르멘의 '하바네라'가 비운의 인생을 살아온 BC의 손을 타고 조금씩 흘러나온다. 길수의 몸이 애린이를 중심에 두고 천천히 움직이기 시작하자 하반신 마비로 몸을 가눌 수 없었던 애린은 '천국의 언덕'에서 길수와 마지막 춤을 추었던 모습을 생각하면서 두 팔에 힘을 주고는 휠체어에 몸을 세운다.

갑자기 휠체어가 기타 소리에 맞추어 좌우로 움직이고 길수가 애린이를 감싸며 휠체어에 몸을 기대고는 새가 절벽을 뛰어내려 하늘을 날듯이 아래위로 몸을 날린다. 애린은 돌아가는 휠체어에 몸을 맡긴 채 점점 빠르게 돌아간다. 길수가 휠체어를 바깥으로 밀자 건물 밖으로 떨어질 듯이 미끄러지고 빠른 발걸음으로 다가와 끝없는 절벽으로 추락할 것 같은 휠체어를 가볍게 잡아끈다. 꿈을 꾸듯, 길수의 손을 잡고 휠체어에서 벗어나 어두운 밤하늘을 하얗게 물들인 별빛 사이로 가벼운 새털이 되어 훨훨 날고 있다.

BC의 머리를 여러 겹으로 둘러싸고 있던 망각의 하얀 껍질이 조금씩 벗겨지면서 잊어버렸던 어머니 '라이얀'의 모습과 어린 그를 품에 안고 늘 춤추었던 '새'의 모습이 춤추는 길수의 모습에 겹쳐서 보이기 시작한다. 끝이 보이지 않는 소리로 목에 힘을 주고 어둠의 세상에 잠든 모든 이를 깨운다.

가늘고 여리게 시작한 소리가 날카로운 칼처럼 피부를 도려내고 심장을 찌르자 참을 수 없는 고통이 뼛속을 태울 듯이 왔다가 빨라지는 입술의 진동과 끊어지는 마디에 감미로운 향기가 더해지자 참았던 웃음이 갑자기 터져서 나온다.

영원할 것 같던 즐거움도 잠시, 짙은 안개에 가려진 작은 촛불 하나가 세상을 밝힐 수 있을 듯이 잠시 타오르다가 희미하게 사라져가는 빛의 그림자를 그리워하며 다시 슬퍼진다. 길수 아버지의 마지막 가는 길을 위해 온 힘으로 노래하고 춤을 추었다. 그의 영혼이 새털처럼 가벼워져 하늘 가까이 날고 있다.

밤의 낭만을 만끽하듯이 BC의 기타 소리와 노랫소리에 이름을 알 수 없는 새들이 날아와서 김 노인의 마지막 인사를 반기는지, 아니면 슬퍼하는 것인지 소리 내어서 울기 시작한다.

아들의 춤추는 모습을 보기 위해 작은 안락의자에 몸을 기댄 김 노인의 눈이 힘없이 감기다가 다시 몇 초간 눈을 뜨고 마지막 남아있는 힘을 다해 불꽃처럼 활활 타오르고 있는 그들만의 작은 콘서트를 지켜본다.

'하바네라'의 노래가 끝나자 김 노인의 눈이 감긴다. BC가 길수 엄마 '새'가 생전에 좋아했던 '볼레로'의 음악을 새들의 울음소리에 맞추어 낡은 기타와 천사의 소리로 부르기 시작한다.

떠나가는 영혼을 거두어 하늘로 올려보내고 어두운 하늘에 높이 떠 있는 '천국의 새들'을 향해, 마지막 남아있던 모든 기운을 쏟아서 큰 소리로 외치듯이 노래한다.

길수는 휠체어에 앉아있던 애린을 살며시 들어 올리고는, 두 팔을 그녀의 가슴에 묻고 천국의 절벽에서 마지막 춤을 추었던 순간을 기억하며 천천히 그녀의 몸을 끌면서 돌기 시작한다. 축 처져있던 애린의 몸에 힘이 들어가고 갑자기 발이 땅에 닿자 자기도 모르게 발을 구르고 하늘을 향해 날아갈 듯이 무중력의 공간을 떠돌며 멀리 저세상의 알 수 없는 공간으로 김 노인을 품에 안고 날아갈 것이다.

그들의 몸이 다시 땅에 닿는 순간, '파푸아 섬'의 '천국의 언덕'에서 길수가 보았던, 은빛 새털이 김 노인이 누워있던 자리로 아주 천천히 내려온다. 눈을 감고 있던 김 노인이 갑자기 두 손을 벌려 그것을 잡으려고 팔을 내젓는다.

얼마나 시간이 흘렀을까? 시간이 멈추었다. 김 노인은 아주 편안한 모습으로 안락의자에 누워서 아무리 불러도 깨어나지 않는 영원한 잠의 숲으로 들어갔다. 하지만 그의 두 손은 뭔가를 움켜쥔 듯이 오므라져 있었다.

애린이 김 노인의 차가운 손을 잡고 마지막 기도를 올리자 그의 움켜쥔 손이 살며시 펴지면서 보석처럼 빛나는 은빛 깃털이 불어오는 작은 바람이 그의 손을 스치고 지나가자 힘없이 바닥에 떨어지고 그 빛은 검은 재가 되어서 밤의 어둠 속으로 사라진다.

'천국의 새'가 김 노인의 영혼을 거두어서 길수 엄마가 사는 '천국의 하늘'로 올라간다.

3부-새벽

제1장 피의 눈물

시간이 얼마나 흘렀나? 매일 찾아오는 악몽에 잠을 제대로 못이룬 지가 한참 되었다. 도저히 참지 못해 병원에서 지어온 수면제 일주일 치를 한꺼번에 먹었다. 얼마나 깊은 잠에 빠졌던지 이 비서가 소리치고 뺨을 때려도 숨소리만 거칠게 몰아쉴 뿐, 몸은 움직이지도 아무런 자극에 반응하지도 않았다.

해가 하늘 높은 곳에서 서쪽으로 물러날 무렵, 죽음과 같은 깊은 잠에서 박 회장이 몸을 뒤척이며 손을 위로 들어 뭔가를 잡으려고 흔들기 시작한다. 이 비서가 그의 손을 잡자 강한 힘으로 매달리듯이 잡아당기며 '악'하는 큰소리와 함께 눈을 뜬다.

"회장님 드디어 일어나셨군요? 도대체 어떻게 된 일입니까? 벌써 3일째 이렇게 누워있었습니다. 의사 선생님이 이곳에 와서 상태를 확인하더니 수면제를 과다복용했다면서 링거주사를 놓고 가셨는데 마침내 일어나셨네요."

"내가 3일이나 잠을 잤다는 말인가? 자네도 알다시피 최근에 계속 잠을 자지 못했네. 누우면 바로 잠이 들 것 같았지만, 눈을 감으면 과거의 일들이 계속 눈앞에 펼쳐지고 깊은 정글의 숲을 헤치고 달아나는 나를, 검은 얼굴을 가진 자들이 칼과 창을 들고 소리지르며 잡으러 오고 있었네. 난 살기 위해 어디론가 달려가야 했었지.

그러다가 도저히 참을 수 없어서 김 박사가 처방해 준 수면제를 한 움큼 쥐고는 삼켜버렸어. 차라리 그렇게 죽었으면 하고 오랫동안 나 스스로 바라왔는지 모르겠네.

해안가에 버려진 뗏목에 몸을 싣고 넓은 바다를 떠돌다가 온몸의 피부가 벌겋게 물집이 생겨서 달아오르고 내 눈알이 하얗게 타서 재가 될 때까지 뜨거운 태양을 쳐다보았지. 그렇게 뜨거워진 내 몸이 살며시 불어오는 적도의 미풍에 식기 시작할 무렵, 밤송이 모양의 곱슬머리에 얼굴은 새까맣고 큰 눈망울을 가진 여자애가 칼에 깊게 베인 듯 목에서부터 피가 흘러내리고 흔들리는 뗏목 위에 앉아 바람 같은 노래를 부르면서 나의 고통을 위로해주었지.

그러자 파푸아의 하늘에서만 볼 수 있다는 '천국의 새들'이 날아와 내 몸 위에 앉더니, 뜨거운 태양 빛에 짓눌려 냄새나는 상처를 부리로 쪼아서 먹기 시작했었네. 고통을 느낄 수 있는 것은 다 먹어 치우고 남아있는 정신마저도 먹어치워서 적도의 바다에서 영원히 사라지기를 기도했었네.

눈앞에 보이는 팔과 다리가 사라지고 가슴에 심장만 남아서 뛰고 있을 때 내 몸은 새털처럼 가벼워져 하늘을 날 수 있을 것 같았지만, 갑자기 그 어린 소녀가 나의 심장 속으로 손을 넣고는, '킬박, 넌 아직 갈 때가 아니야. 넌 나의 저주를 받고 남아있는 너의 육신에서 피의 눈물을 흘릴 때 떠나야 해.'라고 소리치며 내 눈을 똑바로 바라보았지.

그리고는 적도의 태양도 녹일 만큼 차갑고 스산한 노래를 부르자 얼마 남지 않은 내 몸뚱어리가 시베리아의 얼음 동굴에 버려진 듯, 남은 영혼마저도 얼어서 뛰지 않을 때 자네가 나를 깨웠네.

3일간 그렇게 잠든 채 그 꼬마한테 내 죄의 용서를 구했단 말인가? 나를 죄인으로 만든 놈들은 한 놈도 남기지 않고 저세상으로 다 보내었는데, 왜? 그들은 나타나지 않고 그 꼬마의 노랫소리만 들리는지 알 수 없구나! 그들의 살과 뼈는 이미 썩고 먼지가 되어서 바람 속으로 사라졌을 거야! 이 땅에 살아남은 나를 원망하는 것도 잊어버린 채 그들은 저 하늘을 떠돌고 있겠지?"

제2장 죄인들의 축제

주차장 입구부터 알 수 없는 이름들로 적혀있는 화환들이 한참 먼 곳까지 이어져 있다. 늙은 취객들만 찾아오던 이곳에 이제는 젊은 십 대부터 중년의 나이까지 검은 고양이 BC를 외치며 그녀가 나타나기를 기다린다. 어떻게 된 일인가? 그녀의 신들린 듯한 공연이 음악 하는 친구들의 입소문과 유튜버 영상을 타고 언제부터인가 소리소문없이 퍼져나갔다.

'검은 고양이'라는 대형 간판이 걸리자 BC를 보려고 사람들이 모여들기 시작한다. 영업 시작 전인데도 바람잡이들의 전단에 있는 BC의 사진을 받아 가기 위해 저 먼 골목길까지 줄이 이어졌다. 준비해놓은 천장의 전단이 배부한 지 몇 분 만에 동이 났다. 지배인이 예상치 못한 상황을 급하게 사장에게 알린다.

"사장님! 지금 바람잡이 하는 알바들이 전단 배부 시작한 지 30분 만에 바닥이 나서 더 돌릴 수가 없다 카네요. 그래서 마 전부 집으로 갔습니더."

"이봐! 그게 무슨 말인가? 그럼 그 천장의 전단이 어디로 갔단 말인가?"

"사람들이 길게 줄을 서가꼬 모두 받아 갔다 캅니다. 그것도 삼십 분 만에 말이지예."

"뭐야! 어떻게 그런 일이?"

"우리도 알 수 없어가꼬 찾아온 사람들에게 물어본 끼네, 이미 언더그라운드 음악 하는 아들 사이에는 BC를 직접 만나보지는 못해도 대부분 BC라는 이름을 알고 있다 카네예.

클럽에서 노래하는 동영상이 어떻게 유출된 지는 잘 모르지만스도, 유튜버에 이미 수십만 번의 조회 수를 올리고 젊은 아들 사이에서는 꽤 유명하다 캅니더.

가들 말로는 신들린 무당이 굿을 하듯이 노래를 부르는 장면이 아주 인상 깊게 각인돼있다 캅니다. 뭐라꼬 쉽게 표현해야 되겠노? 사람들의 마음속에 있는 한이 그 노랫소리를 듣고 있으몬, 어디론가 우울함은 '팍' 사라지뿌고 봄의 따스한 온기와 함께 나비가 날갯짓하는 것처럼 찾아온다 카네요.

그라고 어디서 찍은 지 알 수는 없지만, BC가 노래하고 왠 남자아가 같이 춤을 추는 영상도 있던데, 이걸 보고는 '하늘에서 내려온 천사가 욕망의 늪에서 허우적거리는 죄 많은 인간을 모두 데리고 하늘로 갈 꺼다.'카는 댓글을 적어 놓았다고 캅니다."

"그것 나쁜 소리는 아니네. 하지만 사실도 아닌 일에 사람들이 너무 과민하게 반응해서 우리가 감당하고 방어할 수준을 넘으면 곤란한데.

이것 참! 우리도 이렇게 배부른 고민을 할 수 있다니, 이제 나에게도 누런 돈의 향기가 코안에 머물고 내 뱃속에는 먹어도, 먹어도 소화되지 않을 커다란 돈뭉치가 가득 차기만 빌어야겠네.

이것 봐! 당장 그년을 데려다가 사우나에서 때밀이도 시키고 미용실에 보내서 얼굴 광도 좀 내라고 해! 당장 오늘 저녁부터 무대에 출연시킬 수 있도록 준비해라. 알겠나?"

빅초이가 그의 생전에 두 번 다시 일어나지 못할 일에 흥분되었는지, 그의 눈은 저 멀리에 있는 높은 빌딩 숲의 한가운데를 주시하고 있다.

문득 무슨 생각이 난 건지 급하게 누군가에게 전화를 건다.

"이것 봐. 문식이 동생, 나 빅초이야! 자네 아직도 그 뭐냐? 트럭 위에 음향 장비 싣고... 야외에서 공연이나 이벤트를 하고 있나? 오늘 자네 트럭이 한가하면..., 그래. 요즘 겨울이 다가오니 오후 6시만 되어도 컴컴하지. 오후 5시까지 제일 큰 트럭에 5인조 밴드가 연주할 수 있는 장비 싣고 우리 클럽 앞으로 와주게. 알겠나?"

빅초이가 지배인을 급히 다시 부른다.

"그 유튜브 영상에 오늘 오후 6시에 '검은 고양이 라이브 클럽' 앞에서 전속 가수 BC의 개업 축하 공연이 있다고 댓글로 알리고 추가로 전단을 급히 인쇄해서 바람잡이 하는 애들에게 빨리 돌리도록 해. 알겠지?

자네와 나에게 복이 굴러들어오는 게 보이지 않나? 이제 나도 빚더미 속에 묻혀있던 삼류클럽의 사장이 아니라, 저 높은 빌딩의 어디에선가... 회전의자에 걸터앉은 채 진한 커피 한잔을 마시면서 먼 창밖의 어디 낮은 곳을 바라보고 있는 빅초이를 상상해 봐. 멋지지 않나?

그리고 지금부터는 어떤 놈도 BC에게 접근하지 못하도록 철저히 막도록 하게. 그 애가 앞으로 기계처럼 돈을 찍어서 우리의 주머니와 뱃속으로 보내줄 테니, 어떤 일이 있어도 절대로 그 애를 우리의 손아귀에서 놓아주어서는 안 된다는 것을 꼭 기억해. 알겠나?

우리가 죽을 각오로 이 기회를 잘 이용해야만, 너도 살고 나도 사는 길이라는 것을 명심해라. 그러니 우리 둘이 한 몸이라 생각하고 잘해보자고. 알겠나?"

어두운 방에 갇혀있던 BC가 지배인의 짧은 영어 몇 마디에 사우나로, 다시 미용실로 끌려왔다. 갑자기 왜 이러는지 알 수가 없다. 언제는 보는 것만으로도 재수 없다면서 죽도록 주먹으로 두들겨 패더니만, 갑자기 외모 바르고 매너 좋은 여자 한 명이 나를 공주처럼 모시며 비서처럼 따라다닌다. 영어도 꽤 하는 편이라, 기분 내키는 대로 지껄이기로 했다. 나같이 미친 여자를 처음 대해보는지, 내가 말을 할 때마다 어리둥절하며 약간 멍청해 보여서 재미있다.

"봐라! 조이, 이것 끝나고, 저녁 6시에 클럽 앞에서 개업 기념 야외 공연이 있다고 말해라. 30분 정도만 부르면 되니까 뭘 부를지 생각해두라 카레이."

이름은 '조이', 나의 영어통역이 무식한 지배인의 말을 점잖게 번역해서 전해준다.

"조이, 난 지난번에 두들겨 맞은 몸이 아직 낫지를 않아서, 노래 부를 힘도 그럴 의욕도 없다고 저 멍청한 지배인에게 전해줘."

"뭐라꼬? 하라면 하는 기지, 뭔 말이 그래 많노! 저년이 아직도 정신을 못 차렸나? 쓸데없는 소리 그만하고, 사장님 지시니 무조건 해라 캐라이."

"그래. 못하면 또 때릴 거야? 이제 두들겨 맞는 것은 겁도 안 난다. 이것 봐. 조이, 저 녀석들은 완전히 깡패들이야. 돈도 필요 없으니 고향으로 돌아가게 해달라고 부탁해도, 내 여권을 가져가 무슨 짓을 했는지 알 수 없지만, 나를 독방에 가두어놓고 저놈들 말만 듣게 하는 충실한 집 강아지로 만들고 있어.

그러다가, 맘에 들지 않으면 며칠씩 걸어 다니지도 못하게 나를 두들겨 팬다고. 그러니 조이, 너도 일찌감치 맘 잡고 다른 데 가서 새로운 일자리를 찾아봐. 그런데, 이 자식들이 갑자기 왜 이러는 거지? 나를 마치 꿈꾸는 공주의 모습으로 만들고 싶은 거야? 야! 지배인, 빅초이 머리가 며칠 사이에 이상해진 것 아니야? 자꾸 그러면, 빨리 이 세상을 떠날 텐데."

BC가 점잖고 예의 바른 조이에게, "왜 그러니? 말 돌리지 말고 내가 한 말 그대로 직역해서 통역해줘."라고 크게 소리치며 신세타령을 한다.

미용실은 지배인과 BC가 싸우는 소리 때문에 다른 손님들은 기가 죽은 듯이 조용해졌다. 이때 미용실의 문이 열리더니 한 무리의 여학생들이 들어온다. 그러고는 한참 동안 거울에 비추어진 BC를 쳐다보더니, 뒤에서 작은 소리로 수군거리기 시작한다. 그러더니 옆에 있는 조이에게 한 학생이 다가가, "앞에 이분, 인터넷에서 떠도는 검은 고양이 BC가 아닌가요?"라고 묻자 조이가 고개를 끄덕여 준다. 그러자 여학생들이 소리를 지르며 어디론가 문자를 보내고 몇몇은 독백같이 중얼거리는 BC의 모습을 촬영한다.

"이것 봐. 조이, 저 애들이 왜 나를 보고 사진을 찍는 거야? 깜둥이 처음 보나? 왜 저러지? 언제는 늙은이들이 좋다고 매달리더니만, 오늘은 젊은 꼬맹이들이 저렇게 카메라를 들이대네. 참! 세상은 요지경이야. 애들에게 말해줘! 숨어서 찍지 말고 여기 가까이서 내 얼굴이 크게 나오게 찍으라고 말이야."

조이의 말을 들은 학생들이 BC 곁으로 모이고 그들의 등에 떠밀린 지배인은 구석진 소파에 주저앉은 채 보이지도 않는다. 휴대 전화기 라이브 화면에 같은 또래의 친구로 보이는 애들이 환호성을 지르고 뭔가를 부탁하는 소리가 들려온다.

"조이, 애들이 지금 뭐라고 하는 거야? 왜 이러지? 혹, 내가 외국의 유명한 팝스타와 닮기라고 한 거야?"

"아니요. 당신이 노래하는 BC라면, 이 자리에서 노래 한 곡만 불러 줄 수 있는지 부탁합니다."

"난 하늘에서 내려온 '노래하는 천사'야. 천국을 가기 위해 '춤추는 천사'를 기다리고 있지. 노래하는 것은 내가 숨 쉬는 것과 같아서 어려울 게 없지. 좋아. 불러줄 테니, 내가 입으로 하는 소리에 맞추어 너희도 크게 따라 해 줘야 해. 할 수 있겠니?"

지배인은 속으로 '아니, 저년이 조금 전까지만 해도 아파서 도저히 노래 부를 힘도 없다고 하더니, 뭐야?'라며 웃고 있다.

머리를 한참 손질하던 BC가 머리에 온갖 장식을 그대로 매단 채 의자에서 일어나 앉아있는 학생들의 자리로 다가간다. 아카펠라 같은 소리와 리듬을 반복하며 학생들과 같이 소리 내어 부르기 시작한다.

그들도 놀란 듯, 그들이 만들어낸 목소리가 리듬과 화음이 되어서 미용실의 작은 공간을 아름다운 소리로 가득 채운다. 조금 전까지만 해도 성난 항소같이 숨을 '헉헉'거리며 다가오던 모습은, 향기로운 꽃의 숨결과 향기에 취해서 이내 사라지고 처절한 몸부림으로 숲속을 방황하며 작은 구멍 사이로 들어오는 작은 희망의 빛을 찾듯이 시작은 여리게 그들의 닫혀있던 마음을 서서히 열게 만든다.

클럽에서 매일 같이 부르던 더럽고 악취 나는 노래가 아니라, 역사의 흐름 속에 깊이 잠들어있던 신들을 깨워서 꿈길에서 마중하듯이 먼 곳으로부터 아련한 소리가 목에서 시작하더니 점점 머리로 올라가고, 온몸을 진동시켜 넓게 울려 퍼진다.

머리를 손질하던 한 손님은 모든 것을 멈추고 갑자기 뭔가에 이끌린 듯이 끓어오르는 감정을 참지 못하고 쉼 없는 울음을 그녀의 노래에 맞추어 토해낸다. 얼마나 오랫동안 가슴속에 한으로 맺혀있었던지, 울 때마다 썩는 냄새가 진동했지만, 노래가 절정을 넘어가자 달콤한 꽃향기를 만들어 시간의 흐름 속에 띄워 보낸다.

BC는 그곳이 미용실이라는 사실과 누구 앞에서 노래하는 것인지를 순간 잊어버렸다. 자기도 모르게 노랫소리에 묻혀, 깊은 산속의 그늘진 숲길을 걷다가 달리고 미친 듯이 뛰면서 날뛰다가 어느새 작은 햇살이 들어오는 낮은 언덕에 올라와 홀로 서 있다.

노래하는 BC의 모습이 라이브 영상을 타고 인터넷으로 순식간에 퍼져나간다. 아무것도 모르는 BC만 다시 자리에 앉아 머리 손질을 계속한다.

학생들이 소리친다.

"지금 나오는 조회 수를 보라고! 이 영상 대박이야!"

그들의 소리는 들리지 않고 BC의 머릿속에는 오로지 길수와 노래하고 춤추는 그들만의 세상으로 빨리 돌아가고 싶은 생각뿐이다.

애린이가 소파 구석에 잠들어있는 길수를 깨운다.

"길수야, 바깥에 무슨 일이 벌어졌는지 몇 시간 전부터 사람들이 확성기로 소리 지르는데, 우리 같이 나가서 확인해볼래? 집에만 계속 있지 말고 우리 잠시라도 한번 나가보자. 이렇게 매일 갇혀있는 게 내가 병원에 있는 것과 무슨 차이가 있니? 그리고 넌, 뭔가에 넋을 잃고 정신없는 사람처럼 멍하니 있을 거면, 나를 다시 병원으로 데려다줘.

혹시 BC를 못 만나서 그런 거야? BC가 보고 싶은 거니? 맞아! 이렇게 휠체어에 온종일 걸터앉아 춤은커녕 몸도 못 움직이는 나를 돌봐주고 있는 너의 심정은 내가 잘 이해하지. 아무리 좋은 사람이라도 서로가 마주하며 함께 해야 하지만, 내가 그러지 못하니 너에게 미안할 뿐이다."

"왜, 그런 소리를 하는 거야. 네 몸이 어쩌다 그렇게 되었는지 잊었니? 나를 살리려고 너의 몸을 던져 희생한 것을 난 누구보다 잘 안다고. 그러니 이제 그런 말은 하지 마!"

"길수, 내 몸이 굳어서 함께 춤추지 못하지만, 얼마 전 BC가 왔을 때처럼 우리 함께 춤도 추고 하늘을 날아 갈 것 같은 기분을 느꼈을 때는 정말 좋았잖아?"

"그래. BC가 다시 와서 노래 부르고 난 너를 내 품에 안고 다시 춤추고 싶지만, 스피커에서 흘러나오는 소리로는 내 마음을 움직일 수도 없고 내 몸이 움직이지도 않으니, 나도 내 몸을 어떻게 해야 할지 몰라서 미치겠어."

"길수야, 괜찮아. BC에 대한 너의 솔직한 마음을 그대로 이야기 해도 난 너를 이해해 줄 수 있어. 언젠가 저 높은 곳으로 갈 수 있다면 나의 무거운 몸뚱어리는 이 땅에 던져버리고 새털처럼 가벼운 영혼만으로 항상 네 곁에 날고 있을 거야. 그러니 그곳으로 가기 전에, 네가 하늘에서부터 맺어온 BC와의 인연을 방해하지는 않을 거야. 이 몸으로 무엇을 할 수 있겠니? 안 그래?"

애린은 우울한 길수의 모습에서 자신과 BC와의 미묘한 관계를 어떻게 정의하고 이해할지를 두고 몇 시간째 길수에게 설명하고 있다.

"이제 알았으니, 네 말대로 잠시 밖에 나가보자. 사실 바깥소리 가 시끄러워 잠도 오지를 않아."

집으로 들어오는 골목길을 벗어나자 사람들이 지나가는 길을 막고 있다.

"이것 보세요. 여기 무슨 사고라도 생겼나요? 휠체어 지나가게 길 좀 열어주세요."

큰 소리로 소리쳐보지만, 누구 한 사람 대꾸도 없이 인파에 떠밀려 검은 고양이 클럽 앞에까지 왔다.

"길수야, 저기 큰 간판에 나와 있는 사람이... 그 BC 아니니?"

"그래. 맞아! 그런데 저기에 왜 BC의 사진이 걸려있는 거지? 그러면 여기가 BC가 노래 부른다는 그 클럽인가? 우리 집 바로 옆이네!"

"길수! 너, BC의 모습을 사진으로 보아도 그렇게 기분이 좋은 거야? 너.... BC를 좋아하는 것 아니야? 나를 두고 사실이라고 말하지는 않겠지만, 괜찮아. 난 이해한다고. 너를 육체적으로 사랑해줄 수 있는 사람이 BC라는 것을... ."

앞을 가로막고 있던 큰 트럭의 짐칸이 서서히 사방으로 열리더니 천장에 조명이 들어오고 음향 장비가 설치된 공연무대로 만들어졌다. 머리에 듬뿍 기름칠한 사회자가 마이크를 잡고는 소리친다.

"여러분! 저희 '검은 고양이 라이브 클럽'의 개업식에 와주신 분들에게 깊은 감사를 드리며, 여러분이 그토록 만나기를 기대하시는, 우리 클럽의 전속 가수, Black Cat, BC 양을 이 자리에 특별히 모셔서 노래를 듣는 자리를 마련했습니다. 잠시만 기다려주십시오."

사회자의 말이 끝나기도 전에 여기저기서 BC의 이름을 계속 외친다. 이렇게 이상한 광경에 길수와 애린은 서로 번갈아 보며, "이봐. 길수야, BC가 유명한 가수인지 난 정말 몰랐어. 아니면 어떻게 이 많은 사람이 추운 날씨에도 몇 시간씩 자리를 지키며 기다릴 수 있단 말이야! 도저히 이해할 수 없네."라며 놀란 모습으로 모여 있는 사람들을 지켜본다.

어디에서 나타났는지 갑자기 덩치 큰 남자들의 무리가 클럽 앞에 있던 사람들을 힘으로 밀치고는 안으로 들어온다. BC는 머리까지 덮이는 외투에 마스크를 쓴 채 마치 권투선수가 링 안으로 들어오듯이 조이의 손에 이끌려 들어온다.

"이봐. 조이, 아직 영업 시작할 시간이 아닌데, 도대체 무슨 일이야?"

그때 돼지같이 덩치 큰 빅초이가 BC에게 다가오더니 손으로 건물의 벽면을 가리킨다.

"BC, 저기를 봐. 저 여자가 누군지 알겠어?"

"아니, 왜 내가 저기에 있는 거야? 클럽의 입구와 간판이 바뀌었네. 조이, 저기에 뭐라고 적어놓은 거야?"

"검은 고양이, Black Cat 라이브 클럽이라고 적혀있네요."

"뭐야? 왜 내 이름이 저기에 적혀있는 거야?"

"네 이름을 따서 '검은 고양이'로 클럽 이름을 바꾸고 오늘부터 새롭게 개업했다고. 알겠니? 이제 네가 이 클럽의 상징적인 마스코트이자 우리의 든든한 밥줄이 되는 거야. 우리의 모든 돈이 너의 움직이는 몸짓과 지르는 노랫소리에 따라, 여기 이 주머니 속으로, 아니 큰 포대 속에 가득 채워질 거야. 잠시 후에 개업을 기념하는 축하 공연으로, 저기 트럭에 마련된 무대에 올라가서 30분 정도만 소리 질러주면 된다고. 알겠어?"

"난 빨리 고향으로 돌아가고 싶은데, 너의 욕심이 굵은 올가미가 되어 나의 목을 다시 조여서 오네?"

"BC, 사람에게 이런 기회가 항상 찾아오지를 않지? 어쩌면 평생 한 번도 찾아오지 않고 죽는 사람들이 대부분일걸. 저기를 봐. 저기 있는 사람들이 네 이름을 부르고 있는 게 들리지 않니? 이제 우리에게도 그런 기회가 왔고 너도 이것을 잘 이용하면 평생 공주처럼 살 수 있다고. 알겠어? 너의 목숨이 살아있을 때까지 우리는 같이 움직이고 돈과 명예를 함께 누려보자. 이게 그 시작이야."

무대에서 요란한 음악 소리가 울리고는 사회자가 Black Cat, 블랙 켓이라는 이름을 크게 부른다. 옆에 있던 조이가 BC에게 "이제부터 당신의 쇼 타임이니 무대에 빨리 올라가세요."라고 소리친다. 어찌 된 영문도 모른 채 떠밀리듯이 트럭 위의 무대로 올라간다.

조금 전부터 날이 어두워지고 트럭 위의 간이 무대에서 나오는 불빛만이 검은 외투를 입은 BC의 모습을 비춘다. 손으로 조명을 가리고 앞을 보니, 빈자리 하나 없이 많은 사람으로 둘러싸여 있다.

"좋아! 무슨 영문인지 모르지만 닥치는 대로 내 기분이 이끌려가는 곳으로 한번 가보자."

밴드의 연주자들이 BC와 몇 마디 말을 주고받더니 음악이 흘러나온다. 갑자기 BC가 마이크 줄을 잡고 빙글빙글 돌리기 시작하자 전시에 공습경보가 발령된 것 같은 소리가 되었다가 때론 비행기 프로펠러가 돌아가는 소리로 변해 뿜어져 나온다.

날카로운 못으로 대리석 바닥을 갈퀴며 문지르고 다시 붉게 녹이 슨 철판 위를 불꽃이 일듯이 긁는다. 그녀의 목소리는 점점 더 높아져 귀가 찢어질 듯한 고통으로 다가오고 기타의 메탈릭한 사운드에 머리가 어디로 날아갈지도 모를 정도로 흔들기 시작한다.

어떤 사람들은 귀를 움켜쥐고 억지로 참는 이도 있고 어떤 이는 더 날카로운 소리가 나올수록 그들의 얼굴에 기쁨과 환희의 모습이 선명하게 나타나면서 미친 듯이 발을 구르고, 머리와 팔이 떨어질 것처럼 흔든다.

한 번도 들어보지 못한 BC의 노래에 당황한 빅초이는 스피커에서 나오는 소음을 견뎌내지 못해 귀를 움켜쥐고는 바닥에 무릎을 꿇은 채 움츠리고 있다.

갑자기 길수의 몸이 파푸아 정글의 의식 때처럼 죽은 사자의 영혼이 그의 몸속에 들어와 움직이기 시작한다.

　무대 위에서 소리를 지르던 BC가 춤추는 길수의 모습을 보고 단번에 알아차렸다. 마이크를 잡고 무대 아래로 내려오더니, 길수의 손을 잡고는 둘이 함께 무대 위를 오른다. 노랫소리는 잠시 멈추고 숨을 죽인 듯한 고요 속에서 드럼의 타악기 소리만 점점 강하게 그리고 빠르게 울려 퍼진다. 파푸아 정글 속에 사는 동물들이 무대로 뛰어 올라와 소리를 지르듯이 그들의 소리를 노래로 만들어 부르고 있다. 수십 마리의 맹수가 길수와 싸우듯이 서로 물어뜯고 싸운다. 타악기의 북소리가 더 빨라지자 기관포 같은 속도로 이상한 동물들의 소리를 노래하다가 다시 사람의 언어인 영어로 소리친다.

　'더럽고 추악한 한국인'이라는 주제로 랩을 외치고 있다. 영어를 알아듣는 외국인들이 함께 소리치고 그들의 입으로, '추악한 한국인'을 외친다. 중간 손가락을 치켜든 채 팔을 들고 마사이족이 춤을 추듯이 하늘을 향해 날뛰기 시작한다. BC는 무릎을 꿇고 엎드려있는 빅초이를 손가락으로 가리키며 '더럽고 추악한 한국인'이라 소리친다.

　정글 숲속의 죽은 정령들이 길수의 몸을 빌려 몸을 흔들고 그들의 소리가 BC가 부르는 노랫소리를 타고 듣는 이들의 영혼 속으로 들어간다. 죽은 자의 세계에서 머무는 짧은 고통의 순간을 즐기러 여행을 떠난다.

　춤은 혼돈의 부대낌으로 서로 껴안고 온갖 사지가 덩굴처럼 엮여서 다 같이 흔들기 시작한다. BC의 주술 같은 음악이 그들을 죽은 자의 세계로 이끌어간다.

　얼마나 시간이 흘렀을까? 깊은 어둠 속에 숨어있던 소리를 세상 밖으로 내뱉으면서 그들의 마음은 점점 가벼워지고 강하게 불어오는 바람에 모든 것을 날려 보낸다.

어디에선가 먼 남쪽의 습기를 가득 담은 음산한 바람이 몰아치더니, 예정에 없던 강한 소나기가 내리면서 바람이 불어온다. 세워 놓은 스피커가 강풍에 쓰러지고 무대 위로 물대포를 쏘듯이 억수 같은 비가 퍼붓는다. BC의 모습은 사라지고 무대 위에는 길수가, 아래에는 애린이만 남았다.

제3장 죄의 굴레

저녁부터 밀려오는 고통을 참을 수 없다. 수면제를 먹고 잠든 뒤로 며칠 나아지는 듯했다가 다시 고통이 밀려온다. 잠들지 못하는 고통, 뭔가에 붙잡혀서 더 깊은 곳으로 들어가는 느낌, 눈을 감고 잠들려고 하지만, 나의 기억은 조금씩 과거로 돌아간다.

박 회장이 이 비서를 부른다.

"병원에서 처방해온 수면제를 먹어도 잠이 오지 않는데, 며칠 전처럼 한목에 다 먹고 잠들어 볼까? 그런데 그 약이 다 어디로 간 거야? 혹시 자네가 치웠나?"

"혹시나 다 드시지 않을까 해서 감추어두었습니다. 그 많은 약을 다 드시면 치사량이 될 수도 있습니다. 제가 회장님을 위해 뭔가 다른 방법을 찾아보아야겠습니다."

"그래. 자네가 나를 좀 살려주게나. 누군지 알 수 없는 자가 어둠의 그늘에서 나의 목덜미를 후려잡고는 흙탕물과 진흙이 가득한 길로 끌고 가더니 손가락 하나도 움직일 수 없는 어두운 동굴 속에 가두었네. 이제 남아있는 힘으로 그들의 지배에 얼마나 저항할 지 모르겠어.

손가락 하나도 움직일 수 없는 신세가 되면, 저 방 한가득 쌓아 놓은 돈이 무슨 소용 있겠나? 그들이 점점 나의 영혼을 빼앗고, 남아있는 육신마저 짓밟아 버리고는 까마귀밥으로 던져 줄 거야. 차라리 이 높은 빌딩에서 발가벗은 채 뛰어내리고 싶네.”

영혼의 침식을 당하고 있는 그는 머리에서 피가 날 정도로 손가락으로 긁고 몇 개 남지 않은 머리카락을 잡아당기며 괴로움을 참지 못해 소리 지른다.

주치의가 긴급 처방한 신경 안정제를 먹고 잠시 눈을 붙였다. 지난 죄의 굴레에서 벗어나지 못한 듯, 눈을 감은 지 일 분도 안 되어서 다시 뭔가에 놀라 눈을 뜨고 과거와 대화를 하듯이 소리친다.

이 비서가 급히 박 보살에게 전화를 건다. 박 회장이 여유가 있을 때마다 도와왔던 무당이자 점쟁이다. 급한 일이나 중요한 결정에 앞서 자문을 자주 구했던 분이다.

“보살님, 잘 계셨는지요? 요즘 저희 회장님의 건강이 좋지 못해 이렇게 전화를 드렸습니다. 마치 과거의 악몽에서 벗어나지 못한 사람처럼 거의 일주일 동안 잠을 제대로 자지 못하고 미친 사람처럼 변해가고 있습니다. 저러다가 무슨 일이 생길지 모르겠습니다. 의사가 처방해준 약도 아무런 도움이 되지 않습니다.”

“그렇지 않아도 박 회장이 느끼는 것과 같이 나도 그 비슷한 느낌을 받고 있습니다. 살아있는 귀신이 그의 몸에 붙었습니다. 단순한 굿이나 푸닥거리로 해결될 일이 아닙니다.

과거 박 회장이 지은 죄를 다 용서받아야 그 몸이 낫게 될 겁니다. 나의 능력으로도 그 귀신을 쳐낼 수 없어요. 잘못하다간, 나도 제명에 살지 못하고 죽을 수 있기 때문입니다. 그러니 빨리 그자를 찾아내어서 그에게 용서를 받으세요. 그자는 박 회장과 아주 가까운 곳에 있을 겁니다."

이 비서는 홀로 생각해본다.

"도대체 그자가 누구지? 회장님의 과거를 알 수 없으니, 도와드릴 수도 없고...."

박 회장이 소리친다.

"이것 봐. 애들을 시켜서라도 아편 좀 구해주게나. 난 잠시라도 아무런 생각 없이 잠들고 싶네. 그러다 깨어나지 않으면, 영원히 그 길에서 잠들도록 내버려 두게."

"회장님, 방금 박 보살과 통화를 했습니다. 그분이 말하기를 과거에 있었던 잘못으로 큰 원한을 사서 살아있는 귀신이 회장님의 몸에 붙어있으며, 그 귀신은 회장님의 아주 가까운 곳에 있다고 하였습니다. 진정으로 죄를 뉘우치실 때까지 그 귀신은 물러나지 않을 것이라 하였습니다."

"그자가 누굴까? 내가 지은 죄가 워낙 커서 말이야! 죽으면 틀림없이 지옥으로 갈 것으로 생각하였지만, 내가 얼마나 나쁜 놈이면 죽기도 전에 먼저 그 죄의 심판을 받아야 한다니 이럴 어쩌겠나."

이 비서가 뭔가를 예감한 듯, "회장님. 검은 고양이 클럽에 가시면 늘 편안하다고 하시지 않았나요? 개업했다는 문자를 받았습니다."라고 박 회장에게 말을 전하자 "그런가? 그곳으로 가보세. 나를 부축해 주겠나?"라고 대답한다.

어제저녁 공연은 한마디로 어떻게 표현해야 할까? 사장 빅초이가 의도했던 방향은 전혀 아니었다. 그런데도 그렇게 많은 사람이 추운 날씨에도 불구하고 몇 시간을 기다리며 BC의 공연을 지켜보았다니 믿기지 않는다.

"지배인. 어제 BC가 몇 분 정도 공연하였나?"

"사장님께서 지켜보지 않았습니까?"

"그 찢어지는 음악 소리에 내 고막이 터지는 줄 알았어. 왜 하필 개업식 음악을 그런 곡으로 했는지... 원 참! 지나간 일인데 어쩔 수 없지."

"원래 30분으로 계획했었는데요, 갑자기 비바람이 불어치는 바람에 한 십여 분 정도 한 것 같습니다."

"젠장! 그 십여 분 공연하려고 행사용 차량도 부르고 그 많은 전단을 뿌렸다니, 돈이 돈이 아니야."

"하지만서도, 공연이 끝난 뒤에도 사람들이 떠나지 않고, BC를 보게 해달라꼬 몇 시간 동안 클럽 앞에서 소리를 지르고 난동을 부린 줄 아십니까? TV 방송에는 나오지 않았지만요, 인터넷 방송에는 난리가 났다 아입니까. 그런데 '업소에서 BC를 강제로 붙잡아놓고 불법 체류시키면서 노예처럼 부려 먹는 것 아니야? 고통받는 여자의 모습이 공연에서 확연히 나타났다.'카는 댓글이 계속 올라오고 있습니다. 이러다가 외국인 불법감금으로 걸려서 경찰 조사받는 것은 아니겠지요?"

"야! 이 자식아. 걱정하지 마라. 내가 그런 대비도 없이 우리의 금덩어리를 세상에 공개했겠니? 자꾸 그러면 BC를 네놈 형수로 만들면 되지 않겠니? 나이 50에 이혼 경력이 두 번이나 있는 놈에게 누가 시집오겠냐? 만약 BC가 나에게 온다면 딱 10년만 무대에서 일을 시키고 고향 필리핀에 데려가서 조용히 같이 사는 거야. 어때 내 생각이 현란하지 않나? 혼인신고 하면 불법 체류자 딱지도 떼고 내가 그년 몸에 평생 껌딱지처럼 붙어 다니는 거지. 주위에 맴도는 건달 새끼들도 내가 다 막아 줄 테고. 서로 좋은 것 아니야?

하지만 지금은 그때가 아니야. 만약 그런 말을 꺼냈다간, 아무거나 눈에 잡히는 것으로 내 머리통을 날려 버릴 거야. 아직 뜸을 들일 시간이 필요해. 야! 그러니 앞으로 형수님 되실 분이라 생각하고 잘 모셔라."

"알겠습니더. 내한테 돈을 내리는 분이고 형수님인데, 이보다 더 높은 상전도 없지예."

이때 빅초이가 걸려 온 전화 한 통을 받는다. 통화 내내 머리를 조아리고 몸을 굽실거리는 것으로 보니, 아주 힘센 건달 형님으로부터 걸려 온 전화인 것 같다. 밖으로 나가려는 지배인을 다시 부른다.

"이것 봐. 지배인, 방금 박 회장님 비서로부터 전화를 받았는데, 박 회장님께서 조금 있다가 여기로 오신다고 하네. 그리고 저녁 시간에 가까운 곳에서 BC와 식사를 하고 싶다 하니까, BC를 빨리 데리고 나가서 최대한 예뻐 보이게 치장 좀 시켜라. 알겠나?"

"뭐라꼬예? 조금 전에만 해도 BC를 형수님으로 잘 모시라고 해 놓코는, 갑자기 박 회장님과 식사를 한다꼬요? 잘 이해가 되지 않습니더."

"아! 자식 말 더럽게 안 통하네. 박 회장은 우리의 스폰서이자, 최고의 VIP가 아니냐? BC를 홀라당 까바쳐서라도, 그분의 환심을 무조건 사야 하는 거야. 우리 사업을 성공적으로 이끄는 데 엄청 중요한 일이야. 사랑 따로, 사업 따로 구분할 줄 알아야지. 돈이 들어온다는데 이 정도는 눈 딱 감고 살아야지. 안 그래? 네놈도 문 앞에서 얼쩡거리며 큰 덩치로 문지기 신세 면하려면, 박 회장을 큰 형님으로 모시고 BC를 형수님처럼 대하라고. 자식아. 덩치만 컸지, 머릿속이 그렇게 비워져서는, 먹는 밥은 다 어디로 갔냐?"

오늘도 통역 조이의 손에 이끌려 때 빼고 광내는 일과를 마쳤다.

"헤이. 조이, 제들이 왜 갑자기 나에게 이러는지 알고 있니?"

"글쎄요. 저는 단지 전달받은 일만 하다 보니, 아직 그까지 깊은 내용은 알지 못합니다."

"오늘 너 보았지? 그 미용실 원장이 나를 대하는 모습을, 참! 우습지? 어제는 동물원에서 갓 탈출한 원숭이처럼 보더니, 오늘은 나만 앉을 수 있는 자리에 음료수까지 그리고 기념사진 같이 찍자고 들이대는 모습을 생각하니, 정말 우스워!

우리에게 뭔 일이... 아니, 나에게 뭔 일이 생긴 거야? 어제 공연에서 추잡한 한국 사람들을 향해 그렇게 많은 욕을 했는데, 괜찮을까? 아마도 나의 말을 못 알아들었겠지? 하지만 어떤 사람은 내가사를 이해했는지 마구 소리치며 열광하는 사람도 보았어. 이곳이 내가 생각했던 만큼 추잡하고 더러운 인간쓰레기만 사는 곳이 아닌 것 같아서, 이곳을 떠날 때는 많이 아쉬울 것 같아."

"어제 무대에 손잡고 올라간 남자분도 사전에 기획된 건가요?"

"아하! 그 남자, 그 애는 우리가 태어나기 전부터 하늘에서 맺어온 인연이야. 긴긴 시간여행을 통해 마침내 이곳에서 만난 거지. 그는 나의 연인이자 사랑스러운 친구지만, 내가 그를 만나기 한참 전에부터 이미 사랑하는 여자가 그에게 있었기에, 내 마음대로 그를 어떻게 할 수가 없어.

그 여자애는 하반신 마비로 평생 휠체어에서 살아가야 하는 신세라, 그런 남자를 내 것으로 만들기에는 내 마음이 너무 아파. 하지만 그에게만 자꾸 내 마음이 끌리는 것을 나도 어떻게 할 수가 없어. 우리의 그런 인연을 알면서도 못 본 척해주는 그 여자의 마음을 같은 여자로서 읽을 수 있다는 사실이 나를 더 슬프게 만들어."

"그럼 한 남자를 두고 두 여자가 사랑하는 것이네요. 상황이 어떻든 진정으로 사랑할 수 있는 뜨거운 열정이 가슴에 있고 그것을 받아줄 상대가 있다는 것만으로도 행복한 것이지요."

해는 어두워지고 '검은 고양이' 클럽에도 오색의 조명등이 들어온다.

제4장 원죄의 부름

두 발에 모래주머니를 차고 등에는 큰 돌을 짊어진 듯이 등을 힘없이 구부린 채 턱 밑까지 숨이 차 올라오는 박 회장을 이 비서가 부축하며 검은 고양이 클럽으로 들어간다. 이전에는 건달이나 늙고 냄새나는 주정뱅이로만 붐볐다면, 어제저녁 공연 때문인지 오픈하기 전인데도 예약 손님들로 빈자리가 없다.

무대가 잘 보이는 VIP 좌석에 박 회장과 이 비서가 나란히 앉았다. 클럽 사장 빅초이가 직접 위스키 한 병과 과일 안주를 들고 온다.

"회장님이 급히 오시는 바람에 귀한 술도 못 구해 놓았습니다."

"괜찮아. 몸도 안 좋고 기분도 우울해서 여길 찾아왔네."

"그럴 때는 당연히 오셔야지요."

"그럼 정말 도움이 될까?"

박 회장의 농담 섞인 말투 속에 그의 건강에 문제가 있다는 것을 빅초이는 알 수 있었다.

'저 돈 많은 영감이 왜 하필 BC를 좋아하지? 덕분에 우리 업소 매출은 팍팍 올라가겠지만, 저 늙은이가 화난 고양이처럼 날뛰는 BC를 어떻게 감당할까? 저렇게 매일 같이 보러오는 걸 보면 아무

래도 저 둘 사이에 뭔가가 있는 것 같기도 하고, 참으로 궁금하네.'

"야! 지배인, 저기 봐! 빈자리 없이 손님으로 꽉 차지 않았냐? BC를 빨리 준비시키도록 해."

업소 영업 시작 전부터 손님들이 몰려온다. 몇몇은 십 대같이 보이고 몇몇은 70년대 히피족같이 보인다. 그들이 들어오면서부터 알수 없는 노래가 흘러나온다. 먼저 온 손님들이 인터넷에서 떠돌고 있는 BC의 노래를 부르다가, 어느 순간 모두가 함께 부르고 있다. 그들만의 굶주렸던 욕망을 채우기 위해 술값은 중요해 보이지 않았다.

"회장님, 이렇게 시끄러운데 힘드시면 룸으로 모실까요?"

"아니야. 괜찮아. 저 노래를 들으니 내 몸이 가벼워지고 짓밟는 고통도 조금씩 사라지는 것 같아."

"그 참! 이상하군요. 우리가 알 수 없는 특별한 인연이 저희 업소에 있는 것 같습니다."

그 순간 갑자기 통로 쪽에서 함성이 들려온다.

"회장님, BC가 나오는 것 같습니다."

이 비서의 말을 듣는 순간 박 회장이 일어나서 소리 나는 쪽을 바라본다. 그의 영혼과 육체를 지배하고 있는 사람이 들어오고 있다.

손님들의 환호 소리에 놀란 것은 BC 자신이었다. 옆에 있는 조이에게 소리친다.

"조이, 지금 무슨 일이 일어나고 있는 거야?"

"인터넷에서 당신 노래가 인기몰이를 하고 있다고 합니다."

"그래? 하지만 난 지금 확인해볼 전화기도 인터넷도 없으니, 세상이 어떻게 돌아가는지 전혀 알 수 없는 지경이야."

BC가 평소에 부르던 노래를 부르자 손님들의 반응이 왠지 차갑고 이상하다. 손님의 분류가 완전히 바뀌었다는 것을 급히 알아차린 빅초이가 급하게 BC에게 다가온다.

"지금부터 곡 선정은 네가 하고 싶은 것으로 해도 괜찮아."

"좋아. 빅초이, 하지만 무슨 일이 일어나도 내 탓은 하지 마."

어린 시절 파푸아에서 축음기에 맞추어 불렀다던 곡 그리고 어제 개업식에 불렀던 '추잡한 한국인'이라는 곡을 자메이카의 레게음악 풍으로 편곡해 직접 기타를 연주하며 감정이 지나치지 않으려고 노력하며 부른다.

박 회장의 막혀있던 기도가 뚫린 듯, 긴 한숨을 모아 담배 연기 가득한 클럽의 천장으로 힘껏 내쉬며 다시 살아있다는 기분을 느낀다.

빅초이가 박 회장의 자리로 다가온다.

"역시, 회장님에게는 BC의 노래가 최고의 보약인 것 같습니다. 지금 보니 안색도 밝고 힘이 넘쳐 보입니다."

"그래. 자네 말이 맞네. 여기 들어오기 전까지만 해도 세상의 모든 고통을 내 작은 몸으로 짊어지고 다니는 것 같았었는데, 이제 내 몸이 풍선에 매달린 것처럼 가볍게 날 수 있을 정도야. 자네 덕에 이렇게 다시 숨 쉬며 살 수 있게 되었어."

"BC와 회장님께서 식사할 수 있는 자리를 근처에 잡아 두었습니다. 우리 집 지배인이 직접 그곳으로 안내할 겁니다."

"고맙네. 최 사장, 이제 나의 건달 생활도 다 끝나가는 것 같네. 몸이 이전 같지 않으면 이 생활도 끝이 아닌가? 안 그런가?"

"아직은 힘이 있으신 것 같습니다. 적어도 십여 년은 아무런 문제 없이 일하실 수 있을 겁니다."

최 사장의 말을 들은 박 회장이 큰소리로 웃는다. 그것도 잠시, 심각한 표정으로 화제를 바꾼다.

"최 사장, 자네가 내 아우들 업체에서 빌려 쓴 사채 액수가 꽤 많은 것으로 알고 있네. 그 돈은 내가 평생 동안 목숨을 걸고 모아 둔 돈 중에서 나온 것이지. 아마 자네는 그 사채를 평생 갚아도 원금은커녕 이자도 못 내고 죽을지 몰라. 그래서 내가 자네에게 제안을 하나 하지."

"그게 무슨 말씀이신지요? 이렇게 손님이 많은데 곧 갚을 수 있습니다."

"하하하! 자네가 큰소리치는 게 참으로 우습네. 자네, 사채업자들의 본성을 정말 모르는구먼. 그들은 자네가 죽든 살든 상관하지 않고 평생 쉬지 않고 돈을 벌어서 갚게 할 거야. 자네의 욕심이 커질수록 자네가 갚아야 할 돈은 더 많아지겠지. 안 그런가? 그러니 내가 자네를 그들의 함정에서 탈출시켜주겠네."

"회장님, 어떻게요?"

"자네가 데리고 있는 BC를 나에게 넘기게. 그러면 그 모든 빚을 청산해주겠네. 그게 작다면 내 따로 위로금 조로 더 얹어 줄 수도 있네. 어떤가? 그러한 나의 제안이 흡족하지 않나?"

벌써 수십 년째 사업한다고 일을 벌인 후 단 한 번도 그놈의 지독한 빚더미에서 자유로울 수 없었다. 모든 빚을 청산해준다는 기대감에 눈을 크게 뜨고 박 회장을 바라보았지만, BC라는 이름을 듣는 순간, 조금의 망설임 없이 박 회장의 눈을 정면으로 바라보며 말한다.

"회장님, BC는 안 됩니다. 저 애는 저의 운명을 결정할 복덩이입니다. 당장 내가 빚의 깊은 늪에서 벗어나 해방감을 느낄 수 있을지 모르지만, 내가 평생 해보고자 했던 희망, 아니 가지고 싶었던 것을 포기한다면, 빚더미 속에서 몸부림치고 있는 지금 나의 모습보다 더 못한 신세로 살면서 평생 후회하고 말 겁니다.

저 빌딩 숲속 가장 높은 곳에서 살 수 있는 그 날을 위해서 지치고 넘어지더라도 저는 꼭 그곳을 향해 갈 겁니다. 그러한 나를 위해 BC는 나의 중심에 있어야 하고 그 애를 누구의 손에 절대 넘겨줄 수 없습니다.

회장님은 모든 것을 다 가지신 분이니, 언제든지 이곳에 오셔서 BC의 노래도 듣고 필요하시면 둘만의 시간을 가지셔도 됩니다. 그러니 저의 무례한 답을 용서해주십시오."

"아니야. 내가 무리한 제안을 했었네. 그런 나를 용서하게. 돈으로 뭐든지 다 살 수 있겠지만, 자네에게는 BC가 참으로 중요한 존재라는 것을 알았네.

난 저 애를 나의 애인으로 삼고자 하는 것은 아니네. 자네에게 정확히 말할 수 없지만, 나와 BC 사이에는 오랜 악연, 아니 인연이 있는 것 같네. 그 애를 내 곁에 두면서 그 답을 찾으려고 했을 뿐이야. 그러니 이해하여주게. 내 지금 가진 돈을 어디에 쓰고 죽겠나? 이 '킬박'도 이 세계를 떠날 시간이 점점 가까워지고 있는 걸세."

또 다른 마음속의 진심과는 다르게 대답을 하고 난 빅초이는 '내가 왜 그렇게 답을 했지? 차라리 그 망나니 같은 애를 넘겨주고 모든 걸 새롭게 시작할 수 있었는데.'라며 후회한다.

박 회장은 클럽 가까운 곳에 마련된 고급식당의 룸으로 지배인의 안내를 받는다. 잠시 후에 온갖 짓궂은 짓을 다 한 큰 밤송이 같은 머리에 발끝까지 내려오는 긴 패딩 외투를 입고 가릴 부분만 겨우 가린 몸으로 BC가 들어온다. 뼈만 겨우 남은 가냘픈 몸이지만, 몸에는 강한 힘과 에너지가 느껴진다.

"BC, 잘 지냈는가? 여기는 나의 비서, 이 실장이네. 내가 요즘 몸이 좋지 않아서... 혹시 내 건강에 문제가 생기지 않을까 하는 염려에 같이 왔네."

"'킬박'이라 불러도 될까요?"

"그럼. 다른 사람은 안 돼도, 자네는 나를 그렇게 불러도 괜찮아. 우린 알 수 없는 악연의 친구인 걸 몰랐나?"

"킬박, 당신이 나를 도와주었을 때부터 편하고 좋았어요. 왠지 무언가에 끌려가는 느낌... 나도 그게 무엇인지는 알 수 없어요."

"자네 소원이 뭔가? 내가 가진 것이라고는 매일 써도 남을 돈을 가지고 있지. 그러니 말해보게. 내가 자네를 도와주겠네."

"꿈... 소원... 그런 것은 이미 내 마음속에서 사라진 지 오래됩니다. 그저 먼 바다의 향기 속에 사로잡힐 듯한 신기루와 같은 것이지요."

"나의 몸과 영혼이 BC 자네의 노랫소리에 지배받고 있다는 것을 난 알고 있네. 그래. 맞아! 내가 일일이 기억할 수도 없는 많은 일이 나의 과거에 있었지.

내가 자네를 오늘 이 자리에 부른 것은, 자네에게 나의 죄를 고백하고 용서를 받으려는 것이야. 먼저 저승의 길로 떠난 자들에게는, 내가 지옥의 불구덩이에서 내 몸이 타서 재로 변할 때 그들에게 직접 용서를 구하겠네."

제5장 킬박, 죄의 고백

대학을 마치고 다들 직장을 못 구해 힘들어할 때 어렵게 해외에서 직장을 구할 수 있었다. 동남아 정글의 밀림에서 좋은 나무를 발견하면 그곳 정부와 장기계약을 하고 벌목한 뒤 수입하는 일을 맡았었다. 다들 두려워하는 정글이지만, 난 거기에 머무는 동안 내 인생 최고의 휴식과 낭만을 즐길 수 있었다.

내가 여러 계약을 따내면서 아주 빠르게 승진해 젊은 나이에 작은 지역의 현장소장이 되었다. 회사에서 나오는 돈은 고향에 모두 보내고 출장비만으로 외딴 정글 숲에서 여유롭게 살 수 있었다. 정글의 일상처럼 세월을 보낼 수만 있다면, 인간의 욕망에 굶주린 한국 땅으로는 돌아가고 싶지 않았었다.

하지만 그 소원도 몇 년 가지를 못했다. 경쟁업체에서 그곳 경찰에 뇌물을 썼는지, 갑자기 경찰이 정글의 오두막으로 들이닥치더니, 외로움을 달래기 위해 집 마당에 심어두었던 양귀비를 빌미로, 아편제조와 판매를 한 혐의로 죄명을 뒤집어씌우고는 세상에서 가장 위험하고 거칠다고 소문난 자카르타 외곽의 땅그랑 1급 교도소에 갇히게 되었다. 처음엔 변호사도 붙여주고 회사의 간부가 면회도 오곤 하였지만, 어느 날 마약범들만 가두어놓은 정글의 호수 가운데에 홀로 있는 작은 섬의 특별감옥으로 이송시켰다. 주위는 굶주린 악어들로 둘러싸여 있었다. 그러고는 10년의 형을 받았다. 하지만 모범수로 2~3년만 잘 복역하면, 나머지를 감형받아 나올 수 있다고 변호사가 설명해주었다. 작은 형량이지만, 집에서 직접 양귀비를 키웠다는 그 자체만으로도 그곳의 법을 크게 위반했기에 그 정도 기간은 참을 수 있으리라 생각했었다.

처음 몇 달은 변호사가 수시로 찾아와 살펴보고 감형을 위한 서류와 탄원서를 현지 사정에 맞추어 작성하기도 하였지만, 얼마 지나지 않아 변호사가 찾아오더니, 한국에 있는 회사가 파산하는 바람에 더는 변호를 해줄 수 없다면서, 미안하다는 말만 남기고 가버렸다.

한국에 연락해보려고 했지만, 돈 없이 전화 한 통, 편지 한 통도 보낼 수 없는 처지가 되어버렸다. 대사관에 어렵게 연락했지만, 마약범이라는 사실에 아무런 보호나 연락 한 번 받지를 못했다.

처음 2년은 '모범수로 감형될 수 있을 것이다.'라는 기대감에 누가 두들겨 패도 죽도록 얻어맞고 칼에 찔려도 반항하지 않고 내 손과 발로 의무실까지 기어가서 목숨을 스스로 지켰다.

긴 2년의 세월이 흘러도 감옥에서 변한 것은 하나도 없었다. 어떠한 특별대우도 없이 벌레 같은 다른 죄수들과 같이 하찮게 머물면서 틈틈이 생존을 위한 현지어도 익힐 수 있었다.

10년이 아니라 어쩌면 평생 그곳에 갇혀서 죽을 수 있다는 것을 그때 서야 깨달았다. 어쩌면 며칠 내로 칼에 맞거나, 두들겨 맞아 죽을지 모른다는 두려움이 나를 깨우치게 했다. 어떤 누구도 나를 도와주거나 지켜줄 수 없다는 현실이 나를 뜨겁게 달아오른 쇳물처럼 때론 차갑게 굳어버린 쇠처럼 단단하게 만들었다.

그 순간부터 나를 괴롭히거나, 나의 친구를 괴롭히는 놈들은 죽을 각오로 싸워서 모두 물리쳤다. 칼이 없으면 굶주린 하이에나처럼 이빨과 손톱으로 상태를 붙잡고 상대가 피를 흘려서 쓰러질 때까지 물고 흔들었다. 싸우면 싸울수록 내 몸속에 잠들어있던 진정한 악마의 모습이 나의 전부가 되기 시작했었다.

나에게 도전하거나 나를 배신하는 것은 죽음이었고, 나에게 물려서 코와 귀를 잃은 친구들이 수두룩했다. 마침내 그 작은 섬의 왕이 되었다.

간수들도 나를 보면 아는 척했고, 내가 주는 뇌물로 생계를 꾸리는 놈도 나오게 되었다. 몇 년간 계속 이어지는 피비린내 나는 싸움에서 죽을 수 있다는 생각은 잊어버리고, 진정한 악마가 무엇인지를 그들에게 보여주었다.

　나와 눈이 마주치는 것조차도 용서하지 않고 상대를 죽음에 이르게 만들었다. 세상은 점점 나를 악마처럼 미치게 만들었고 난 그렇게 쟁취한 힘에 스스로 만족했었다.

　감옥의 텃밭에 양귀비 씨를 뿌리고 때론 외로움에 지친 자들의 약으로, 때론 미치광이 짓을 위한 마약으로, 인간이 아닌 괴물로 변해서 생각지도 못할 잔인한 일을 약에 취해 벌렸었다.

　그리고 남은 아편은 간수들을 통해 몰래 팔아넘겼고, 감옥에서 쓸 수도 없을 정도의 많은 돈을 가지게 되었다. 밤에는 몰래 비밀 통로를 통해 마을로 나갈 수도 있었고, 그곳에서 간수들과 술과 마약에 취해 광란의 밤을 보낼 수 있었다. 낮에는 감옥에서, 밤에는 온갖 여자들을 다 불러놓고 마약에 취해 점점 병들어가기 시작했었다.

　그러던 어느 날, 중국계 남자 한 명이 잡혀 들어왔고 신고식을 한다는 빌미로 그자를 나무에 매달아두고 죽도록 두들겨 패고 있을 때 괴로움을 참지 못해 내뱉는 소리에 그가 한국인이라는 것을 알 수 있었다. 난 즉시 그를 풀어주도록 했고 나의 수하에 머물도록 했었다.

　그는 나의 보호망에서 목숨을 건질 수 있었고, 우리가 몰래 양귀비를 판매한다는 사실에 순간 놀란 듯했지만 금방 웃으면서 자기가 우리를 엄청난 부자로 만들어주겠다고 했다. 단 돈을 벌어서 이곳을 탈출하게 되면, 자기 팔에 문신으로 이름을 새겨 둔 자들을 반드시 찾아내 죽여달라고 부탁했었다. 그와 약속한 대로 한 명씩 찾아내어서 몇 달 만에 쥐도 새도 모르게 다 죽였다.

　우린 그 친구의 제안을 받아들였고 마침내 그곳에서 히로뽕 제조를 하게 되었다. 간수들은 전국을 돌아다니며, 아니 동남아를 돌아다니며 물건을 처분했고 벌어들인 돈으로 나의 바벨탑을 쌓아 올렸다. 때론 재정이 어려운 교도소를 돕기 위해 태풍에 무너진 교도소 담장을 보수하는데도 큰 기부금을 내놓았다.

감옥은 나의 성이자 집이었다. 그곳의 모든 죄수가 나의 병사였고 간수들은 나를 보호하는 친위대가 되었다. 원하는 만큼 이중 신분으로 바깥세상에 머물 수도 있었고 원하는 만큼 모든 것을 즐기며 감옥에서 왕처럼 살 수 있었다.

내가 마약을 팔아서 벌어들인 돈으로 간수들의 생활비와 자식들의 교육비도 아낌없이 지원해주었다.

그때부터 그들은 나를 킬박(Kill Park)이라 부르기 시작했다. 세상의 구석진 곳 썩고 냄새나는 음지에서 자라는 독버섯처럼 어둠 속에 묻혀있는 검은 사업에 내 돈을 뿌리고 다녔다. 수익은 적게는 몇 배, 많게는 수백 배의 이윤을 남겼고 실패는 늘 죽음을 불렀다. 돈을 번다는 의미보다는 쟁취한다는 것에 희열을 느꼈다. 내가 가진 돈으로 그들의 목숨을 팔고 살 수도 있었다.

어느 날 굶주림을 참지 못한 죄수가 감옥에 들어온 코브라를 발견하고는 몽둥이로 두들겨 패 죽였다. 그러고는 껍질을 벗겨 구워 먹으려고 잡는 순간, 힘없이 축 처진 코브라가 갑자기 몸을 튕기며 그자의 목을 물었다. 두 손으로 떼 내려고 안간힘을 써 보았지만, 결국 목에 코브라를 매단 채 그 죄수는 숨을 거두었다.

모두 두려워 다가가지 않을 때 자신이 깊은 정글의 원주민 주술사라는 자가 나타나서 '영원히 패배하지 않는 전사의 힘과 영혼'을 나에게 불어넣어 준다면서 죽은 코브라 껍질을 벗기고는 피를 한 곳에 붓고 가죽을 불에 태운 뒤에 그 재를 붉은 코브라의 피에 섞어서 검게 변할 때까지 끓인 다음, 그것을 날카로운 대나무 창에 묻혀서 이렇게 코브라 문신을 놓아주었다.

이 킬박의 상징, 코브라 문신이다. 한국에 돌아온 뒤로는 옷으로 최대한 가리고 다니지만, 더운 곳에서는 항상 윗옷을 벗고 다니기에 사람들이 쉽게 나를 알아볼 수 있었다. 정말이지 몇 번이나 총에 맞고 칼이 내 뱃속을 뚫고 지나가도, 난 귀신처럼 죽지 않고 살아났다. 어쩌면 그 문신이 지금껏 나를 살 수 있도록 지켜준 것인지 모르겠다.

난 10년의 감옥생활을 마치고 출소할 수 있었다. 그것도 아주 적법하게 모든 형을 마친 것이다. 사실 돈으로 판사를 매수했으면, 일 년 만에 감형되어 출소할 수 있었지만, 난 그곳에 머물던 10년의 생활에서 평생 부귀영화를 누릴 수 있을 만큼의 엄청난 돈과 재물을 모았다. 그렇게도 탈출해서 벗어나고 싶은 곳이었는데, 막상 교도소 문을 나올 때는 정말 서운했었다.

그 이후 몇 년간은 파푸아 근처의 작은 섬을 사서 그곳의 반군들과 같이 해적질을 했었다.

"BC 자네의 고향이 어디라고 했나?

필리핀이라고 알고 있었는데.

아니, 그럼. 자네가 잃어버렸던 과거의 기억을 친구들이 찾아주었다고?

그럼, 고향이 '파푸아 뉴기니'란 말인가?

그래. 그곳에도 아주 자주 갔었지. 아마도 그때 우리의 만남이 악연으로 꼬인 것인지 모르겠구나."

난 그곳 지역의 반군과 해적들에게 큰돈을 투자했었다. 선박 나포, 외국인 납치와 인신매매… 돈이 된다면 물불을 가리지 않고 다 하였지. 때론 수백, 수천 배의 이익을 만들었고, 그렇게 벌어들인 돈을 홍콩 등에서 세탁한 뒤에 그들이 필요한 무기나 돈으로 공급해 주었다.

일을 나갈 때는 항상 마약에 진하게 취해서 나약한 간덩이를 바위처럼 크게 부풀리고는 눈에 거슬리는 것은 그 자리에서 모두 죽여 없애버렸다.

그건 돈 때문이라기보다는, 그저 내가 인간으로서가 아닌, 악마로서 할 수 있는 최고의 인내를 확인해보고 싶었던 것이었지. 신이 아닌 나 자신이 그들의 생명과 운명을 단숨에 결정할 수 있다는 것에 찐한 쾌락과 희열을 느낄 수 있었다네.

어느 날인가 파푸아의 작은 마을에 일본인 방송국 기자들이 온다는 정보를 받고 한마을을 쑥대밭으로 만든 적도 있었네. 납치한 일본인들을 구출하기 위해 그곳 정부에서 비공식적으로, 정말이지 천문학적인 돈을 우리에게 지급했었다. 그 덕에 우리의 거처를 홍콩으로 옮기고 지하 세계에서 사채업을 시작할 수 있었지. 그 사업이 잘되어 한 10년 전에 이 한국 땅에 들어와 살고 있다네.

"BC, 우리의 악연이 어디에서 시작되었을까?"

자신의 지나간 날을 이야기하는 순간, 과거의 악마 같은 킬박의 모습으로 돌아갔다가 다시 용서를 고하는 죄인의 모습으로 변하면서 차갑고 냉정하게 그의 목을 BC에게 내어놓는다.

"BC, 만약 자네가 나와 만난 기억을 이 자리에서 떠올린다면, 내 품에 항상 간직하고 있는 이 칼로... 자네가 내 목을 찔러서 죽게 해주게. 난 이미 죽었어야 할 몸이었어. 지금 자네의 손에 죽게 된다면 정말 기쁠 것이야. 그냥 고통을 잠시 잊게, 자네가 노래를 불러주면 된다네. 여기 이 칼을 받게."

제6장 망각의 순간들

킬박이 평생 간직했던 칼을 꺼내 BC가 앉아있는 탁자 끝으로 밀어 넣는다. 순간 이 비서가 박 회장의 손을 붙잡자 지그시 눈을 감으며 나서지 말라고 한다.

"BC, 이제 자네의 손끝에 나의 운명이 달려있네. 난 확신하네. 분명 나의 지은 죄로 자네가 평생 고통을 받아왔고 인제 와서 내가 그 대가를 치러야 한다는 사실을 말이야. 우리가 어느 순간에서부터 어긋났는지는 알 수 없지만, 자네에게 결코 하지 말아야 할 잘못과 씻을 수 없는 죄를 지은 것은 분명하네. 비록 늦었지만 나를 용서해주게.

만약 그러고 싶지 않다면, 내 목숨을 여기에서 정리해주게. 난 언젠가 그 벌을 받을 줄 알고 있었네. 죄를 지을 때마다 죽으면 모든 것이 끝날 것이라는 믿음 속에 한 번도 두려워하지 않았네. 하지만 죽기도 전에 이런 고통에 시달린다면 차마 죽지 못했던 과거를 원망할지 모르겠네.

생과 사의 갈림길에서 언제든 죽을 수 있다는 자신감과 용기로 지금의 나를 강하게 만들었네. 하지만 신은 이런 나를 절대 용서하지 않고 높은 창끝에 맨발로 서 있게 만들었네. 차라리 자네에게 당장 죽을 수 있다면 편하게 이곳을 떠날 수 있을 텐데 말이야.

BC, 내가 자네에게 지은 죄를 자넨 알고 있지 않은가? 파푸아의 넓은 바다에 상어 밥으로 던져 준 시신들은 알고 있겠지?"

"킬박, 난 망각의 시간 속에 살아왔어요. 돌아가고 싶어도 돌아갈 수 없는 무한의 작은 점들로부터 나의 알 수 없는 기억을 모으고 있어요. 하지만 아직 그 순간을 정확히 기억할 수 없어요. 내 친구 길수가 알려주었듯이, 해적들이 동네 사람들을 무참히 죽였고 나를 잡아갔다는 사실을... 내 어머니 라이얀은 아직도 파푸아 '천국의 언덕'에서 나를 기다리고 있다고 했어요.

이제 이곳에서의 이방인 생활을 정리하고 그곳으로 돌아가고 싶지만, 빅초이가 나를 강제로 묶어놓고 있으니 그러지도 못하고 정말 당신이 내게 준 이 칼로 나의 사라진 기억을 찾을 수 있을까요?"

BC가 아주 천천히 킬박의 칼을 집어 든다. 그러자 킬박이 탁자 위에 머리를 올리고는 조용히 눈을 감으며 마지막 순간을 기다린다. BC는 한 손에 시퍼렇게 날이 선 칼을 집어 들고는 갑자기 부르르 떨기 시작하더니 칼끝이 갑자기 그녀의 목으로 간다. 그러고는 윗옷을 아래로 내리자 목에서부터 가슴 아래로 깊게 칼에 베인 긴 상처가 보인다. 마치 칼로 자기 목을 찔러버릴 듯이 힘을 주다가 순간 칼끝을 천장으로 힘껏 들어 올리고는 '으악'하는 소리와 함께 바닥으로 내리친다. 칼끝이 킬박의 눈앞에서 탁자에 꽂혔다.

"그래. 이제야 생각이 났어. 당신과 동료들이 이유 없이 총을 쏘아 마을 사람들을 떼죽음으로 만들고 어린 나를 엄마의 품속에서 강제로 떼어내기 위해 얼굴을 긴 총으로 내리치고, 붙잡는 그녀의 다리에 총을 쏘고는 모두 좋아라 웃고 있는 당신들의 모습이 보여. 그 무리 중에 하얀 겉옷만 살짝 걸친 채 코브라 문신이 있는 자가 어렴풋이 보여.

인질로 잡혀 온 자들과 나를 함께 묶어서 작은 배에 태웠지. 하지만 얼마나 갔을까? 갑자기 배가 멈추더니 자네 부하들이 소리치는 게 들려와. '너무 많은 사람이 이 작은 배에 탔다. 배가 기울고 있다. 저 깜둥이 애를 바다에 던져버려.'라고 소리치는 사람들의 목소리가 들려온다.

태양 빛에 짙게 그을린 새까만 피부에 한쪽 눈에 가죽 안대를 한 덩치 큰 남자가 나를 한 손에 움켜쥐고는 허리에 차고 있던 칼로 목에서 아래로 길게 긋고는, '상어 밥이나 돼라.'라고 외치고는 나를 차가운 바닷물 속에 던져버렸어. 난 물속에서, '살려 주세요. 살려 주세요.'라며 배에 매달려 죽도록 소리쳤지만, 모두 나를 빤히 쳐다보며 죽어가는 내 모습이 우스운지 그들의 웃는 모습이 여기에서 보여.

그때 누군가 나에게 소리쳤어. 자신이 마시다가 남긴 듯한 플라스틱 생수병을 던지면서, '이봐. 꼬마야, 네가 진정 살 수 있는 운명이라면 이 작은 병에 네 몸을 맡기고 상어가 우글거리는 이곳을 지나 아주 먼 곳에서 살 수 있을 거야. 그걸 운명이라고 하지. 내가 너의 손을 잡아서 넓은 바다로 떠내려가게 밀어 넣어도 넌 평생 죽지 않고 살 수 있을 거야.'라고 말하며 나의 눈을 바라보았지. 그리고 그자의 몸에 그려진 검은 코브라 문신... 맞아. 그자가 바로 당신! '킬박'이야."

갑자기 그 순간이 생각난 건지 BC가 킬박을 정면으로 바라보며 말한다.

"BC, 자네 말이 기억나네! 그 깊고 넓은 바다를 떠내려가도록 내 손으로 밀어버린 그 작은 꼬마가 너로구나. 난 떠내려가는 너의 모습을 지금도 기억해. 크고 하얀 눈동자에서 흘러내리던 너의 눈물이 매일 밤 내 가슴에 피가 되어서 흘러내린다는 사실을 알고 있나? 정말이지 내가 미친놈이야! 인간으로서 도저히 할 수 없는 짓을 한 나를 자네가 쥐고 있는 그 칼로 나의 심장을 찔러서 죽여주게."

"킬박, 내 당장 그러고 싶지만, 당신의 동료가 내 가슴을 칼로 베고 피 냄새를 맡은 상어들의 밥이 되도록 바닷물 속에 던져버렸지만, 킬박, 당신이 던져 준 그 작은 생수병에 몸을 의지한 채 당신이 말한 운명처럼 지금까지 살아남아 이 자리에 있지 않소? 넓은 바다 한가운데에서 피를 흘리며 떠다니는 나를 그 많은 상어가 먹지 않고 살려둔 것은 아마도 내가 당신의 영혼을 거두어서 같이 하늘로 가야 할 우리의 공통적인 운명인 것 같습니다. 지금 당신을 죽이고 싶고 그럴 수도 있지만, 그래도 내가 살 수 있게 작은 희망을 던져 준 당신을 죽이지는 않겠소."

신이 정한 운명의 순간이 올 때까지 둘은 망각의 기억을 찾아 먼 길을 왔다.

제7장 연민의 정

'큰형님같이 정말 예의를 갖추어서 대했더니, 결국에 나의 BC를 자기에게 넘기라고? 정말 말도 안 되는 소리를 지껄이고 있네. 이렇게 멍청하게 있다가는 정말 BC를 그 영감에게 빼앗기고 말 거야. 돈이 있으면 뭐든지 다 자기의 것으로 만들 수 있다고 생각하나? 그 돈으로 나의 인생도 자기의 손으로 주물럭거리려고? 참! 돈이 무섭기는 무섭구나.

그놈의 돈 때문에 사랑하지도 않는 BC를 내 품에 안고 오랫동안 같이 있으려고 하는 것은 아닐까? 차라리 가진 빚 다 청산하고 새로운 길을 갈 수도 있었는데, 내가 왜 그랬을까? 나도 모르게 그 깜둥이에게 연민의 정이 생겼나? 그저 돈벌이 수단으로 지금껏 데리고 있었는데, 어쩌면 나 자신도 킬박처럼 BC의 손길에서 벗어나지 못하는 것이 아닐까?

BC를 고향으로 돌려보낸다면 난 당장 다음 달 돌아오는 빚부터 갚지를 못하고 킬박의 부하들에게 죽을 만큼의 괴로운 고통을 받으며 살게 될 것이다. BC가 옆에만 있어 준다면 킬박도 그의 부하들도 함부로 나를 대하지는 못할 것이다.'

긴 한숨을 내쉬며 과연 그의 결정이 올바른 것이었는지 빅초이는 자신에게 묻고 또 묻는다.

집으로 돌아온 박 회장이 저 멀리 펼쳐진 빌딩 숲을 보며, '지난 번처럼 다시 고통이 밀려오지는 않겠지? 아니야. 이 정도로 나의 고통이 사라지지는 않을 거야? 단지 BC에게 용서를 받았다고 그 많은 죄가 순간에 사라질까? 긴 실타래에 얽힌 한 맺힌 영혼들이 계속 찾아와 나를 괴롭힌다면 차라리 저 빌딩 숲 아래로 몸을 던져 죽어버릴 것이다.'

"이 비서, 이제 좀 나아지겠지?"

"글쎄요. BC 말로는 회장님 몸속에는 자기 외에도 많은 악마의 영혼이 머물고 있어서 잠시 나아지는 듯하겠지만, 다시 그 고통이 시작된다고 하지 않았습니까?"

"그렇다면 정말 그 친구의 말대로, '천국의 춤과 노래'로 나의 원혼들을 위로해 하늘로 올려보낼 수 있단 말인가? 그렇게만 된다면, 정글에 홀로 머물며 평생 그곳에서 살기를 원했던, 젊은 시절 나의 순수한 모습으로 새로운 삶을 살 수 있을 텐데 말이야."

"회장님께서 허락하신다면, BC가 원하는 대로 모든 것을 갖추어서 '천국의 영혼 식'을 치르도록 준비해 보겠습니다. 하지만 그 업소의 빅초이 사장이 쉽게 허락해줄지 모르겠습니다. 그렇다고 우리가 알고 있는 모든 것을 그자에게 다 알릴 수도 없고... ."

"이 비서, 일단 자네가 BC를 한번 만나보게. 아 참! 다음 달 초 나의 72번째 생일이 다가오지 않는가? 그때 특별히 BC를 초대하면 어떨까? 내 아우들도 많이 올 테니, 빅초이도 마지못해 수락할걸세."

제8장 사라진 무지개다리

'길수는 어떻게 지내고 있을까? 며칠 전 잠시 춤을 추었던 그의 아지랑이가 가슴속에 남아서 싹을 틔우고 잠자는 나의 영혼 속에서 큰 꽃으로 자라난다. 길수의 옥탑방이 그립다. 오색 등불을 켜고 낡은 레코드판 긁는 소리로 나를 기다려줄까? 우리 다시 만나 무지개다리를 건너서 '파푸아 섬'에 있는 '천국의 언덕'에 갈 수 있을까? '천국의 새들'처럼 노래하고 춤추며 '천국의 하늘'을 날아다닐수 있을까? 나의 어머니 라이얀이 보고 싶다.'

BC가 길수와 어머니를 그리워하며 혼잣말로 기도를 올린다.

애린이 홀로 휠체어에 앉아 '길수, 우리 언제 다시 춤추며 천국의 하늘로 갈수 있을까? 만약 내가 파푸아 섬에서 너의 허리에 매달리지 않았다면, 넌 지금 '천국의 하늘'에 올라, 모래알보다 작은나를 바라보고 있겠지?

네가 나에게 준 은빛 새의 깃털을 아직 간직하고 있지만, 언제 그들이 다시 내려와 나를 데리고 갈까? 마음대로 움직일 수 없는 이 무거운 몸뚱이를 버리고 새털같이 가벼운 나의 영혼이 너의 품에 안겨 다시 나를 수 있을까?

지난번에도 실패하였는데, 이번에 다시 성공할 수 있을까? 어쩌면 날갯짓 몇 번으로 잠시 공중을 날다가 힘없이 긴 낭떠러지 아래로 다시 추락하고 말 거야.

차라리 그렇게라도 된다면, 영영 깨어나지 않고 네 품속에서 영원히 잠들 수 있을 텐데. 다시 성공할 수 있을까?'라며 길수에게 묻듯이 하늘에 간절한 기도를 올린다.

길수는 며칠 전 꿈속에서 아버지 김 노인과 엄마'새'의 다정한 모습을 보았다. 하지만 아직도 스스로 몸을 움직여 춤을 출 만큼의 의지와 욕망이 돌아오지 않았다. '노래하는 천사' 검은 고양이 BC가 보고 싶다. 오로지 그녀의 노랫소리에만 몸이 움직일 뿐, 다른 어떤 소리도 그의 작은 손가락 한 마디를 움직이게 할 수 없었다.

박 회장은 그의 72째 생일에 초대할 사람의 초대장을 일일이 글로 적고는 하얀 봉투에 잘 접은 뒤 이 비서에게 전달한다.

제9장 Fuck You

하얗게 빛나는 눈만 남겨놓고 검은색 긴 외투를 걸친 '검은 고양이'가 클럽 안으로 들어온다. 어디서 숨어있다가 나왔는지 십여 명의 낯선 사람들이 갑자기 몰려온다. 지나가는 BC의 몸을 막고는 영어와 한국어로 질문을 던지지만, 인터뷰를 거부한 채 그저 바라만 본다. 통역 조이의 연락을 급히 받은 지배인과 빅초이 사장이 달려 나와 그들을 막아선다.

"이것 왜 이러십니까? 이렇게 이유 없이 지나가는 사람을 막는 것은 너무 지나치지 않나요? 검은 고양이에게 어떤 질문을 던져도 대답하지 못합니다. 여러분도 잘 알다시피, 저 친구가 무슨 말을 하여 잘못된다면, 법무부에서 법률을 위반했다거나 사회적 물의를 일으켰다고 추방시킬 수도 있습니다. 그러니 그런 점을 좀 이해하셔서 점잖게 행동하여 주십시오."

"검은 고양이가 조만간 비자가 만료되어서 본국, 필리핀으로 돌아간다는 소문이 있던데, 사실인가요? 그럼, 이제 만날 수 없게 되나요?"

"누가 그런 헛소문을 퍼트리고 다니는지 몰라도, 앞으로도 검은 고양이는 한국에서 오랫동안 있으면서 음악 활동을 할 겁니다. 그러니 그런 걱정은 안 하셔도 됩니다."

"하지만 외국인 공연비자를 그렇게 무한정 연장해주지는 않을 텐데요. 안 그렇습니까?"

"검은 고양이, BC가 조폭들에게 감금되어 고향에도 가지 못하고 죽도록 일만 한다고 하던데 사실인가요? 때로는 폭력도 서슴지 않고 쓴다고 주위 업소 사람들로부터 들었습니다."

"그건 다 거짓말입니다. 최근 팬들로부터 일어날 예상치 못한 사고를 방지하기 위해 좀 과하게 보호한다는 입장이지, 폭력이나 감금은 절대 없습니다."

"한국에 오랫동안 머물게 한다고 말씀하셨는데, 그게 가능할까요? 법무부에 뇌물이라도 쓴 건가요? 아니면 어떻게?"

그때 빅초이가 검은 고양이와 일행들을 그의 몸 뒤로 숨기게 한 뒤에 "검은 고양이는 나와 함께 이곳에 오랫동안, 아니 어쩌면 평생 살 게 될 겁니다. '어떻게? 무슨 수로?'라고 묻겠지요? 간단히 대답하지요. 바로 이 사람이, 검은 고양이, BC와 결혼할 겁니다. 이제 알아들었나요?"라고 당당하게 대답한다. 그 말이 끝나기가 무섭게 빅초이와 뒤에 몸을 숨긴 BC에게 카메라 플래시 세례가 쏟아진다. 얼떨결에 BC와 결혼하겠다고 소리쳤던 빅초이의 어깨에 힘이 잔뜩 들어가 있다.

BC가 조이에게 묻는다.

"그 사람들이 나에게 저기 있는 빅초이와 결혼하는 게 맞는지 묻던데, 그게 무슨 말이야?"

"아마도 사장님과 결혼하면, 비자 문제없이 한국에 오랫동안 살 수 있을 것으로 생각하시는 것 같습니다."

"완전히 미쳤어! 난 이곳에 있는 게 너무도 싫어. 난 내 고향 파푸아로 내일이라도 돌아가고 싶지만, 저 돼지 같은 인간이 내가 지금껏 여기에서 일하면서 벌어놓은 돈과 내 여권을 감추어 놓고 있다고. 지금이라도 몰래 달아나 필리핀 대사관에 알리면, 고향으로는 갈 수 있을지 모르지만, 악한 마음을 품은 저놈이 나에게 1센트 동전 한 닢도 주지 않을 거야. 역으로 자신이 빌려준 돈이 있다면서 나에게 빚을 갚으라고 협박할 거야.

필리핀을 떠나올 때 친구들에게 빌린 돈이라도 갚을 수 있어야 하는데, 그게 가능할까? 하지만 빅초이가 말하기를 내가 벌어놓은 돈은 따로 통장에 넣어서 잘 보관하고 있다고 매달 보여주었지만, 내 손에 그 통장이 없는데, 어떻게 그를 믿을 수 있을까?

아니야. 빅초이의 말만 믿고 있다가는 저 악마의 손에서 영원히 벗어날 수 없을 거야. 그리고 나와 결혼한다고... 하하하. 자기 나이도 모르나? 늙은 주제에 무슨 결혼을 한다고. 참으로 우습기도

하고 미친놈이 분명히 맞는 것 같네. 이봐. 조이, 사장에게 말해 줘. 난 이미 결혼할 남자가 있다고, 정말 좋아하는 남자가 있으니 쓸데없는 걱정하지 말라고 전해줘."

킬박의 여비서가 며칠 후에 있을 박 회장의 생일 파티에 BC가 꼭 참석해 줄 것을 빅초이에게 전화로 부탁한다. 전화를 받은 빅초 이의 기분이 좋지 않다.

'BC는 곧 나와 결혼할 텐데, 남의 아내에게 눈독을 들이는 것은 좀 심하지 않나?'

빅초이가 BC가 있는 대기실로 불쑥 들어간다.

"킬박이 너를 생일 파티에 초대했다. 그런데 말이야. 이번 한 번 만 그 늙은 영감탱이하고 있는 것을 허용할 거야. 그러니 다음부터 는 절대 안 된다. 내 말 알겠지?"

그 말을 기다렸다는 듯이 눈에 힘을 잔뜩 주고는 BC가 빅초이에 게 바짝 다가간다.

"왜 그래야 하지? 너랑 결혼하기 때문에?"

"그래. BC, 난 너를 좋아한다고."

"뭐야! 그런 놈이 나를 죽도록 때리고 이제는 좋아한다고. 이 미 친 자식아! 내가 총만 있다면 네놈 머리통에 환하게 햇빛이 들어올 정도로 총알을 날렸을 거야. 알겠니? 이 악마 같은 놈아. 지금까지 내 손에 죽지 않은 것만으로도 네놈이 행운아인 줄 알아라.

난 사랑하는 사람이 있는 이곳에서 결혼할 거야. 그러니 제발 정 신 좀 차려라. 네놈과 난, 단지 돈을 벌기 위해 이렇게 만난 것이 지 그 이상의 어떤 의미도 없다는 것을 알아주었으면 좋겠다.

만약 또 그런 소리를 하면, 너라는 놈이 어떤 인간인지 내가 직 접 기자들에게 다 까발리고 말 거야. 조이, 저 돼지 같은 인간에게 네가 한국말로 잘 좀 설명해줘라."라며 BC가 문을 닫고 나가버린다.

"조이, 저년이 방금 결혼할 남자가 있다고 했는데, 그게 사실이야? 너도 들어본 적 있어?"

"네. 저도 들었습니다. 이 근처에 있는 한국 사람이라고 하였습니다."

그 말을 듣는 순간, 어깨에 힘이 완전히 빠진 빅초이가, '뭐야? 그럼, 누구지? 박 회장인가? 나에게는 절대 이상한 사이가 아니라고 말해 놓고는, 그 늙은 영감탱이가 벌써 나 몰래 그런 작업을 했단 말인가? 늙은 여우 같은 새끼. 정말 가만두지 않을 거야. 내가 BC만큼은 손대지 말라고 그렇게 빌다시피 애원했건만.'이라 혼자 중얼거리며 클럽의 가장 어둡고 구석진 자리에 홀로 앉아 한 잔, 한 잔 독한 위스키를 쉬지 않고 들이켠다.

무대에서 노래를 하고 있는 BC도 계속 천장만 쳐다보며 억지로 그 시간이 빨리 지나가기를 기다린다. 마음에서 우러나지 않는 소리로 노래를 부르자, 술 취한 취객들이 욕설과 야유를 보낸다.

"야! 너 목소리가 왜 그래! 노래하기 싫으면 집어치워라! 깜둥이들이 모여서 사는 네년 고향으로 돌아가라!"

술에 취한 손님이 한 손에 맥주병을 들고 BC 앞으로 다가가더니, "야! 깜둥이 여자야. 너 나랑 한 번만 같이 자자. 그럼 내 여기 지갑 속에 있는 돈... 다 줄게. 어때 적으냐? 내가 마음에 안 드니? 너도 외모로 사람 따지느냐?"라고 소리를 지르면서 노래 부르는 BC에게 다가간다. 지배인이 달려가 그 남자를 막으며 달래어본다. 그때 BC가 술에 잔뜩 취한 취객에게, "Fuck You!"라고 소리 지르며 가운뎃손가락을 들어서 그를 가리킨다. 그러자 욕을 하는 것을 알아차린 남자가 덩치 큰 지배인을 단숨에 밀치고는 무대 앞으로 달려 나오고, 이를 본 BC도 무대 앞으로 춤을 추며 나온다.

　BC와 마주친 남자가 갑자기 손에 쥐고 있던 맥주병으로 무대에 서 있는 BC의 다리를 힘껏 후려친다. '퍽'하는 소리와 함께 남아있던 맥주가 폭발하며 BC는 그 자리에 주저앉고 무대는 하얀 맥주 거품으로 덮인다.

　넘어진 충격에 잠시 머뭇거리던 BC가 일어나더니 들고 있던 마이크 선을 길게 잡고는 무대 아래에서 쳐다보고 있는 취객 남자의 얼굴 쪽으로 빙글빙글 돌리다가 갑자기 내리친다. 스피커에서 '꽝'하는 굉음이 울리고 남자는 그 자리에서 쓰러진다.

　웨이터들이 뛰어와 쓰러진 남자를 부축해서 밖으로 나가고 119 구급차의 사이렌 소리가 들린다. 무대 아래를 물끄러미 바라보고 있는 BC에게 사람들이 몰려들고, 우두커니 서 있는 모습을 카메라에 담고 있다.

　잠시 후 술에 잔뜩 취한 빅초이가 비틀거리면서 무대가 있는 곳으로 걸어 나오고 모여있던 사람들을 향해서 온갖 더러운 욕설을 내뱉으며 무대로 올라간다. 그리고는 BC의 손을 강하게 잡아끌며 클럽 밖으로 나간다.

제10장 춤추는 무지개

　구름 위를 떠돌다가 일곱 빛깔의 무지개 위로 살며시 내려앉았다. 뙤약볕 같은 열대의 태양도, 몬순의 우기같이 축축하게 내리는 장마도 없는, 단지 살아 있다는 것 외에 어떤 것도 느낄 수 없다.

무지개다리에 걸쳐진 일곱 빛깔의 무지개가 오선지의 음표처럼 발을 내디딜 때마다 몸을 튕겨 이곳저곳으로 날려 보내고 여기저기에서 불어오는 바람이 긴 무지개에 걸려 소리를 만든다. 흔들리며 움직이는 다리가 끝없는 우주의 공간에서 천국의 소리를 만들고 지금껏 한 번도 느끼지 못한 평화로움 속의 자유, 이 무지개다리를 건너면 정말 천국의 세상으로 들어갈 수 있을까?

멜로디의 오선 줄이 팽팽하게 당겨지다가 갑자기 어둠의 구석에서 불어오는 세찬 바람에 다리가 끊어질 듯이 출렁거리고 흔들린다. 괴물의 숨소리와 같이 발아래 땅이 꿈틀거리다가 갈라지면서 검붉게 끓어오르는 용암이 화려했던 일곱 빛깔의 무지개를 뜨거운 열기로 집어삼키며 내게 가까이 다가온다.

흔들리는 외줄에 있는 힘을 다하여 매달려 보지만, 쥐고 있던 팔에 힘이 빠지고 붉은 용암의 구렁텅이로 떨어진다. 멀리 천국의 모습이 보였지만, 결국 머물 수 있는 곳은 불길이 이글거리는 지옥, 바로 내가 갈 곳이다.

순간의 타는 듯한 고통이 뼛속을 파고든다. 영원할 것 같았던 세상의 마지막 순간을 앞두고, 모든 것을 체념한 채 몸을 중력에 맡겼다.

하지만 이게 뭔가? 어둠 속에 거미줄처럼 엉킨 줄들이 나의 다리를 감아버렸다. 바로 아래가 벌겋게 끓어 오르는 용암인데, 차마 나를 버리지 않고 마지막 순간에 멈추게 했다.

그 뜨거운 열기는 나의 차가운 피를 끓게 하고 심장마저 태워 뭉그러지게 했다. 차마 죽지 못하고 그 고통을 느껴야 하는 죄악의 무덤에서, 나는 어둠의 하늘을 지켜보며 '나를 죽여달라! 나를 죽여달라!' 소리 지른다.

"회장님, 회장님, 정신 차리세요."

이 비서의 목소리가 들려오고 흔들리는 등불 사이로 누군가 내 머리를 잡고 흔드는 모습이 보인다.

"여기가 어딘가? 내가 아직 살아있는 것인가?"

박 회장은 두 손으로 자기의 온몸을 더듬기 시작한다. 그리고 그를 붙잡고 있는 이 비서를 보자 참았던 눈물을 터트린다.

"난 정말 내가 죽는 줄 알았었네. 이번에는 정말이지, 내가 죽어 어떻게 되는지를 알 수 있었어. 그리고 천국으로 가는 길을 걸었지만, 순간 지옥의 불구덩이 속으로 떨어졌었네. 그런 내가 이렇게 살아서 자네를 다시 볼 줄 몰랐어. 잠자리에 들기 전까지는 어떤 통증이나 고통 없이 정말 아늑했는데, 갑자기 다시 고통이 찾아오다니? 왜지? 혹 BC에게 무슨 일이 있는 건 아닌가?"

"오늘 내내 즐거워하시고 편안해 보였는데, 잠자리에 들자마자 계속 작은 소리를 내시더니, 결국에는 죽여 달라! 죽여 달라! 크게 소리를 치시기에 제가 깨웠습니다. 분명 악몽 속에 계셨던 것 같습니다."

"이것 보게! BC에게 무슨 일이 있는 게 분명해. 최 사장에게 전화를 좀 해보게."

제11장 옥탑방으로

빅초이의 주먹이 쉴 새 없이 날아온다. 반항할 힘으로 그냥 땅바닥에 엎드려서 버텨보자. 철문은 안에서 잠겨졌고 철문 밖에 있는 지배인과 조이가 문을 두드리며 소리를 지른다.

"사장님! 사장님! 이제 고만하이소. 그렇게 때리몬 BC가 죽을지도 모릅니데이. 우리의 귀한 밥줄을 와 스스로 죽일라꼬 합니까? 정신 차리시고 빨리 이 문 좀 열어보이소."

한참을 넋이 나간 사람처럼 주먹으로 BC를 때리던 빅초이가 힘이 빠졌는지 멈추고는, "야 이년아. 난 너를 스타로 만들어서, 우리 둘 다 정말 잘되기를 바랐는데, 그 늙은 영감탱이, 킬박이랑 짜고서 내 등에 칼을 꽂다니... 그래! 그 돈 많은 영감이 부럽지? 언제 너 같은 년이 그렇게 돈 많은 남자와 만나서 밥을 먹을 수 있겠니? 너를 데려가려고 매일 나에게 찾아와 매달리는데, 그래. 넌 내가 정말 원망스럽지? 좋아! 내가 이 두 눈을 딱 감고, 너를 보내줄까? 그럼 넌 평생 돈이라는 고통의 굴레에서 벗어나 살 수 있겠지? 하지만 얼마나 오래갈까? 난 그런 자들의 속마음과 의도를 알고 있어. 내 몸속의 단물이 마를 때까지 빨아먹고는, 구역질나고 냄새나는 길바닥에 던져 버릴 거야.

그럼 넌 다시 내게로 와서 살려달라 애원하겠지? 그런 너를 다시 받아줄 수 있겠니? 돈도 사랑도 사라진 너의 모습을, 내가 어떻게 바라볼까? 그러니 그 영감탱이에게 가기 전에 다시 한번 생각해보라고. 이 미친년아!

내가 너의 곁에 머물며 평생 함께할 사람이라고. 난 너를 죽이고 싶을 만큼 사랑하지만, 그런 기회를 킬박이 다 가져가 버렸어. 결국, 우리 둘 다 그의 '미늘'에 걸려서 평생 종처럼 살아야 할 거야.

이런 생활이 지겹지 않니? 이런 시궁창에서 너를 구해줄 사람은 오직 나야! 너를 킬박에게 주느니, 난 너를 차라리 죽여 버릴 거야."라고 소리치는 빅초이의 목소리가 문밖으로 들려온다.

어느 순간 빅초이의 목소리도 BC의 신음도 사라졌다. 이 비서가 최 사장의 휴대폰으로 몇 시간째 전화를 걸어보지만, 연락이 닿지 않는다.

"회장님, 최 사장에게 계속 연락하고 있지만, 응답이 없습니다. 어떡하죠?"

"내가 직접 갈 테니 나를 부축해주게."

벌써 한 시간째 인기척이 없다. 조이가 지배인에게 묻는다.

"무슨 일이 있는 게 아닌가요? 혹 누가 죽기라도 하면 어떡하죠? 경찰에 신고해야 하지 않을까요?"

"아! 미치고 환장하겠네. 만약 경찰이 들이닥치몬 우리 모두 경찰 조사받고 분명히 사장님과 나는 감옥에 가야 할 낀데. 인자 우짜노?"

"박 회장님이 BC를 특별히 안전하게 잘 보호하라 하였는데, 만약 이번 일을 알게 되면 사장님을 가만두지 않을 겁니다."

"그래. 박 회장이 이 일로 열 받는다몬, 우린 이 업계에서 한 방에 '훅'하고 사라질 끼다. 혹 BC가 죽기라도 하면, 최 사장의 목숨도 결코 남아있지 못할 끼야. 우리 모두 다 뒤지는 거지."

지배인과 조이가 어떻게 할지를 두고 망설이는 동안, 작은 인기척이 들리더니 잠겨있던 문이 열리고 얼굴을 알아볼 수 없을 정도로 피투성이가 된 BC가 문 앞에서 쓰러진다. 조이가 BC를 흔들어 깨워본다.

"BC 괜찮아요? 누가 당신 얼굴을 이렇게 만들었지요? 아무리 업소에 있는 건달이라 하지만, 어떻게 여자 얼굴을 이렇게 만들어 놓을 수 있단 말입니까? 몸 전체 성한 곳이 없네요. 빨리 병원으로 옮겨야겠어요."

방 안으로 들어간 지배인이 술 냄새를 풍기며 구석에 쓰러진 최 사장을 발견하고는 혼잣말로 중얼거린다.

'난, 사장님이 BC에게 맞아 죽은 줄 알았더이, 술에 취해 결국 쓰러졌삔네. 황금알을 놓는 BC를 형수님처럼 모시며 왔는데, 이게 다 뭐꼬. 완전히 일을 개판으로 만들어 놓았어. 이 새끼 옆에 있다가는 나도 언제 뒤질지 모르겠다이. 킬박이 BC가 이렇게 된 걸 안다몬 나도 이제 죽은 목숨이다.'

"지배인님, 일단 BC의 상태가 너무 안 좋으니 빨리 병원으로 옮겨야 해요. 119에 먼저 신고해야겠습니다."

조이가 외투 속에 있던 전화기를 꺼내 막 버튼을 눌리려는 순간, 지배인이 조이의 전화기를 잽싸게 낚아채고는 그 자리에서 발로 밟아 찌그러트리고는 문밖으로 던져버린다. 놀란 눈으로 지배인을 멍하니 바라보는 조이를 향해 지배인의 큰 주먹이 날아간다.

조이도 그 자리에서 의식을 잃고 쓰러지고 지배인이 BC와 조이를 클럽의 옥탑방에 던져 놓고는 도망치지 못하게 바깥에서 문을 잠갔다. 술 취한 최 사장만 등에 업고 나온 뒤 둘은 사라진다.

제12장 전환

몇 시간째 구석진 곳에 몸을 숨기고는 아무리 불러도 대답 없이 뭔가를 갈망하며 움츠리고 있다.

강 선생이 다급한지 애린에게 전화를 했다.

"길수는 왜 전화를 안 받지? 너무 걱정이 되어서 애린이 학생에게 연락했어요. 뭔 일이 있는 것은 아니지?"

"큰일이 있는 건 아니지만, 길수가 구석진 곳에 들어가서 나오지를 않네요. 아무리 소리치고 불러도 들은 척도 안 해서 화가 머리까지 쏟고 있습니다. 이러다가 이전의 그 우둔한 때로 돌아가는 것이 아닌가, 걱정입니다."

"그럼. 안 되지. 어떻게 그 지긋지긋한 자폐증에서 탈출했는데... 그건 애린이가 잘 알고 있잖아? 그렇게 되어서는 절대 안 돼요. 그러지 말고, 억지로라도 바깥에 나가자고 해봐요. 그럼 기분이 좀 상쾌해지고 우울한 기분이 나아질 수도 있을 거야."

"알겠습니다. 억지로라도 그렇게 해보겠습니다."

"아 참! 최 교수가 내년 봄부터 길수가 대학에서 공부할 수 있도록 모든 것을 준비해둔다고 하니까, 가기 전에 춤 연습 좀 하라고 하세요."

"어떤 음악을 틀어 놓아도 손가락 하나 움직이지 않고 그냥 마룻바닥에 누워서 천장만 멍하니 바라보고 있습니다. 머릿속에서 열심히 뭔가를 그린다고 하는데... 저도 본 적이 없어서... 그 춤이 어떤 것인지 알 수가 없네요."

"일단 잘 좀 달래주세요. 아마도 길수가 원하는 뭔가가 분명히 있을 테니, 그걸 이용해서 다시 춤을 추게 만들어 봐요."

'길수가 원하는 게 무엇일까? 과거의 자폐아로 다시 돌아가는 것은 아닐까?'

곰이 겨울잠을 자듯, 굳게 다문 길수의 입이 좀처럼 열리지 않는다. 따뜻한 손으로 길수의 얼굴을 만지며, "길수야, 너 BC 보고 싶지 않아? 나도 그 친구의 노랫소리가 마음속에 맴도는데, 어떻게 지내고 있을까? 잘 지내고 있겠지? 우리 검은 고양이 클럽에 가서 술도 마시고 BC의 노래를 듣는 건 어때? 싫으면 나 혼자 갔다 올까?"라고 애린이 길수에게 묻는다.

"안돼! 지금 너무 늦어서 혼자 가는 건 위험해."

"그럼. 네가 같이 가줄 거야?"

"좋아. 같이 나가자! 오랜만에 동네 분위기도 느낄 겸, 사람 냄새라도 맡아야지."

'음! 역시나 길수의 마음속에 BC가 자리 잡고 있었네. 그가 원했던 것은 바로 BC야!'

길수가 무엇을 원하는지 마침내 애린은 알게 되었다. 길수가 애린이를 가슴에 안고는 순식간에 마당에 있는 휠체어에 앉히고는 골목길을 벗어난다.

짙은 회색의 벤틀리 승용차가 검은 고양이 클럽 앞에 도착했다.

"이것 봐. 이 비서, 자네 혼자 들어 가보게. 난 몸 상태가 좋지 않아서 차 안에서 그냥 기다리겠네."

이 비서가 박 회장을 차 안에 남겨두고 클럽 안으로 들어간다.

유흥업소들이 내뿜는 유혹의 조명 길을 따라 휠체어를 밀면서 검은 고양이 클럽에 도착했다. 업소에서 일하던 웨이터들이 입구에 모여서 웅성거린다.

"사장님과 지배인은 어디로 간 거지?"

"이봐. BC에게 마이크로 얻어맞은 남자는 괜찮을까? 설마, 죽지는 않았겠지?"

"다행히 병원으로 가던 중에 깨어났다고 들었지만, 머리가 계속 아프다며 병원에 드러누웠다고 하던데."

"합의금 좀... 떴어가겠다는 심상이네."

"그래서인지 조금 전 경찰이 찾아와 BC와 사장님을 찾고 있는 걸 보았어. 큰일은 없어야 할 텐데, 걱정이야. 이러다가 BC가 잡혀가고 업소 문 닫는 것, 아니야?"

"너무 걱정하지 마! 우리 사장님이 누구니? 이 업계에서 수십 년째 깡으로 버텨온 분인데, 돈 좀 쥐여 주고 쉽게 해결할 거야."

"BC가 그 술 취한 손님을 마이크로 두들겨 패던 장면이 지금 유튜브에서 조회 수 1위를 달리고 있다는데, 이것 때문에 BC의 인기가 더 솟구치는 것, 아닐까? 정말 그렇게 될까?"

조용히 차 안에 앉아있던 박 회장이 갑자기 차 문을 열고 밖으로 나오더니 배를 움켜쥐고는 인적이 드물어 보이는 어두운 골목 안으로 급하게 걸어 들어간다.

검은 고양이 클럽 입구에서 웨이터들끼리 나누는 이야기를 듣고 있던 애린이 웨이터에게 묻는다.

"클럽에 무슨 일이 있나요? 음! 그... 검은 고양이 여자분 노래를 듣기 위해 왔는데, 지금 들어가도 되나요?"

"아! 잠깐만요. 클럽은 영업하고 있지만, 조금 전에 클럽에 작은 사고가 있어서 검은 고양이 노래는 지금 들을 수 없습니다. 어쩌지요? 미안하지만, 며칠 지나고 오시면 안 될까요?"

무슨 사고일까? 길수와 애린은 다소 걱정된 눈빛으로 서로를 바라보며 다시 집으로 발길을 돌린다.

제13장 천국의 초대

'여기가 어디지? 아니, 왜 내가 여기에 있는 거지? 앞이 보이질 않네. 구석에서 작은 소리가 들려오는데, 젠장! 너무 어두워서 뭐가 뭔지 알 수가 없네. 그런데 내 입과 코가 왜 이렇게 아프지? 도대체 이 끈적거리는 게 뭐야?'

조이는 어떻게 자신이 이곳에 들어왔는지 기억을 더듬어본다. 그리고 소리 나는 곳으로 조금씩 다가간다.

"이봐요. 거기 누가 있나요? 사람이면 말을 해봐요."

"조이?"

"나를 아는 사람이라면, 당신은... BC?"

"맞아. 나 BC야."

"아니, 그런데 왜 우리가 이곳에 갇힌 건가요?"

"땅바닥에 쓰러져있는 나를 흔들어 깨웠잖아. 생각 안 나니?"

"맞아요. 쓰러진 당신이 애처로워 곁에서 흔들면서 정신 차리라고 한 것 같은데, 난... 어쩌다가 여기에?"

"지배인 녀석이 갑자기 너를 주먹으로 때리는 것을 보았어."

"그럼, 그놈한테 맞아서 내가 의식을 잃고 이렇게 쓰러진 건가요? 맞은 곳이 더럽게 아프네요. 몸이 나으려면 몇 달은 가겠지요? 이렇게 남자한테 얻어맞아 보기는 처음인데, 기분 정말 엿 같네요. 그런데 그 자식이 왜 나를? 그래. 기억났어. 내가 당신을 병원에 보내기 위해 119에 전화하려던 참에 기억을 잃었어요."

"119가 출동하면 경찰도 같이 올 것을 안 것이지. 혹시 모를 사고를 예방하기 위해 널 주먹으로 때려서 기절시키고는 우리를 이 방에 가두어놓은 거야. 너무 걱정하지 마. 난 이곳 생활이 처음은 아니니까 말이야."

"왜? 하필 나를 이렇게까지 하면서 그런 짓을 하는 건지 도저히 알 수가 없네요."

"넌 그들을 잘 모르는 것 같아. 그들은 사람 두들겨 패는 것을 헬스장에서 몸 푼다고 생각하지. 상대방이 어떤 고통을 느끼는지 전혀 개의치 않고 두들겨 팬다고. 바로 마피아 같은, 한국말로 '깡패, 아니 조폭' 같은 놈들이야."

"이곳을 벗어나려면 전화를 해야 하는데, 내 전화기도 그놈이 들고 가버렸네요."

"조이, 두들겨 맞아 온몸이 욱신거리며 아파져 오지만, 난 이곳이 더 좋아."

"정말 더럽게 인생이 안 풀리네요. 소녀 가장으로 평생 혼자 살며 어렵게 대학 졸업하고 외무고시 공부한다고 10년째 반백수에 죽을힘을 다했지만, 매번 낙방이라는 비참한 선물을 받았지요.

모든 꿈을 접고 겨우 얻은 첫 직장이, 이제는 두들겨 맞는 일까지 해야 하는, 참으로 더럽게 안 풀리는 인생이네요. 남들이 가진 복의 손톱만큼이라도 내게 있다면, 적어도 이렇게 살지는 않을 텐데 말이지요. 안 그래요? BC."

"너와 나, 둘 다 참으로 더러운 인생의 줄을 잡고 지금까지 왔구나. 차라리 우리가 매달려온 그 줄이 썩어서 떨어져 버리면 좋을 텐데, 그러지도 못하고 이제 둘 다 피가 떡이 되도록 맞아서 빛 한 줄기 없는 이 냄새 나는 방에 갇히게 되었네.

조이, 이제부터 너를 나의 친구로 맞아줄게. 내가 의식을 잃고 헤매고 있을 때 나를 깨워준 사람이 너잖아. 넌 나의 동지이자 친구야. 만약 내가 받을 복이 있다면 모두 너에게 줄게."

"정말 그런 날이 올 수 있을까? BC, 당신이 유명해져서 그 복이 나에게까지 올 것을 매일 기도했었는데, 결국 두들겨 맞는 복까지 받게 되었네요."

"하하하! 나를 봐. 그 사장, 빅초이 녀석이 내가 한국에 도착한 날부터 나를 잡아보겠다고 때리기 시작해서 그 이후로 몇 번이나 더 맞았는지 기억할 수도 없어. 그런데도, 나를 너무 좋아해서 결혼하고 싶다고 달려드는 정말 미친 녀석이야!

내가 물속에 빠져 떠다닐 때 나를 구해준 양아버지도 술만 먹으면 자기 친자식에게는 온갖 욕설만 하고 나만 보면 두들겨 패곤 했었지.

몰래 그 집에서 도망 나와 마닐라의 빈민굴에서 살 때는 동네 깡패 녀석들에게 매일 얻어맞는 게 나의 일과였어. 하지만 난 가만 있지 않았어. 딱 한 놈만 골라서 거의 죽을 정도로 병신을 만드는 게 나의 특기였지. 그래야 다른 놈들이 나를 건들지 않으니까 말이야! 이곳에서도 그렇게 하고 싶지만, 아직은 그럴 생각이 없어. 내가 사랑하는 사람과 함께 있다고 생각하면, 그런 원한이 한순간에 사라지고 말아."

"BC, 그 사랑하는 남자가 도대체 누구란 말이야?"

"난 이렇게 죽을 정도로 맞으면서, 그 한순간을 위해 참아왔지. 나의 '춤추는 천사' 길수를 만나기 위해서 말이야. 조이, 너도 사랑하는 사람이 나타난다면, 나처럼 죽을 만큼 얻어맞고도, 다시 그를 만나기 위해 일어날 수 있을 거야."

"도대체 무슨 말을 하는 거야! 난 그 지배인 녀석에게 맞은 얼굴 뼈가 금방이라도 부서져서 죽을 만큼 아픈데, 그런 농담할 힘이 있니?"

"내가 너를 친구로 맞이했으니, 너를 우리의 옥탑방 파티에 초대할게."

BC를 만날 수 없다는 말에, 길수는 어깨 힘이 다 빠진 노인처럼 바닥만 멍하니 보며, 터벅터벅 발걸음을 집으로 옮긴다.

"길수, 저기 앞을 봐. 저게 뭐지?"

"저건 사람 같은데, 왜 저기에 쓰러져 있지?"

애린이 가까이 다가가 말을 걸어본다.

"이것 보세요. 이 추운 날씨에 여기에 이렇게 누워있으면 위험합니다. 같이 온 일행이 있나요?"

노인이 가까스로 힘을 내어, "아니요. 조금만 여기 있으면 괜찮을 거요."라고 대답한다.

"병원에 가셔야 하는 것 아닌가요?"

"내 병은 병원에서도 치료할 수 없어요. 그러니 잠시 여기 누워 있도록 허락해주시오."

"길수야, 이렇게 두면 위험해. 그러니 저 노인을 부축해 집안으로 모시자."

길수가 노인의 팔을 어깨에 두르고는 집안으로 데리고 간다.

"바깥보다 따뜻하니까 조금만 있으면 얼었던 몸이 풀리고 나아질 겁니다."

"미안하오. 이 늙은이를 보살펴주다니 정말 고맙구면. 내 초면에 정말 큰 실수를 하는군요. 내 양복 안주머니에 전화기가 있을 텐데."

애린이 노인의 양복 주머니를 뒤지더니, "선생님, 아무리 뒤져도 전화기가 없네요."라고 대답한다.

"이런! 차에 두고 나왔네요."

"그럼. 길수를 시켜서 찾아오라고 할까요?"

"아니요. 이 집안에 들어오는 순간부터 칼로 배를 찢어 놓을 정도로 아팠던 통증과 고통이 갑자기 아무 일 없었다는 듯이 사라졌어요. 나에게 마실 물 한 잔만 주실 수 있겠소?"

길수가 물 한 잔을 노인에게 건넨다. 며칠 동안 뜨거운 사막을 걸으며 방황했던 사람처럼 단숨에 물을 들이켠다. 그러고는 긴 한숨을 내쉬며, "미안하지만, 내 이곳에 좀 더 머물러도 되겠소? 조금만 쉬면 다시 힘을 차릴 수 있을 것 같은데, 허락한다면 내 그때 떠나도록 하겠소. 그렇게 해도 될까요?"라고 부탁한다.

"물론입니다. 선생님을 뵈니 얼마 전에 세상을 떠나신 이 친구, 길수의 아빠가 생각나네요. 모두 할아버지라 놀렸지만, 길수를 늦둥이로 키워온 친아버지입니다. 정수리 부분에 몇 가닥 남지 않은 흰 머리카락과 귀와 머리 뒤로 조금 남아있는 머리 스타일이 선생님이랑 너무 닮았네요."

"나를 그렇게 봐주다니 고마울 뿐이요."

"그런데, 몸의 어디가 그렇게 불편하신 건가요?"

"난 과거에 지은 죄가 너무 커서 하늘에서 그 죄를 다 갚을 때까지 나를 죽이지 않고 서서히 고통과 아픔을 주면서 조금씩 죽게 만드는 병이지요."

"얼마나 큰 죄를 지었으면 그렇게 죽을 만큼 큰 고통을 받는 겁니까?"

"그래요. 죽어도 몇 번을 더 죽을 만큼 많은 죄를 저질렀어요. 그러나 딱 한 사람, 나를 죽이기도 하고 살리기도 하는 사람이 있는데, 그 친구만이 나의 죄를 사할 수 있어요."

"선생님 몸에 악마라도 들어있나요? 파푸아의 원주민들처럼 정글 숲속에 잠자고 있는 어둠의 신을 불러내어서 우리 몸에 붙어 있는 망자의 영혼을 달래고 그들을 저승으로 돌려보내는 의식이 필요한 건가요? 저기 우두커니 서 있는 길수만이 그 의식을 할 수 있습니다."

"길수라고 했나? 자네가 정말 그런 일을 할 수 있다니, 믿어지지 않구먼! 그럼, 자네가 내 몸의 병도 고칠 수 있겠는가?"

"한이 많아 차마 저승으로 떠나지 못하는 귀신들이 할아버지의 몸을 뱀처럼 감고 있어요. 그 몸에 한 코브라 문신처럼, 당신을 꽁 꽁 휘감고 있어요. 그들을 돌려보내려면, 그 몸속에 있는 코브라 문신을 불로 태워서 없애버려야 합니다. 그러나 잘못하면 할아버지 가 그 불에 타죽고 말 겁니다."

"길수야, 너 저 할아버지 몸에 코브라 문신이 있는 걸 어떻게 알 수 있니? 난 전혀 알 수 없는데... 선생님 몸에 정말 코브라 문신 이 있나요?"

"맞아요. 저 길수 친구가 정확히 보았어요."

"나 혼자서는 그 의식을 할 수 없어요. 혼자만으로는 할아버지 몸에 붙은 악령들을 쫓아낼 수 없습니다. 지금은 솔직히 춤을 출 만큼 신도 나지 않고 내가 왜 그 일을 해야 하는지, 이유도 모르지 않습니까? 정말 이 세상에서 나쁜 짓을 많이 했다면, 죽을 만큼 고 통도 받고 마지막까지 그 죄를 뉘우치고 떠나야지. 안 그래요? 할 아버지."

"그래. 맞아! 이보다 더한 고통을 받아서라도 그들이 위로받고 내가 저세상을 새털처럼 가볍게 날아간다면, 난 더 바랄 것이 없을 거야. 내가 자네에게 나의 모든 재산을 다 준다고 해도, 자넨 나의 제안을 거절하겠지?"

"우린 곧 이 세상을 떠날 거예요. 그런데 그 많은 돈이 왜 필요 하고 무슨 소용이 있겠어요? 나의 '노래하는 천사'가 나타나면, 우 리 같이 '천국의 새들'을 따라 아주 높은 곳으로 날아갈 겁니다."

"나도 그런 곳으로 데려다주면 안 되겠나?"

"그곳은 아무나 갈 수 있는 곳이 아닙니다. '천국의 새들'로부터 초대를 받은 자만이 그곳을 갈 수 있습니다."

"아니면 나의 죄에 대해 모든 것을 속죄하고 그들의 초대를 받을
수 있겠는가? 나를 그곳까지만 데려다주게."

제14장 실종

클럽에서 나온 이 비서가 차 안에 전화기를 내버려 두고 박 회
장이 사라졌다는 것을 알아차렸다. 클럽 주위를 다니며 찾아보았지
만, 어디로 갔는지 도저히 알 수가 없다.

'몸도 성치 않은 분이 도대체 어디로 간 거야? 혹, 무슨 일이 있
지는 않겠지? 그래도 전설의 킬박인데 쉽게 누구한테 당하지는 않
을 것이다.'

시간이 지나도 나타나지 않자 점점 불안해지기 시작한다.

'뭐야 이거! BC도 사라졌고 그놈의 최 사장도, 지배인도 다 어디
로 갔는지, 연락이 닿지를 않네. 다들 어디에 있는 건가?'

마침내 박 회장의 심복인 구 회장에게 긴급히 연락한다. 한 시간
도 지나기 전에 수십 명의 건달이 모이고 주변을 탐문하기 시작한
다.

박 회장의 오른팔인 구 회장이, "혹시 박 회장님이 다른 쪽 애들
한테 납치된 것은 아닌가? 아니면 몇 시간째 몸도 안 좋은 분이
어디로 갔단 말인가?"라고 이 비서에게 묻는다.

"저도 그게 걱정됩니다. 하지만 최근에 와서는 실무현장에 전혀

나서지 않고 하부조직에 다 맡겨놓고 계셨기에 특별히 원한을 살만한 사람이나 그럴 일도 없었습니다."

"그럼. 이 어르신이 어디로 갔단 말이야? 혹 치매가 있는 건 아니지?"

"그럼요. 단지 최근에 꿈속에서 악귀에게 쫓긴다며 잠을 잘 못주무셨지만, 그렇게 쉽게 쓰러지실 분은 아닙니다. 정신력은 아직 젊은이 못지않습니다. 지금도 건달 두서너 명은 손쉽게 처리할 분입니다."

"그래. 맞아! 전설의 킬박 아닌가? 그렇게 쉽게 당할 분이 아니지."

구 회장이 행동대장을 부르더니, "회장님께서 갑자기 의식을 잃고 쓰러져 급히 병원으로 가셨을 수도 있다. 그러니 119와 병원 응급실에도 좀 알아보라고 해라. 알겠나?"

일부 행동대원들은 검은 고양이 클럽 안으로 들어가 빅초이와 지배인을 찾는다. 그러고는 문밖으로 나오더니, 구 회장에게, "클럽에서 노래 부르던 외국 여자가수가 손님과 다투는 과정에서 사고가 일어났고, 사장과 지배인이 그 여자를 끌고 밖으로 나갔다고 하는데, 그 이후로 연락이 없다고 합니다. 그래서 지금 경찰들도 그들을 찾고 있다고 합니다."라고 보고를 올린다.

"뭐야! 그 새끼들이 회장님에게 뭔 짓을 한 것 아니야? 그래. 회장님이 여기 클럽에 자주 온다는 것은 나도 알고 있지. 그... 검은고양이... 그 애 노래를 듣고 싶어 온다는 것은 나도 알아. 설마! 그 여자애랑 뭔 일이 있어서 사고가 난 것은 아니겠지? 일단 클럽 종업원 몇 놈을 잡아 족쳐서 검은 고양이 그리고 사장과 지배인 놈이 어디에 숨어있는지 빨리 잡아 오라고 해. 알겠나?"

"조이, 너 움직일 수 있니? 여기 어딘가에 두꺼운 천으로 막아놓은 창문이 있을 텐데, 그곳을 찾을 수 있겠니?"

"좋아! 이 냄새 나는 곳을 탈출할 수만 있다면 무슨 일을 못 하겠니?"

조이가 벽을 손으로 더듬기 시작한다.

"BC, 여기 찾았어. 그런데 창문이 꼼짝도 하지 않는데, 어떡하지?"

"그 창문의 오른쪽과 왼쪽 틀에 고정된 나사가 만져질 거야."

조이가 창문틀을 손바닥으로 만지기 시작한다.

"아! 여기에 조금 튀어나온 나사가 만져지는데."

"조이, 그걸 손끝으로 잡아서 앞으로 당기면 쉽게 빠져나올 거야."

잠시 후 닫혀있던 창문이 활짝 열리고 맑은 공기가 좁은 옥탑방 안으로 들어온다.

"BC, 창문이 열렸어. 하지만 아래로 이웃집 옥탑방만 보여. 거기도 불이 꺼져있어서 뭐가 뭔지 잘 보이지 않아. 하지만 맑은 밤공기를 다시 마실 수 있다는 것만으로도 우리가 살아가야 할 새로운 이유가 생긴 거라고 믿고 싶다."

"조이, 나를 그 창가 가까이 앉아있게 도와줘."

"왜? 너도 맑은 공기를 마시고 싶니? 아니면 저 하늘 어딘가 숨어있는 별이라도 찾고 싶은 거야? 짙은 매연에 가려진 서울의 밤하늘에서 별을 본다는 것은 정말 드문 일이야."

"그래. 금방이라도 이곳에 떨어질 것 같은 온갖 별들이 환하게 은색의 수를 놓았네."

창가에 기댄 BC가 누군가를 기다리는 듯, '카르멘'의 '하바네라'를 부르기 시작한다. 노래가 밤하늘의 별빛에 물들고 다시 작은 공기 방울이 되어서 길수의 옥탑방으로 날아간다.

제15장 환청

한참을 멍하니 앉아있던 길수가 갑자기 손가락을 떨기 시작한다. 그리고 귀가 하늘 위로 솟아나듯이 움직이고 제자리에서 빙글빙글 몸을 돌리며 팔을 아래위로 저어서 새가 날아갈 듯이 움직인다.

"소리가 들려! 카르멘이 나를 찾고 있어. 어디에 있는 거야?"

"길수야, 왜 그래?"

"이봐요. 아가씨, 저 친구, 왜 저러는 거야?"

"카르멘이라는 친구가 길수를 찾고 있나 봐요?"

"카르멘이 누군지 모르지만, 갑자기 누군가 긴 대바늘로 내 가슴을 찌르듯이 아파져 와요. 속이 답답하고 숨이 차서 미치겠어."

"아저씨, 정말 괜찮아요?"

"조금만 있으면 괜찮아질 거야. 미안하지만 이 집에서 바람이 잘 통하는 곳이 있으면 나를 거기다 데려다줄 수 있겠나?"

길수가 박 회장의 모습을 살펴보더니, "아저씨, 안 되겠다. 내가 옥탑방으로 데려다줄게요."라고 말하며 그를 부축해 옥탑방으로 데리고 간다. 그리고 다시 애린을 태운 무거운 휠체어를 통째로 안고 옥탑방으로 올라간다.

"애린, 넌 저 소리가 들리지 않니?"

길수가 옥탑방에 닫혀있던 문을 활짝 열고 전원 스위치를 모두

켠다. 옥탑방 마당의 오색 조명등이 짙은 어둠을 뚫고 환하게 밝혀진다.

"아! 이곳에서는 숨을 쉴 수 있구나! 이제 살 것 같네."

"길수야, 난 아무 소리도 들리지 않는데, 왜 그러니?"

"카르멘의 노랫소리가 내 귓가에 점점 크게 들려온다고."

길수가 옥탑방의 활짝 열린 문으로 나가더니, 윗옷을 훌훌 벗어 던지고는 마당 가운데에서 하늘을 향해 양팔을 쭉 뻗고는, 뱀이 헛물을 벗듯이 천천히 몸을 아래위로 움직이다가 원을 그리면서 제자리에서 돌기 시작한다.

제16장 밤의 유혹

숨만 겨우 쉴 수 있는 작은 목구멍으로 '하바네라'를 부르고 있다. 온몸이 두들겨 맞아 죽을 지경이지만, 마지막 남은 힘을 다 짜내듯이 배에 힘을 주고 창문 밖으로 소리를 질러본다.

'나의 소리를 들을 수 있을까? 이렇게 작은 목소리로 과연 길수를 이곳으로 불러들일 수 있을까? 그의 영혼이 깨어있다면, 분명 나의 소리를 듣고 이곳에서 우리를 구출해 줄 거야.'

"이것 봐. BC, 너 조금 전까지만 해도 죽을 것 같아서 몸도 제대로 가눌 수 없던 사람이, 뭐가 그렇게 신이 나서, 아니면 슬퍼서 노래를 부르는 거야. 그래. 죽을 때 죽더라도 마지막까지 노래도 부르고 춤도 추다가 이 세상을 떠나자."

별빛의 반짝임에 어우러진 카르멘의 '하바네라'가 밤하늘의 차가운 공기를 가르고 옥탑방에 살며시 울려 퍼진다.

"나, 이 노래 알아! '조르주 비제'의 오페라 '카르멘'에 나오는 '사랑은 길들지 않은 새', '하바네라'. 군인 '돈 호세'를 유혹하기 위해 부르는 곡인데, 넌 이 캄캄한 밤에 도대체 누구를 유혹하려고 그 애처로운 노래를 부르는 거야?

사랑은 길들지 않은 새
누구도 길들일 수 없어
누군들 불러도 소용없어
한 번 싫다면 그만이야...

아무도 너를 그대의 연인으로 삼지 못하지만, 단 한 사람! 너의 마음을 움직이게 만드는 그 사람이 누구야? 이렇게 죽도록 얻어맞으면서도 그런 사랑을 할 수 있다니, 참으로 슬프고도 로맨틱하다. BC, 너의 끝없는 사랑에 내 정열마저 불에 타 재가 될 것 같다. 애인도 없는 내가 왜 이렇게 흥분하는지 모르겠다."

노래는 멈출 줄 모르고 계속 이어지고 시간이 지날수록 어디에서 힘이 나왔는지 벽에 등을 기대고 몸을 세우더니, 다시 쪼그려 앉아서 밤하늘에 빛나는 별들을 세며, 점점 그 소리가 크게 울려 퍼진다.

"BC, 누가 너의 노랫소리를 들었나 봐. 저 이웃집 마당에 불이 환하게 들어왔어. 길게 매달아 놓은 작은 전구에 오색의 불이 켜졌는데, 저렇게 아름다운 옥탑방은 처음 보는 것 같아. 회색빛 서울의 하늘 아래 이런 곳이 숨어있었다니, 정말 믿을 수 없네! 내 팔을 잡아봐. 너의 몸을 창문에 기댈 수 있게 일으켜 줄게."

'노래하는 천사'가 '춤추는 천사'를 위해 영혼의 소리로 노래를 부르고 있다. 별들이 그들의 사랑을 알아차린 듯, 서로 번갈아 가며 반짝이고 은빛 강처럼 흘러가는 은하수가 옥탑방의 밤하늘을 환하게 수놓는다.

제17장 늘 그리운 어머니

"야! 이거 뭐야. 손 치워라."

"사장님, 지금 이래 누워있을 때가 아닙니더. 빨리 정신 좀 챙기소. 도대체 얼마나 술을 많이 퍼 마셨으몬 필름이 끊긴는교? 그것도 자기 업소의 영업시간에 말입니더."

지배인이 빅초이의 몸을 흔들지만, 이상한 소리만 지를 뿐 아직 정신을 차리지 못하고 있다.

'아침까지는 그 골방에서 두 년이 찍소리 없이 시체처럼 뻗어가 있겠제? 그때까지 빨리 마무리를 지어야 하는데, 우짜노? 박 회장 밑에 있는 아들이 우리를 찾고 있다는데, 괜히 지금 나갔다가 붙잡히몬, 딱 맞아 죽기 좋을 끼다. 만약 최 사장이 BC를 저렇게 때려서 반 죽여 놓은 걸 안다몬, 우린 마! 죽은 목숨이다. 아! 이 일을 우짜노? BC에게 정말 아무 일이 없어야 할 낀데.'

지배인에게 전화 한 통이 걸려 온다.

"주방 아줌맘미꺼? 아직도 그놈들이 거기에 있다고요? 뭐라꼬요? 우리가 나타날 때까지 업소는 자기들이 맡아서 관리한다고요? 와! 정말 돌아삐겠네. 박 회장이라는 사람이 사라져가 더 난리가 났다고요? 박 회장님은 우리가 잘 알지요. 하지만 그분이 어디에 있는 지는 진짜 모릅니더. 뭐라꼬요? 우리가 그 회장님을 납치했다꼬요? 그건 절대 아입니더. 일단 사장님 정신 차리는 대로 클럽으로 갈거 니까 너무 걱정하지 마이소."

박 회장이 옥탑방 마당에서 뭔가에 홀린 듯, 혼자 춤추고 있는 길수를 바라보며, '몸이 새털처럼 가벼워져 날아갈 것 같은 기분을 얼마 만에 느껴 보는가? 그런데 저 친구는 갑자기 왜 저기에서 춤을 추는 거야?'라며 혼잣말로 중얼거린다.

"아가씨는 몸이 불편해서 남자 친구랑 춤도 추지 못하고, 그냥 여기에서 바라만 보네?"

"얼마 전까지 저도 저 친구랑 같이 춤을 추었지만, 사고로 몸을 다쳐서 지금은 이렇게 하반신을 쓰지 못하고, 멀리서 그냥 바라만 봅니다. 그러나 그와 춤추는 것처럼 항상 느껴요."

"난 아주 어린 시절을 제외하고는 춤을 추거나 노래를 불러 본 적이 없어요. 뭐... 그리 즐거울 만큼 기쁜 일이 없었다고나 할까 요. 하지만 아가씨처럼 춤추고 싶지만, 몸이 따라주지 못해 춤추지 못하는 심정은 참으로 안타깝소."

"늙은 몸뚱어리라도 아가씨가 받을 수만 있다면 내 몸을 아가씨 에게 주고 그 휠체어에는 내가 앉아서 저 남자 친구랑 춤추는 아 가씨의 모습을 지켜 볼 수 있다면, 난 참으로 행복할 것이라 생각 하오."

"괜찮아요. 난, 저 친구, 길수랑 언젠가 '천국의 하늘' 위로 날아 갈 거예요. 그 날이 언제일지? 지금은 알 수 없지만, 곧, 이라고 믿고 싶어요."

"아가씨, 이름이?"

"서애린입니다."

"내가 오늘 애린이의 다리가 되어줄 테니, 저 친구 길수랑 춤을 추세요. 난 평생 춤을 춘 적이 없지만, 그냥 내 마음이 이끄는 데로 애린이의 다리가 되어 움직여 볼게요."

조금 전까지 숨조차 쉴 수 없었던 박 회장이 애린이의 휠체어를 밀며 춤추는 길수 옆으로 다가간다. 길수가 다가오는 애린이를 바라보며 그의 손으로 귀를 가리킨다. 소리가 안 들리는지 묻는 것 같다. 길수 곁으로 다가갈수록 작은 소리가 점점 크게 들려온다.

한 번도 춤을 추본 적이 없다던 박 회장이 미끄러지듯이 휠체어를 밀면서 달리다가 길수 쪽으로 밀고 다시 다가가 무거운 휠체어를 그의 가슴 높이까지 들어 올린 뒤 제자리에서 멈추지 않고 돌리기 시작한다. 휠체어에 앉은 애린이의 몸이 점점 가벼워진다. 갑자기 이전처럼 몸과 마음이 순간순간 움직일 수 있을 것 같은 느낌을 받는다.

길수 곁으로 다가가 길수의 가슴에 손을 얹고 그의 허리를 힘껏 감싼다. 길수는 허리에 애린을 매달고는 높은 하늘을 향해 뛰기 시작한다. 무거운 애린의 몸이 하얀 솜사탕같이 길수의 몸에 의지한 채 '천국의 하늘' 같은 밤을 날고 있다.

죽을 것 같았던 박 회장의 몸에 힘이 솟고 코브라 문신이 있던 곳이 점점 뜨거워져 모든 것을 태워버릴 듯이 붉게 달아오른다. 갑자기 박 회장이 윗옷을 전부 벗어 던지고는, 길수의 춤에 맞추어 같이 발을 굴리며 하늘을 향해 뛰어본다.

세상이 그의 발아래에서 맴돈다. 그러고는 다시 내려앉고, 다시 발을 굴려 하늘로 힘껏 솟구친다. 하늘을 향해 미친 듯이 소리를 지르고는 피가 나도록 몸을 긁기 시작한다. 긁은 자리에서 검붉은 피가 땀에 젖은 채 흘러내린다.

"BC, 저기를 봐. 저기 옆집 마당에 있는 사람들이 너의 노랫소리에 맞추어 춤을 추고 있어. 마치 우리를 기다리고 있다는 듯이 환영식을 벌이고 있잖아. 내가 그들을 향해 소리쳐 볼게. 넌 저들이 신나서 춤출 수 있도록 노래를 계속 불러봐."

창문 아래 몸을 기대고 있던 카르멘, BC가 마지막 남은 힘을 다해 창문틀을 잡고 일어서며 창가에 몸을 기대어본다.

"이봐요. 여기를 봐요. 지금 우리 노래에 맞추어 춤추는 게 맞나요?"

"이봐. 조이, 거기 나의 사랑, 길수가 보이니? 마치 토끼처럼 춤추며 금방 저 빌딩 숲으로 뛰어들 것 같은 친구. 안 보여?"

BC는 그들의 사랑과 영혼이 '천국의 하늘'에 올라가 그들을 데리고 갈 것을 간청하듯이 피멍이든 작은 몸으로 마지막 소리에 힘을 불어넣는다.

노랫소리는 조금씩 약하게 소리가 작아지고 아무것도 들리지 않는다.

"길수야, 저기를 봐. 이웃집 옥탑방 창문이 열렸어. 그리고 누군가 우리를 부르고 있어. 누구지? 노래하는 BC, 카르멘인가?"

길수와 박 회장이 동시에 춤을 멈추고는 소리가 나는 이웃집 창가로 다가간다.

"이봐요, 거기 누가 있나요? 아니 BC, 카르멘이야?"

'클럽에서 노래하던 BC가 왜 여기에 있는 거야? 뭐가 어떻게 된 거지?'

"BC, 저길 봐! 저 사람들이 우리가 부르는 소리를 들었는지 여기로 다가오네."

"조이, 내 몸이 바로 설 수 있도록 도와줘."

박 회장도 놀란 모습으로 옆집 창문 아래로 가까이 다가가더니 얼굴을 바짝 들고 위를 쳐다본다. 순간 어두운 불빛 사이에 숨어있던 BC를 알아볼 수 있었다.

"BC, 자네 거기에서 뭘 하는가? 나를 위해 깜짝 쇼하는 거야?"

길수가 단숨에 뛰어서 창문틀에 매달리며 금방이라도 쓰러질 듯한 BC의 머리를 가눈다.

"카르멘, 내가 맞았어! 너의 소리에 이끌려 이곳으로 온 거야! 우리가 모두 너의 파티에 초대받은 거야."

"이것 봐요. 지금 이 친구랑 나랑 몸이 말이 아닙니다. 업소 사장과 지배인한테 죽도록 두들겨 맞아 온몸이 엉망이 되었어요."

그 소리를 듣던 박 회장이 갑자기 흥분한 듯, 억지로 분을 참으며, "뭐야? 그 빅초이가 자네들을 때렸다고? 내가 그렇게 부탁했는데도, 내 말을 무시하고 자네를 그렇게 만들었단 말인가? 그날 식사 자리에서 자네를 강제로 데리고 나왔어야 했는데, 그놈의 말을 믿었던 게 나의 실수였어."

"아저씨! 아저씨는 저 BC를 어떻게 알고 있어요? 이게 뭐야. 우리가 작은 매듭에서 모두 엉켜버렸어. 어디에서부터 실마리를 풀어야 하지? 길수, 일단 카르멘과 친구가 여기에 내려올 수 있도록 도와줘야겠다."

길수가 지난번에 사용한 긴 알루미늄 사다리를 창문에 걸친다.

"조이, 네가 먼저 내려가도록 해."

"밑은 보지 말고, 내 얼굴만 보세요."

길수가 후들후들 겁에 질려 떨고 있는 조이를 부축하며 내려온다. 그리고는 BC가 길수의 도움 없이 원숭이가 나무를 타듯이 미끄러지며 내려온다. 땅바닥에 쓰러져 일어나지를 못한다. 길수가 카르멘을 품에 안고 옥탑방으로 들어간다.

"난 BC의 통역과 비서 일을 맡은 '조이'입니다. 도대체 다들 어떻게 아는 사이인가요?"

"난 '춤추는 천사'! '길수'입니다. '노래하는 천사' 카르멘, 아니 BC와 같이 천국으로 가야 하는 인연입니다. 그리고 여기는 나를 위해 모든 것을 희생한 여자 친구 서애린입니다. 나를 구하기 위해 절벽에 몸을 던져서 결국 이 친구는 평생 몸을 움직일 수 없는 장애인이 되었고, 저는 덕분에 생명을 건지고는 이렇게 춤추고 있습니다."

"아! 그날! 클럽 개업식 날, BC가 노래 부를 때 갑자기 무대 위에 올라와 춤을 추던 그 남자분이군요."

"난 '킬박'이라고 하네. 서울 지역의 사채시장을 주무르는 늙은 건달이네. 인간으로서 절대 해서는 안 될 잘못을 저질러서 모은 돈으로 저 강남의 높은 빌딩 숲속에 황제가 되었네.

어느 날부터인가, 여기 있는 BC가 내 마음의 중심에 자리를 잡고 원인 모를 고통에 죽을 것처럼 시달려왔었네. BC가 알려 준 대로, 그 원인과 해결책을 찾아다녔고 마침내 알게 되었네. 내가 지은 죄를 전부 뉘우치고 그 대가를 치러야만 그 고통에서 자유로울 수 있고 마음 편하게 저세상으로 떠날 수 있다는 것을 말이야.

검은 고양이 클럽도 사채로 내 돈을 쓰고 있지. 내 말 한마디면 빅초이를 이 땅에서 영원히 사라지게 할 수도 있지만, 그러지 않겠네. 지금까지 얼마나 나쁜 짓을 많이 했는가? 그런데 또 죄를 지으라고? 난 그렇게 할 수 없네. 이제 나에게 그 많은 돈도 필요 없다네. 그저 내 모든 죄를 깨끗이 씻고 순수했던 시절로 다시 돌아가고 싶을 뿐이야.

나의 죄를 용서하고 나를 고통의 불덩이 속에서 구원해 새롭게 만들어 줄 사람이, 바로 여기 있는 BC라네. 오늘 이 친구를 만나기 위해 클럽에 갔다가 구토와 복통이 나면서 여기 길수 집 앞에서 쓰러졌고 이 두 사람이 나를 부축해 여기로 데리고 왔었네.

참으로 희한한 인연이구나? BC, 자네가 나를 불구덩이 속에 집어넣고 하얗게 태운 뒤 새롭게 태어날 수 있도록 도와줄 수 있겠나? 이보게 길수, 자네도 내 병을 고칠 수 있다고 하지 않았나? 제발 나를 도와주게! 죽음도 두렵지 않네. 내가 잘못되어 죽는다고 하더라도 자네들을 원망하지 않겠네.

아니면 나를 땅속 깊은 곳에 펄펄 끓고 있는 마그마 속에 밀어넣어주게. 난 그런 고통을 천 년 동안 받고 다시 죽음의 세계로 가야 할 놈이야. 저승에서 나를 기다리고 있는 원한 맺힌 혼령들을 불러내서 내 몸을 걸레처럼 찢은 뒤 천 년의 불구덩이 속에 던져주게. 그게 나의 소원이네."

"아저씨, 내가 아저씨의 병을 낫게 할 수도 있지만, 혼자서는 그럴 기운과 힘이 나지 않기 때문에 할 수가 없어요. 하지만 여기에 있는 카르멘이 도와준다면, 먼 정글의 어둠 속에서 복수할 그날을 위해 저승으로 떠나지 못하는 한 맺힌 혼령들을 불러내서 아저씨가 원하듯이 당신 몸을 갈기갈기 찢어서 뜨거운 불구덩이 속에 집어 던질 수도 있습니다. 그러나 그 과정에서 정말 죽을 수도 있어요."

"제발 그렇게 만들어주게. 내가 말했지 않았는가? 난 그 자리에 쓰러져 천 년의 불구덩이 속에 타죽어도 괜찮다고 하지 않았나? 그저 내 몸속에 남아있는 나의 모든 죄를 뉘우치고 용서받고 싶을 뿐이네."

BC는 길수의 품에 안긴 채 가볍게 숨만 내쉴 뿐 힘없이 눈만 깜박거린다.

"지금 BC의 상태가 좋지 못해서 할 수 있을까요? 그리고 카르멘을 다시 만난다면 어머니인 라이얀과 화상통화를 시켜준다고 약속했었는데... ."

애린이 카르멘과 라이얀의 화상통화를 위해 전화를 건 뒤 카르멘에게 전화기를 넘긴다. 라이얀이 카르멘을 바라보며 파푸아 현지어로 뭐라고 하자 그것을 알아들었는지 카르멘이 연신 고개를 끄덕인다. 잊어버렸던 엄마의 목소리를 기억해내었는가? 전화기를 한 손에 들고, 어디에서 힘이 났는지 갑자기 노래를 부르고 춤도 춘다. 라이얀은 이 BC가 카르멘이라고 소리친다. 그러고는 자기 눈 밑에 있는 문신을 보여주자 카르멘도 똑같은 문신을 보여준다. 둘은 다시 만날 것을 약속하며 긴 눈물의 대화를 마쳤다.

"애린, 고마워! 꿈속에서 늘 그리워했던 내 어머니를 찾았어. 이제 더는 외롭지 않을 거야. 이제 파푸아 섬에 있는 '천국의 언덕'에 올라가 내 어머니의 손을 잡고 '천국의 새'가 우리를 부르는 그곳으로 떠날 거야."

제18장 쥐구멍 속

지배인이 차가운 물을 세숫대야에 가득 담아 최 사장의 얼굴에 엎지른다.

"이게 뭐지? 여기가 어디야? 이게 누군가? 지배인 아닌가? 야! 너 지금 여기서 무슨 짓을 하는 거야? 업소는 누가 지금 관리를 하고 있나? 그런데 왜 내가 이곳에 있는 거지?"

"업소에서 무슨 일이 있었는지 기억이 전혀 안납니꺼? 형수님!

BC를 죽도록 두들겨 팬 건 기억납니까?"

"내가 BC를 두들겨 팼다고? 지금 그 애는 어디에 있어? 아! 그 놈의 술 때문에 내가 무슨 짓을 하긴 했구먼."

"얼마나 맞았는지, 괜찮은지는 저도 급하게 나온다고 확인을 못 해보았습니더."

"죽기라도 했단 말인가?"

"사장님께서 이렇게 함부로 행동하몬 저도 사장님 곁을 지켜드릴 수 없습니더."

"야! 지배인, 그럼, BC가 살았는지 죽었는지 확인은 해보아야 할 것 아니야? 그런데 내가 그년에게 왜 그런 짓을 했지? 맞아! 어제 클럽에서 또 손님이랑 싸웠지. 그리고 손님이 119로 실려서 나가고 내가 그년을 끌고 나간 것 같은데, 그 이후로는 필름이 끊긴 것 같아서... 전혀 생각이 나지를 않아. 아마도 박 회장 영감이 나 몰래 BC를 데리고 어디론가 도망갈 거라는 생각에 내가 너무 흥분해 있었던 것 같아. 지금 나랑 같이 찾으러 가자."

"사장님 휴대폰에 누가 전화했는지 확인해 보이소."

최 사장이 휴대폰을 보더니, "아니, 누가 이렇게 전화를 한 거야? 이 비서 전화번호도 있고, 강남에 구 회장 그리고 업소 애들 번호도 있는데, 내가 지금 확인해보아야겠다."라며 전화를 걸려는 순간 지배인이 최 사장의 휴대폰을 가로챈다.

"야! 너... 지금 뭐 하는 거야?"

"사장님, 지금 가들에게 연락하몬 우리 둘 다 뒤질지 모릅니다."

"그게 무슨 소리야?"

"어제저녁에 박 회장과 이 비서가 클럽에 BC를 만나러 왔었는데, 박 회장은 차 안에 혼자 있고, 이 비서만 클럽에 내려와 사장님과 BC를 찾았다고 하네요. 그래서 웨이터들이 대답하기를 BC가 손님이랑 싸웠고 그것 때문에 사장님과 제가 열 받아서 BC를 끌고 나갔다고 했답니다. 그라고는 이 비서가 차에 도착해서 보니, 박 회장이 어디로 갔는지, 사라지고 없었다 카네요.

무슨 일이 있더라고 BC를 꼭 보호해라꼬 박 회장이 신신당부했는데, 우리가 BC를 두들겨 패고는 막상 박 회장의 보복을 두려워해 차 안에 혼자 앉아있던 박 회장을 몰래 납치해서 어디에 숨겨놓았거나, 아니면 우리가 납치해서 죽였다고 의심하면서 강남의 구 회장 조직원들이 우리를 찾고 있답니더.”

“자네도 알다시피, 박 회장은 어제 만나지도 못했는데, 우리가 납치범으로 몰렸다고? 아니면 BC를 데려가서 해명만 하면 될 것 아닌가?”

“지금 BC는 의식이 없을 정도로 떡이 댔을 낍니더. 그런 애를 데리고 간다몬, 박 회장의 부탁을 무시한 대가로 손모가지나 진짜 모가지를 그놈들에게 바쳐야 할지 모릅니더.”

“그래. 맞아! 이거 쉬운 일이 아니야! 그 영감이 어디로 사라져서는 우리를 이토록 어렵게 만드는 건지 모르겠네.”

“사장님, 만약 이대로 나간다카몬, 클럽 근처에 있는 구 회장의 조직원들에게 붙잡히가 단번에 회칼에 맞아서 인생 끝날 수도 있습니다.”

“그럼 어떡하지? 일단 영등포의 김팔성 회장에게 연락해서 보호를 요청해보자. 지금까지 우리가 바친 돈이 얼마인데, 이럴 때 그 놈들 도움 좀 받아야겠다.”

빅초이가 영등포 쪽에 지금까지 일어난 일을 설명하고 도움을 요청한다. 평소 강남의 사채시장을 먹고 싶어 했던 김팔성인데, 정말 박 회장이 납치당해 죽기라도 했다면, 그들이 이번 문제를 걸고 들어와 박 회장이 없는 강남의 사채시장을 삼키려고 할 것이다. 그들에게는 절호의 기호다.

　최 사장과 지배인은 클럽 근처에 있는 작은 모텔에 숨어서 영등포 조직원들이 도착하기를 기다린다.

제19장 악의 화신

　"길수, 자네와 BC가 힘을 합쳐서 나를 악의 동굴에서 꺼내어 줄 수 있겠나? 이제 더는 참지 못할 정도로 지쳤어. 어쩌면 몇 시간도 견디지 못하고 이 자리에서 죽을 수도 있다고. 차라리 저 어두운 빌딩 사이로 뛰어내려서 내 목숨을 끝내고 싶네.

　세상에 버려진 쓰레기 같은 나를 구하고 싶지 않겠지? 나도 잘 알고 있네. 나 같은 놈은 마지막 순간까지 내 뼈와 살이 다 닳아 없어질 순간까지 고통을 받아야 한다는 사실을 말이야. 하지만 혹시 자네들이 나를 구해서 내가 새로운 삶을 찾을 수 있다는... 희망이 생긴다면, 어떻겠나?"

　카르멘이 길수를 바라보며, "길수, 킬박은 상어가 우글거리는 적도의 바다에서 내가 목숨을 건질 수 있도록 그가 마시던 생수병을 던져 주었고 난 그걸 붙잡고 목숨을 지킬 수 있었네.

　그가 우리 파푸아 마을 사람들에게 한 짓을 생각하면, 당연히 스스로 목숨을 끊게 만들거나 더러운 병에 걸려 그의 육신이 썩어서 문드러지고 파푸아 정글 숲에 떠도는 한 맺힌 영혼들과 함께 저세상으로 돌아가기를 바라지만, 지금까지 그가 저질렀던 모든 죄를 진심으로 뉘우치고 있다는 것을 난 느낄 수 있고 너도 느낄 수 있을 거야. 나도 그에게 약속했었지. 길수가 나타난다면, 당신의 몸을 악으로부터 구해보겠다고 말이야. 그러니 우리같이 그를 구해보자!"

"이자의 몸에는 지금도 수많은 악령이 붙어 있고 그중에 가장 강한 놈은 카르멘, 바로 너야. 그런 네가 진정으로 그를 용서 한다면 그를 맴돌던 다른 악령들도 사라질 수 있을 거야."

길수가 킬박을 옥탑방 마당 한가운데에 세운다. 카르멘이 파푸아 정글의 언어로, 불교 스님이 염불을 올리듯이 혼잣말로 웅얼거리기 시작한다. 남서쪽으로부터 습기가 가득 찬 따뜻한 바람이 겨울의 차가운 바람을 밀어내고 옥탑방 위를 가득 채운다.

길수가 더운 바람을 몸에 감고 그 기운을 킬박으로 가져간다. 길수가 팔을 저어서 움직일 때마다 킬박은 고통에 지쳤는지 비명을 지르며 몸을 가누지 못하고 바닥에 주저앉는다. 카르멘은 알 수도 없는 말로 하늘을 향해 소리치고 마치 화난 벌떼가 날아와 웅얼거리듯이 점점 그 소리는 커지고 영혼의 만남을 통해 길수의 팔과 다리가 빠르게 움직인다.

카르멘은 킬박의 등 뒤에 앉아 고막이 찢어질 듯이 날카로운 울음소리로 그의 머리를 향해 소리치고는 머리를 양손으로 잡아서 흔들기 시작한다. 킬박도 고통을 참으려는 듯, 하늘을 향해 소리치고 두 주먹을 힘껏 쥐고는 바닥을 사정없이 내려친다. 그의 코에서 피가 흘러나오기 시작하고 핏방울이 땅바닥에 떨어지기도 전에 바람에 흩날려 머리 위로 솟구친다.

길수도 같이 소리를 지르며 킬박의 몸에 붙어있던 악령들을 하나씩 유혹해 그의 몸에 붙이기 시작한다. 길수의 모습과 몸동작이 순간순간 다른 사람의 모습으로 변하면서 웃었다가 울었다가 여러 혼령을 그의 몸에 붙이고는 다시 킬박의 주위를 돌며 악의 힘으로 다시 그를 일으킨다. 카르멘과 길수를 양옆에 둔 킬박도 팔을 벌리고는 카르멘의 소리에 맞추어 빙글빙글 돌며 춤을 춘다.

언제 어디에서 날아왔는지 알 수 없는 수많은 새가 그들의 머리 위를 맴돌며 소리 지른다. 두 사람 사이에서 춤추던 킬박의 몸이 어두운 하늘 위에 춤추는 새들의 소용돌이 속으로 빨려 들어가 빠르게 돌면서 하늘 위로 올라갔다가 내려오기를 반복한다.

오랜 세월 그의 몸에 붙어서 그를 지켜온 코브라 문신에서 타는 냄새가 나고 그 사이로 피가 흘러나온다. 킬박은 미친 듯이 두 손으로 그의 온몸을 긁기 시작한다. 얼마나 시간이 흘렀을까? 그의 몸에서 흐르던 피가 이제는 바닥으로 떨어진다.

킬박의 몸에 붙어있던 악의 화신들이 길수에게 옮겨붙고 길수가 그들을 하늘로 돌려보내고자 머리 위를 맴돌던 새들의 무리 속으로 뛰어 올라간다. 새들이 길수의 몸을 부리로 쪼며 악령들을 하늘로 올려보낸다. 그들은 이제 이 땅에 머물며 킬박을 괴롭히지 않을 것이다.

마지막 남은 한 마리의 새가 길수의 몸을 쪼아 먹고는 보이지 않는 하늘 위로 올라갔다. 새들의 소리는 사라지고 세 사람 모두 바닥에 주저앉았다. 킬박이 평생 간직한 코브라 문신이 까맣게 불에 타서 그을리고 그 위를 검붉은 피들이 굳어서 딱지처럼 붙어있다.

길수는 온몸이 낚싯바늘에 걸려 살이 떨어져 나간 것 같은 상처가 보이고 흐르던 피도 이제 멈추었다.

마침내 킬박의 저주받은 영혼들을 위로하고 '천국의 하늘' 위로 올려보냈다. 킬박이 몸을 일으켜 길수와 카르멘을 그의 피 묻은 가슴에 안은 채 울음을 터트린다.

하늘을 까맣게 가득 채웠던 새들의 무리도 사라지고, 오색등 위로 은빛으로 눈부시게 반짝이는 별들이 옥탑방을 하얗게 비춘다.

제20장 전쟁

최 사장과 지배인이 클럽 근처에 나타나자 갑자기 주위가 분주해진다. 그리고 그들 뒤로 영등포 조직원들이 길게 따르고 있다.

"회장님 지금 최 사장이 이곳으로 오고 있습니다."

"누가 온다고? 야! 다들 준비해. 그 자식 오늘 완전히 보내버려야겠어."

"하지만 혼자 오는 게 아니고 영등포의 김팔성 회장 식구들이랑 같이 오고 있습니다."

"그 애들이 왜 여기로?"

"아무래도 최 사장이 겁을 먹고 영등포 쪽에 보호를 요청한 것 같습니다."

"하하하! 정말 우스운 놈이구먼. 이 바닥 생활 오래 하더니만 생존법도 벌써 익혔어. 그래. 그놈이 무슨 말을 내뱉는지 잘 보자고. 만약 겁 없이 이상한 행동을 보이면 우리 쪽도 피해를 보겠지만, 바로 응징해야 하니까, 각자 자기가 사용할 도구를 잘 챙기도록 해라."

"정말 최 사장과 지배인이 저희 회장님을 납치했을까요? 그러면 여기에 나타나지 않을 텐데 말입니다."

이 비서가 구 회장에게 다소 의심 어린 말투로 대꾸한다.

"그럼 어디에 숨어있다가 갑자기 나타나는 거지요? 영등포 애들을 끌고 오는 것은 무슨 의도지요? 분명 무슨 일이 있는 것은 확실합니다. 그러니 영등포 쪽에서 냄새를 맡고 이번 참에 우리가 관리하는 지역을 치고 들어오려는 것 같습니다. 이런 일은 우리가 전문이니 이 비서는 뒤쪽으로 빠져서 안전하게 계시도록 하세요."

"괜찮습니다. 저도 몇 놈은 거꾸러트릴 자신이 있습니다. 아무나 킬박의 비서가 되는 줄 아십니까?"

그때 젊은 행동대원 한 명이 급히 달려온다.

"지금 업소 안으로 들어오고 있습니다. 자세한 것은 구 회장님 앞에서 직접 해명하겠다고 합니다."

클럽 입구에 최 사장과 지배인의 모습이 보이고, 그 뒤를 영등포 조직원들이 뒤따르고 있다. 그리고 한참 뒤쪽에 짧은 흰머리에 청바지 차림의 구 회장 나이 또래의 노인으로 보이는 영등포 사채왕인 '김팔성'이가 심복들의 호위를 받으며 클럽 안으로 들어온다.

"구 회장, 오랜만이네. 그래 킬박 형님에게 정말 무슨 일이 일어났는가?"

"그건 저기 있는 빅초이가 알 텐데. 최 사장, 여기서 네놈 목이 날아가기 전에 사실대로 말해라! 박 회장님을 납치해서 어디에 가두었느냐? 아니면 벌써 죽였나? 네놈의 대답에 따라 우리가 거기에 맞는 대가를 치러주겠다."

"최 사장, 여기에서 노래 부르던 BC는 어디에 있는가요? 그 애도 박 회장님과 같이 납치하였습니까?"

구 회장과 이 비서가 최 사장에게 묻는다.

"뭔가 큰 오해가 있는 것 같은데요. 박 회장님은 어제, 오늘 뵌 적도 마주친 적도 없고 그분에게 아무 짓도 하지 않았습니다. 사실 저도 박 회장님께서 어떻게 사라졌는지 전혀 모르고 있습니다."

"오호. 아주 뻔뻔스럽게 말은 잘하는구나? 박 회장님의 특별지시로 네놈이 빌린 사채도 무이자로 계산해 한 푼도 받지 않고 있었는데, 그런 놈이 은혜를 원수로 갚다니... 너 같은 놈은 죽을 맛을 봐야 정신 차릴 수 있을 거야?"

"모두 진정하시고! 잠깐만요!"

뒤쪽에 있던 이 비서가 갑자기 앞으로 나오더니 최 사장 앞으로 바짝 다가간다.

"이것 봐. 최 사장, 그러면 여기에 있던 검은 고양이, BC는 어디로 갔나?"

"아니, 그 BC는... ."

"이것 보세요. 김팔성 회장님, 이 자가 분명 뭔가를 숨기고 있어요. 아니면, 왜 대답을 못 하는 거죠? 오히려, 검은 고양이 BC가 박 회장을 납치했다고 우겨보시지 그래?"

모두 최 사장의 주변으로 모여들고, 대답을 머뭇거리는 그의 모습을 뚫어져라 쳐다본다.

제21장 동행

조이가 바닥에 쓰러진 박 회장을 부축해 옥탑방의 작은 침대에 눕힌다. 카르멘과 애린은 옥탑방 마당에 배를 바닥에 대고 누워있던 길수를 일으켜 세우고는 그를 부축해 작은 의자에 앉힌다. 그리고는 수건에 물을 적셔서 몸에 난 상처를 깨끗이 닦아낸다.

"모두 고맙네. 난 이제야 과거의 고통에서 자유로울 수 있게 되었어. 나의 가슴을 누르던 통증도 긴 바늘로 찔러서 쥐어짜듯이 아프던 그 모든 고통도 사라졌네. 무거운 바윗덩어리를 어깨에 둘러메고 숨을 헉헉거리면서 허리가 부서져라 힘들게 산 정상에 올라와 모든 것을 내려놓고 빈 몸으로 홀가분하게 내려가는 그런 기분이야."

"BC와 길수씨, 정말 대단해요. 어떻게 신이 아닌 인간의 몸으로 박 회장님 몸에 갇힌 악귀들을 물리치고 그들의 원한을 달래고 위로해서 다시 '천국의 하늘'로 올려보낼 수 있단 말이요? 그건 시중에서 떠도는 점쟁이나 무당이 결코 할 수 있는 일은 아니요. 나도 언젠가 당신들에게 부탁할 수 있겠지요?"

그들의 신비스러운 의식을 본 조이는 마치 SF영화의 한 장면을 본 것 같이 뭐라 쉽게 단정하지 못한다.

"이것 보게. 자네들이 나를 도왔으니, 이제 내가 자네들을 돕겠네. 내가 무엇을 해주면 좋겠나?"

"이곳을 떠나 어디 뭔 곳으로 데려다줘요."

"'파푸아 섬'에 있는 '천국의 언덕'으로... ."

"하지만 그곳은 여기에서 너무 멀고 비행기를 한참 동안 타고 가야 하지 않나?"

"난 지금 가보고 싶은 곳이 있어요."

"그럼, 조이, 자네부터 소원을 들어주겠네. 말해보게."

"서울에서 설악산 가는 길에 두 개의 높은 산허리를 양쪽에서 뚫어서 터널을 만들고 해발 500m 지점에서 두 곳을 긴 유리다리로 연결하는 공사를 하고 있어요. 그곳에 정말 가보고 싶어요. 그러고는 아주 차가운 바람이 부는 그 다리에서 마지막 긴 한숨을 들이키고는 곧장 뛰어내리고 싶어요. 난 정말이지 그런 곳에서 뛰어내려서 그냥 이 지긋지긋한 인생을 깨끗이 끝내고 싶어요. 당신들은 천사라니 죽지 않을지 모르지만, 난 천국도 없는 자유로운 나만의 세상에서 머물고 싶을 뿐입니다."

"조이, 그것 재미있겠는데. 만약 그곳에 긴 무지개다리가 생긴다면, 우리가 원하는 곳으로 데려다줄 수 있을 텐데 말이야. 나도 너처럼 언제든지 뛰어내릴 수 있어. 만약 내가 '노래하는 천사'가 아니라면, 난 그곳에 떨어져서 죽고 말 거야. 하지만 친구들과 함께라면 난 죽어도 외롭지는 않을 거야."

"애린과 길수는?"

애린이 길수의 손을 잡으며, "우린 이미 높은 절벽에서 뛰어내린 적이 있어서 이번에는 영원히 돌아오지 않을 만큼 정말 잘 뛰어내릴 수 있을 거야."라고 말하며 길수의 눈을 바라본다.

"하지만 어떻게 거기로 가지?"

"모두들 걱정하지 마! 검은 고양이 클럽 앞에 내 차를 주차해 놓았으니 그 차를 타고 다 같이 출발하자"

제22장 그가 살아있다면

"답답해 죽겠네. 최 사장, 어서 말을 해보라고."

한참을 머뭇거리던 빅초이가 입을 연다.

"BC는 클럽 건물 꼭대기에 있는 옥탑방에 가두어놓았습니다."

"그럼 빨리 가서 데려오시오. 그 애가 박 회장님의 행방을 알 수 있을지도 모르지 않소?"

이 비서가 빅초이를 강하게 다그친다.

"뭐야? 그 BC는 도대체 누구야? 그럼, 박 회장님이 죽지 않고 아직 살아있단 말이야. 도대체 뭐가 뭔지 모르겠네. 빅초이, 너 이 자식 똑바로 말해라. 만약 박 회장님이 죽지 않고 지금 살아계신다면, 우린 이곳을 조용히 떠날 거야. 그리고 너를 보호해주지도 않을 것이고, 구 회장에게 네놈의 고깃덩어리를 넘겨주고 말 거야. 내일이면 야산의 들개들이 네놈을 갈기갈기 찢어먹고 있을 거야. 이제 내 말이 정확히 들리는가?"

빅초이가 온갖 생각으로 입을 굳게 닫고 있는 동안 지배인이 불쑥 앞으로 나온다.

"우짜면 BC는 죽었을 수도 있습니다. 어제저녁 클럽에서 BC와 손님 간에 사고가 있고 난 뒤에 저희 사장님께서 술에 잔뜩 취한 몸으로 BC를 클럽의 창고 방으로 끌고 가서는 의식이 없을 때까지 두들겨 팼습니다."

"뭐야! 박 회장님께서 네놈 빚을 탕감해주는 조건까지 내걸며 그 애를 보호하라고 했는데, 그런 애를 죽을 정도로 두들겨 팼다고? 네놈은 지금 살아있어도 회장님이 돌아오는 즉시 죽은 목숨이나 다름없다."

입을 굳게 닫고 있던 최 사장이 울먹이며 소리 지른다.

"난 정말이지... BC가... 내 아내가 될 것으로 진정 믿고 사랑했었는데, 그 늙은 박 회장이 돈으로 그 애를 유혹해서 자신의 노리개로 만들려고 한 짓을 모르는 줄 아십니까? 나를 그렇게 바보로 생각하지 마십시오."

"그래서 앙심을 품고 자네가 박 회장을 납치한 것 아닌가? 아니면 죽였나?"

"뭐야! 그럼, 저... 최 사장 놈이 박 회장님을 정말 죽였단 말인가? 전설의 '킬박'이 저런 조무래기 새끼에게 당했다고? 그건 말이 안 되지. 이 세계에서는 일어날 수 없는 일이야! 자네 아주 큰 대가를 치르게 생겼어."

안타까운 듯, 영등포의 김팔성 회장이 크게 한숨을 쉬면서 빅초이를 빤히 쳐다본다.

제23장 벤틀리와의 여행

조금 전까지 클럽 앞을 지키며 분주하게 움직이던 구 회장 조직의 패거리들이 최 사장이 영등포 파 소속의 조직원들을 거느리고 클럽 안으로 들어오자 곧 전쟁을 치를 듯이 모두 클럽 안으로 들어가고 조용해졌다.

킬박의 일행은 박 회장이 아끼던 애마, 짙은 회색의 벤틀리 승용차에 올라타고는 어디론가 미끄러지듯이 달려 나간다.

제24장 탈출

"그렇다면, 빨리 가서 BC가 죽었는지 살았는지를 확인해봐. 김 회장, 최 사장 놈은 일단 우리에게 넘기게. 박 회장님이 죽었다면 우리가 이곳을 두고 전쟁을 치러야겠지만, 아직은 생사를 모르니 저놈은 우리에게 맡기게. 지금 당장 죽이지는 않을 테니, 걱정하지 말게."

"그럼 저 지배인 놈을 끌고 가서 확인해 보라고 합시다."

양쪽의 조직원들이 지배인을 끌고 업소 밖으로 나간다. 먼저 나갔던 구 회장의 행동대장이 급하게 클럽 안으로 다시 들어온다.

"최 사장이 여기 들어와 우리와 다투고 있을 때 클럽 앞에 주차해 놓았던 박 회장님의 벤틀리 승용차가 사라졌습니다."

"그 차는 박 회장님의 지문과 생체인식을 거쳐야만 움직일 수 있는 벤틀리 중에서도 최고급 승용차입니다. 그렇다면 누가? 혹시 박 회장님이 직접 운전을? 최 사장, 클럽 앞을 비추는 CCTV가 없나요?"

"클럽 입구와 마당 앞을 비추는 카메라가 있습니다."

"그렇다면, 지금 빨리 그것을 확인해 봅시다."

두 조직의 우두머리인 구 회장과 김 회장 그리고 이 비서와 최 사장이 사무실에 설치된 CCTV를 확인한다.

박 회장이 선두에 서고 뒤로는 BC의 통역 조이, 그다음은 BC 그리고 낯선 남녀 둘이 차가 있는 곳으로 다가선다. 박 회장이 차문을 열자 나머지 일행들이 곧장 차에 탑승하고는 어디론가 달려 나간다.

"저것 보세요. 납치범들이 따로 있잖아요. 잘 보셨지요? 내가 범인이 아니라고 몇 번을 말했잖아요?"

빅초이가 흥분해서 날뛰며 소리친다.

상황을 급히 판단한 이 비서가 어디론가 전화하며 급히 박 회장의 뒤를 쫓는다.

《《새벽 4시 긴급 뉴스를 알려 드리겠습니다. 서울 명동의 금융업자인 박 모 회장이 조금 전 알 수 없는 4명의 괴한에게 납치된 것으로 알려졌습니다. 현재 경찰 특수기동대가 이들을 뒤쫓고 있습니다.》》

4부-아침

제1장 달빛 속을 달려가자

"회장님, 저 뒤를 보세요. 경찰차들이 따라오고 있어요. 무슨 문제가 있는 게 아닐까요?"

"우리의 존재에 대한 세상의 관심은 이미 사라졌을 텐데, 도대체 무슨 일일까요?"

"그래도 경찰이 계속 따라오면 무슨 일이라도... ."

킬박이 걱정스러운 목소리로, "조이, 자네 여기에서 내려줄 테니, 지금이라도 돌아가게!"라며 조이에게 묻는다.

"아니요. 떠나온 곳에 대한 미련이 조금 남아있기는 하지만, 모두와 함께라면 같이 가겠어요. 이제 이 지긋지긋한 도시에 대한 연민은 다 날려버리고 싶어요."

"그래. 만약 우리가 살아서 새로운 세상으로 가게 된다면, 조이, 자네가 나의 모든 것을 다 가져가게. 평생을 외롭게 살았다고 하니, 나를 아버지로 삼고 난 너를 딸로 삼으면 안 될까?"

"정말요? 좀 무서운 아버지지만, 이제 새로운 사람이 되었으니 설마 과거로 돌아가지는 않겠지요?"

"물론이지, 과거의 킬박은 이미 죽었어."

"그런데 우리 지금 어디로 가는 건가요?"

"조이가 그렇게 가고 싶어 했던 유리로 만든 다리 '스카이웨이'로 가는 거야. 여기에서 원주를 지나 속초로 가는 길에 새로 생긴, '신설악 국도'를 타고 가다보면 우측에 '스카이웨이' 진입로가 나오고 다시 그 길을 따라가면 설악산의 두 정상을 하늘 위에 길게 연결한 '스카이웨이 유리다리'가 있는 것으로 나와 있어."

경찰차가 박 회장의 벤틀리 승용차를 뒤쫓고 그 뒤를 구 회장과 김 회장의 조직원들이 따라붙었다.

"무슨 일이 생기기 전에 저 차를 멈추게 해야 하는데, 저 멍청한 놈들, 왜 그냥 따라가기만 하는 거야."

"맞습니다. 저렇게 그냥 따라가다가는 차 안에 있는 납치범들을 놓치거나, 그들이 박 회장님을 죽일 수도 있습니다. 헬리콥터에 저격수라도 태워서 추격해야 합니다."

경찰차가 속도를 올리며 추격을 시작하자 박 회장의 벤틀리 차가 굉음을 내며 한참 거리를 두고 앞서나간다.

"회장님, 우리 너무 빨리 달리는 것 아닌가요?"

"그런가? 이 차 사고 처음으로 최고 속도로 달려보는 거야. 새벽이라 그런지 주변에 다니는 차도 없고 도로가 완전히 텅 비었어."

짙은 회색빛의 벤틀리 승용차가 신설악 국도에 진입했다. 갑자기 헬리콥터 소리가 들리더니 확성기를 통해, "차를 즉시 멈추어라. 아니면 공중에서 발포하겠다."라는 소리가 들려온다.

"총을 쏘겠다고 하는데요. 이러다 유리다리 근처에도 못 가고 우리 모두 총알받이가 되는 것 아닙니까?"

"그럼. 더 재미있어지겠는데, 어디 한번 지켜보자고."

말이 끝나기가 무섭게 헬기에서 위협사격이 가해지고 헬기에 탄 저격수가 차량의 뒤쪽 트렁크 부분과 앞 엔진룸 쪽으로 실탄을 발사한다.

'팅, 팅...' 총알이 튕겨나가는 요란한 소리만 낼 뿐 아무런 느낌도 없다.

"저 친구들 이 차가 방탄이 되는 줄 모르는 것 같네. 하하하."

박 회장의 벤틀리 승용차는 거침없이 앞을 달려 나가고 헬기사격
도 멈추었다. 단지 계속 주위를 돌며 추격한다.

"이제 저곳을 조금 지나면 '스카이웨이'로 가는 길이 나온다. 우
리 어때? 내 차의 전조등과 실내등을 모두 끄고 달빛만 비추는 텅
빈 도로를 달려 나가는 거야. 산 위로 구불구불하게 길이 난 도로
라, 나무에 가려져서 헬기에서도 우리의 위치를 찾기 어려울 거야.
자 그럼, 시작해볼까?"

박 회장이 승용차의 모든 조명등을 끈다. 그러고는 달빛에 비추
어진 희미한 길을 따라 산의 높은 곳을 향해 거침없이 달려 나간
다. 쫓아오던 헬기도 경찰차의 추격도 모두 사라졌다.

헤드라이트를 끄고
라디오를 크게 틀어!
달빛만 흐르는 어둠의 도로를
소리 지르며 달려가자!
Drive in the moonlight!

미련은 저 도시의 밑바닥에
모두 던져버리고
언제 죽을지도 모르는
앞이 보이지 않는
내일의 어둠을 뚫고
달빛 속을 달려보자!

지나간 사랑은 구름에 떠 있는

무지개다리에 걸쳐두고
어제처럼 해가 뜨는
아침을 기다리며
새로운 용기와 희망으로
달빛 속을 달려보자!

라디오에서 힙합 음악이 흘러나오자 카르멘이 리듬에 맞추어 노래를 부르기 시작한다. 뒷좌석에 앉은 길수와 애린이 카르멘의 노래에 맞추어 춤을 춘다. 이 차가 어디로 가는지, 얼마나 빨리 달리는지 모든 것을 잊어버렸다.

'스카이웨이' 진입도로 표지판이 보이고 다시 좁고 좁은 산길을 굽이굽이 올라가니 터널 입구가 보인다. 붉은 글씨로 크게 '진입금지' 안내판이 붙어있는 곳에 잠시 멈추었다.

'현재 유리다리는 마지막 300m의 연결구간을 남겨두고 공사가 진행 중입니다.'라는 안내판이 터널의 입구를 가로막고 있었다.

"이것 봐. 저 터널 앞에 놓인 안내판을 뚫고 유리다리를 향해 최고 속도로 달려가자. 난 이제 죽어도 이 세상에 남은 미련이 없어. 길수, 카르멘, 애린은 천국의 부름을 받았으니 그곳으로 갈 것이고. 나와 조이는 이 벤틀리와 함께 저 깊은 산속으로 추락해 수십 번 구르다 떨어지겠지?

이제 과거에 나를 붙잡던 악령들도 내 몸에서 다 사라졌으니, 난 기쁘게 내 인생을 끝낼 수 있으리라 생각하네. 어때? 조이, 자네도 우리를 믿는다면 따라가겠나? 죽음이 두렵지 않나? 이 아름다운 세상을 다 즐기지도 못하고 떠난다면, 너무 아쉽지 않나? 차라리 여기에서 내려서 우리가 떠나는 마지막 모습을 지켜보는 게 어떻겠나?"

"나를 속박했던 암흑 같은 도시의 세상으로 돌아가지 않을 겁니다. 그러니 나도 당신들이 있다고 믿는, 그 '천국의 땅'으로 데려다 주세요."

헤드라이트를 끄고
라디오를 크게 틀어!
달빛만 흐르는 어둠의 도로를
소리 지르며 달려가자!
Drive in the moonlight!

차가 아래위로 흔들릴 정도로 몸을 흔들며 노래하고 춤을 춘다. 벤틀리 승용차에서 굉음이 들리며 '진입금지' 표지판을 종잇장처럼 찢고 최고 속도로 긴 터널을 지나서 '스카이웨이 유리다리'의 끝을 향해 달린다. 터널의 끝에서 마지막 같은 붉은 태양이 떠오르고 있다.

차는 순식간에 유리다리 위를 미끄러져 나간다. 마지막 '진입금지' 바리게이트를 부수고 잠시 하늘 위를 나르다 깊은 산속으로 떨어진다.

순간, 아침 햇살을 받은 일곱 빛깔의 무지개가 그들 아래 길게 펼쳐진다.

《《프랑스 영화처럼 이야기를 끝내고 싶다면...
　여기에서 멈춤을!》》

〈〈끝이 진정 궁금하다면.......이어서.....〉

제2장 하늘을 날다

　공사 현장의 비상 알람이 요란하게 울리며 현장 직원들이 급히 달려 나온다.

　"이게 무슨 소리지? 자네 이 새벽에 큰 소리를 못 들었는가?"

　"자동차 소리 같았는데, 도대체 이곳에 왜?"

　"저기를 보라고. 바리게이트를 부수고 뭔가가 떨어진 것 같은데."

　"여기 새까맣게 보이는 게 자동차 타이어 자국 아닌가?"

　"그럼. 누가 이곳으로 차를 몰고 와서 저 깊은 절벽으로 떨어졌다는 건가?"

　경찰과 구조대원들이 몰려들고 현장에 설치된 CCTV를 확인한다.

　《《아침 7시 긴급 뉴스를 알려드리겠습니다. 오늘 새벽에 납치된 명동의 금융업자 박 모 회장이 탄 벤틀리 승용차가 납치범들과 함께 현재 공사 중인 설악산 스카이웨이 유리다리를 지나 절벽 아래로 추락해 전원 사망했다고 전해왔습니다. 날이 밝는 대로 시신을 찾는 수색작업을 진행한다고 합니다.》》

제3장 천국의 언덕

'으악' 끝없이 이어지는 비명에 우리가 얼마나 먼 길을 달려왔는지... '쿵'하는 소리에 차가 부서질 듯이 흔들리고는 멈추었다.

"이봐! 이제 죽은 게 맞나? 이곳이 분명 '천국의 하늘'이라면 지금 우리 몸이 둥실둥실 떠서 날고 있을 텐데, 심하게 부딪히는 듯한 충격과 타는 냄새는 뭐야?"

"박 회장님, 우리가 죽은 게 맞나요? 죽는 것이 그렇게 힘들지는 않군요. 하지만 타는 냄새와 충격 때문에 머리도 띵하고 허리가 뻐근한데, 죽어도 이렇게 아픈 느낌이 나는 건가요?"

한 치 앞도 보이지 않는 어둠 속에서 차 문을 열고 밖으로 나온다.

"이것 봐. 분명 우리는 끊어진 유리다리를 지나서 뛰어내렸는데, 이게 어떻게 된 거야? 혹시 설악산 어느 언덕에 잘못 내려온 것은 아니겠지? 나의 벤틀리가 불에 탔는지, 검은 잿빛으로 변해 고물이 되어버렸어. 이봐. 길수, 여기가 어딘지 알 수 있겠나? 아니 카르멘, 너의 영험함으로 우리가 어디에 머물고 있는지 좀 알려주게나."

애린은 길수의 부축을 받으며 어둠을 헤치고 앞으로 나간다.

"길수, 저기를 봐! 라이얀 아주머니의 집이야!"

길수도 놀란 듯 같이 소리친다.

"카르멘, 네 어머니, 라이얀이 사는... 네 고향, 파푸아 섬에 있는

'천국의 언덕'이야."

킬박이 주위를 둘러보며 "우리가 어떻게 이곳으로 온 거야? 이곳은 비행기를 타고도 하루 왼 종일 날아와야 하는 아주 먼 곳인데, 어떻게? 믿기지 않는 일이 생겼어."라며 놀라움에 소리친다.

"그래, 맞아! 우리가 유리다리를 지나 떨어질 때 짙은 오색의 무지개가 펼쳐있었고 차는 그 위를 쉴 새 없이 달렸지. 그러고는 무지개가 만든 다리를 타고 곧장 이곳으로 온 것이야."

제4장 흔적

유리다리를 막아놓았던 바리게이트가 산산조각이나 흩어져 있고 바닥의 유리에 선명하게 검은 타이어 자국이 남아있다. 사고가 난 지 30분도 되지 않아 유리다리 난간에서 사고의 흔적을 찾으려는 구 회장과 김 회장의 조직원들이 이리저리 움직이며 다리 아래를 살펴보고 있다.

"이 비서, 여기 있는 CCTV 영상을 확인해보았습니까?"

"조금 전 경찰과 이곳 현장감독의 입회하에 영상을 확인했습니다. 터널로 들어가기 전 잠시 차 안에서 머물던 모습과 터널 안을 고속 질주하는 모습 그리고 유리다리 입구에 막아놓은 바리게이트를 부수고 끊어진 다리 끝으로 달려서 떨어지는 장면이 모두 담겨있었습니다."

"평생 전설 같은 인생을 살던 분이 죽을 때도 전설같이 사라지는

구나! 조금의 흔적도 없이 그렇게 떠나다니, 아쉽긴 하지만 남에 의해 죽지 않고 스스로 이 높은 산 정상에서 뛰어내려 목숨을 끊다니, 그렇게 원하던 자유로운 삶을... 마지막 몇 초간은 정말 느꼈겠지?"

"그럼요. 최근 병명을 알 수 없는 심한 통증으로 거의 잠도 못 주무시고 괴로워했었는데, 이제 그런 고통 없이 저 산 아래 조용히 잠들었겠네요."

"내가 인도네시아의 감옥에 갇혀있을 때 나를 구해준 생명의 은인이 바로 박 회장님이야. 그분이 아니었으면, 난 벌써 악어 밥이 되었겠지. 참으로 오랜 시간을 영화처럼 살아왔는데... 시신을 찾아야 장례식이라도 치를 수 있을 테지만, 저 깎아지는 절벽으로 사람들이 내려가 수색을 할 수 있을지 걱정입니다."

"사람이 내려가는 것은 거의 불가능해 보이고, 헬기나 드론을 띄워서 수색하는 방법이 유일할 것 같습니다."

"추락 후 화재로 인한 불꽃이나 연기, 차량 파편이 흩어져 보일 것으로 기대했지만, 여기에서 볼 때는 저 아래 아무런 흔적도 보이지 않네요."

"시신이라도 수습해야 장례식을 치를 수 있을 텐데 말이야."

다리의 난간에서 아래를 지켜보던 건달들도 모두 돌아가고 모든 것을 알고 있는 아침의 태양만이 점점 밝게 다가온다.

제5장 천국으로 가는 영원한 여행

어둠 속의 달빛이 모양도 제각각 이빨도 맞지 않는 나무를 엉성하게 엮어서 만든 나무집과 금방이라도 찢어질 듯, 낡은 천으로 걸쳐진 출입문을 희미하게 비춘다. 가까이 다가가자 가슴속이 떨리는 것처럼 흔들리는 불빛이 작은 틈으로 보인다.

마른 나뭇가지를 오래된 순으로 엮어서 만든 침대에 조용히 눈을 감고서 이리저리 몸을 뒤척이는 라이얀이 보인다. 꿈속에서 뭐가 그리 좋은 일이 있는 건지, 히죽히죽 웃으며 입은 뭔가를 말하고 싶은 건지, 약하게 떨고 있다.

애린이 라이얀의 손을 잡고 속삭인다.

"라이얀, 당신이 그렇게 그리워했던 딸, 카르멘이 돌아왔어요. 여기에 당신을 보러 정말 왔어요. 그러니 눈을 뜨고 우리를 맞이해주세요."

애린의 소리에도 라이얀은 잠에서 깨어나지 못한 채 계속 히죽거리며 꿈속에서 껄껄거리고 있다.

"카르멘, 당신 엄마가 우리가 돌아오리라는 것을 믿지 못했던지, 아니면 이미 꿈속에서 당신을 만나 어디론가 즐거운 여행을 하며 행복한 순간을 보내고 있는지 모르겠네요."

카르멘이 라이얀 곁으로 다가서며 따뜻한 뺨을 라이얀의 얼굴에 살며시 문지르다가 깊은 가슴속을 파고들며 오랫동안 느끼지 못했던 어머니의 체취를 느낀다.

옆에서 이를 지켜보던 길수도 하늘에서 그를 기다리는 엄마 '새'를 만나 카르멘처럼 엄마의 품속 어딘가에 숨어서 평생 세상 밖으로 나오지 않고 살고 싶다.

"카르멘, 네 모습을 보라고. 조금 전부터 네 등 뒤에 있는 촛불이 너의 몸을 뚫고 여기를 비추는 게 보여. 네 몸에 작은 구멍이 생겼나 봐? 이봐요. 길수씨, 당신도 마찬가지인걸요. 점점 당신들의 모습이 지워지는 것 같아요. 이러다가 정말 우리가 볼 수 없게 사라지는 것 아닌가요?"

"카르멘, 길수, 이곳을 떠나야 하는 시간이 다가오는 거야. 너희들 몸이 점점 흐리게 보이고 얇아지고 있다고. 길수, 이번에는 나도 너를 따라갈 수 있겠지? 밤하늘의 은하수처럼 밝게 빛나는 '천국의 새' 깃털이 나의 품속에 있다고. 이제 우리가 여기를 떠나야 해."

"조이, 내 차 운전석 위에 있는 폴라로이드 카메라를 가져와. 사진이라도 찍어서 마지막 추억을 남기자."

킬박이 카르멘과 잠들어 있는 라이얀의 모습을 카메라에 담는다. 그리고 길수와 애린, 다시 하늘로 떠나 영원히 돌아오지 못할 카르멘, 길수 그리고 애린의 사진을 차례로 담는다.

카르멘이 라이얀의 뺨에 마지막 긴 입맞춤을 하고는 '천국의 언덕'에 서서 저 멀리에서 밝아오는 아침을 마주한다. 그들의 몸 사이로 태양의 불빛이 여리게 비추어 나온다.

"자! 마지막으로 우리 다 같이 천국의 언덕을 배경으로... ."

'찰칵' 소리와 함께 검은색 인화지가 카메라 밖으로 나온다.

"지금은 이 사진을 볼 수가 없어. 너희가 떠나고 난 뒤 밝은 태양이 이곳을 비추면 이 사진에 마지막 너희의 모습이 나타날 거야. 남아있는 우리를 그곳으로 데려달라고 매일 기도할게."

카르멘이 붉은 태양의 기운을 받으며 새의 울음소리로 '천국의 언덕'에서 가장 높은 산꼭대기와 정글의 깊은 어둠 속을 향해 노래한다.

정글의 숲이 깨어난다. '춤추는 천사'와 '노래하는 천사'의 마지막 공연을 보기 위해 파푸아 섬의 형형색색 온갖 새들이 모여들고 그들의 합창이 시작된다. 아름다운 새들의 깃털이 오색의 등불처럼 반짝이며 '천국의 언덕' 위를 돌고 있다. 새들이 그들의 머리 위를 나르며 회오리바람 같은 소리를 만들고 날갯짓으로 그들의 가슴을 두드리며 요란한 북소리를 만들어낸다. 움츠렸던 날개를 펴듯이 길수의 긴 팔이 조금씩 아래위로 휘저으며 바람을 일으키고 애린이를 중심으로 몸을 숙였다가 일으켰다가 아주 느린 발걸음으로 몸을 움직이며 '천국의 춤'을 만들기 시작한다.

새들의 노랫소리가 빨라지고 고막을 찢을 만큼 요란해질 때 길수의 몸이 점점 희미하게 나타난다. 발을 힘껏 굴려서 새들의 소용돌이 속으로 빨려 들어가자 '천국의 새들'이 그들을 반기듯이 노래와 춤으로 불꽃을 만들어 환하게 그들을 비춘다.

카르멘도 이 땅을 떠나는 그의 모습이 안타까운지, 남아있는 엄마 라이얀을 그리워하는 건지, 길수의 손을 잡고 '하바네라'를 부르며 이글거리는 불꽃 속으로 올라간다. 애린은 춤추는 길수의 손을 잡고 위로 올라가지만, 그들의 몸이 무거워서인지 다시 내려온다. 그러자 길수가 그에게 준, 은빛의 '전설의 새' 깃털을 품속에서 꺼내 머리 위로 뿌린다. 순간 주위는 눈이 부셔 앞을 볼 수 없다.

킬박과 조이가 다가가자 애린은 길수의 허리를 굳게 감싸고 '천국의 새들'과 함께 하늘 위를 맴돈다. 갑자기 어미 '새'의 큰 울음이 들리더니 점점 높은 하늘 위로 올라간다.

"카르멘! 라이얀은 내가 평생 돌 볼 테니, 걱정하지 마. 그리고 너에게로 나를 데려가는 것을 절대 잊어버리지 마."

"카르멘 그리고 길수, 애린! 당신들 이제 꿈속에서처럼 매일 노래하고 춤추며 천국의 모든 세상을 여행하세요. 그리고 내가 잠든 꿈속에 다가와 당신들의 이야기를 들려주세요."

킬박은 이별의 아쉬움에 눈시울이 붉게 물들고 이를 지켜보던 조이는 그들만의 남겨진 세상이 떠나갈 듯이 크게 소리친다.

앞을 바라볼 수 없을 만큼의 눈이 부신 빛이 그들 아래로 비추었다가 모든 것이 사라졌다.

동녘에서 밝아오는 태양의 빛이 '천국의 언덕'을 비추고 떠난 이들을 그리워하듯이 새들이 날며 저 먼 하늘 끝으로 사라진다.

방금 잠자리에서 일어나 눈을 비비고 있는 라이얀이 그들의 뒷모습을 지켜보고 있다.

제6장 킬박의 72번째 생일

죽을 고비를 넘겼던 빅초이가 킬박의 생일 초대장을 받아들고는 킬박의 사무실이 있는 펜트하우스 문을 열고 들어간다. 10명의 국내 최고 건달과 사채업자가 앉아있다.

그들을 보는 순간, '저번에도 죽다가 살았는데, 오늘 여기에서 또 죽는 건 아니겠지? 차라리 그냥 돌아가자.'라고 마음먹고 돌아가려는 순간, 이 비서가 큰 소리로 최 사장을 부른다.

"이봐요! 최 사장, 여기에 들어온 이상 그렇게 몰래 나갈 수는 없습니다. 여기 들어와 앉으세요."

"하지만 여기에 제가 올 자리가 맞는지 모르겠습니다."

"당연히 맞습니다. 여기 계신 모든 분은 박 회장님이 숨을 거두기 며칠 전에 자신의 72번째 생일에 초대하기 위해 일일이 친필로 적어서 만든 그분의 초대장을 받고 오셨습니다. 그러니 초대장을 받은 분은 누구든지 여기에 들어오실 수 있고 그 결과를 받을 수 있습니다.

저에게도 초대장을 보냈습니다. 오늘 같은 미래를 예측하신 듯, 유언 같은 말씀을 저에게도 남겼으며, 그 뜻에 따라 잘 처리하라는 부탁의 말씀도 적어 두었습니다.

저기 책장을 밀면 비밀금고가 나옵니다. 하지만 저도 그 비밀번호는 알지 못합니다. 그러나 어떻게 하면 열 수 있는지, 여기에 그 방법을 적어 놓았습니다.

저기에 설치된 작은 컴퓨터에 무작위로 여기에 오신 12명의 이름을 적어 넣으시면 금고 문이 열리는 것으로 되어있습니다. 그러니 구 회장님부터 차례로 자신의 이름을 손가락으로 적어주십시오."

시신을 찾을 때까지 박 회장의 장례를 미루기로 했다. 오늘은 박 회장, 킬박의 생일잔치지만, 누구 하나 농담을 던지거나 웃는 사람이 없는 장례식 같다.

"지금까지 10분이 자필로 이름을 적었습니다. 마지막 남은 두 사람은 저와 최 사장이군요. 최 사장님도 여기 와서 이름을 적어 넣으세요."

"저는 박 회장님의 직계 조직이 아닌데요."

"그래도 회장님께서 최 사장에게 초대장을 보냈으니 그럴 자격이 있습니다."

최 사장이 서명하고 마지막 이 비서가 서명하자 컴퓨터에서 비밀번호가 정확하다는 알림이 울린다. 그러고는 작은 벽면이 앞으로 열리면서 벽장에 숨겨진 대형 금고가 개방된다. 금은보석으로 가득 차 있을 것으로 믿었던 금고는 텅 비어있었고 12명 앞으로 보내는 편지 봉투가 들어있었다.

이 비서가 박 회장의 유언을 낭독한다.

"박 회장님의 직계가족 같은 조직 여러분에게는 적은 금액의 유산을 남겼습니다. 기대보다 턱없이 적은 금액이라 모두 서운하다고 생각하겠지만, 사실은 얼마 전에 아시아 빈민지역을 돕기 위해 UN 산하에 공익재단을 설립하셨고 모아오신 전 재산을 기부하셨습니다. 그리고 저에게는 여러분의 과거부터 현재까지의 모든 활동을 상세히 기록한 증빙서류를 USB로 전달하였습니다. 그중 대부분은 공소시효가 끝나서 법적 효력이 없는 것이 대부분이겠지만, 그 모든 사실을 진실하게 기록했다고 합니다.

참고로 저는 박 회장님의 비서이기도 하지만, 국제 인터폴 마약범죄, 동남아지역 수사팀장으로 잠입 수사를 하고 있었습니다. 저희는 이미 수년간 정보를 수집하였고, 박 회장님의 동의 아래, 모든 조직원을 자수시키고 전 재산을 사회에 환원시킨다는 조건으로, 지금까지 조용히 일을 준비하고 있었습니다.

그러니 박 회장님의 유언에 따라, 여기를 나가기 전에 탁자에 놓인 자수 동의서에 모두 서명하시고, 담당 경찰관의 조사를 받으신 후 법의 심판을 받으시기 바랍니다. 저희 인터폴 측에서도 여러분의 자발적인 자수와 수사 참여를, 죄를 인정하고 깊이 뉘우친다는 뜻으로 받아들여서, 가능한 법정 최저형을 받을 수 있도록 검찰 측에 건의하고 협의하겠습니다.

그리고 마지막으로 여기에 있는 최 사장님에게는 갚아야 할 빚, 원금 15억과 이자 전부를 없던 것으로 처리하였습니다."

제7장 꿈속에서 조이가

'길수, 애린 그리고 카르멘! 우리 언제 다시 만날 수 있을까? 꿈속에서 너희를 다시 만난다면 우리의 이야기를 전해 줄 텐데... .'

'몇 년의 시간이 흐른 오늘 밤 꿈속에 우리의 소식을 전할 수 있게 되었네. 너희가 떠나간 뒤 양아버지 킬박과 나는 카르멘의 어머니, 라이안에게 딸을 만나보지 못하고 천국으로 떠나보낸 서러움과 원망으로 거의 1년을 하인처럼, 때론 미운오리 새끼처럼 서러움 듬뿍 받고 지냈었지. 그러던 어느 날 라이얀이 꿈속에서 직접 카르멘을 만났는지, 갑자기 우리를 대하는 태도가 달라지기 시작했고 지금은 그 관계가 너무 발전해서 아빠, 킬박과는 때론 주인과 하인처럼, 때론 연인처럼 다정하게 사랑을 꽃피우는 사이가 되었어.
가진 것 없는 빈털터리로 파푸아 섬에 왔지만, 다행히 녹슨 벤틀리 승용차를 사겠다는 사람이 있어서, 미화 5천 불에 팔고 그 돈으로 작은 땅을 구입해서 녹차 씨와 커피나무 종자를 들여와 농사를 짓고 있다네.
세월이 조금 더 흐른다면, 우리가 수확한 커피와 녹차를 관광객들에게 판매할 수 있을 거야. 만약 첫 번째 수익이 생긴다면, 제일 먼저 도시에 나가서 라이얀의 새로운 의족을 맞추기로 약속했어.
세월이 가는 것이 너무 아쉽기도 하지만, 시간이 흘러서 우리도 너희들처럼 천국의 부름을 받아, 다시 너희를 볼 수 있는 날이 빨리 오기를 기다릴게.

다음 꿈속에 또 안부를 전할게. 너희의 친구, 조이.'

제8장 다시 새들이 날아온다

"이게 누구야? 김팔성이 아닌가?"

"맞습니다. 구 회장님 아닌가요?"

"맞네. 박 회장님 돌아가시고 처음 보는구먼! 그래 언제 출소하였나?"

"한 일 년 지났습니다."

"감방 생활이 그립지 않나?"

"그립지요. 이제 그곳에 다시 들어갈 일 없으니 그리울 수밖에요. 수감되기 전에 모아둔 재산은 여자들끼리 전쟁이 나서 자기들끼리 다 나누어 먹고 복역 중에 찾아와 하도 애걸복걸하길래 두 번째 마누라와도 이혼했습니다. 이제 남은 건 작은 아파트와 낡은 승용차가 전부입니다."

"그럼, 자네도 나랑 같이 해외 봉사나 다니자고. 알겠나? 박 회장님이 남겨놓으신 재산으로 공익재단을 만드셨지 않나? 과거 우리같이 더러운 인생을 산 놈들을 위해, 그분께서 평생 죽을 때까지 일할 자리를 만들어 놓았네. 그러니 자네도 같이 일하러 가세. 먹을 밥과 잠자리에 적은 월급도 나오니, 이보다 더 좋은 일자리가 어디 있겠나? 누구를 죽일 필요도 내가 맞아 죽을 일도 없이, 우리가 목숨 걸고 더럽게 모아둔 돈을 가난한 자들에게 나누어주는 일이니 얼마나 의미가 깊은가?"

"여기 아주머니는 누구세요?"

"나도 자네처럼 감방에서 몇 년 푹 썩고 돈 떨어지자 전처로부터 버림받고 혼자 사는 신세가 되었지. 이분은 지난해 지인 소개로 만나 재혼한 내 아내일세. 대안학교에 교장 선생님으로 있는 '강정임 여사'라고 하네. 서로 인사 나누게."

강 여사가 가방에서 커피 한 봉지를 꺼내 구 회장에게 건넨다.

"우리 방금 파푸아 섬에서 오는 길이야. 거기에 작은 학교를 짓고 봉사활동을 다녀오는 길이네. 자네도 이것 하나 가지고 가게. 그곳에서 뭐 사 올 게 있어야지 말이야."

"아니, 이게 뭡니까?"

"'Kill Park and Joy coffee farm' '킬박과 조이의 커피 농장'에서 생산한 원두커피네. 킬박은 사라졌는데, 그곳 파푸아 정글에 '킬박'이라는 커피가 있기에 하도 반갑고 신기해서 지인들 주려고 이렇게 한 박스를 사서 왔네."

길수와 애린이가 사라지고 난 뒤로 길수가 살던 집은 다시 정글의 깊은 숲속처럼 담쟁이덩굴과 가시나무로 덮이고 들어가는 대문마저도 완전히 잠겨진 채 도심의 작은 숲이 되었다.

덩굴나무 사이로 새들이 지저귀고 달이 어두운 밤이 오면 갑자기 옥탑방이 환하게 밝아진다. 어디에서 날아왔는지 이름도 모르는 새들이 모여서 밤새 노래하고 춤을 추다가 날이 새면 어둠과 함께 사라진다.

끝/2021.12.10. 밤 10시

등장인물 소개

1.길수 : 춤추는 천사, 김 노인과 '새'의 아들

2.서애린 : 길수의 여자 친구

3.BC(Black Cat. 검은 고양이, 카르멘) : 노래하는 천사, 라이얀의 딸, 천국으로 같이 가야 할 길수의 인연

4.킬박(박 회장) : 마약업자. 악질 사채업자, 늙은 건달

5.라이얀 : BC, 카르멘의 어머니

6.강정임 : 길수의 대안학교 담임 선생님

7.김 노인 : 길수의 아버지

8.새(정 교수) : 길수의 어머니, 무용과 교수

9.최 교수(최이명) : 대학의 무용과 교수, 해외 봉사 단장

10.배 선생(배정인) : 인도네시아 현지 통역

11.니케 : 파푸아 마을의 촌장. 라이얀의 친구

12.사피앵 루피아 : 라이얀의 남자친구. BC, 카르멘의 아버지

13.빅초이(최 사장) : 검은 고양이 클럽의 사장

13.지배인 : 클럽의 지배인

14.구 회장 : 박 회장의 오른팔 심복

15.김팔성 : 영등포의 사채 왕

16.이 비서 : 킬박(박 회장)의 여자 비서, 인터폴 수사관

17.조이 : BC(카르멘)의 여자 통역

부록

참고를 위한 백과사전 인용
극락조 또는 천국의 새

개요 : 극락조(極樂鳥)는 참새목 극락조과에 속한 조류의 총칭이다. 풍조라고도 한다.

상세 : 세상에 다리 없는 새가 있다더군. 죽을 때까지 땅에 내려오지 않고 평생 이슬만을 마시며 하늘을 날아다닌다고 대항해 시대의 유럽인들이 말했습니다.

화려한 깃털 때문에 오래전부터 장식용으로 자주 사냥당했다. 원주민들이 필요한 것은 화려한 깃털뿐이었기에 극락조를 잡으면 다리를 잘라서 가공하였다. 유럽의 학자들이 처음으로 본 극락조 역시 장식용으로 가공되어 발이 없는 극락조였다. 그래서 학자들마저 극락조가 애초부터 발이 없다고 착각하였으며 이런 인식은 큰 극락조(Greater bird-of-paradise, Paradisaea apoda)의 학명에 적용되었다. 그렇게 이 새는 하늘에서만 사는 새, 천국의 새 극락조로 불리어지게 되었다.본격적으로 연구가 제대로 돌아가기 시작한 건 제국주의가 범람할 무렵. 하지만 이마저도 파푸아뉴기니의 특성 때문에 더디게 진행됐다. 원시적인 두 속을 제외한 모든 종이 암수가 매우 다르게 생겼으며 각 종의 수컷은 기상천외하면서도 화려한 모습을 이용하거나 종마다 울음소리로 암컷을 유혹한다. 원시적인 두 속을 제외하면 대부분의 종이 lek-type 일부다처제 체제를 따르고 있다. lek-type 일부다처제는 수컷은 양육에 일절 참가하지 않는 곤충과 조류에서 흔히 볼수 있는 짝짓기 시스템이다.(닭이나 사자

등과 다르게 짝짓기만 하면 바로 헤어짐) 이 시스템에서 짝짓기는 먹이 등의 생존에 유용한 자원과 관계없이 수컷의 매력으로 결정된다. 극락조의 경우 수컷은 짝짓기를 위해 꾸며놓은 영역으로 암컷을 초대해 매력적인 울음소리, 구애의 춤, 과시 등을 통해 짝짓기를 시도하며, 암컷은 짝짓기 전까지 10-15번 정도 다른 수컷들을 방문하고 가장 매력적인 수컷을 선택한다. 연구결과에 따르면 가장 매력적인 소수의 수컷들은 많은 암컷과 99.9%의 짝짓기를 성공하지만, 그렇지 않은 수컷들은 1회의 짝짓기도 성공하지 못한다. 우리나라에서는 에버랜드에서 살아있는 개체를 볼 수 있다. 각각 작은 극락조와 멋쟁이극락조 (Magnificent bird-of-paradise, Cicinnurus magnificus) 전부 수컷만 들여놓았다. 꽃 모양이 이 새의 외모를 닮은 극락조화라는 식물도 있으며, 이 새의 이름을 딴 극락조자리도 있다.

인도네시아령 뉴기니(파푸아), 서파푸아(West Papua)

인도네시아측에서는 원래는 이리안자야라는 하나의 주였으나 2003 년 서쪽반도 끄트머리 부분이 서이리안자야주로 분할되었다. 그리 고 2007년에 이리안자야란 이름이 파푸아로 각각 변경되었다.

행정구역:서파푸아는 인도네시아의 뉴기니 섬 서쪽 새머리 반도에 위치한 주이다.

역사:원래는 네덜란드령 동인도 소속이 아닌 네덜란드령 뉴기니에 속한 지역이었다. 1969년에 인도네시아령이 되어 이리얀 자야 주 의 일부였다가 2003년에 파푸아 주와 서파푸아 주가 신설되어 새 머리 반도 지방을 서파푸아주로 설정했다. 현재는 파푸아 원주민과 이주민들 간의 분쟁이 지속되고 있다.

종교:54%가 개신교 신자이며 38% 이상이 무슬림이고 나머지는 그 이외의 종교를 믿는다.

인도네시아에서 주별 GRDP 통계를 내면, 1인당 GRDP 기준으로 파푸아주는 중위권, 서파푸아주는 상위권이다. 2019년 인도네시아 통계청 자료 기준으로 인도네시아 전체의 1인당 GDP가 $4,242였 고, 파푸아주의 1인당 GRDP는 $3,970, 서파푸아주의 1인당 GRDP는 $6,216이었다. 특히 서파푸아주의 1인당 GRDP는 동인 도네시아(술라웨시, 소순다 열도, 말루쿠 제도, 서뉴기니) 전체에서 가장 높아 발리($4,119)보다도 훨씬 높은 것이었다.

그렇지만 중심 도시 자야푸라, 마노콰리, 소롱 등을 제외하면 인프 라가 인도네시아 기준으로도 지극히 열악한 수준이며, 주민들이 의 료, 교육 등의 기본적인 서비스를 충분히 누리기도 쉽지 않다. 실제로 GRDP가 아니라 주별 인간개발지수 통계를 보면 파푸아주, 서파푸아주가 저개발 지역 동누사틍가라, 서술라웨시와 함께 매번 인도네시아 최하위권이며, 중등교육 단계의 각종 전국 시험 성적 주별 통계를 보아도 파푸아주, 서파푸아주는 하위권이다.

이런 불일치를 이해하기 위해서는 파푸아(서뉴기니) 경제의 구조를 들여다볼 필요가 있다. 파푸아 경제에서는 농업, 임업 등 1차 산업과 광업이 주를 이룬다. 파푸아에서는 금과 구리 등 각종 원자재가 채굴되며, 푼착 자야 인근에 있는 파푸아의 그라스버그(Grasberg, 흐라스베르흐) 광산은 세계 최대의 금광이자 세계 2위의 동광이다. 농업은 주로 영세 농민들이 생계 유지를 위해 이어가는 것이지만, 팜유나 커피를 생산하는 플랜테이션 농업도 점차 늘어나고 있다. 외부 기업들이 대규모로 산업적 벌목을 벌여 파푸아의 목재를 중국과 호주 등지로 수출하고 있기도 하다. 서파푸아주의 라자암팟 등지를 중심으로 관광업이 조금씩 발전하고 있기는 하지만, 지역 경제에 미치는 효과는 아직 그리 크지 않다.

즉, 수익성 있는 사업의 상당수는 파푸아의 원자재와 플랜테이션 농산물을 외지(자바 등 인도네시아 타 지역, 또는 미국, 호주, 동아시아 등 외국)의 대기업이 거두어들여 외부로 판매하는 것이었다. 이러한 파푸아의 '개발'은 인도네시아 민주화 이후 꾸준히 활황이어서파푸아 2개 주의 GRDP가 빠르게 상승했던 것이다. 그러나 오늘날 파푸아 주민들의 삶은 소수의 상류층을 제외하면 크게 나아지지 못했고, 파푸아의 빈부 격차는 인도네시아 기준에서도 매우 심각한 수준으로 남아 있다. 제조업 기반이 매우 빈약한 파푸아에서 생산되는 제품이 별로 없어 웬만한 상품은 자바, 술라웨시 등 타지에서 가져와야 하는데, 물류 비용이 많이 들므로 자야푸라 등 중심도시의 생활 물가도 낮지 않다.

파푸아 개발에 뛰어든 기업 중에는 한국의 코린도(Korindo)도 있다. 코린도는 임업, 목재 가공업, 농업, 금융, 제조업 등 다양한 부문에서 인도네시아 사업을 벌이고 있는데, 파푸아로 진출하며 소위 '오지' 개척을 홍보하면서 한국에서 좋은 이미지를 쌓았고, 코로나19 국면에서 파푸아에 방호복과 마스크를 기증하는 등의 선행도 했다. 그러나 코린도는 최근 팜유 생산을 위해 파푸아에서 3만~6만 헥타르 규모의 우림을 불태우고 불법 개간하였으며, 인도네시아 군부의 도움을 받아 파푸아 주민들의 전통과 인권, 이권을 부당하게 침해한 정황이 드러나 인도네시아 국내외 NGO들과 BBC 등 메이저 언론들의 광범위한 질타를 받았다. 지속가능한 산림경영 인증기관인 국제산림관리협의회(FSC) 회원 자격도 박탈당했다.

매각된 서파푸아(알자지라). 이 영상에서는 주로 한국 기업들이 파푸아인들에게 하는 행동들이 많이 나오지만, 다른 해외 기업들도 파푸아 토착민들을 무시하거나 토착민들과의 약속을 어기면서 인도네시아 정부의 허락을 받았다는 이유로 토착민들의 의견은 제대로 듣지도 않고 땅들을 멋대로 개척하고 있다.

명목상 수도는 자야푸라.

네덜란드는 서뉴기니(서파푸아)를 인도네시아와는 별개로 독립시키려 하였으나 인도네시아의 요구로 1969년까지 원로에 의한 간접 주민투표로 인도네시아로 통합될지를 결정하는 조건으로 통치권을 인도네시아로 넘겼다. 그러나 1969년에 인도네시아가 자기 맘대로 대표를 뽑고 반대하는 대표는 총칼로 찍어 누르는 바람에, 인도네시아로 합병되기는 했지만 동시에 독립 운동이 발발했다. 국제법적으로 인도네시아의 영토가 아니라고 해석할 수도 있기 때문에 위구르나 체첸, 아체주보다 명분이 강한 상태이나 아직 많은 나라들은 서파푸아 독립파를 돕길 꺼리고 있다. 강대국들이 굳이 필요하다고 여기지 않는 이유도 있고, 자원에 대한 탐욕 때문인 이유도 있다. 많은 주민이 독립을 원함에도 불구하고 쉽지 않은 이유는 언급된 이유도 있거니와, 서뉴기니 내부도 수많은 민족들로 구성되어 있으며, 또 파푸아 권리 운동 내부에서 비독립 자치파의 비중도 상당한 등의 이유도 있다. 설령 운 좋게 독립되더라도 독립 초반부터 내전이 나타난 남수단처럼 될 가능성도 적지 않으며, 이러한 내분을 해결해야 하는 과제도 있다. 그나마도 남수단은 어느 정도 알려지기라도 했으니 가능했지만 서파푸아를 비롯한 남태평양 일대는 그렇게 잘 알려지지 않은 동네이다보니 더욱 더 힘든 상황이다. 또한 로힝야만 해도 국제적으로 알려졌음에도 불구하고 독립이 불가능한 상황이라는 걸 감안하면 서뉴기니 역시 독립보다는 지금보다 폭넓은 자치를 인정받는 게 가능성이 있다.

인도네시아 정부 차원에서 자바인 등을 이주시키며 지배를 공고히 하고 있다. 분쟁이 제일 심했던 2003년에는 인도네시아 정부가 외국인들의 출입을 금하기도 했다.

원래부터 서뉴기니 지역은 멜라네시아계 원주민 인구로 구성되어 있었으며, 종교도 토속신앙이었고, 네덜란드로부터 기독교(특히 개신교)를 받아들이는 등 인도네시아와는 문화가 다른 지역이었다. 그렇기에 서뉴기니는 인도네시아에서 가장 독립을 원했던 지역이었다. 그러나 인도네시아는 이것이 다른 지역의 소수민족들에게도 영향을 끼칠까 우려했고, 이러한 이유로 동티모르와 더불어 가장 가혹하게 억압받던 지역이었다. 그리고 호주 역시 서파푸아의 독립을 인정하려 하자 인도네시아와의 관계가 악화된 적도 있었던 만큼 인도네시아 정부에게는 민감한 소재라고 한다. 물론 호주가 서뉴기니 독립 집단, 세력들을 도와주나 무작정 서파푸아의 독립을 완전하게 인정하는 건 아닌데, 굳이 보면 서뉴기니 인권 유린 문제들을 비판

하고 호주로 망명한 서파푸아인들을 도와주는 정도이며, 인도네시아와의 관계 때문에 무조건 인정하는 모습만 보여주는 건 아니다.

그리고 이 지역은 아시아 국가인 인도네시아에서 유일하게 오세아니아 지역인 곳이기도 하다. 분리주의뿐 아니라 서파푸아 내에도 수많은 민족들이 존재하고 갈등 관계에 놓여 있기도 하기 때문에 치안 등이 영 좋지 않은 편. 남성의 48%가 강간을 한 경험이 있다고 한다.

2017년과 2018년에도 분쟁은 지속되었으며, 태평양 도서국들은 유엔 인권 판무관에게 서뉴기니 주민들 중 10만 명 이상이 인도네시아 정부의 가혹한 폭력과 탄압을 당하고 있다고 주장했으며, 이에 대한 보고서를 작성해달라는 요청도 보낸 적도 있었다.

2019년 3월 8일에 서뉴기니 지역에서 인도네시아군과 반군간의 유혈충돌이 발생되면서 10명이 넘는 사망자가 발생하였다.

그리고 인도네시아 독립기념일인 8월 17일에 서뉴기니 출신의 학생들이 체포된 사건을 두고 서뉴기니에선 시위가 발생되었다.

9월 3일에 인도네시아 정부는 서뉴기니에서 일어난 반정부시위에 참여한 호주인들을 추방시켰다.9월 11일에는 서뉴기니의 반정부 소요와 관련해 시위대 등 85명을 체포했고 다에시와의 연관성도 조사했다. 거기에다 인도네시아인 교사가 서뉴기니 학생들을 비하한 발언이 발생하자 소요사태가 발생했다.

인도네시아의 서뉴기니 인터넷 차단에 대해 자카르타 법원이 불법이라고 판결내렸다. 2020년 12월에 망명정부를 선포했다.

HMV 102 축음기 1931-1960년 영국에서 생산